LES FAUTES DE NOS PÈRES

Né en Angleterre en 1940, sir Jeffrey Archer fait ses études à l'université d'Oxford avant d'embrasser la carrière politique. En 1969, il est élu à la Chambre des communes, dont il devient l'un des plus jeunes membres de toute l'Histoire. Il en démissionne en 1974, ruiné et endetté, et décide de faire fortune grâce à sa plume. Pari gagné ! Inspiré de son expérience d'actionnaire floué, son premier livre, *La Main dans le sac*, rencontre un succès immédiat, et se vend à plusieurs millions d'exemplaires dans le monde. Il sera suivi de bien d'autres best-sellers, dont *Seul contre tous*, prix Polar international de Cognac, *Le Sentier de la gloire*, prix Relay du roman d'évasion, *Kane et Abel*, ou encore *Seul l'avenir le dira* et *Les Fautes de nos pères*.

Paru dans Le Livre de Poche :

CHRONIQUE DES CLIFTON
1. Seul l'avenir le dira

KANE ET ABEL

LE SENTIER DE LA GLOIRE

SEUL CONTRE TOUS

JEFFREY ARCHER

Les Fautes de nos pères

Chronique des Clifton, 2

TRADUIT DE L'ANGLAIS PAR GEORGES-MICHEL SAROTTE

LES ESCALES

Titre original :

THE SINS OF THE FATHER
publié par Macmillan, 2012

ISBN : 978-2-253-17992-4 – 1re publication LGF

À sir Tommy Macpherson
CBE, MC**, TD, DL[1]
Chevalier de la Légion d'honneur,
Croix de guerre avec deux palmes et une étoile,
Medaglia d'Argento et médaille de la Résistance, Italie,
Chevalier de Sainte-Marie-de-Bethléem.

1. CBE : Commander of the Most Excellent Order of the British Empire ; MC : Military Cross ; TD : Territorial Efficiency Decoration ; DL : Deputy Lieutenant of Greater London. *(Toutes les notes sont du traducteur.)*

« Je suis un Dieu jaloux, châtiant la faute des pères sur les fils, sur la troisième et sur la quatrième génération… »

Exode 20 : 5.

ARBRE

Famille Barrington

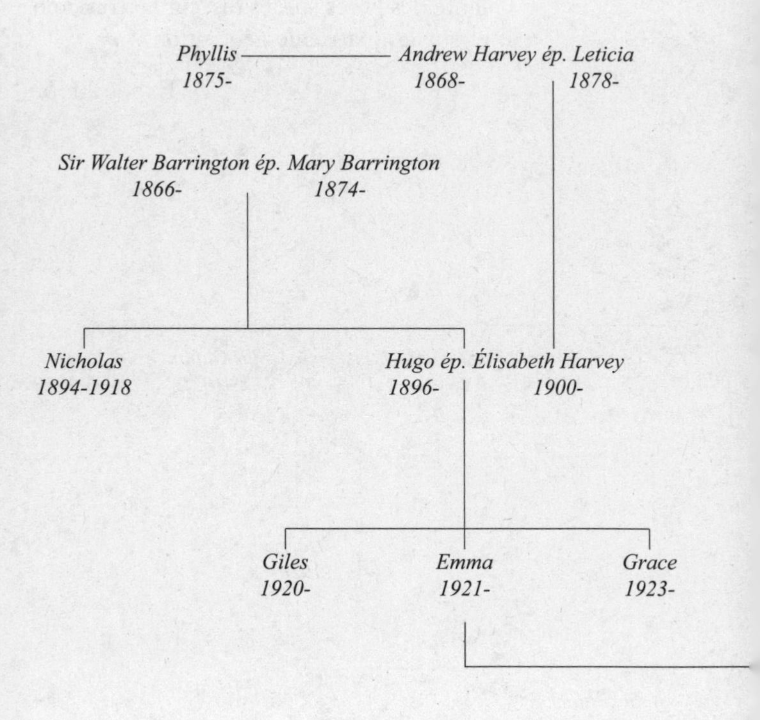

GÉNÉALOGIQUE

Famille Clifton

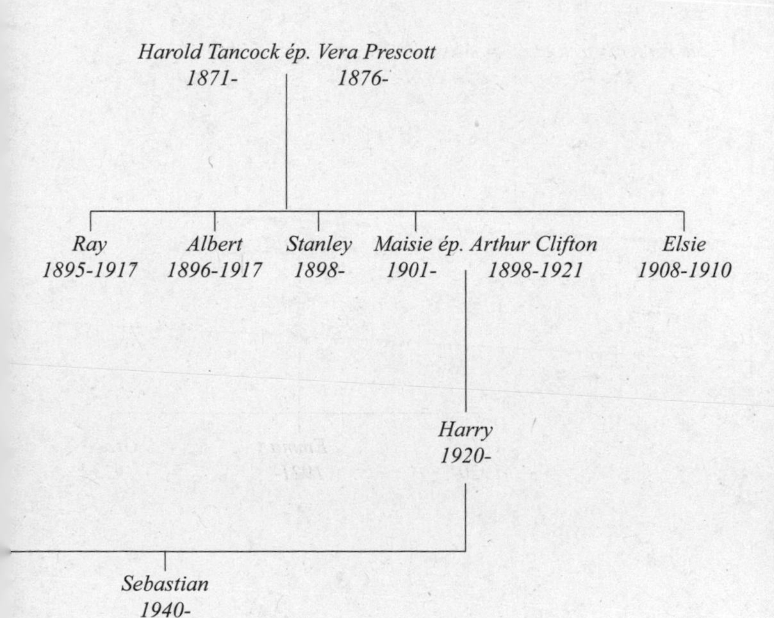

Harry Clifton

1939-1941

1

— Je m'appelle Harry Clifton.

— D'accord, et moi je suis Babe Ruth[1], dit l'inspecteur Kolowski tout en allumant une cigarette.

— Non, vous ne comprenez pas. Il y a eu une terrible erreur. Je suis Harry Clifton, un Anglais de Bristol. Je travaillais sur le même bateau que Tom Bradshaw.

— Vous raconterez ça à votre avocat, répliqua l'inspecteur en lâchant un gros nuage de fumée qui emplit la petite cellule.

— Je n'ai pas d'avocat, protesta Harry.

— Si j'étais dans le même pétrin que vous, petit, je me dirais que ma seule chance, c'est que je suis défendu par Sefton Jelks.

— Qui est Sefton Jelks ?

— Vous n'avez peut-être jamais entendu parler de l'avocat le plus brillant de New York, déclara Kolowski en exhalant un nouveau panache de fumée,

---

1. George Herman Ruth, surnommé Babe Ruth. Célèbre joueur américain de base-ball (1895-1948), véritable légende aux États-Unis.

mais il doit vous rencontrer à 9 heures demain matin, et Jelks ne quitte jamais son cabinet avant d'avoir touché ses honoraires.

— Mais…

Harry fut interrompu par le claquement de la paume de Kolowski contre la porte de la cellule.

— Alors, lorsque Jelks se pointera demain matin, poursuivit l'inspecteur, sans tenir compte de l'intervention de Harry, vous avez intérêt à trouver quelque chose de plus convaincant qu'une erreur d'identité. C'est vous qui avez dit à l'agent du service de l'immigration que vous vous appeliez Tom Bradshaw, et si votre déclaration lui a suffi, elle suffira au juge.

La porte de la cellule s'ouvrit brusquement, mais pas avant que l'inspecteur n'ait envoyé un nouveau nuage de fumée qui fit tousser Harry. Il sortit dans le couloir sans un mot de plus et claqua la porte derrière lui. Harry s'effondra sur une couchette fixée au mur et posa la tête sur un oreiller dur comme du bois. Il contempla le plafond et réfléchit à ce qui l'avait conduit à se retrouver dans la cellule d'un commissariat, à l'autre bout du monde, accusé d'avoir commis un meurtre.

*
* *

La porte se rouvrit longtemps avant que la lumière du jour n'ait pu se glisser entre les barreaux de la fenêtre. Malgré l'heure matinale, Harry était réveillé depuis longtemps.

Un surveillant entra tranquillement, chargé d'un plateau de nourriture que l'Armée du Salut n'aurait pas osé donner à un vagabond sans le sou. Après l'avoir placé sur la petite table en bois, il repartit en silence.

Harry jeta un seul coup d'œil à la nourriture puis se mit à arpenter sa cellule. À chaque pas grandissait la certitude que, dès qu'il aurait expliqué à maître Jelks pourquoi il avait usurpé l'identité de Tom Bradshaw, l'affaire serait vite réglée. Le seul châtiment qu'on lui infligerait serait sans doute l'expulsion du pays, et puisqu'il avait toujours eu l'intention de rentrer en Angleterre pour s'engager dans la marine, la mesure s'accorderait parfaitement avec son projet initial.

À 8 h 55, assis au bout du petit lit, il attendait impatiemment l'arrivée de Me Jelks. La lourde porte métallique ne pivota pas avant 9 h 12. Harry se mit sur pied d'un bond, tandis qu'un gardien s'écartait pour laisser passer un homme élégant, de haute taille et aux cheveux gris argenté. L'avocat, qui, selon Harry, devait avoir à peu près l'âge de son grand-père, portait un costume bleu sombre finement rayé, à la veste croisée, une chemise blanche et une cravate à rayures. Son air blasé suggérait que plus rien ne l'étonnait guère.

— Bonjour, fit-il en esquissant un sourire. Je m'appelle Sefton Jelks. Je suis associé principal du cabinet Jelks, Myers & Abernathy, et mes clients, M. et Mme Bradshaw, m'ont chargé de vous représenter au cours de votre futur procès.

Harry lui offrit l'unique chaise de la cellule, comme s'il s'agissait d'un vieil ami qui était passé le voir dans son bureau à Oxford pour boire une tasse de thé. Il se percha sur le lit et regarda l'avocat ouvrir sa serviette, en tirer un bloc-notes et le placer sur la table.

Me Jelks prit un stylo dans une poche intérieure de sa veste et déclara :

— Peut-être pourriez-vous commencer par me dire qui vous êtes, puisque nous savons tous les deux que vous n'êtes pas le lieutenant Bradshaw.

Si l'histoire de Harry l'étonna, l'avocat ne le montra pas le moins du monde. La tête baissée, il couvrait de notes les feuillets jaunes, tandis que Harry lui expliquait ce qui l'avait conduit à passer la nuit en cellule. Son récit terminé, Harry supposa que ses problèmes devaient être résolus, comme il était défendu par un avocat aussi expérimenté… En tout cas, jusqu'à ce qu'il entende la première question de Jelks.

— Vous avez dit avoir écrit une lettre à votre mère lorsque vous vous trouviez à bord du *Kansas Star* pour lui expliquer pourquoi vous aviez usurpé l'identité de Tom Bradshaw.

— En effet, maître. Je ne voulais pas qu'elle souffre inutilement et, en outre, il fallait qu'elle sache la raison pour laquelle j'avais pris une décision aussi radicale.

— Je peux comprendre pourquoi vous avez pu considérer qu'un changement d'identité résoudrait vos difficultés actuelles, sans deviner que cela vous créerait toute une série de problèmes encore plus ardus.

La question suivante surprit encore plus Harry.

— Vous rappelez-vous le contenu de cette lettre ?

— Bien sûr. Je l'ai écrite et réécrite si souvent que je pourrais la réciter presque mot pour mot.

— Alors, permettez-moi de mettre votre mémoire à l'épreuve, répondit Jelks.

Sur ce, il arracha un feuillet de son bloc-notes et le tendit à Harry, ainsi que son stylo.

Après avoir réfléchi quelques instants pour se rappeler les termes exacts, Harry commença à réécrire la lettre.

Très chère maman,

J'ai fait tout ce qui était en mon pouvoir pour m'assurer que tu reçoives cette lettre avant qu'on puisse t'annoncer que j'ai péri en mer.

Comme l'indique la date de cette lettre, je ne suis pas mort lorsque le Devonian a été coulé le 4 septembre. En fait, j'ai été repêché par un paquebot américain et je suis sain et sauf. Cependant, l'occasion s'est présentée d'usurper l'identité de quelqu'un, ce que j'ai fait dans l'espoir de vous libérer, toi et la famille Barrington, des nombreux problèmes que je semble avoir involontairement causés.

Il est important que tu comprennes que mon amour pour Emma ne s'est en rien amoindri, bien au contraire. Mais je ne crois pas avoir le droit de lui demander de passer le reste de sa vie à s'accrocher à l'espoir vain que je serai capable de prouver un jour que mon père était bien Arthur Clifton, et non pas Hugo Barrington. Ainsi pourra-t-elle envisager un avenir avec quelqu'un d'autre. J'envie cet homme.

Je compte revenir très bientôt en Angleterre. Si un certain Tom Bradshaw entre en contact avec toi, ce sera moi.

Je t'avertirai dès mon retour, mais, entre-temps, je te supplie de garder mon secret aussi jalousement que tu as gardé le tien durant toutes ces années.

Affectueusement.

Ton fils,

Harry

Lorsque Jelks eut terminé la lecture de la lettre, il posa une question qui, à nouveau, surprit Harry.

— Avez-vous posté vous-même la lettre, monsieur Clifton, ou l'avez-vous confiée à un tiers ?

Pour la première fois, Harry se méfia et décida de ne pas signaler qu'il avait prié le Dr Wallace de la remettre à sa mère quand il retournerait à Bristol une quinzaine de jours plus tard. Il craignait que Jelks persuade le Dr Wallace de lui donner la lettre, ce qui empêcherait sa mère de savoir qu'il était toujours vivant.

— J'ai posté la lettre dès que j'ai débarqué, expliqua-t-il.

Le vieil avocat prit son temps pour réagir.

— Détenez-vous la moindre preuve que vous êtes Harry Clifton et non pas Tom Bradshaw ?

— Non, maître. Aucune, répondit Harry sans hésitation.

Il était douloureusement conscient qu'à bord du *Kansas Star* personne n'avait la moindre raison de deviner qu'il n'était pas Tom Bradshaw. Les seuls qui auraient pu confirmer ses dires se trouvaient de l'autre côté de l'océan, à cinq mille kilomètres de là, et ils n'allaient pas tarder à apprendre que le corps de Harry Clifton avait disparu en haute mer.

— Alors, je vais peut-être pouvoir vous aider, monsieur Clifton… Dans la mesure où vous souhaitez toujours que Mlle Emma Barrington vous croie mort. Si c'est le cas, poursuivit l'avocat, un sourire factice plaqué sur le visage, peut-être puis-je vous proposer une solution.

— Une solution ? fit Harry, reprenant enfin espoir.

— Mais seulement si vous vous sentez capable de conserver l'identité de Tom Bradshaw.

Harry resta coi.

— Les services du procureur ont reconnu que les preuves qui accusent Bradshaw sont tout au plus indirectes et le seul élément solide auquel ils s'accrochent, c'est qu'il a quitté le pays le lendemain du crime. Conscients de la faiblesse du dossier, ils sont disposés à abandonner l'accusation de meurtre si vous acceptez de plaider coupable du délit moins grave de désertion alors que vous serviez dans les forces armées.

— Mais pourquoi accepterais-je de me reconnaître coupable de ce délit ?

— Je vois trois bonnes raisons. Primo, si vous refusez, vous risquez de passer six années en prison pour être entré illégalement dans le pays. Deuzio, vous garderiez l'anonymat et ainsi la famille Barrington n'aurait aucune raison de vous croire toujours vivant. Et tertio, les Bradshaw sont prêts à vous donner dix mille dollars si vous prenez la place de leur fils.

Harry se rendit immédiatement compte que ce serait l'occasion de dédommager sa mère pour tous les sacrifices qu'elle avait consentis pour lui au fil des ans. Cette colossale somme d'argent transformerait sa vie et lui permettrait d'échapper au deux-pièces-en-bas-deux-pièces-en-haut à Still House Lane et à l'hebdomadaire coup frappé à la porte par le receveur de loyers. Elle pourrait même envisager de quitter son travail de serveuse au Grand Hotel pour commencer à mener une vie plus facile, même si Harry devinait que ce n'était guère probable. Pourtant, avant de donner son accord au projet de Jelks, il lui fallait poser certaines questions.

— Pourquoi les Bradshaw seraient-ils disposés à pratiquer une telle tromperie alors qu'ils doivent savoir à présent que leur fils a péri en mer ?

— Mme Bradshaw veut désespérément laver la réputation de Thomas. Elle refusera toujours d'accepter que l'un de ses fils ait pu tuer l'autre.

— C'est donc de cela que Tom est accusé ? De fratricide ?

— Oui. En revanche, je le répète, les preuves sont fragiles et indirectes et ne tiendraient pas dans un tribunal. C'est pourquoi les services du procureur sont prêts à abandonner les poursuites, mais seulement si nous sommes d'accord pour plaider coupable en ce qui concerne la désertion, qui est un délit moins grave.

— Et quelle pourrait être la durée de ma peine, si j'accepte ?

— Le procureur est d'accord pour recommander au juge de vous infliger un an de prison. Si bien que vous pourriez être libéré au bout de six mois. Ce serait une peine bien plus légère que les six ans qui vous pendent au nez si vous continuez à prétendre que vous êtes Harry Clifton.

— Mais, dès l'instant où j'entrerai dans la salle d'audience, quelqu'un ne manquera pas de s'apercevoir que je ne suis pas Bradshaw.

— C'est peu probable. Les Bradshaw sont originaires de Seattle, sur la côte Ouest, et, malgré leur fortune, ils viennent rarement à New York. Thomas s'est engagé dans la marine à l'âge de dix-sept ans, et, comme vous l'avez appris à vos dépens, il n'a pas remis le pied en Amérique depuis quatre ans. Si vous plaidez coupable, vous ne passerez pas plus de vingt minutes dans la salle d'audience.

— Dès que j'ouvrirai la bouche, ne s'apercevra-t-on pas que je ne suis pas américain ?

— Voilà pourquoi vous n'allez pas ouvrir la bouche, monsieur Clifton.

L'avocat courtois paraissait avoir réponse à tout. Harry essaya une autre approche.

— En Angleterre, aux procès pour meurtre, la salle est toujours bourrée de journalistes et, dès potron-minet, le public fait la queue devant le tribunal dans l'espoir d'apercevoir l'accusé.

— Monsieur Clifton, en ce moment, il y a quatorze procès pour meurtre à New York, y compris celui du notoire « assassin aux ciseaux ». Je doute même qu'un journaliste stagiaire soit envoyé pour couvrir cette affaire.

— J'ai besoin d'un certain temps pour réfléchir à votre proposition.

L'avocat jeta un coup d'œil à sa montre.

— Nous devons passer devant le juge Atkins à midi. Aussi n'avez-vous qu'un peu plus d'une heure pour prendre une décision, monsieur Clifton. (Il appela un gardien pour qu'il ouvre la porte.) Si vous décidez de ne pas bénéficier de mes services, je vous souhaite bonne chance, car nous ne nous reverrons pas, ajouta-t-il avant de sortir de la cellule.

Assis au bout du lit, Harry médita sur l'offre de Jelks. Même s'il ne faisait aucun doute que l'avocat aux cheveux argentés avait des arrière-pensées, six mois semblaient moins rebutants que six ans, et à qui pourrait-il s'adresser s'il refusait les services de cet avocat expérimenté ? Ah, s'il pouvait entrer quelques instants dans le bureau de sir Walter Barrington pour lui demander son avis !

*

* *

Une heure plus tard, portant costume bleu foncé, chemise crème au col empesé et cravate à rayures, Harry fut menotté et entraîné depuis sa cellule jusqu'à une voiture de la prison qui le conduisit au tribunal sous la surveillance de gardes armés.

— Personne ne doit croire que vous êtes capable de commettre un meurtre, avait déclaré Jelks après la visite d'un tailleur qui l'avait invité à choisir parmi une demi-douzaine de costumes, de chemises et un assortiment de cravates.

— C'est la vérité, lui avait rappelé Harry.

Harry retrouva Jelks dans le couloir. L'avocat le gratifia de son habituel sourire avant de pousser les portes battantes et de franchir d'une seule traite l'allée centrale jusqu'aux deux chaises vides du bureau de la défense.

Une fois que Harry se fut installé à sa place et qu'on lui eut ôté les menottes, il parcourut du regard la salle d'audience presque vide. Jelks avait eu raison. Peu de monde semblait s'intéresser à ce procès et, en tout cas, aucun journaliste. Les journaux devaient considérer qu'il s'agissait là d'un crime domestique de plus et que l'accusé allait sûrement être acquitté. Pas de « Caïn et Abel » en manchette ni de chaise électrique en perspective dans la salle d'audience numéro 4.

Au moment où sonna le premier coup de midi, une porte s'ouvrit à l'autre bout de la pièce et le juge Atkins fit son apparition. Il traversa lentement la salle, monta les marches et s'installa derrière son bureau placé sur une plate-forme. Il salua ensuite le procureur d'un hochement de tête, comme s'il savait exactement ce que celui-ci allait dire.

Un jeune magistrat se leva derrière le bureau de l'avocat général et expliqua que l'État allait abandonner l'accusation de meurtre mais inculperait Thomas Bradshaw de désertion de la marine américaine. Le juge opina du chef et se tourna vers Me Jelks qui se leva immédiatement.

— Et en ce qui concerne cette inculpation de désertion, comment plaide votre client ? demanda-t-il.

— Coupable, répondit l'avocat. Et j'espère que vous vous montrerez indulgent, car je n'ai pas besoin de vous rappeler, Votre Honneur, que le casier judiciaire de mon client est vierge et qu'avant cet inhabituel écart de conduite son parcours a été exemplaire.

Le juge Atkins fronça les sourcils.

— Maître Jelks, répliqua-t-il, d'aucuns jugeront que, pour un officier, la désertion de son poste alors qu'il est au service de son pays constitue un crime aussi affreux qu'un meurtre. Vous n'êtes pas sans savoir, bien sûr, que tout récemment encore, un tel acte aurait mené votre client devant le peloton d'exécution.

Harry défaillit. Il regarda Jelks qui ne quittait pas le juge des yeux.

— En conséquence, poursuivit Atkins, je condamne le lieutenant Thomas Bradshaw à six années de prison… Dossier suivant, continua-t-il, après avoir frappé le bureau de son marteau, sans que Harry ait le temps de protester.

— Vous m'aviez dit… commença-t-il.

Jelks avait déjà tourné le dos à son ancien client et s'éloignait à grands pas. Harry s'apprêtait à courir après lui mais les deux gardes l'attrapèrent par les bras, qu'ils ramenèrent derrière son dos, et s'empressèrent de menotter l'inculpé reconnu coupable, avant de lui faire traverser la salle en direction d'une porte que Harry n'avait pas remarquée.

Lorsqu'il se retourna il aperçut Sefton Jelks serrer la main d'un homme entre deux âges qui le félicitait pour son excellente prestation. Ou avait-il déjà vu ce visage ? Il se rendit brusquement compte que ce ne pouvait être que le père de Tom Bradshaw.

2

On entraîna Harry sans ménagement le long d'un couloir mal éclairé, avant de le faire sortir dans une cour.

Au milieu de la cour se trouvait un car jaune qui ne portait ni numéro ni indication de destination. Tenant un fusil à deux mains, un accompagnateur musclé se dressait près de la portière et, d'un signe de tête, enjoignit à Harry de monter à bord. Les gardes l'aidèrent, au cas où il se raviserait.

Il s'assit et, à travers la vitre, fixa un regard morne sur une petite troupe de condamnés qu'on conduisait vers le car. Certains baissaient la tête tandis que d'autres, qui, à l'évidence, avaient déjà emprunté ce chemin, marchaient d'un air crâne. Le car ne tarderait pas à démarrer, se dit-il, pour gagner sa destination, quelle qu'elle soit. Mais il allait apprendre sa première douloureuse leçon de prisonnier : une fois qu'on est condamné, personne n'est jamais pressé.

Harry voulut demander où ils allaient à l'un des gardes, mais aucun d'entre eux n'avait l'air d'un obligeant guide touristique. Il se retourna avec inquiétude lorsqu'un corps s'affala dans le siège à côté du sien.

Il ne voulait pas dévisager son nouveau compagnon mais celui-ci s'étant immédiatement présenté, il le regarda de plus près.

— Je m'appelle Pat Quinn, déclara l'homme.

Il avait un léger accent irlandais.

— Tom Bradshaw, répondit Harry, qui lui aurait serré la main s'ils n'avaient pas été tous les deux menottés.

Quinn n'avait pas l'air d'un criminel. Ses pieds touchant à peine le sol, il ne devait mesurer guère plus d'un mètre cinquante et, tandis que la plupart des autres prisonniers étaient très musclés ou simplement gros et gras, on avait l'impression qu'un souffle de vent pourrait l'emporter. Ses cheveux roux clairsemés commençaient à grisonner, alors qu'il ne devait pas avoir plus de quarante ans.

— C'est ta première fois ? s'enquit Quinn, sûr de la réponse.

— C'est si évident que ça ?

— Ça se voit comme le nez au milieu de la figure.

— Qu'est-ce qui se voit ?

— Que t'as pas la moindre idée de ce qui nous attend.

— Par conséquent, toi, ce n'est pas ta première fois ?

— Ce sera mon onzième trajet dans ce car… À moins que ce soit le douzième.

Harry éclata de rire pour la première fois depuis des jours.

— Pourquoi es-tu là ? questionna Quinn.

— Désertion, répondit Harry, sans autre précision.

— Première nouvelle… J'ai déserté trois fois le foyer conjugal, mais on m'a jamais mis en taule pour ça.

— Je n'ai pas déserté le foyer conjugal, expliqua Harry en pensant à Emma. J'ai déserté mon poste dans la marine royale… Je veux dire dans la marine.

— Quelle peine on t'a infligé pour ça ?

— Six ans.

Quinn siffla à travers les deux dents qui lui restaient.

— Ça semble un peu rude. Qui était le juge ?

— Atkins ! s'écria Harry d'un ton vif.

— Arnie Atkins ? T'es pas tombé sur le bon juge. Si jamais tu repasses en jugement, fais gaffe à bien choisir ton juge.

— Je ne savais pas qu'on pouvait le choisir.

— On peut pas. Mais y a des façons d'éviter les pires.

Harry regarda son compagnon de plus près, sans l'interrompre.

— Y a sept juges d'assises et il faut en éviter deux à tout prix. L'un d'eux est Arnie Atkins. Il est jamais d'humeur légère et il inflige toujours de lourdes peines.

— Mais comment aurais-je pu l'éviter ?

— Atkins préside la salle d'audience numéro 4 depuis onze ans, alors, si c'est vers cette cour qu'on me conduit, j'ai une crise d'épilepsie et les gardiens m'emmènent voir le toubib.

— Tu es épileptique ?

— Non. T'écoutes pas.

Devant son air exaspéré, Harry garda le silence.

— Au moment où je me sens mieux, on a déjà confié mon dossier à une autre cour.

Harry s'esclaffa pour la seconde fois.

— Et ça marche ?

— Pas toujours, mais si je tombe sur des gardes débutants, j'ai une petite chance de les bluffer, même si c'est de plus en plus difficile de refaire constamment le même coup. J'ai pas eu à m'en faire cette fois-ci parce qu'on m'a emmené directement à la numéro 2, le territoire du juge Regan. Il est irlandais comme moi – au cas où tu t'en serais pas aperçu –, y a donc plus de chance qu'il inflige une peine minimum à un citoyen de son pays.

— De quoi es-tu coupable ? demanda Harry.

— Je suis pickpocket, annonça Quinn, comme il aurait dit architecte ou médecin. Ma spécialité, c'est les terrains de courses l'été et les salles de boxe l'hiver. C'est toujours plus facile si les cibles sont debout, expliqua-t-il, mais la chance m'a abandonné depuis peu, vu que trop de surveillants me reconnaissent. Alors, j'ai dû bosser dans le métro et dans les stations de bus, où la recette est maigre et où les risques d'être attrapé sont plus grands.

Harry avait des tas de questions à poser à son nouveau mentor. Tel un étudiant enthousiaste, il se concentrait sur celles qui l'aideraient à réussir l'examen d'entrée, plutôt satisfait que Quinn n'ait pas été intrigué par son accent.

— Sais-tu où on va ? fit-il.

— Lavenham ou Pierpoint. Tout dépend si on quitte l'autoroute à la sortie 12 ou 14.

— Tu les connais ?

— Oui. Les deux. J'y ai été incarcéré plusieurs fois, répondit-il tranquillement. Et avant que tu poses la question, si y avait un guide touristique des prisons, Lavenham aurait une étoile et Pierpoint serait fermée.

— Pourquoi ne demande-t-on pas au garde où l'on va ? s'enquit Harry qui voulait calmer son angoisse.

— Parce qu'il ne nous donnerait pas la bonne réponse, rien que pour nous enquiquiner. Si c'est Lavenham, la seule chose qui doit t'intéresser, c'est le bloc où on te met. Comme c'est ta première fois, tu seras sûrement mis au bloc A, où la vie est plus facile. Les vieux de la vieille de mon espèce sont généralement expédiés au bloc D, où personne a moins de trente ans ou un passé violent. Le coin idéal si t'as juste envie de courber l'échine et de purger ta peine pépère. Essaye d'éviter les blocs B et C. Ils sont pleins de camés et de timbrés.

— Qu'est-ce que je dois faire pour être certain d'aller au bloc A ?

— Dis à la réception que t'es un chrétien pratiquant, que tu bois pas et que tu fumes pas.

— Je ne savais pas qu'on avait le droit de boire en prison.

— Bien sûr qu'on n'a pas le droit, petit con ! Mais si tu peux allonger les billets, poursuivit-il en frottant le pouce contre le bout de l'index, tout à coup, les matons se transforment en barmen. Même la prohibition les a pas gênés.

— À quoi dois-je faire le plus attention le premier jour ?

— Tâche d'avoir le meilleur boulot.

— Quel choix y a-t-il ?

— Ménage, cuisine, infirmerie, bibliothèque, jardinage et chapelle.

— Que dois-je faire pour avoir la bibliothèque ?

— Dis-leur que tu sais lire.

— Qu'est-ce que tu leur dis, toi ?

— Que j'ai reçu une formation de cuistot.

— Ç'a dû être intéressant.

— T'as toujours pas compris, hein ? J'ai aucune formation de cuistot, mais ça veut dire qu'on me met toujours aux cuisines, ce qui est le meilleur boulot dans n'importe quelle taule.

— Pourquoi ça ?

— On te fait sortir de ta cellule avant le petit déjeuner et tu y retournes seulement après le dîner. Il fait chaud et on a le meilleur choix de graille… Ah, on va à Lavenham, annonça-t-il, tandis que le car quittait l'autoroute à la sortie 12. Tant mieux, ça va m'éviter d'avoir à répondre à des questions idiotes sur Pierpoint.

— Quelque chose d'autre que je devrais savoir sur Lavenham ? demanda Harry, sans se laisser démonter par la moquerie de Quinn, car il se doutait que le vétéran était ravi de faire un cours magistral à un élève aussi attentif.

— Y aurait trop à dire, soupira-t-il. Rappelle-toi seulement de rester près de moi une fois qu'on aura été inscrits.

— Mais est-ce qu'on ne va pas t'envoyer automatiquement au bloc D ?

— Pas si M. Mason est de service, répondit-il sans autre explication.

Harry réussit à poser plusieurs autres questions avant que le car ne s'arrête enfin devant le portail de la prison. En fait, il avait l'impression d'en avoir appris davantage de Quinn en deux heures qu'en une douzaine de travaux dirigés à Oxford.

— Reste près de moi, répéta Quinn pendant que l'énorme portail pivotait sur ses gonds.

Le car le franchit lentement et pénétra dans un terrain en friche qui n'avait jamais reçu la visite d'un jardinier. Il fit halte devant un bâtiment en brique percé de plusieurs rangées de petites fenêtres sales. Derrière certaines d'entre elles, des yeux scrutaient la cour.

Une douzaine de surveillants formaient un couloir qui menait jusqu'à l'entrée de la prison. Deux gardes armés de fusils étaient postés de chaque côté de la portière du car.

— Sortez du bus deux par deux ! lança l'un des gardes d'un ton brusque. À cinq minutes d'intervalle. Personne ne bouge d'un pouce avant que je l'ordonne.

Harry et Quinn restèrent dans le bus une heure de plus. Quand on les fit enfin sortir, Harry regarda les hauts murs hérissés de fil de fer barbelé qui entouraient la prison. Il se dit que même le champion du monde de saut à la perche n'aurait pu s'évader de Lavenham.

Il entra dans le bâtiment à la suite de Quinn. Les deux hommes s'arrêtèrent devant un employé assis à une table, vêtu d'un uniforme bleu fatigué et luisant, dont les boutons, eux, ne brillaient plus. Étudiant la liste de noms sur son écritoire à pince, il semblait avoir déjà effectué une peine de prison à vie. Il sourit en apercevant le prisonnier suivant.

— Ravi de te revoir, Quinn ! s'écria-t-il. Tu ne noteras pas beaucoup de changements depuis ton dernier séjour chez nous.

Quinn fit un large sourire.

— Moi aussi je suis content de vous revoir, monsieur Mason. Peut-être aurez-vous la bonté de prier l'un des petits grooms de monter mes bagages dans ma chambre habituelle.

— N'en fais pas trop, Quinn, répliqua Mason. Autrement je risque d'être tenté d'informer le nouveau toubib que tu n'es pas épileptique.

— Mais, monsieur Mason, j'ai un certificat médical en bonne et due forme…

— De la même provenance, sans doute, que ton diplôme de chef cuisinier, rétorqua Mason en se tournant vers Harry. Et toi, qui es-tu ?

— C'est Tom Bradshaw, mon pote. Il fume pas, boit pas, jure pas, crache pas, répondit Quinn, avant que Harry n'ait eu le temps d'ouvrir la bouche.

— Bienvenue à Lavenham, Bradshaw.

— Lieutenant de vaisseau Bradshaw, précisa Quinn.

— Ex-enseigne de vaisseau, corrigea Harry. Je n'ai jamais été promu lieutenant de vaisseau.

Quinn eut l'air déçu.

— C'est votre première fois ? s'enquit Mason en regardant Harry de plus près.

— Oui, monsieur.

— Je vais vous mettre dans le bloc A. Une fois que vous vous serez douché et que vous serez allé chercher votre tenue de prisonnier au magasin, M. Hessler vous conduira à la cellule 327.

Il vérifia quelque chose sur son écritoire avant de

se tourner vers un jeune surveillant qui se tenait derrière lui, une matraque dans la main droite.

— Est-ce que je peux espérer rejoindre mon copain ? demanda Quinn une fois que Harry eut signé le registre. Après tout, l'enseigne de vaisseau Bradshaw peut avoir besoin d'un ordonnance.

— Tu es la dernière personne dont il ait besoin.

Harry était sur le point d'intervenir lorsque le voleur à la tire se pencha, tira de sa socquette un billet d'un dollar plié et le glissa en un clin d'œil dans la poche du haut de Mason.

— Quinn sera également dans la cellule 327, indiqua Mason au jeune gardien.

Si Hessler avait remarqué la transaction, il ne fit aucun commentaire.

— Suivez-moi, tous les deux, dit-il simplement.

Quinn emboîta le pas à Harry avant que Mason ne se ravise.

Les deux nouveaux prisonniers furent conduits au pas de charge le long d'un grand couloir vert en brique jusqu'au moment où le gardien fit halte devant une petite salle de douches où étaient fixés au mur deux étroits bancs de bois jonchés de serviettes mouillées.

— Déshabillez-vous, dit Hessler, et prenez une douche.

Harry ôta lentement son complet, son élégante chemise crème, son col dur et la cravate à rayures que Me Jelks avait à tout prix voulu qu'il porte pour impressionner le juge. L'ennui était qu'il n'avait pas choisi le bon juge.

Quinn était sous la douche avant que Harry ait eu le temps de délacer ses chaussures. Il ouvrit le robinet et un maigre filet d'eau dégoulina sur son crâne dégarni. Il ramassa ensuite un petit bout de savon sur le sol et commença à se laver. Harry se plaça sous l'eau froide de la deuxième douche et, quelques instants plus tard, Quinn lui passa le fragment de savon restant.

— Fais-moi penser à parler des installations à la direction, dit Quinn en prenant l'une des serviettes mouillées, guère plus grande qu'un torchon, avec laquelle il tenta de se sécher.

Hessler ne se dérida pas.

— Rhabillez-vous et suivez-moi, fit-il sans attendre que Harry ait fini de se savonner.

Hessler reprit sa marche rapide dans le couloir, suivi tant bien que mal par un Harry à moitié vêtu et encore tout mouillé. Ils ne s'arrêtèrent qu'une fois parvenus devant une double porte marquée de l'inscription « MAGASINS ». Hessler y donna plusieurs coups fermes, puis l'ouvrit brusquement. À l'intérieur de la pièce, les coudes sur le comptoir, un employé à l'air blasé fumait une cigarette roulée. Il sourit en apercevant Quinn.

— Je ne suis pas certain que la blanchisserie nous ait déjà renvoyé ton linge, lança-t-il.

— Alors, il faudra tout me redonner, monsieur Newbold, répliqua Quinn en se baissant pour tirer quelque chose de son autre socquette. (Cette fois encore, la chose disparut sans laisser de trace.) Ma demande est toute simple, poursuivit-il. Une couverture, deux draps en coton, un oreiller, une taie d'oreiller… (L'employé prit les articles sur les étagères derrière lui, avant de les empiler soigneusement sur le comptoir.) Deux chemises, trois paires de socquettes, six caleçons, deux serviettes, un bol, une assiette, un couteau, une fourchette, une cuillère, un rasoir, une brosse à dents et un tube de dentifrice... Je préfère Colgate.

Newbold ne broncha pas tandis que la pile grossissait à vue d'œil.

— Autre chose ? fit-il enfin, comme si Quinn était un bon client qui allait sans doute revenir.

— Oui. Mon ami, l'enseigne de vaisseau Bradshaw, aura besoin des mêmes articles, et, vu que c'est un honorable officier, assurez-vous qu'il reçoive tout ce qu'y a de mieux.

À la grande surprise de Harry, Newbold commença à édifier une autre pile, semblant prendre son temps pour choisir chaque article. Et tout cela grâce au prisonnier qui était assis à côté de lui dans le car.

— Suivez-moi, dit Hessler une fois que Newbold eut terminé son travail.

Harry et Pat s'emparèrent de leur pile de linge et repartirent dans le couloir au pas de charge. Ils s'arrêtèrent plusieurs fois en chemin, un gardien devant ouvrir et refermer des grilles munies de barres métalliques au fur et à mesure qu'ils approchaient des cellules. Quand ils finirent par atteindre l'aile où se trouvait la leur, ils furent accueillis par le vacarme d'un millier de prisonniers.

— Je vois qu'on se trouve au dernier étage, monsieur Hessler, mais je vais pas prendre l'ascenseur, j'ai besoin de faire de l'exercice.

Le gardien ne répondit pas et continua à avancer, passant devant les prisonniers qui vociféraient.

— Tu m'avais affirmé, il me semble, que c'était l'aile calme, dit Harry.

— Il est clair que M. Hessler n'est pas très aimé, chuchota Quinn, juste avant qu'ils atteignent la cellule 327.

Le gardien déverrouilla la lourde porte métallique et l'ouvrit pour permettre au novice et au vétéran de franchir le seuil du foyer pour lequel Harry avait un bail de six ans.

Harry entendit la porte se refermer derrière lui. Jetant un coup d'œil à la cellule, il nota que la porte n'avait pas de poignée intérieure. Deux couchettes, l'une au-dessus de l'autre, un lavabo en métal accroché au mur, une table en bois également fixée au mur, ainsi qu'une chaise en bois. Son regard finit par se poser sur un vase métallique sous la couchette du bas. Il crut qu'il allait vomir.

— Tu prends le lit du dessus, annonça Quinn, interrompant ses pensées, puisque t'es un bleu. Si je sors avant toi, tu prendras celui du bas et ton nouveau compagnon de cellule prendra celui du haut. C'est le protocole des prisons.

Harry monta sur la couchette du bas et fit lentement son lit. Il grimpa ensuite dessus, s'allongea et posa la tête sur l'oreiller mince et dur, douloureusement conscient qu'il n'était sans doute pas près de passer une bonne nuit de sommeil.

— Puis-je encore te poser une question ? demanda-t-il.

— D'accord, mais après, plus un mot avant le réveil demain matin.

Il se rappela que son camarade Fisher avait dit presque la même chose le premier soir qu'il avait passé au collège de Saint-Bède, avant de le battre toute la semaine.

— Il est clair que tu as pu faire entrer clandestinement pas mal d'argent... Alors, pourquoi les gardiens ne l'ont-ils pas confisqué dès la descente du car ?

— Parce qu'alors plus aucun détenu n'en apporterait et tout le système s'effondrerait.

3

Allongé sur la couchette supérieure, Harry fixait le plafond qu'il pouvait toucher en levant le bras. Le matelas était bosselé et l'oreiller si dur qu'il n'arrivait à dormir que quelques minutes d'affilée.

Il repensa à Sefton Jelks et à la façon dont le vieil avocat l'avait facilement berné. « Débrouillez-vous pour que mon fils ne soit pas condamné pour meurtre, c'est tout ce qui m'intéresse », pouvait-il entendre lui dire le père de Tom Bradshaw. Harry s'efforça de ne pas penser aux six prochaines années, qui ne comptaient absolument pas pour M. Bradshaw. Cela valait-il dix mille dollars ?

Il chassa l'avocat de son esprit et songea à Emma. Elle lui manquait énormément. Il avait envie de lui écrire pour lui annoncer qu'il était toujours en vie mais il savait que c'était impossible. Que pouvait-elle faire à Oxford par cette journée d'automne ? Comment se passaient ses études en ce début de sa première année d'étudiante ? Un autre homme lui faisait-il la cour ?

Et qu'en était-il de Giles, son ami le plus proche et le frère d'Emma ? Maintenant que la Grande-Bretagne était en guerre, Giles avait-il quitté Oxford pour s'engager afin de combattre les Allemands ? Si c'était le cas, Harry pria pour qu'il soit toujours vivant. Serrant le poing, il donna un coup sur le côté du lit, furieux qu'on l'empêche de participer à la lutte. Supposant que Harry souffrait du « mal du premier soir », Quinn n'ouvrit pas la bouche.

Et qu'était-il advenu de Hugo Barrington ? Quelqu'un l'avait-il vu depuis sa disparition, le jour où Harry aurait dû épouser sa fille ? Trouverait-il un moyen de se faire pardonner dès que tout le monde croirait que Harry était mort ? Il le chassa lui aussi de son esprit, ne parvenant toujours pas à se faire à l'idée qu'il était possible que Hugo soit son père. Et Emma sa demi-sœur.

Lorsque ses pensées se tournèrent vers sa mère, il sourit, espérant qu'elle utiliserait à bon escient les dix mille dollars que Jelks avait promis de lui envoyer lorsqu'il avait accepté de prendre la place de Tom Bradshaw. Quand elle aurait plus de deux mille livres sur son compte en banque, il espérait qu'elle quitterait son travail de serveuse au Grand Hotel et qu'elle achèterait le petit pavillon à la campagne dont elle avait toujours rêvé. Ce serait la seule bonne chose qui sortirait de cette histoire rocambolesque.

Et sir Walter Barrington, qui l'avait toujours traité comme son petit-fils ? Si Hugo était le père de Harry, alors, sir Walter était réellement son grand-père. Dans ce cas, Harry serait l'héritier des biens et du titre de la famille Barrington et deviendrait tôt ou tard sir Harry Barrington. Or, non seulement Harry souhaitait que son ami Giles, le fils légitime de Hugo Barrington, hérite du titre, mais il espérait surtout pouvoir prouver, coûte que coûte, que son vrai père était Arthur Clifton. Avec un peu de chance, cela lui permettrait d'épouser sa bien-aimée Emma. Il essaya d'oublier l'endroit où il allait passer les six prochaines années.

*

* *

À 7 heures, une sirène retentit afin de réveiller les prisonniers qui étaient là depuis assez longtemps pour être capables de jouir d'une bonne nuit de sommeil. « On n'est pas en prison quand on dort », telles avaient été les dernières paroles marmonnées par Quinn avant de sombrer dans un profond sommeil et de ronfler. Cela ne gêna pas Harry, son oncle Stan le surpassant de beaucoup dans ce domaine.

Il avait pris plusieurs décisions durant sa longue nuit blanche. Pour l'aider à surmonter l'insupportable impression de s'abrutir et de gâcher son temps, dans l'espoir que sa peine serait réduite pour bonne conduite, « Tom » allait être un prisonnier modèle. Il travaillerait à la bibliothèque et rédigerait un journal sur ce qui était arrivé avant sa condamnation et sur tout ce qui surviendrait pendant son incarcération. Et il se maintiendrait en forme afin d'être prêt à s'engager dès qu'il serait libéré, si la guerre faisait toujours rage en Europe.

Quinn était déjà habillé lorsque Harry descendit de son lit.

— Que va-t-il se passer maintenant ? demanda Harry, tel un petit nouveau le jour de la rentrée des classes.

— Petit déjeuner. Habille-toi, prends ton assiette et ton gobelet et assure-toi d'être prêt quand le maton ouvrira la porte. Si t'as quelques secondes de retard, certains gardiens s'amusent à te claquer la porte au nez.

Harry commença à enfiler son pantalon.

— Et n'ouvre pas la bouche sur le chemin du réfectoire, ajouta Quinn. Ça attirerait l'attention sur toi, ce qui agace les vétérans. En fait, ne parle pas à ceux que tu connais pas avant ta seconde année.

Harry eut envie de rire, mais il n'était pas sûr que Quinn plaisantait. Il entendit une clé tourner dans la serrure et la porte s'ouvrit brusquement. Quinn franchit le seuil d'un bond, tel un lévrier libéré du chenil, son camarade de cellule sur les talons. Ils se joignirent à une longue file de détenus silencieux qui avançaient dans le couloir, passant devant les portes ouvertes des cellules vides, avant de descendre par un escalier en spirale jusqu'au rez-de-chaussée où ils rejoindraient les autres prisonniers pour prendre le petit déjeuner.

La file s'arrêta longtemps avant de parvenir au réfectoire. Harry regarda les serveurs, vêtus de courtes vestes blanches, qui se tenaient derrière la plaque chauffante. Habillé d'une blouse blanche, une matraque à la main, un gardien les surveillait afin que personne n'ait du rabiot.

— Quel plaisir de vous revoir, monsieur Siddell, dit Pat à voix basse au gardien lorsqu'ils atteignirent la tête de la queue.

Les deux hommes se serrèrent la main comme s'ils étaient de vieux amis. Si cette fois-ci Harry ne constata pas de transaction financière, un bref hochement de tête de la part de M. Siddell indiqua qu'un marché venait d'être conclu.

Quinn suivit la file tandis qu'on plaçait sur son assiette en métal un œuf frit dont le jaune était dur, un petit tas de pommes de terre plus noires que blanches et les deux tranches de pain rassis réglementaires. Harry le rattrapa au moment où l'on remplissait à moitié son gobelet de café. Les serveurs eurent l'air surpris lorsque Harry les remercia l'un après l'autre, comme s'il était invité à prendre le thé dans un presbytère.

— Mince ! s'écria-t-il lorsque le dernier serveur lui offrit du café. J'ai laissé mon gobelet dans la cellule.

Le serveur remplit à ras bord celui de Quinn.

— La prochaine fois, ne l'oublie pas, lui dit son compagnon de cellule.

— On ne parle pas dans la queue ! hurla Hessler en faisant claquer sa matraque dans sa main gantée.

Quinn conduisit Harry au bout d'une longue table et s'installa sur le banc d'en face. Harry avait si faim qu'il dévora tout ce qui se trouvait dans son assiette, y compris l'œuf le plus gras qu'il ait jamais goûté. Il envisagea même de lécher son assiette, mais il se rappela la réaction de son ami Giles, lors d'une précédente première journée, celle au collège de Saint-Bède.

Lorsque Harry et Pat eurent expédié en cinq minutes leur petit déjeuner, on leur fit remonter l'escalier tournant au pas de charge jusqu'au dernier étage. Une fois que la porte de la cellule eut été claquée et verrouillée, Quinn lava son assiette et son gobelet et les plaça soigneusement sous son lit.

— Quand on vit dans quatre mètres carrés pendant des années, on utilise chaque centimètre disponible, expliqua-t-il.

Harry l'imita en se demandant quand il pourrait lui apprendre quelque chose.

— Qu'est-ce qui suit, maintenant ? s'enquit Harry.

— Distribution des tâches. Je vais rejoindre Siddell à la cuisine, mais il faut encore qu'on s'assure qu'on t'envoie à la bibliothèque. Et ça, ça dépendra du maton de service. Le problème, c'est que mes fonds s'épuisent.

Il venait à peine de terminer sa phrase que la porte se rouvrit à la volée pour laisser apparaître la silhouette de Hessler.

— Quinn, lança-t-il, file immédiatement à la cuisine. Toi, Bradshaw, rends-toi au poste 9 pour te joindre aux autres nettoyeurs du bâtiment.

— J'espérais travailler à la bibliothèque, monsieur…

— Je me fous de ce que tu espérais, Bradshaw. En tant que responsable de cette aile, c'est moi qui établis les règles. Tu peux aller à la bibliothèque, le mardi, jeudi et dimanche entre 18 et 19 heures, comme tous les autres détenus. C'est assez clair pour toi ? (Harry hocha la tête.) Ici, tu n'es plus officier, Bradshaw. Seulement un prisonnier, comme les autres. Et ne perds pas ton temps à penser que tu peux me soudoyer, ajouta-t-il, avant de partir d'un pas martial en direction de la cellule suivante.

— Hessler est l'un des rares gardiens qu'on peut pas acheter, chuchota Quinn. À présent, ton seul espoir c'est M. Swanson, le directeur de la prison. Rappelle-toi qu'il se considère un peu comme un intellectuel, ce qui veut sans doute dire qu'il est capable de lire une écriture manuscrite. C'est aussi un baptiste fondamentaliste. Alléluia !

— Quand aurai-je l'occasion de le voir ?

— D'un moment à l'autre. N'oublie pas de lui dire que tu veux travailler à la bibliothèque, parce qu'il accorde seulement cinq minutes à chaque nouveau prisonnier.

Harry s'affala sur la chaise en bois, la tête entre les mains. Sans la perspective des dix mille dollars que Jelks lui avait promis d'envoyer à sa mère, il aurait utilisé ses cinq minutes pour dire au directeur la vérité sur ce qui l'avait fait atterrir à Lavenham.

— Entre-temps, je ferai tout ce que je peux pour te faire venir à la cuisine. C'est peut-être pas ce que tu espérais, mais c'est mieux, en tout cas, que le nettoyage.

— Merci.

Quinn fila vers les cuisines, sans avoir besoin d'en demander le chemin. Harry redescendit au rez-de-chaussée et partit à la recherche du poste 9.

Un groupe de douze hommes, qui étaient tous en prison pour la première fois, attendaient des instructions. L'esprit d'initiative était mal vu à Lavenham car cela sentait la rébellion ou semblait signifier qu'un prisonnier risquait d'être plus intelligent qu'un surveillant.

— Prenez un seau, remplissez-le d'eau et allez chercher un balai, lança Hessler. (Il fit un sourire à Harry en cochant son nom sur une nouvelle écritoire à pince.) Vu que tu as été le dernier à descendre, Bradshaw, tu vas nettoyer les chiottes pendant un mois.

— Mais je ne suis pas arrivé le dernier ! protesta Harry.

— Il me semble que si, répliqua Hessler, sans cesser de sourire.

Harry remplit le seau d'eau froide et attrapa un balai. Il était inutile qu'on lui indique la direction des latrines, il les sentait à dix mètres. Il eut des nausées avant même de pénétrer dans la vaste salle carrée dont le sol était percé de trente trous. Il se pinça le nez mais il fut forcé de sortir constamment en hoquetant pour respirer. Hessler se tenait un peu plus loin en ricanant.

— Tu t'y habitueras, Bradshaw, s'esclaffa-t-il. Avec le temps.

Harry regretta d'avoir mangé un copieux petit déjeuner, qu'il rendit au bout de quelques minutes. Environ une heure plus tard, il entendit un autre gardien hurler son nom : « Bradshaw ! »

Il sortit des latrines en titubant, blanc comme un linge.

— C'est moi, dit-il.

— Le directeur veut te voir. Alors, magne-toi !

À chaque pas, il respirait plus profondément et, lorsqu'il atteignit le bureau du directeur, il avait l'impression d'avoir presque recouvré son humanité.

— Attends là jusqu'à ce qu'on t'appelle, dit le gardien.

Harry s'assit sur une chaise entre deux autres détenus, qui se détournèrent immédiatement. Il ne pouvait pas leur en vouloir. Il s'efforça de rassembler ses pensées pendant que chaque homme entrait et sortait du bureau du directeur. Quinn avait raison : les entretiens duraient cinq minutes et certains moins longtemps. Harry ne pouvait pas se permettre de gâcher une seule seconde du temps qui lui serait imparti.

— Bradshaw, fit le surveillant en ouvrant la porte.

Il s'écarta pour le laisser passer. Ayant décidé de ne pas se tenir trop près de M. Swanson, Harry resta à une certaine distance de son grand bureau dont le plateau était recouvert de cuir. Bien que le directeur soit assis, Harry voyait qu'il ne pouvait pas attacher le bouton du milieu de sa veste. Il avait teint ses cheveux en noir pour tenter de paraître plus jeune mais cela ne servait qu'à le rendre légèrement ridicule. Qu'avait dit Brutus à propos de la vanité de César ? « Offrez-lui des guirlandes et louez-le comme s'il était un dieu, et cela précipitera sa chute. »

Le directeur ouvrit le dossier de Bradshaw et l'étudia quelques instants avant de lever les yeux vers Harry.

— Je constate que vous avez été condamné à une peine de six années pour désertion. C'est une première pour moi, reconnut-il.

— En effet, monsieur le directeur, répondit Harry, décidé à ne pas gâcher une once de son précieux temps.

— Ne prenez pas la peine de me dire que vous êtes innocent, parce que seulement un détenu sur mille l'est. Par conséquent, les statistiques ne plaident pas en votre faveur. (Harry ne put s'empêcher de sourire.) Mais si vous ne vous mettez pas dans de sales draps (Harry pensa aux latrines) et ne causez aucun ennui, jc ne vois pas pourquoi vous seriez obligé de faire les six ans.

— Merci, monsieur.

— Vous intéressez-vous à quelque chose en particulier ? s'enquit Swanson, tout en ayant l'air de se moquer complètement de la réponse.

— La lecture, l'étude des beaux-arts et les chants choraux, monsieur le directeur.

Le directeur fixa sur lui un regard incrédule, incapable de décider si Harry le faisait marcher ou s'il était sérieux. Désignant un panneau accroché au mur derrière son bureau, il demanda :

— Pouvez-vous me réciter le vers suivant, Bradshaw ?

Harry regarda le texte brodé : « Je lève les yeux vers les montagnes. »

Il remercia mentalement Mlle Eleanor E. Monday et les heures qu'il avait passées à ses cours de chant choral.

— « D'où viendra-t-il mon secours ? dit le Seigneur. » Psaume 121.

Le directeur sourit.

— Dites-moi, Bradshaw, quels sont vos auteurs favoris ?

— Shakespeare, Dickens, Jane Austen, Trollope et Thomas Hardy.

— Aucun de nos compatriotes n'est à la hauteur ?

Harry faillit pousser un juron, furieux d'avoir fait une gaffe aussi énorme. Il tourna le regard vers l'étagère à moitié pleine de livres.

— Naturellement, se reprit-il, je considère F. Scott Fitzgerald, Hemingway et O. Henry comme les égaux des plus grands, et Steinbeck est pour moi le meilleur auteur américain moderne.

Il espérait avoir prononcé correctement ce dernier

nom et il s'assurerait d'avoir lu *Des souris et des hommes* avant de revoir le directeur.

Le sourire reparut sur les lèvres de Swanson.

— Quel travail vous a confié M. Hessler ? s'enquit-il.

— Le nettoyage. Mais j'aimerais travailler à la bibliothèque, monsieur le directeur.

— Vraiment ? Eh bien, il va falloir que je voie s'il y a un poste vacant.

Il inscrivit quelque chose sur le bloc-notes placé devant lui.

— Merci, monsieur le directeur.

— Si c'est le cas, on vous en avisera dans la journée, reprit-il en refermant le dossier.

— Merci, monsieur le directeur, répéta Harry.

Il s'en alla prestement, conscient qu'il était resté plus longtemps que les cinq minutes allouées.

Une fois qu'il fut ressorti dans le couloir, le surveillant de service le ramena à son poste de travail. Harry fut soulagé de ne pas voir Hessler et de constater que les détenus chargés du nettoyage étaient déjà montés au deuxième étage.

Longtemps avant que la sirène ne sonne pour annoncer le déjeuner, il était épuisé. Quand il se joignit à la file d'attente devant la plaque chauffante, il aperçut Quinn déjà planté derrière le comptoir et en train de servir les prisonniers. Plusieurs grosses portions de pommes de terre et de viande trop cuite furent déposées sur l'assiette de Harry. Il s'assit tout seul à la longue table et hésita à toucher à la nourriture. Il craignait quc, si Hessler réapparaissait l'après-midi, il serait envoyé aux latrines et que son déjeuner subirait le même sort.

Lorsque Harry se présenta pour une seconde séance de travail, Hessler n'était pas là et le surveillant de service confia le nettoyage des toilettes à un autre nouveau détenu. Harry passa l'après-midi à balayer des couloirs et à vider des boîtes à ordures. Il ne pensait qu'à une chose : le directeur avait-il donné l'ordre de le muter à la bibliothèque ? Sinon, il devrait espérer obtenir un travail à la cuisine.

Lorsque Quinn revint dans leur cellule après le dîner, son expression lui indiqua clairement qu'il n'allait pas rejoindre son camarade aux cuisines.

— Le seul poste de libre était à la plonge, dit Quinn.

— Je le prends !

— Mais lorsque M. Siddell t'a proposé, Hessler a mis son veto. Il a déclaré que tu devrais faire au moins trois mois au nettoyage avant qu'il songe à permettre ta mutation aux cuisines.

— Mais qu'est-ce qu'il a ce type ? s'écria Harry d'un ton désespéré.

— Il paraît qu'il a cherché à devenir officier de marine, mais qu'il a échoué au concours et qu'il a dû se contenter d'être maton. Voilà pourquoi l'enseigne de vaisseau Bradshaw doit payer pour son échec.

4

Harry passa les vingt-neuf jours suivants à nettoyer les latrines du bloc A, et ce ne fut que le jour où un autre détenu non récidiviste arriva dans le bâtiment que Hessler le déchargea de cette corvée et trouva un nouveau bouc émissaire.

— Ce type est un malade mental, expliqua Quinn. Siddell est toujours disposé à t'offrir un boulot aux cuisines, mais Hessler s'y oppose. (Harry resta coi.) Y a quand même une bonne nouvelle. J'ai entendu dire qu'Andy Savatori, l'adjoint du bibliothécaire, a obtenu la liberté conditionnelle. Il doit être libéré le mois prochain et, en plus, personne d'autre veut le boulot.

— Deakins serait volontaire, marmonna Harry à part soi. Alors, qu'est-ce que je dois faire pour être certain de l'obtenir ?

— Rien. Au contraire, essaye de donner l'impression que t'es pas vraiment intéressé et évite Hessler, puisqu'on sait que le directeur est de ton côté.

Le mois suivant n'en finissait pas, chaque journée paraissant plus longue que la précédente. Harry se rendait à la bibliothèque tous les mardis, jeudis et dimanches entre 18 et 19 heures, mais rien dans l'attitude de Max Lloyd, le chef bibliothécaire, ne l'encourageait à croire qu'on examinait sa candidature. Savatori, son adjoint, ne desserrait pas les lèvres, même s'il était évident qu'il savait quelque chose.

— Je ne pense pas que Lloyd me veuille pour adjoint, dit Harry un soir, après l'extinction des feux.

— Lloyd n'aura pas voix au chapitre, répondit Quinn. La décision appartient au directeur.

Mais Harry n'était pas convaincu.

— Je devine que Hessler et Lloyd se sont ligués contre moi pour que je n'obtienne pas le boulot.

— Tu deviens para… Comment est-ce qu'on dit déjà ?

— Paranoïaque.

— C'est ça. Voilà ce que t'es train de devenir. Même si je sais pas ce que ça veut dire au juste…

— Souffrir de la maladie de la persécution.

— Tu m'as ôté les mots de la bouche !

Harry n'était pas persuadé d'être paranoïaque. D'ailleurs, une semaine plus tard, Savatori le prit à part et confirma ses pires craintes.

— Hessler a proposé trois noms de détenus au directeur et le tien n'est pas l'un d'eux.

— Eh bien, tant pis ! s'écria Harry en se donnant une claque sur la cuisse. Je vais faire le ménage à perpète.

— Pas nécessairement. Viens me voir la veille de ma libération.

— Ce sera déjà trop tard.

— Je n'en suis pas sûr, dit Savatori, sans autre explication. Entre-temps, étudie soigneusement chaque page de ce manuel, poursuivit-il en remettant à Harry un épais volume relié en cuir qui sortait rarement de la bibliothèque.

*

* *

Harry s'assit sur le lit du haut et ouvrit le manuel de la prison qui comportait deux cent soixante-treize pages. Avant même d'avoir atteint la sixième page il se mit à prendre des notes et, longtemps avant d'avoir entamé une seconde lecture du livre, un projet avait commencé à se former dans son cerveau.

Il savait que le moment choisi serait de la plus grande importance et que les deux actes devraient être répétés à l'avance, d'autant plus qu'il serait déjà en scène quand le rideau se lèverait. Il comprit qu'il ne pouvait pas mettre son plan en pratique avant la libération de Savatori, même si un nouveau bibliothécaire adjoint avait déjà été nommé.

Lorsque Harry organisa une avant-première dans le secret de leur cellule, Quinn lui déclara qu'il était non seulement parano mais timbré, parce que, lui assura-t-il, après la première, il serait mis en isolement.

*

* *

Le directeur effectuant sa tournée mensuelle dans chaque bloc le lundi matin, Harry savait qu'il allait devoir attendre trois semaines après la libération de Savatori avant que Swanson ne reparaisse au bloc A. Il empruntait toujours le même itinéraire et les détenus savaient que, s'ils ne voulaient pas avoir de problèmes, ils devaient s'éclipser dès qu'il faisait son apparition.

Lorsqu'il atteignit le dernier étage du bloc A, ce lundi matin, Harry l'attendait pour le saluer, le balai à la main. Hessler se glissa derrière le directeur et agita sa matraque pour signaler à Bradshaw que, s'il tenait à la vie, il avait intérêt à s'écarter. Harry ne bougea pas d'un iota, ce qui contraignit le directeur à s'immobiliser.

— Bonjour, monsieur le directeur, dit Harry, comme s'ils se rencontraient régulièrement.

Swanson fut surpris de se retrouver face à face avec un prisonnier et encore plus lorsque celui-ci lui adressa la parole. Il le regarda de plus près.

— Bradshaw, n'est-ce pas ?

— Vous avez bonne mémoire, monsieur.

— Je me rappelle également votre intérêt pour la littérature. J'ai donc été surpris que vous ayez refusé le poste de bibliothécaire adjoint.

— On ne me l'a pas offert... Si on me l'avait proposé, je l'aurais accepté sur-le-champ.

Le directeur ne cacha pas son étonnement.

— Vous m'aviez dit que Bradshaw ne voulait pas du poste, rétorqua-t-il en se tournant vers Hessler.

— C'est sans doute ma faute, intervint immédiatement Harry. Je ne savais pas qu'il fallait faire acte de candidature.

— Je vois, déclara le directeur. Cela explique le malentendu. Et je peux vous affirmer, Bradshaw, que le nouvel adjoint ne connaît pas la différence entre Platon et Pluton.

Harry s'esclaffa. Hessler ne desserra pas les lèvres.

— C'est un bon jeu de mots, monsieur le directeur, reprit Harry, tandis que Swanson cherchait à poursuivre sa route.

Cependant, Harry avait encore quelque chose à faire. Il eut l'impression que Hessler allait exploser lorsqu'il sortit un pli de sa poche et le remit au directeur.

— Qu'est-ce ? fit celui-ci d'un ton soupçonneux.

— C'est une requête officielle. Je souhaite m'adressser au comité d'administration lorsqu'il effectuera sa visite trimestrielle, mardi prochain. J'en ai le droit, selon l'article 32 du code pénal, et j'ai envoyé une copie de ma demande à mon avocat, Me Sefton Jelks.

C'était la première fois que le directeur avait l'air inquiet. Hessler avait du mal à se contenir.

— Allez-vous vous plaindre de quelque chose ? s'enquit le directeur avec prudence.

Harry regarda Hessler droit dans les yeux, avant de répondre :

— Selon l'article 116, j'ai le droit de ne pas révéler à un membre du personnel pénitentiaire, quel qu'il soit, la raison pour laquelle je souhaite m'adresser au comité, comme vous le savez sans doute, monsieur le directeur.

— Oui. Bien sûr, Bradshaw, dit le directeur, l'air troublé.

— Mais j'ai, entre autres, l'intention de faire part au comité de l'importance que vous accordez à la littérature et à la religion dans notre vie quotidienne, déclara-t-il, avant de s'écarter pour laisser passer le directeur.

— Merci, Bradshaw. C'est gentil de votre part.

— À tout à l'heure, Bradshaw, siffla Hessler entre ses dents.

— Tout le plaisir sera pour moi, rétorqua Harry, à voix assez haute pour être entendu de Swanson.

*

* *

Le face-à-face entre Harry et le directeur constitua le principal sujet de discussion parmi les détenus dans la file d'attente du dîner, et lorsque Quinn revint des cuisines ce soir-là, il prévint Harry qu'une rumeur circulait dans le bloc : Hessler s'apprêtait à le trucider cette nuit-là.

— Je n'en crois pas un mot, répondit Harry calmement. Tu vois, en ce qui concerne les petites brutes, l'envers de la médaille, c'est la lâcheté.

Quinn ne sembla pas convaincu.

Harry n'attendit pas longtemps pour prouver qu'il avait raison… Quelques instants après l'extinction des feux, la porte de la cellule s'ouvrit à la volée pour laisser passer Hessler brandissant sa matraque.

— Toi, Quinn, dehors ! lança-t-il, sans quitter Harry des yeux.

Une fois que l'Irlandais fut prestement sorti dans le couloir, Hessler referma la porte et déclara :

— J'ai passé la journée à attendre ce moment, Bradshaw. Tu es sur le point de découvrir le nombre d'os que contient ton corps.

— Je pense que vous vous trompez, monsieur Hessler, répliqua Harry sans se démonter.

— Et, à ton avis, qu'est-ce qui va te sauver ? fit Hessler en avançant d'un pas. Cette fois, le directeur n'est pas là pour te protéger.

— Je n'ai pas besoin du directeur. Pas tant qu'on examine votre dossier en vue d'une promotion, précisa le jeune homme en soutenant le regard du surveillant. Je sais de source sûre que vous allez être convoqué devant le comité mardi après-midi, à 14 heures.

— Et alors ? lança Hessler qui était désormais à moins de trente centimètres de Harry.

— Vous avez apparemment oublié que je vais m'adresser au comité à 10 heures, ce matin-là. Un ou deux de ses membres auront peut-être envie de connaître la raison pour laquelle un si grand nombre de mes os ont été brisés après que j'ai osé parler au directeur.

Hessler donna un violent coup au bord du lit, à quelques centimètres seulement du visage de Harry, qui ne broncha pas.

— Bien sûr, poursuivit Harry, il est possible que vous souhaitiez demeurer surveillant toute votre vie, mais j'en doute quelque peu. Même vous ne pouvez bêtement détruire votre chance d'obtenir une promotion.

Hessler brandit à nouveau sa matraque mais hésita en voyant Harry tirer un épais cahier de dessous son oreiller.

— J'ai fait une liste complète des violations du règlement que vous avez commises le mois dernier, monsieur Hessler. Et certaines plusieurs fois. Je suis persuadé que le comité en trouvera la lecture fort intéressante. Ce soir, je vais ajouter deux infractions au règlement. Être seul à seul avec un détenu dans sa cellule, la porte fermée – article 419 –, et menacer physiquement un prisonnier alors que celui-ci n'a aucun moyen de se défendre – article 512. (Hessler recula d'un pas.) Mais je pense que ce qui pèsera le plus sur la décision du comité lorsqu'il envisagera votre promotion, c'est la raison pour laquelle vous avez dû quitter la marine aussi vite. (Hessler devint livide.) Ce n'est sûrement pas parce que vous avez échoué au concours pour devenir officier de marine.

— Qui a vendu la mèche ? murmura le surveillant de façon à peine audible.

— L'un de vos anciens camarades marins qui malheureusement s'est retrouvé ici. Vous vous êtes assuré de son silence en lui faisant obtenir le poste de bibliothécaire adjoint. Je n'en attendais pas moins de vous.

Harry lui tendit son compte rendu et se tut pour lui laisser le temps de bien enregistrer ce dernier élément.

— Je me tairai jusqu'à ma libération, sauf, bien sûr, si vous me fournissez un motif de parler. Et si vous levez ne serait-ce qu'un doigt sur moi, je vous ferai chasser de l'administration pénitentiaire plus rapidement que vous avez été éjecté de la marine. Suis-je assez clair ?

Hessler opina du chef, sans prononcer la moindre parole.

— En outre, si vous décidez de maltraiter un autre malheureux détenu sans expérience de la prison, notre accord sera rompu. Et maintenant, sortez de ma cellule !

5

Lorsque Lloyd se leva pour l'accueillir à 9 heures du matin, le jour où il prit son poste comme bibliothécaire adjoint, Harry se rendit compte qu'il l'avait toujours vu assis. Mesurant bien plus d'un mètre quatre-vingts, Lloyd était plus grand qu'il le croyait. Malgré la nourriture malsaine de la prison, il était svelte et c'était l'un des rares détenus à se raser tous les matins. Ses cheveux couleur noir de jais rejetés en arrière et gominés lui donnaient l'air d'un jeune premier sur le retour, et non pas d'un homme qui purgeait une peine de cinq ans pour escroquerie. Quinn ne connaissait pas les détails de l'affaire, ce qui signifiait que le directeur était le seul à être au courant de tous les aspects du dossier. Et en prison la règle était simple : si un détenu ne révélait pas volontairement pourquoi il était là, on ne posait aucune question.

Lloyd expliqua à Harry le travail quotidien, que le nouveau bibliothécaire adjoint maîtrisa bien avant le dîner. Les jours suivants, il continua d'interroger Lloyd sur des sujets tels que la façon de récupérer des livres qui n'avaient pas été rendus à temps, les amendes et comment encourager les prisonniers à donner leurs propres livres à la bibliothèque à leur libération, question à laquelle Lloyd n'avait jamais songé. Le plus souvent, il répondait par monosyllabes, si bien que Harry finit par le laisser retourner se reposer à son bureau et se dissimuler soigneusement derrière le *New York Times*.

Quoiqu'il y eût près d'un millier de détenus à Lavenham, moins d'un sur dix savait lire et écrire, et tous ceux qui en étaient capables ne se rendaient pas à la bibliothèque les mardis, jeudis ou dimanches.

Harry ne tarda pas à s'apercevoir que Lloyd était à la fois paresseux et sournois. Peu lui importait le nombre d'initiatives prises par son adjoint, du moment que cela ne lui donnait pas de travail supplémentaire.

La principale tâche de Lloyd était de garder une cafetière au chaud, au cas où un surveillant passait par là. Dès réception de l'exemplaire de la veille du *New York Times* du directeur, il s'installait à son bureau pour le restant de la matinée. Il lisait d'abord les critiques littéraires, passait ensuite aux petites annonces, puis aux nouvelles et finissait par la page des sports. Après le déjeuner, il commençait à faire les mots croisés que Harry terminait le lendemain matin.

Lorsque Harry pouvait lire le journal, il datait déjà de deux jours. Il débutait toujours sa lecture par les pages consacrées aux nouvelles internationales pour connaître le déroulement de la guerre en Europe. C'est ainsi qu'il apprit la chute de la France et, quelques mois plus tard, que Neville Chamberlain avait démissionné de son poste de Premier ministre et que Winston Churchill lui avait succédé. Celui-ci n'était pas apprécié de tout le monde mais Harry n'oublierait jamais le discours qu'il avait prononcé à la distribution des prix au lycée de Bristol. Il était absolument certain que l'Angleterre était dirigée par l'homme idoine. Il n'arrêtait pas de maudire le sort qui avait fait de lui un détenu dans une prison américaine, au lieu d'un officier de la Royal Navy.

Durant la dernière heure de la journée, comme même lui ne trouvait plus rien à faire, il rédigeait son journal intime.

*

* *

Harry mit un peu plus d'un mois seulement à classer correctement tous les livres. D'abord les romans et ensuite les essais. Le mois suivant, il établit de nouvelles subdivisions, afin que les détenus ne perdent pas de temps à chercher les trois seuls livres sur la menuiserie que possédait la bibliothèque. Il expliqua à Lloyd qu'en ce qui concernait les essais le sujet était plus important que le nom de l'auteur. Lloyd haussa les épaules.

Le dimanche matin, Harry promenait le chariot de livres dans les quatre blocs pour récupérer les ouvrages dont certains auraient dû être rapportés plus d'un an auparavant. Il s'était attendu à ce que les anciens du bloc D soient agacés ou vexés qu'on ose les déranger, mais tous voulaient rencontrer l'homme qui avait fait muter Hessler à Pierpoint.

Après son entretien avec le comité, on avait proposé à Hessler un poste de cadre à Pierpoint, promotion qu'il avait acceptée, car c'était plus près de la ville où il habitait. Alors que Harry n'avait jamais suggéré qu'il était à l'origine de cette mutation, ce fut la rumeur que fit circuler Quinn, si bien que l'histoire devint légendaire.

Pendant ses tournées dans les blocs à la recherche des livres manquants, Harry recueillait souvent des anecdotes qu'il relatait dans son journal, le soir.

Le directeur faisait parfois une apparition à la bibliothèque, surtout parce que, durant son passage devant le comité, Harry avait décrit son attitude envers l'instruction des détenus comme hardie, imaginative et extrêmement clairvoyante. Harry était stupéfait de constater la quantité de compliments indus que le directeur était prêt à avaler.

Trois mois après sa prise de poste, les emprunts avaient augmenté de 14 %. Quand Harry demanda au directeur s'il pouvait instaurer un cours du soir d'apprentissage de la lecture, Swanson hésita quelques instants mais céda lorsque Harry utilisa à nouveau les mots « hardi », « imaginatif » et « clairvoyant ».

Seulement trois prisonniers suivirent le premier cours de Harry, et l'un d'entre eux était Pat Quinn, qui savait déjà lire et écrire. À la fin du mois suivant, la classe comptait seize élèves, même si force était de reconnaître que plusieurs d'entre eux auraient fait quasiment n'importe quoi pour sortir de leur cellule une heure chaque soir. Toutefois, Harry parvint à accomplir deux ou trois remarquables réussites parmi les jeunes détenus, et il constata à de nombreuses reprises que ce n'est pas parce qu'on n'a pas été élève d'une école « prestigieuse » – ou même qu'on n'a jamais été à l'école – qu'on est stupide. Le contraire aussi est vrai, lui rappela Quinn.

Malgré toutes les activités qu'il avait mises en place, comme il lui restait encore pas mal de temps libre, il décida de lire deux nouveaux livres par semaine. Une fois qu'il eut fait le tour des rares classiques américains de la bibliothèque, il se tourna vers les romans policiers, de loin la catégorie la plus appréciée des autres détenus et qui occupait sept des dix-neuf étagères.

Il avait toujours aimé Conan Doyle et il lui tardait de découvrir ses rivaux américains. Il commença par *La Piste effacée* de Erle Stanley Gardner avant de passer au *Grand Sommeil* de Raymond Chandler. Il se sentait un peu coupable de prendre autant de plaisir à lire ces romans. Que penserait son instituteur, M. Holcombe ?

Durant l'heure qui précédait la fermeture, il mettait à jour son journal. Un soir, ayant terminé la lecture du *New York Times*, au grand étonnement de Harry, Lloyd lui demanda la permission de le lire. Harry savait que le bibliothécaire avait été agent littéraire à New York et que c'était grâce à cela qu'il avait obtenu ce poste. Il lui arrivait de prononcer des noms d'auteurs dont il avait été l'agent, qui, pour la plupart, étaient inconnus de Harry. Une fois, tout en surveillant la porte pour s'assurer que personne ne l'entendait, Lloyd expliqua pourquoi il s'était retrouvé à Lavenham.

— Je n'ai pas eu de chance, expliqua-t-il. J'ai, de bonne foi, investi de l'argent de mes clients à la Bourse, et lorsque les choses ne se sont pas tout à fait déroulées comme prévu, c'est moi qui ai dû porter le chapeau.

Lorsque Harry raconta cette histoire à Quinn ce soir-là, celui-ci leva les yeux au ciel.

— Il a plutôt dû dépenser le fric en pariant sur des tocards trop lourds et en fréquentant des femmes trop légères.

— Mais pourquoi me donner tous ces détails, alors qu'il n'a jamais révélé à personne le motif de son incarcération ?

— Qu'est-ce que tu peux être naïf, parfois ! Si t'es son messager, les autres croiront plus facilement son histoire. Fais gaffe à ne jamais conclure un marché avec ce type, parce qu'il a six doigts à chaque main.

Expression de pickpocket que Harry nota le soir même dans son journal.

Il ne prêta guère attention à l'avertissement de Quinn, en partie parce qu'il ne voyait pas dans quelles circonstances il aurait l'occasion de conclure un marché avec Max Lloyd, sauf pour décider qui servirait le café la prochaine fois où le directeur leur rendrait visite.

*

* *

À la fin de sa première année à Lavenham, Harry avait rempli trois cahiers d'observations sur la vie en prison. Il se demandait combien de pages de cette chronique quotidienne il allait encore écrire avant la fin de sa peine.

Il fut surpris du vif intérêt de Lloyd, qui voulait toujours lire la suite. L'ancien agent littéraire suggéra même de montrer son œuvre à un éditeur, s'il le permettait. Harry s'esclaffa.

— Je ne vois pas qui pourrait s'intéresser à mes élucubrations.

— Tu serais surpris, affirma Lloyd.

Emma Barrington

1939-1941

6

— Sebastian Arthur Clifton, dit Emma en tendant l'enfant endormi à sa grand-mère.

Maisie rayonnait de fierté en prenant son petit-fils dans ses bras pour la première fois.

— On m'a empêchée de venir vous voir avant de m'emmener de force en Écosse, déclara Emma sans chercher à cacher son agacement. Voilà pourquoi je vous ai appelée dès que je suis rentrée à Bristol.

— C'est gentil de votre part, répondit Maisie en fixant attentivement l'enfant et en tentant de se persuader qu'il avait hérité les cheveux blonds et les yeux bleu clair de son mari.

Emma s'installa à la table de la cuisine et sourit tout en buvant son thé à petites gorgées. De l'Earl Grey. Elle n'était pas du tout étonnée que Maisie s'en soit souvenue. Ainsi que des sandwichs au concombre et au saumon, les sandwichs préférés de Harry. Cela avait dû épuiser ses tickets de rationnement. Comme elle parcourait la pièce du regard, ses yeux se posèrent sur la cheminée où elle remarqua une photo sépia d'un soldat de la Grande Guerre. Elle aurait tant aimé voir la couleur de ses cheveux dissimulés sous le casque et même la couleur de ses yeux ! Étaient-ils bleus comme ceux de Harry ou marron comme les siens ? Arthur Clifton avait l'air martial dans son uniforme militaire. La mâchoire carrée et le regard déterminé indiquaient à Emma qu'il avait été fier de servir son pays. Ses yeux se posèrent ensuite sur une photo plus récente de Harry chantant dans le chœur de Saint-Bède avant d'avoir mué. À côté, se trouvait une enveloppe sur laquelle elle reconnut l'écriture caractéristique de Harry. C'était sans doute la dernière lettre qu'il avait écrite à sa mère avant sa mort. Maisie lui permettrait-elle de la lire ? Elle se leva et se dirigea vers la cheminée. À sa grande surprise, elle découvrit que l'enveloppe n'avait pas été décachetée.

— J'ai été absolument désolée d'apprendre que vous avez dû quitter Oxford, dit Maisie en voyant qu'Emma fixait la lettre.

— Entre poursuivre mes études et élever l'enfant de Harry, je n'ai pas hésité un instant, répondit-elle, sans quitter l'enveloppe des yeux.

— Sir Walter m'a dit que votre frère Giles s'est engagé dans le régiment du Wessex et qu'il a, malheureusement, été…

— Je vois que vous avez reçu une lettre de Harry, l'interrompit Emma, incapable de se retenir.

— Non. Ce n'est pas une lettre de Harry, mais d'un certain lieutenant Thomas Bradshaw qui était avec lui sur le *Devonian*.

— Que dit le lieutenant Bradshaw ? s'enquit Emma tout en sachant que la lettre n'avait pas été décachetée.

— Je n'en ai pas la moindre idée. Un certain Dr Wallace me l'a apportée en me disant que c'était une lettre de condoléances. Comme je n'avais aucune envie qu'on me confirme une fois de plus la mort de Harry, je ne l'ai pas ouverte.

— Mais cela pourrait peut-être nous éclairer sur ce qui s'est passé à bord du *Devonian*, non ?

— J'en doute. D'ailleurs, ils ne se connaissaient que depuis quelques jours.

— Aimeriez-vous que je vous lise la lettre, madame Clifton ? demanda Emma, consciente que Maisie pouvait être gênée d'avouer qu'elle risquait d'avoir du mal à la lire.

— Non, merci, ma chère petite. Après tout, cela ne va pas ressusciter Harry, n'est-ce pas ?

— D'accord. Mais peut-être m'autoriserez-vous à la lire pour apaiser mon esprit, insista-t-elle.

— Comme les Allemands visent les docks la nuit, j'espère que l'entreprise Barrington n'a pas été trop durement affectée.

— Nous n'avons pas été bombardés, répondit Emma, acceptant à contrecœur qu'on n'allait pas lui permettre de lire la lettre. Remarquez, je doute que même les Allemands osent lâcher une bombe sur grand-père.

Maisie éclata de rire et, l'espace d'un instant, Emma envisagea de s'emparer de la lettre et de déchirer l'enveloppe avant que Maisie n'ait pu l'en empêcher. Mais Harry n'aurait pas approuvé ce geste. Si Maisie quittait la pièce ne serait-ce que quelques instants, elle utiliserait la vapeur de la bouilloire pour décoller l'enveloppe, vérifier la signature puis remettre soigneusement la lettre à sa place avant le retour de Maisie.

Mais on aurait dit que Maisie pouvait lire dans ses pensées, car elle ne s'éloigna pas un seul instant de la cheminée.

— Grand-père me dit que vous méritez des félicitations, poursuivit Emma qui n'avait pas l'intention d'abandonner la partie.

Maisie rougit et se mit à parler de son nouveau poste au Grand Hotel. Emma continua à fixer l'enveloppe, analysant avec soin le M, le C, le S, le H et le L de l'adresse, consciente qu'elle devrait garder la forme de ces lettres en tête, comme si elle les avait photographiées, jusqu'à son retour au manoir. Lorsque Maisie lui rendit le petit Sebastian, expliquant que, malheureusement, il fallait qu'elle parte travailler, Emma se leva à regret, mais pas avant d'avoir lancé un dernier coup d'œil à l'enveloppe.

Sur le chemin du retour, elle s'efforça de conserver à l'esprit la graphie de l'adresse, contente que l'enfant se soit profondément endormi. Dès que la voiture s'arrêta sur le gravier au pied du perron, Hudson ouvrit la portière arrière pour permettre à Emma de sortir et de porter son fils à l'intérieur de la maison. Elle se dirigea tout de suite vers la nursery où la nourrice les attendait. Au grand étonnement de cette dernière, Emma embrassa son fils sur le front et partit sans mot dire.

Une fois dans sa chambre, elle déverrouilla le tiroir central de son bureau et en tira une pile de lettres que Harry lui avait écrites au fil des ans.

Elle commença par vérifier le H majuscule de la signature de Harry, simple et ferme comme celui sur l'enveloppe cachetée de Still House Lane. Cela l'encouragea à poursuivre sa quête. Elle chercha alors un C majuscule et finit par en trouver sur une carte lui présentant de « Chaleureux vœux d'anniversaire ! », agrémenté d'un bonus sous la forme du M de « Merveilleuse journée ! » Elle reconnut le même M et le même C du « Mme Clifton » de l'enveloppe. « Harry est sans aucun doute en vie », ne cessait-elle de répéter à haute voix. Il lui fut assez aisé de trouver un « Bristol », mais dénicher un « Angleterre » s'avéra plus difficile, jusqu'à ce qu'elle découvre une lettre qu'il lui avait envoyée d'Italie, alors qu'ils étaient tous les deux lycéens. Elle mit plus d'une heure à découper les lettres et les chiffres afin de reconstituer l'adresse figurant sur l'enveloppe.

Mme M. Clifton
27 Still House Lane
Bristol
Angleterre

Épuisée, elle s'affala sur son lit. Elle ne savait pas du tout qui était Thomas Bradshaw, mais une chose était certaine : la lettre posée sur le manteau de la cheminée de Maisie avait été écrite par Harry et, pour une raison qu'il était seul à connaître, il ne voulait pas qu'Emma sache qu'il était toujours en vie. Aurait-il agi différemment si, avant d'entreprendre ce voyage fatal, il avait su qu'elle attendait un enfant de lui ?

Elle avait une envie folle de partager la nouvelle qu'il était possible que Harry ne soit pas mort avec sa mère, son grand-père, Grace et, bien sûr, Maisie, tout en se rendant compte qu'elle serait contrainte de se taire jusqu'à ce qu'elle détienne une preuve plus tangible qu'une lettre non décachetée. Un plan commença à s'élaborer dans son esprit.

*
* *

Emma ne descendit pas dîner et resta dans sa chambre à chercher pourquoi Harry voulait que tout le monde, à part sa mère, croie qu'il était mort ce soir-là.

Quand elle se mit au lit, juste avant minuit, elle était parvenue à la conclusion qu'il devait s'agir pour lui d'une question d'honneur. Peut-être que, dans son désespoir, cet idiot s'imaginait qu'il la libérerait de toute obligation envers lui. Ne se rendait-il pas compte que, dès l'instant où elle avait posé le regard sur lui, le jour du goûter d'anniversaire de son frère, alors qu'elle n'avait que dix ans, elle avait décidé qu'il n'y aurait pas d'autre homme dans sa vie ?

La famille d'Emma fut ravie que Harry et elle se fiancent huit ans plus tard, excepté son père qui avait si longtemps vécu dans le mensonge et ne fut démasqué que le jour de leur mariage. Les deux promis se tenaient devant l'autel et s'apprêtaient à prononcer leurs vœux lorsque le vieux Jack avait soudain mis un terme à la cérémonie de manière tout à fait imprévue. La révélation que le père d'Emma pouvait également être celui de Harry n'empêcha pas la jeune femme de continuer à aimer Harry, à jamais. Personne nc s'étonna que Harry se conduise comme un galant homme, tandis que le père d'Emma s'était comporté comme à son habitude, en goujat. Le premier avait encaissé la nouvelle sans broncher, alors que le second s'était éclipsé par la porte arrière du presbytère et n'avait pas été revu depuis.

Longtemps avant qu'il lui demande sa main, Harry avait clairement annoncé que si la guerre éclatait il n'hésiterait pas à quitter Oxford pour s'engager dans la Royal Navy. Il était déjà têtu quand tout allait bien… Or, à ce moment-là, tout allait mal. Elle savait qu'il était inutile de tenter de l'influencer car, quoi qu'elle dise ou fasse, rien ne le ferait changer d'avis. Il l'avait également prévenue qu'il n'envisagerait pas de retourner à Oxford avant la reddition des Allemands.

Elle aussi avait quitté Oxford prématurément, mais, contrairement à Harry, elle n'avait pas eu le choix. Elle n'avait aucune chance de pouvoir y retourner. Tomber enceinte était mal vu à Somerville College, surtout si l'on n'était pas mariée au père. Sa décision avait dû briser le cœur de sa mère. Élisabeth Barrington avait tellement souhaité que sa fille reçoive les diplômes universitaires qui lui avaient été refusés, à elle, pour la seule raison qu'elle était une femme. Un an plus tard, un rai de soleil apparut à l'horizon lorsque Grace, la sœur cadette d'Emma, réussit au concours général d'entrée à Girton College. Et, dès son premier jour à l'université de Cambridge, ce siège de la culture, elle se montra meilleure que l'étudiant le plus brillant.

Quand il devint évident qu'elle était enceinte, Emma fut prestement emmenée dans le domaine écossais de son grand-père pour qu'elle y accouche de l'enfant de Harry. Les Barrington n'engendrent pas de rejetons illégitimes, en tout cas pas à Bristol.

Sebastian marchait déjà à quatre pattes dans le château lorsqu'on permit à la fille prodigue de revenir au manoir. Élisabeth avait souhaité qu'ils restent à Mulgelrie jusqu'à la fin de la guerre mais Emma en avait par-dessus la tête d'être cachée au fin fond d'un château fort écossais.

L'une des premières personnes à qui elle rendit visite après son retour dans la région fut sir Walter Barrington, son grand-père. C'est lui qui lui avait annoncé que Harry avait rejoint l'équipage du *Devonian* et qu'il projetait de rentrer à Bristol dans moins d'un mois pour s'engager comme simple matelot sur le *Resolution*, un navire de guerre de la marine royale. Harry n'était jamais revenu et ce n'est que six semaines plus tard qu'elle apprit que son fiancé avait péri en mer.

Sir Walter s'était chargé de rendre visite à tous les membres de la famille, les uns après les autres, pour leur faire part de la tragique nouvelle. Il avait commencé par Mme Clifton, quoiqu'il ait su qu'elle avait déjà été mise au courant par le Dr Wallace qui lui avait remis la lettre de Thomas Bradshaw. Il se rendit ensuite en Écosse pour annoncer la nouvelle à Emma. Il fut surpris de ne pas la voir verser la moindre larme, mais, en fait, elle refusait simplement de croire à la mort de Harry.

De retour à Bristol, il était allé voir Giles pour le mettre au courant. Le meilleur ami de Harry sombra dans un profond silence et aucune parole ou aucun geste de réconfort de la famille ne parvint à le consoler. Lorsque lord et lady Harvey furent informés, ils se montrèrent stoïques. Une semaine plus tard, quand la famille assista à l'office célébré en mémoire du capitaine Jack Tarrant au lycée de Bristol, lord Harvey déclara qu'il était content que le vieux Jack n'ait pu apprendre ce qui était arrivé à son protégé.

Le seul membre de la famille que sir Walter refusa d'aller voir fut son fils, Hugo. Il prétendit qu'il ne savait pas où le trouver, mais lorsqu'Emma regagna Bristol, il lui avoua que, même s'il l'avait su, il n'aurait pas pris la peine de lui annoncer la nouvelle, ajoutant que son père serait sans doute la seule personne à se réjouir de la mort de Harry. Emma ne réagit pas, elle était sûre qu'il avait raison.

Les jours qui suivirent sa visite à Maisie à Still House Lane, Emma passa des heures, seule dans sa chambre, à se demander sans cesse que faire de ce qu'elle savait. Elle conclut qu'elle ne devait pas espérer découvrir le contenu de la lettre, posée sur la cheminée depuis plus d'un an, sans gâter sa relation avec Maisie. Toutefois, elle résolut non seulement de prouver au monde entier que Harry était toujours vivant, mais de le retrouver, où qu'il soit. À cette fin, elle prit rendez-vous avec son grand-père. Après tout, puisque sir Walter Barrington était le seul, à part Maisie, à avoir rencontré le Dr Wallace, c'est par lui qu'elle avait le plus de chance de percer le mystère de l'identité exacte de Thomas Bradshaw.

7

Il ne faut jamais être en retard à un rendez-vous. Tel était le principe que son grand-père lui avait inculqué dès son plus jeune âge. Cela crée une mauvaise impression, lui avait-il expliqué. Si on veut être pris au sérieux, en tout cas.

Elle quitta donc le manoir à 9 h 25, ce matin-là, et franchit en voiture la grille du chantier naval Barrington à 9 h 52. L'automobile se gara devant le bâtiment Barrington à 9 h 54. Lorsqu'elle sortit de l'ascenseur au cinquième étage et longea le couloir en direction du bureau du président, il était 9 h 58.

Mlle Beale, la secrétaire, ouvrit la porte du bureau de sir Walter au moment où la pendule de la cheminée commençait à égrener ses dix coups. Le président sourit, se leva de son bureau et traversa la pièce pour accueillir Emma en l'embrassant sur les deux joues.

— Comment va ma petite-fille préférée ? s'enquit-il en la conduisant à un fauteuil confortable placé devant l'âtre.

— Grace va très bien, grand-père, répondit-elle en souriant. Elle a de brillants résultats à Cambridge, paraît-il. Elle m'a chargée de vous transmettre ses affectueuses pensées.

— Ne joue pas les effrontées avec moi, jeune demoiselle, répliqua sir Walter en lui rendant son sourire. Et Sebastian, mon arrière-petit-fils favori, comment se porte-t-il ?

— Votre unique arrière-petit-fils, lui rappela-t-elle en se calant dans le profond fauteuil de cuir.

— Puisque tu ne l'as pas amené avec toi, je suppose que tu veux aborder une question sérieuse.

Le bavardage préliminaire était terminé et Emma savait que sir Walter avait sans doute réservé un nombre de minutes précis pour leur entretien. Mlle Beale lui avait jadis expliqué qu'il accordait quinze, trente minutes ou une heure aux visiteurs, selon leur importance aux yeux de son patron. Cette règle s'appliquait également aux membres de la famille, sauf le dimanche. Ayant un certain nombre de questions à lui poser, Emma espérait qu'il lui avait alloué au moins une demi-heure.

Elle essaya de se détendre, parce qu'elle ne voulait pas que son grand-père devine la vraie raison de sa venue.

— Vous rappelez-vous la fois où vous avez eu la gentillesse de venir en Écosse pour m'annoncer que Harry avait péri en mer ? Je crains d'avoir été dans un tel état de choc que je n'avais pas tout bien compris. Aussi, j'espère que vous pourrez m'en dire un peu plus sur ses derniers jours.

— Bien sûr, ma chère petite, répondit sir Walter d'un ton compatissant. Espérons que ma mémoire sera à la hauteur. Y a-t-il quelque chose que tu souhaites savoir en particulier ?

— Vous m'aviez dit qu'après avoir quitté Oxford Harry avait pris du service à bord du *Devonian* comme quatrième officier.

— En effet. C'est mon vieil ami, le capitaine Havens, qui l'a accepté. Et il a été l'un des rares survivants. Quand je lui ai rendu visite récemment, il n'aurait pu parler plus élogieusement de Harry. Il l'a décrit comme un jeune homme courageux qui lui avait non seulement sauvé la vie après que le bateau a été frappé par une torpille, mais qui a sacrifié la sienne en tentant de sauver celle du chef mécanicien.

— Le capitaine Havens a-t-il été lui aussi recueilli par le *Kansas Star* ?

— Non. Par un autre bateau qui se trouvait dans les parages. Si bien que, malheureusement, il n'a plus revu Harry.

— Il n'a pas donc pas été témoin de l'immersion du corps de Harry ?

— Non. Le seul officier du *Devonian* qui était avec Harry lorsqu'il est mort était américain. Il s'agit du lieutenant Thomas Bradshaw.

— Vous m'avez dit qu'un certain Dr Wallace a remis une lettre à Mme Clifton de la part du lieutenant Bradshaw.

— C'est bien ça. Le Dr Wallace était le médecin du *Kansas Star*. Il m'a dit que lui et son équipe avaient fait tout ce qui était en leur pouvoir pour sauver Harry.

— Bradshaw vous a-t-il écrit à vous aussi ?

— Non. Seulement au parent le plus proche, si je me rappelle bien les paroles du Dr Wallace.

— Alors, ne trouvez-vous pas étrange qu'il ne m'ait pas écrit ?

Sir Walter resta coi quelques instants.

— Je n'ai jamais réfléchi à la question, vois-tu. Il est possible que Harry ne lui ait pas parlé de toi. Tu sais à quel point il pouvait être secret.

Elle avait souvent songé à la question, mais elle s'empressa de poursuivre.

— Avez-vous lu la lettre qu'il a envoyée à Mme Clifton ?

— Non. Mais je l'ai aperçue sur la cheminée lorsque je lui ai rendu visite le lendemain.

— Pensez-vous que le Dr Wallace avait une idée du contenu de la lettre ?

— Oui. Il m'a indiqué qu'il s'agissait d'une lettre de condoléances de la part d'un officier qui avait été le collègue de Harry à bord du *Devonian*.

— Si seulement je pouvais rencontrer le lieutenant Bradshaw, soupira Emma, cherchant à en savoir davantage.

— Je ne vois pas comment tu y réussirais, ma chère petite. À moins que Wallace soit resté en contact avec lui.

— Connaissez-vous l'adresse du Dr Wallace ?

— Seulement « aux bons soins du *Kansas Star* ».

— Mais le bateau a dû cesser de passer par Bristol après la déclaration de guerre.

— Non, car il reste des Américains coincés en Angleterre et disposés à payer une fortune pour rentrer au pays.

— N'est-ce pas prendre des risques inutiles, étant donné le nombre de sous-marins allemands dans l'océan Atlantique ?

— Pas tant que l'Amérique restera neutre. Hitler n'a sûrement pas envie d'entrer en guerre avec les

Yankees pour la seule raison que l'un de ses sous-marins a coulé un paquebot américain.

— Savez-vous si le *Kansas Star* est attendu à Bristol dans un futur proche ?

— Non. Mais je peux facilement obtenir le renseignement.

Le vieil homme se leva et se dirigea lentement vers son bureau. Il se mit à feuilleter les nombreuses pages de l'indicateur mensuel de l'arrivée des bateaux.

— Voilà. Nous y sommes, finit-il par dire. Il doit quitter New York dans quatre semaines et il est attendu à Bristol le 15 novembre. Si tu espères entrer en contact avec quelqu'un à bord, avertit-il, sache que le bateau ne restera pas longtemps à quai, car c'est le seul endroit où il risque d'être attaqué.

— Aurai-je le droit de monter à bord ?

— Uniquement si tu fais partie de l'équipage ou si tu cherches du travail. Et, franchement, je ne te vois pas en matelot ou en serveuse de bar.

— Alors, comment puis-je réussir à parler au Dr Wallace ?

— Il te faudra attendre sur le quai dans l'espoir qu'il descende à terre. Presque tout l'équipage descend après une semaine de traversée. Par conséquent, s'il est à bord, je suis certain que tu pourras l'intercepter. Cependant, n'oublie pas que cela fait plus d'un an que Harry est mort, aussi est-il possible que Wallace ne soit plus le médecin du navire. (Emma se mordit la lèvre.) Mais si tu veux que j'organise une rencontre personnelle avec le capitaine, je serais ravi…

— Non, non, l'interrompit-elle vivement, ce n'est pas aussi important que ça.

— Si tu changes d'avis… commença sir Walter,

qui se rendit soudain compte à quel point c'était important pour elle.

— Non, merci, grand-père, dit-elle en se remettant sur pied. Merci de m'avoir accordé tant de temps.

— Ce n'est pas assez. J'aimerais beaucoup que tu passes plus souvent. Et ne manque pas d'amener Sebastian la prochaine fois, ajouta-t-il en la raccompagnant jusqu'à la porte.

Il n'avait plus aucun doute sur la raison de la visite de sa petite-fille.

*
* *

Dans la voiture qui la ramenait au manoir, une phrase demeurait gravée dans l'esprit d'Emma. Elle entendait les mêmes mots résonner dans sa tête, comme lorsque l'aiguille d'un gramophone reste coincée dans le sillon d'un disque.

Dès qu'elle arriva au manoir, elle alla retrouver Sebastian à la nursery. Elle dut le cajoler pour qu'il descende de son cheval à bascule, au prix de quelques larmes. Après le déjeuner, il s'enroula sur lui-même comme un chat repu puis sombra dans un profond sommeil. La nourrice le mit au lit tandis qu'Emma sonnait le chauffeur.

— J'aimerais que vous me reconduisiez à Bristol, Hudson.

— À un endroit précis, mademoiselle ?

— Au Grand Hotel.

*
* *

— Vous voulez que je fasse quoi ? demanda Maisie.
— Que vous m'engagiez comme serveuse.
— Mais pourquoi ?
— Je préférerais ne pas vous le dire.
— Avez-vous la moindre idée de la pénibilité du travail ?
— Non, reconnut Emma. Mais vous pouvez compter sur moi.
— Quand souhaitez-vous commencer ?
— Demain.
— Demain ?
— Oui.
— Et pour combien de temps ?
— Un mois.
— Bon. Autrement dit, vous voulez que je vous apprenne le métier de serveuse, à partir de demain, pendant un mois, mais vous ne voulez pas me dire pourquoi ?
— C'est à peu près ça.
— Souhaitez-vous être rémunérée ?
— Non.
— Voilà un soulagement, en tout cas.
— Alors, je débute quand ?
— Demain matin. À 6 heures.
— À 6 heures ? répéta Emma, incrédule.
— Cela vous surprend peut-être, Emma, mais certains clients doivent prendre le petit déjeuner dès 7 heures pour commencer leur travail à 8 heures. Aussi, ne manquez pas d'être à votre poste dès 6 heures… Tous les matins.
— Mon poste ?
— Je vous expliquerai si vous arrivez un peu avant 6 heures.

*
* *

Emma ne fut pas en retard une seule fois durant les vingt-huit jours suivants, peut-être parce que Jenkins frappait tous les matins à sa porte à 4 h 30 et que Hudson la déposait à cent mètres de l'entrée de service du Grand Hotel dès 5 h 45.

Mlle Dickens, comme l'appelait le personnel, utilisa ses dons de comédienne pour s'assurer que personne ne devine qu'elle était une Barrington.

Emma ne reçut aucun traitement de faveur de la part de Mme Clifton lorsqu'elle fit tomber quelques gouttes de soupe sur un habitué et encore moins quand elle lâcha une pile d'assiettes qui se fracassèrent au milieu de la salle à manger. Le coût aurait été déduit de sa paye si elle en avait touché une. La jeune femme mit un certain temps à ouvrir d'un coup d'épaule les portes battantes de la cuisine sans entrer en collision avec une autre serveuse.

Toutefois, Maisie s'aperçut vite qu'il lui suffisait de lui dire les choses une seule fois pour qu'Emma les retienne définitivement. Elle fut également impressionnée par la vitesse à laquelle Emma pouvait desservir et remettre le couvert, alors qu'elle n'avait jamais dressé une table de sa vie. En outre, alors qu'il fallait plusieurs semaines à la plupart des apprenties pour maîtriser l'art de disposer habilement les mets sur l'assiette d'un client, certaines n'y réussissant d'ailleurs jamais, dès la fin de la deuxième semaine il devint inutile de la surveiller.

À la fin de la troisième, Maisie aurait aimé qu'elle reste et, au bout de la quatrième, plusieurs habitués pensaient la même chose et insistaient pour être servis par Mlle Dickens.

La pensée qu'elle allait devoir annoncer au directeur que Mlle Dickens avait rendu son tablier après un mois seulement commençait à tracasser Maisie.

— Vous pourrez dire à M. Hurst qu'on m'a offert un meilleur travail, mieux payé, déclara Emma en pliant son uniforme.

— Il ne va pas être content. Ç'aurait été plus facile si vous vous étiez révélée incapable ou si, au moins, vous aviez été quelquefois en retard.

Emma éclata de rire et plaça pour la dernière fois son petit bonnet blanc sur ses vêtements.

— Puis-je encore faire quelque chose pour vous, mademoiselle Dickens ?

— Oui, s'il vous plaît. Il me faudrait un certificat.

— Pour obtenir un autre travail bénévole, c'est ça ?

— Quelque chose d'approchant, répondit Emma, tout en se sentant un peu coupable de ne pas pouvoir mettre la mère de Harry dans la confidence.

— Eh bien, je vais vous le dicter. Vous allez l'écrire et je le signerai, dit Maisie en donnant à Emma une feuille de papier à en-tête. « Attestation, commença Maisie. Durant la courte période… »

— Puis-je enlever « courte » ?

Maisie sourit.

— « Pendant la période où elle a travaillé pour nous au Grand Hotel, Mlle Dickens – Emma écrivit "Mlle Barrington" sans le signaler à Maisie – s'est montrée diligente, efficace et a été très appréciée à la fois des clients et du personnel. Ses remarquables qualités de serveuse et sa facilité à apprendre me permettent d'affirmer que tout établissement n'aurait qu'à se féliciter de ses services. Nous allons regretter son départ et si elle souhaite un jour revenir au Grand Hotel, nous serons ravis de l'accueillir à nouveau. »

Emma sourit en rendant le feuillet à Maisie, qui griffonna sa signature au-dessus de *Gérante du restaurant*.

— Merci, dit Emma en la prenant dans ses bras.

— Je n'ai aucune idée de vos intentions, ma chère petite, répondit Maisie une fois qu'Emma l'eut libérée, mais quelles qu'elles soient, je vous souhaite bonne chance.

Emma aurait voulu lui répondre : « Je pars à la recherche de votre fils et je ne reviendrai pas avant de l'avoir trouvé. »

8

Elle attendait sur le quai depuis plus d'une heure lorsqu'elle aperçut le *Kansas Star* avancer lentement dans le port, mais il s'écoula une heure de plus avant qu'il accoste.

Emma passa ce temps à réfléchir à sa décision et elle commençait déjà à se demander si elle aurait le courage d'aller au bout. Elle tenta de chasser de son esprit la pensée du torpillage de l'*Athenia*, quelques mois plus tôt, et l'idée qu'elle risquait de ne jamais atteindre New York.

Elle avait écrit une longue lettre à sa mère pour tenter de lui expliquer pourquoi elle serait absente pendant deux semaines – trois, tout au plus – et elle espérait qu'elle comprendrait. Elle ne pouvait pas, cependant, écrire à Sebastian pour l'informer qu'elle partait à la recherche de son père. Il lui manquait déjà et elle s'efforçait de se persuader qu'elle agissait autant pour son fils que pour elle-même.

Sir Walter lui avait à nouveau proposé de la présenter au capitaine du *Kansas Star*, mais elle avait poliment refusé car cela ne cadrait pas avec son projet de garder l'anonymat. Il lui avait également brossé un vague portrait du Dr Wallace et aucun homme possédant la moindre ressemblance avec le médecin n'était encore descendu du bateau, ce matin-là. En outre, sir Walter avait pu lui fournir deux autres précieux renseignements : le *Kansas Star* lèverait l'ancre le soir même, avec la dernière marée, et le commissaire de bord se trouvait en général dans son bureau tous les après-midi, entre 14 et 17 heures, pour remplir des fiches d'embarquement. Plus important, c'est lui qui recrutait les employés ne faisant pas partie de l'équipage.

Si Emma avait écrit à son grand-père, la veille, pour le remercier de son aide, elle ne lui avait toujours pas indiqué ce qu'elle comptait faire au juste, même si elle avait le sentiment qu'il avait deviné.

Lorsque l'horloge du bâtiment Barrington eut sonné deux coups, alors que le Dr Wallace n'avait toujours pas fait son apparition, elle ramassa sa petite valise, décidant que le moment était venu d'emprunter la passerelle. Après être montée nerveusement sur le pont, elle demanda à la première personne en uniforme le chemin du bureau du commissaire. On lui répondit qu'il se trouvait à l'arrière, sur le pont inférieur.

Ayant aperçu une passagère s'enfoncer dans un vaste escalier, elle la suivit, en direction, se dit-elle, du pont inférieur. Mais ne sachant pas le moins du monde de quel côté était l'arrière, elle se joignit à une file d'attente devant le bureau des renseignements.

Derrière le comptoir se tenaient deux jeunes filles vêtues d'un uniforme bleu foncé et d'un chemisier blanc, qui, tout en gardant un sourire gravé sur le visage, s'efforçaient de répondre aux questions de chaque passager.

— En quoi puis-je vous aider, mademoiselle ? demanda l'une d'elles à Emma lorsque ce fut son tour.

À l'évidence, la jeune fille la prenait pour une passagère et s'il est vrai qu'Emma avait bien envisagé de payer sa traversée jusqu'à New York, elle avait finalement décidé qu'elle avait davantage de chances de découvrir ce qu'elle souhaitait savoir en se faisant embaucher comme membre du personnel.

— Je voudrais savoir où se trouve le bureau du commissaire.

— Deuxième porte à droite, après l'escalier des cabines. Vous ne pouvez pas vous tromper.

Emma suivit le doigt pointé et, lorsqu'elle atteignit une porte marquée « Commissaire », elle prit une profonde inspiration et frappa.

— Entrez !

Elle ouvrit la porte et franchit le seuil. Un officier élégamment vêtu était assis derrière un bureau jonché de fiches. Sa chemise blanche à col ouvert soigneusement repassée était rehaussée de deux épaulettes dorées.

— Que puis-je faire pour vous ? s'enquit-il avec un accent qu'elle n'avait jamais entendu auparavant et qu'elle avait beaucoup de mal à comprendre.

— Je cherche un travail de serveuse, m'sieur l'commissaire, répondit-elle en espérant qu'elle parlait comme l'une des servantes du manoir.

— Désolé, répondit-il en baissant à nouveau le regard. Je n'ai pas besoin de nouvelles serveuses. Le seul poste disponible est au bureau des renseignements.

— Je serais ravie d'y travailler, répondit-elle, en reprenant son ton habituel.

Le commissaire la regarda de plus près.

— La paye n'est pas bonne, la prévint-il, et les horaires sont pires.

— J'y suis habituée.

— Et je ne peux pas vous offrir un poste permanent. L'une de mes employées est à terre, en congé à New York, et elle fera à nouveau partie du personnel après cette traversée.

— Cela ne pose aucun problème, affirma Emma sans autre explication.

Le commissaire ne paraissait toujours pas convaincu.

— Savez-vous lire et écrire ?

Elle aurait voulu lui dire qu'elle avait passé brillamment le concours d'entrée à l'université d'Oxford, mais elle se contenta de répondre :

— Oui, monsieur le commissaire.

Sans un mot de plus, il ouvrit un tiroir, en sortit un long formulaire et lui donna un stylo.

— Remplissez ceci, lui dit-il.

Comme elle commençait à répondre aux questions, il poursuivit :

— Il me faudra également un certificat de référence.

Lorsqu'elle eut rempli la fiche, elle prit dans son sac la lettre de recommandation de Maisie et la lui tendit.

— Tout à fait impressionnant, commenta-t-il. Mais êtes-vous certaine de posséder les qualités nécessaires à une réceptionniste ?

— Ç'allait être mon prochain poste au Grand Hotel. Cela faisait partie de ma formation de futur cadre.

— Alors, pourquoi avoir laissé passer cette chance pour nous rejoindre ?

— J'ai une grand-tante qui vit à New York et ma mère souhaite que je reste avec elle jusqu'à la fin de la guerre.

Cette fois, le commissaire parut convaincu, car ce n'était pas la première fois que quelqu'un voulait travailler à bord afin de quitter l'Angleterre.

— Eh bien, allons-y ! lança-t-il en se levant d'un bond.

Il sortit du bureau à grands pas et lui fit refaire le court trajet jusqu'au bureau des renseignements.

— Peggy, j'ai trouvé quelqu'un pour remplacer Dana pendant la traversée. Alors, vous avez intérêt à la mettre au courant sans tarder.

— Ah, tant mieux ! fit Peggy en soulevant un rabat pour permettre à Emma de la rejoindre derrière le comptoir. Comment vous appelez-vous ? demanda-t-elle avec le même accent quasi incompréhensible.

Emma saisit enfin ce qu'avait voulu dire George Bernard Shaw lorsqu'il avait déclaré que les Anglais et les Américains sont séparés par une langue commune.

— Emma Barrington.

— Eh bien, Emma, voici Trudy, mon adjointe. Comme nous sommes débordées, peut-être pourriez-vous vous contenter d'observer pour le moment, et on va essayer de vous mettre au courant au fur et à mesure.

Emma recula d'un pas et regarda les deux jeunes femmes traiter toutes les questions dont on les bombardait, en réussissant à garder le sourire.

Une heure plus tard, Emma savait à quel moment et à quel endroit les passagers devaient se rendre pour l'exercice concernant les chaloupes de sauvetage, sur quel pont se trouvait la salle à manger, à quelle distance du rivage ils auraient le droit de commander un verre d'alcool, où ils pouvaient trouver un partenaire pour une partie de bridge après le dîner et comment gagner le pont supérieur afin d'admirer le coucher du soleil.

Durant la deuxième heure, Emma entendit reposer constamment les mêmes questions et, dès la troisième, elle fit un pas en avant et commença à répondre aux passagers, ne demandant qu'occasionnellement leur aide aux deux autres jeunes femmes.

Peggy fut impressionnée et, dès que la file d'attente se réduisit à quelques retardataires, elle dit à Emma :

— Il est temps de te montrer ta cabine et d'avaler quelque chose pendant que les passagers prennent l'apéritif… Je serai de retour vers 19 heures pour prendre le relais, ajouta-t-elle en se tournant vers Trudy, avant de soulever le rabat et de quitter le poste.

Trudy opina du chef alors qu'un nouveau passager approchait du comptoir.

— Puis-je savoir si on doit s'habiller pour le dîner ?

— Pas le premier soir, monsieur, répondit la réceptionniste d'un ton ferme. Mais ce sera nécessaire tous les autres soirs.

Peggy ne cessa pas de parler tandis qu'elle conduisait Emma dans une longue coursive, avant d'arriver en haut d'un escalier entravé par une corde. Un écriteau annonçait en grosses lettres rouges : « RÉSERVÉ AU PERSONNEL ».

— Ça mène à nos quartiers, expliqua Peggy en décrochant la corde. Il te faudra partager une cabine avec moi, parce que la couchette de Dana est la seule disponible en ce moment.

— C'est parfait.

Elles n'arrêtèrent pas de descendre, la cage d'escalier devenant, pont après pont, de plus en plus étroite. Peggy ne se taisait qu'au moment où un membre d'équipage s'écartait pour les laisser passer et elle le remerciait parfois d'un chaleureux sourire. De sa vie, Emma n'avait jamais rencontré quelqu'un comme Peggy. Farouchement indépendante, elle parvenait néanmoins à demeurer féminine, avec ses cheveux blonds coupés à la garçonne, sa jupe qui couvrait tout juste les genoux et sa veste serrée qui soulignait nettement la beauté de ses formes.

— Voici notre cabine, dit-elle enfin. C'est ici que tu vas dormir cette semaine. J'espère que tu ne t'attendais pas à une suite royale.

Emma pénétra dans une cabine plus exiguë que la plus petite pièce du manoir, y compris le local à balais.

— Affreux, non ? fit Peggy. En fait, ce vieux rafiot n'a qu'une seule qualité.

Emma n'eut pas besoin de demander ce que cela pouvait bien être, Peggy étant trop heureuse de répondre autant à ses propres questions qu'à celles d'Emma.

— Le ratio hommes/femmes est meilleur que partout ailleurs sur la planète, s'esclaffa-t-elle. Voici la couchette de Dana, ajouta-t-elle, et voilà la mienne. Comme tu vois, il n'y a pas assez de place dans la cabine pour deux personnes en même temps, sauf si l'une des deux est couchée. Je vais te laisser défaire ta valise et je reviendrai dans une demi-heure pour t'emmener dîner en bas à la cantine du personnel.

Emma se demanda si on pouvait descendre beaucoup plus bas, mais Peggy avait disparu avant qu'elle ait eu le temps de poser la question. Tout abasourdie, elle resta assise sur sa couchette. Comment faire pour que Peggy réponde à toutes ses questions, alors qu'elle ne cessait pas de parler ? À moins que cela soit un avantage, si, avec le temps, elle révélait ce qu'Emma désirait savoir. Ayant toute une semaine devant elle, elle pouvait se permettre de patienter. Elle commença à ranger ses maigres effets dans un tiroir que Dana n'avait pas pris la peine de vider.

Deux longs coups de sirène retentirent et, quelques instants plus tard, elle ressentit une légère vibration. Malgré l'absence de hublot, elle comprit qu'on avait levé l'ancre. Elle se rassit sur sa couchette et tâcha de se convaincre qu'elle avait pris la bonne décision. Même si elle avait l'intention de revenir à Bristol dans moins d'un mois, Sebastian lui manquait déjà.

Elle se mit à étudier plus soigneusement l'endroit qui allait lui servir de résidence pendant une semaine. De chaque côté de la cabine, fixée à la paroi, se trouvait une étroite couchette destinée à un occupant plus petit que la normale. Elle s'allongea pour essayer un matelas sans la moindre souplesse, car dépourvu de tout ressort, et posa la tête sur un oreiller en mousse de caoutchouc et non pas en plumes. Le petit lavabo était muni de deux robinets d'où coulait le même filet d'eau tiède.

Elle revêtit l'uniforme de Dana en se forçant à ne pas rire. Lorsqu'elle revint, Peggy ne put s'empêcher de s'esclaffer, Dana devant, au minimum, mesurer huit centimètres de moins et faire trois tailles de plus qu'Emma.

— Estime-toi heureuse que ce soit seulement pour une semaine, lui dit Peggy en l'emmenant dîner.

Elles s'enfoncèrent encore plus dans les entrailles du bateau afin de rejoindre les autres membres du personnel. Plusieurs jeunes hommes et un ou deux plus âgés invitèrent Peggy à s'asseoir à leur table. Elle choisit celle d'un grand jeune homme, qui, selon Peggy, était officier mécanicien. Emma se demanda si cela expliquait qu'il n'y avait pas que ses cheveux qui étaient huileux. Ils se joignirent tous les trois à la file d'attente devant le comptoir. L'officier mécanicien remplit son assiette de presque tous les aliments proposés. Peggy réussit à en prendre environ la moitié, tandis que, se sentant un peu nauséeuse, Emma se contenta d'un biscuit et d'une pomme.

Après le dîner, Peggy et Emma retournèrent au bureau des renseignements pour remplacer Trudy. Le dîner des passagers étant servi à 20 heures, rares furent ceux qui vinrent les interroger, sauf pour demander le chemin de la salle à manger.

Pendant l'heure suivante, Emma en apprit beaucoup plus sur Peggy que sur le *Kansas Star*. Lorsqu'elles terminèrent leur travail à 22 heures, elles abaissèrent la grille et Peggy reconduisit sa nouvelle collègue vers l'escalier menant aux ponts inférieurs.

— Veux-tu te joindre à nous pour boire un verre à la cantine du personnel ? s'enquit-elle.

— Non, merci. Je suis épuisée.

— Crois-tu pouvoir retrouver ton chemin jusqu'à la cabine ?

— Pont inférieur numéro 7, cabine 113. Si je ne suis pas couchée à ton retour, envoie une équipe de secours à ma recherche.

Dès qu'elle fut dans la cabine, elle s'empressa de se déshabiller, de se laver, avant de se glisser sous l'unique drap et la seule couverture fournis par la compagnie. Elle tâcha de s'installer le plus confortablement possible, les genoux redressés presque jusqu'au menton. À cause des mouvements irréguliers du navire elle n'arrivait pas à demeurer dans la même position plus de quelques minutes d'affilée. Avant de sombrer dans un sommeil agité, ses dernières pensées furent pour Sebastian.

Elle se réveilla en sursaut. Il faisait si noir qu'il lui était impossible de consulter sa montre. Elle crut d'abord que le mouvement de la cabine était dû au tangage du bateau, jusqu'au moment où ses yeux s'accommodèrent à l'obscurité et purent distinguer deux corps sur l'autre couchette qui montaient et descendaient en cadence. L'un des deux corps possédait une paire de jambes qui dépassaient de beaucoup le bout de la couchette et s'appuyaient fermement contre la paroi. Elles devaient appartenir à l'officier mécanicien. Se retenant de rire, Emma resta absolument immobile jusqu'à ce que Peggy émette un long soupir et que le mouvement s'arrête. Quelques instants plus tard, les pieds qui terminaient les grandes jambes touchèrent le sol et se tortillèrent pour entrer dans une vieille salopette. Puis la porte de la cabine s'ouvrit et se referma en silence. Emma sombra dans un profond sommeil.

9

Quand Emma se réveilla, le lendemain matin, Peggy était déjà levée et habillée.

— Je vais petit-déjeuner, annonça-t-elle. On se revoit au bureau tout à l'heure. Au fait, on doit prendre le relais à 8 heures.

Dès que la porte se referma, Emma bondit hors du lit et, après avoir fait lentement sa toilette et s'être habillée en hâte, elle comprit qu'elle n'aurait pas le temps de prendre le petit déjeuner si elle espérait se trouver derrière le comptoir à l'heure.

Lorsqu'elle eut gagné son poste, elle se rendit rapidement compte que Peggy accomplissait sa tâche avec grand sérieux et faisait le maximum pour aider tous les passagers. Pendant leur pause-café, Emma lui dit :

— Un passager m'a demandé l'horaire des visites du médecin.

— De 7 heures à 11 heures le matin. De 16 heures à 18 heures l'après-midi. En cas d'urgence, il faut appeler le 111 du téléphone le plus proche.

— Et quel est le nom du médecin ?

— Parkinson. Le Dr Parkinson. C'est le seul homme pour qui toutes les filles à bord ont le béguin.

— Ah… L'un des passagers croyait que c'était le Dr Wallace.

— Non. Wally a pris sa retraite il y a environ six mois. Ce cher vieux…

Emma ne posa aucune autre question pendant la pause, se contentant de boire son café.

— Tu devrais passer le reste de la matinée à te repérer à bord pour savoir où tu envoies les gens, suggéra Peggy en lui tendant un guide du bateau, une fois de retour au bureau. On se revoit au déjeuner.

Le guide ouvert à la main, Emma commença son exploration sur le pont supérieur : salles à manger, bars, salon de bridge, bibliothèque… Il y avait même une salle de bal avec un orchestre de jazz permanent. Elle s'arrêta seulement pour regarder l'endroit de plus près lorsqu'elle atteignit l'infirmerie sur le pont inférieur numéro 2. Elle ouvrit avec précaution la double porte et passa la tête par l'entrebâillement. Deux lits vides, soigneusement faits, se trouvaient contre le mur, à l'autre bout de la pièce. Harry avait-il occupé l'un des deux et le lieutenant Bradshaw l'autre ?

— Que puis-je faire pour vous ? demanda une voix.

Elle se retourna brusquement et découvrit un homme de haute taille, vêtu d'une longue blouse blanche. Elle comprit tout de suite pourquoi Peggy avait le béguin pour lui.

— Je viens de prendre mon poste au bureau des renseignements, balbutia-t-elle, et je dois apprendre à m'orienter à bord.

— Je m'appelle Simon Parkinson, dit-il en lui faisant un chaleureux sourire. Maintenant que vous avez découvert mon domaine, vous y serez toujours la bienvenue.

— Merci, dit Emma.

Elle s'empressa de ressortir dans la coursive, referma la porte derrière elle et s'éloigna à grands pas. Elle ne se rappelait pas la dernière fois où quelqu'un lui avait conté fleurette mais elle aurait préféré que soit le Dr Wallace. Elle passa le reste de la matinée à explorer tous les ponts jusqu'à ce qu'elle ait le sentiment d'avoir bien en tête le plan du navire et de pouvoir dorénavant indiquer aux passagers avec davantage de confiance l'endroit où se trouvait ce qu'ils cherchaient.

Il lui tardait de passer l'après-midi à mettre à l'épreuve son nouveau savoir, mais Peggy lui demanda de parcourir les fiches des passagers de la même façon qu'elle avait étudié la disposition du bateau. Elle s'installa donc dans le bureau de derrière pour faire la connaissance de gens qu'elle ne reverrait jamais.

Le soir, elle s'efforça de dîner – haricots sur toasts et un verre de limonade –, avant de regagner prestement sa cabine dans l'espoir de dormir un peu avant l'éventuel retour de l'officier mécanicien.

Lorsque la porte de la cabine s'ouvrit, la lumière de la coursive la réveilla. Elle ne put reconnaître la personne qui était entrée dans la cabine mais ce n'était sans doute pas le mécanicien car ses pieds n'atteignaient pas la paroi. Elle demeura éveillée durant quarante minutes et ne retrouva le sommeil qu'une fois que la porte se fut rouverte et refermée.

*

* *

Elle s'habitua vite à la routine de la journée, suivie des visites nocturnes. Ces visites ne variaient guère, mis à part l'identité des visiteurs, même si une fois l'un d'eux se trompa de couchette et se dirigea vers la sienne.

— Vous faites erreur, déclara Emma fermement.

— Excusez-moi, fit l'inconnu, avant de changer de direction.

Peggy avait dû croire qu'Emma s'était rendormie, parce qu'une fois que le couple eut fait l'amour, elle distingua chaque mot de leur conversation à voix basse.

— Penses-tu que ton amie serait consentante ?

— Pourquoi ? Elle t'a tapé dans l'œil ? gloussa Peggy.

— Non. Pas à moi. Mais je connais quelqu'un qui aimerait être le premier à déboutonner l'uniforme de Dana.

— Aucune chance. Elle a un petit ami à Bristol et il paraît que même le Dr Parkinson ne l'a pas impressionnée.

— Dommage, dit la voix.

*
* *

Avant le petit déjeuner, Peggy et Trudy parlaient souvent du matin où les corps de neuf marins du *Devonian* avaient été immergés en haute mer. Grâce à quelques questions discrètes, Emma parvint à glaner un certain nombre de détails que ni son grand-père ni Maisie n'auraient pu connaître. Pourtant, à seulement trois jours de l'arrivée à New York, elle n'était pas plus près de découvrir si le survivant était Harry ou le lieutenant Bradshaw.

Le cinquième jour, pour la première fois, Emma fut seule responsable du bureau des renseignements, et il n'y eut aucune surprise. La surprise eut lieu durant la cinquième nuit.

Lorsque la porte de la cabine s'ouvrit, à une heure indéterminée, un homme se dirigea à nouveau vers la couchette d'Emma. Mais cette fois-là, lorsqu'elle lança d'un ton ferme : « Vous faites erreur ! », il repartit immédiatement. Elle resta éveillée, se demandant qui cela pouvait bien être.

Le sixième jour, elle n'apprit rien de plus sur Harry et Tom Bradshaw, et elle commençait à craindre de débarquer à New York sans le moindre indice pour mener ses recherches. Ce fut durant le dîner, ce soir-là, qu'elle décida d'interroger Peggy sur le « survivant ».

— Je n'ai rencontré Tom Bradshaw qu'une seule fois, répondit-elle, alors qu'il se promenait sur le pont avec son infirmière. Enfin, on ne peut pas dire qu'il se promenait vraiment parce que le malheureux marchait à l'aide de béquilles.

— Tu lui as parlé ?

— Non. Il avait l'air très timide. De toute façon, Kristin le surveillait de près.

— Kristin ?

— À l'époque, c'était l'infirmière à bord. Elle travaillait avec le Dr Wallace. À eux deux, ils ont sans doute sauvé la vie de Tom Bradshaw.

— Tu ne l'as jamais revu ?

— Seulement quand on est arrivés à New York. Je l'ai vu débarquer avec Kristin.

— Il a débarqué avec Kristin ? demanda Emma d'un ton anxieux. Le Dr Wallace était-il avec eux ?

— Non. Juste Kristin et Richard, son petit copain.

— Richard ? fit Emma, soulagée.

— Oui. Richard quelque chose. Je ne me rappelle pas son nom de famille. C'était le troisième officier. Peu de temps après il a épousé Kristin et on ne les a plus jamais revus, ni l'un ni l'autre.

— Était-il beau garçon ?

— Tom ou Richard ?

— Puis-je t'offrir un verre, Peg ? demanda un jeune homme qu'Emma n'avait jamais vu, mais elle avait le sentiment qu'elle allait le voir de profil, un peu plus tard, cette nuit-là.

Emma avait raison. Elle ne dormit pas avant, pendant, ni après la visite. Elle avait l'esprit ailleurs.

*
* *

Le lendemain matin, debout derrière le comptoir du bureau des renseignements, pour la première fois depuis le début de la traversée, Emma attendait Peggy.

— Veux-tu que je prépare la liste des passagers en vue du débarquement ? s'enquit-elle lorsque sa collègue arriva enfin et leva le rabat.

— Tu es la première personne à se porter volontaire pour effectuer ce boulot. Il faut que quelqu'un s'assure qu'elle est à jour, au cas où, une fois qu'on sera à quai à New York, les services de l'immigration décident de vérifier certains renseignements sur des passagers.

Emma se rendit immédiatement dans le bureau de derrière. Écartant la liste des passagers de la présente traversée, elle s'intéressa aux dossiers concernant les anciens membres du personnel, qu'elle trouva dans un autre classeur qui semblait ne pas avoir été ouvert depuis quelque temps.

Elle entama une recherche méticuleuse des noms Kristin et Richard. Kristin s'avéra facile à trouver car il n'y avait qu'une personne portant ce nom et elle avait été première infirmière sur le *Kansas Star* de 1936 à 1939. En revanche, il y avait plusieurs Richard, Dick et Dicky – les diminutifs de Richard –, mais l'adresse de l'un d'entre eux, le lieutenant Richard Tibbet, était celle de l'immeuble où résidait Mlle Kristin Craven, à Manhattan.

Emma la nota.

10

— Bienvenue aux États-Unis, mademoiselle Barrington.

— Merci, dit Emma.

— Combien de temps comptez-vous demeurer aux États-Unis ? s'enquit l'inspecteur de l'immigration, tout en vérifiant son passeport.

— Une semaine ou deux, tout au plus. Je viens voir ma grand-tante et ensuite je rentrerai en Angleterre.

Si elle avait bien une grand-tante, la sœur de lord Harvey, qui vivait à New York, Emma n'avait pas la moindre intention de lui rendre visite, surtout parce qu'elle ne voulait pas que la famille découvre ce qu'elle manigançait.

— Quelle est l'adresse de votre grand-tante ?

— 64e Rue, au coin de Park Avenue.

L'inspecteur nota l'adresse et tamponna son passeport, avant de le lui rendre.

— Bon séjour dans la Grosse Pomme, mademoiselle Barrington.

Une fois les formalités de débarquement accomplies, elle se joignit à une longue file d'attente de passagers du *Kansas Star*. Vingt minutes s'écoulèrent avant qu'elle puisse monter à l'arrière d'un des fameux taxis jaunes.

— Je souhaiterais que vous me conduisiez à un petit établissement pratiquant des prix raisonnables et sis près de Merton Street, dans Manhattan, dit-elle au chauffeur.

— Pouvez reprendre au début, ma p'tite dame ? fit le chauffeur, un bout de cigare éteint fiché au coin des lèvres.

Étant donné qu'Emma ne comprenait pas un traître mot de ce qu'il disait, elle supposa qu'il avait le même problème.

— Je cherche un petit hôtel bon marché près de Merton Street, situé sur l'île de Manhattan, déclara-t-elle en détachant chaque syllabe.

— Merton Street, répéta le chauffeur, comme si c'étaient les seuls mots qu'il avait compris.

— C'est ça.

— Fallait l'dire tout d'suite !

Il démarra et ne reparla pas jusqu'au moment où il déposa sa cliente devant un bâtiment de brique sur la façade duquel flottait un drapeau annonçant le Mayflower Hotel.

— Ça fera quarante cents, dit le chauffeur, tandis que le cigare montait et descendait à chaque mot.

Elle régla la course avec l'argent gagné à bord. Après s'être inscrite à la réception, elle prit l'ascenseur jusqu'au quatrième étage. Une fois dans sa chambre, elle s'empressa de se déshabiller et se fit couler un bain chaud.

Quand elle sortit de la baignoire à contrecœur, elle s'essuya avec une grande serviette-éponge, choisit une robe sobre et redescendit au rez-de-chaussée. Elle se sentait à nouveau presque humaine.

Elle trouva une table tranquille dans le coin de la cafétéria de l'hôtel et commanda une tasse de thé – l'Earl Grey y était inconnu – et un club sandwich, une nouveauté pour elle. Pendant qu'elle attendait sa commande, elle se mit à écrire une longue liste de questions au dos d'une serviette en papier, dans l'espoir qu'un résidant du 46 Merton Street serait disposé à y répondre.

Une fois qu'elle eut signé le *check*, encore un nouveau mot pour Emma[1], elle demanda à la réceptionniste le chemin de Merton Street. « Trois blocs, nord, deux blocs, ouest », lui répondit-elle. Elle ne savait pas que les New-Yorkais étaient tous dotés d'une boussole interne.

Ce fut une agréable promenade. Elle s'arrêta plusieurs fois pour admirer des vitrines débordant d'articles qu'elle n'avait jamais vus à Bristol. Un peu après midi, elle arriva devant un très haut immeuble résidentiel, sans trop savoir ce qu'elle ferait si Mme Tibbet n'était pas chez elle.

Un portier vêtu d'un uniforme élégant la salua et lui ouvrit la porte.

— En quoi puis-je vous être utile ?

— Je vais chez Mme Tibbet, répondit Emma.

Elle cherchait à donner l'impression qu'elle avait rendez-vous.

— Troisième étage, appartement 31, indiqua-t-il en portant la main à sa casquette.

---

1. Soit l'« addition ». On dit « *bill* » en anglais britannique.

C'était vrai. Il semblait bien qu'un accent anglais soit un sésame.

Comme l'ascenseur montait lentement vers le troisième, Emma prépara quelques phrases qui, espérait-elle, ouvriraient une autre porte. Lorsqu'il s'arrêta, elle tira la grille, sortit sur le palier et partit à la recherche du numéro 31. Un minuscule œilleton de verre se trouvait, tel l'œil d'un cyclope, au milieu de la porte des Tibbet. Si elle ne pouvait pas voir à l'intérieur, le judas permettait aux occupants de l'appartement, devina-t-elle, d'apercevoir le couloir. Une sonnette plus familière était fixée au mur, à côté de la porte. Elle appuya sur le bouton et attendit. Elle dut patienter un certain temps avant que la porte s'entrebâille, de quelques centimètres seulement. Emma aperçut une chaîne de cuivre et deux yeux qui la dévisageaient.

— De quoi s'agit-il ? demanda une voix qu'elle put, en tout cas, comprendre.

— Désolée de vous déranger, madame Tibbet, mais il se peut que vous soyez mon dernier espoir. (Les yeux eurent l'air suspicieux.) Je tente de toutes mes forces de retrouver Tom.

— Tom ?

— Tom Bradshaw. C'est le père de mon enfant, ajouta-t-elle, jouant sa dernière carte pour qu'on lui ouvre.

La porte se referma, la chaîne fut détachée, la porte se rouvrit et une jeune femme portant un bébé dans ses bras apparut.

— Désolée, mais Richard n'aime pas que j'ouvre la porte aux inconnus. Entrez donc, je vous prie.

Elle lui fit traverser la salle de séjour.

— Asseyez-vous pendant que je couche Jake dans son berceau.

Emma s'assit et parcourut la pièce du regard. Il y avait plusieurs photos de Kristin en compagnie d'un officier de marine qui devait être son mari Richard.

La jeune femme revint quelques instants plus tard, chargée d'un plateau sur lequel était posée une cafetière.

— Noir ou blanc ?

— Blanc, s'il vous plaît, répondit Emma, qui ne buvait jamais de café en Angleterre, mais qui s'était vite rendu compte que les Américains ne buvaient pas de thé, même le matin.

— Du sucre ? s'enquit Kristin après avoir servi deux cafés.

— Non, merci.

— Tom est donc votre mari ? fit Kristin après s'être assise en face d'Emma.

— Non. Je suis sa fiancée. À dire vrai, il ne savait pas que j'étais enceinte.

— Comment avez-vous trouvé mon adresse ? demanda Kristin d'un ton toujours un rien méfiant.

— Le commissaire du *Kansas Star* m'a dit que vous et Richard avez été deux des dernières personnes à voir Tom.

— En effet. Nous étions avec lui jusqu'à ce qu'on l'arrête, quelques instants après avoir débarqué.

— « Arrête » ? s'écria Emma, incrédule. Qu'a-t-il bien pu faire pour qu'on l'arrête ?

— On l'a accusé d'avoir tué son frère… Mais vous ne pouvez pas l'ignorer, n'est-ce pas ?

Emma éclata en sanglots. Tous ses espoirs s'effondraient car elle comprit que c'était bien Bradshaw et non Harry qui avait survécu. Si Harry avait été accusé du meurtre du frère de Bradshaw, il lui aurait été extrêmement facile de prouver qu'on n'avait pas arrêté le vrai coupable.

Si seulement elle avait décacheté l'enveloppe qui se trouvait sur la cheminée de Maisie, elle aurait découvert le pot aux roses et se serait évité ce supplice. Elle pleura, acceptant pour la première fois l'idée que Harry était mort.

Giles Barrington

1939-1941

11

Lorsque sir Walter Barrington rendit visite à son petit-fils pour lui annoncer l'horrible nouvelle de la mort en mer de Harry Clifton, Giles resta abasourdi, comme s'il avait perdu un membre. En fait, il aurait volontiers donné un membre si ç'avait pu ramener Harry à la vie. Les deux garçons étaient inséparables depuis l'enfance et Giles, grand joueur de cricket, avait toujours pensé qu'ils marqueraient tous les deux l'une des « centaines » de la vie. La mort stupide et inutile de son ami ne fit que renforcer sa décision de ne pas commettre la même erreur.

Il écoutait M. Churchill à la radio dans le salon quand Emma lui demanda :

— As-tu l'intention de t'engager ?

— Oui. Je ne vais pas retourner à Oxford. Je vais aller m'engager sans tarder.

Sa mère fut de toute évidence surprise mais elle lui affirma qu'elle comprenait. Emma l'étreignit très fort en lui disant :

— Harry serait fier de toi.

Grace, qui montrait rarement ses sentiments, fondit en larmes.

Le lendemain matin, Giles se rendit à Bristol et gara ostensiblement son MG jaune devant la porte du bureau de recrutement. Il franchit le seuil, une expression de détermination nettement gravée, espérait-il, sur le visage. Un sergent-major des Gloucesters – le régiment du Gloucestershire, auquel avait appartenu le vieux Jack – se mit vivement au garde-à-vous dès qu'il aperçut le jeune M. Barrington. Il lui tendit un formulaire que Giles remplit. Une heure plus tard, on l'invita à passer derrière un rideau où l'attendait un médecin militaire.

Celui-ci cocha toutes les cases après avoir fait subir un examen complet à sa dernière recrue – oreilles, nez, gorge, poitrine et membres –, avant de vérifier sa vue. Giles se plaça derrière une ligne blanche et énonça les lettres et les chiffres sur demande. Après tout, au cricket, il pouvait renvoyer une balle en cuir qui se précipitait droit sur lui à cent quarante-cinq kilomètres à l'heure et atteindre la ligne la plus éloignée. Il était certain d'être reçu haut la main jusqu'au moment où le médecin lui demanda si, à sa connaissance, il existait dans sa famille des infirmités ou des maladies héréditaires. Giles répondit franchement :

— Mon père et mon grand-père sont tous les deux daltoniens.

Le médecin effectua une autre série d'examens et les « hum » et les « ha » cédèrent la place aux « tut-tut ».

— Je suis désolé de devoir vous dire, monsieur Barrington, déclara-t-il à la fin de l'examen que, vu le passé médical de votre famille, je ne vais pas pouvoir vous recommander pour le service actif. Mais, bien sûr, rien ne vous empêche de vous engager et d'accomplir un travail de bureau.

— Ne pouvez-vous pas cocher la case correspondante, docteur, et oublier que j'ai jamais soulevé la fichue question ? fit-il, d'un ton qui se voulait désespéré.

Le médecin n'eut cure de ses protestations et inscrivit C3 dans la dernière case, soit inapte au service actif.

Il fut de retour au manoir à temps pour le déjeuner. Élisabeth, sa mère, ne fit aucune remarque sur le fait qu'il but presque une bouteille de vin à lui tout seul. Il annonça à tous ceux qui l'interrogeaient sur le sujet – et à plusieurs qui ne lui demandaient rien – qu'il avait été rejeté par les Gloucesters à cause de son daltonisme.

— Cela n'a pas empêché grand-père de se battre contre les Boers, lui rappela Grace, après qu'on eut servi à son frère une seconde part de dessert.

— Sans doute ne connaissait-on pas cette infirmité à l'époque, répliqua-t-il en tâchant de prendre la pique avec désinvolture.

Emma lui décocha alors un coup sous la ceinture.

— De toute façon, tu n'avais jamais eu l'intention de t'engager, pas vrai ? fit-elle en regardant Giles droit dans les yeux.

Giles fixait ses chaussures lorsqu'elle lui assena le coup de grâce :

— Dommage que ton ami des docks ne soit plus là pour te rappeler que lui aussi était daltonien.

Lorsque la mère de Giles apprit la nouvelle, elle fut clairement soulagée, mais elle ne fit aucun commentaire sur le sujet. Grace ne reparla plus à son frère avant de retourner à Cambridge.

*
* *

Le lendemain, Giles regagna Oxford en voiture. Il tâchait de se persuader que tout le monde accepterait le motif pour lequel il n'avait pu s'engager et avait l'intention de poursuivre ses études. Quand il eut franchi le portail de l'institution, il découvrit que la cour ressemblait davantage à un centre de recrutement qu'à une cour d'université. Les jeunes gens en uniforme étaient plus nombreux que ceux portant toge et mortier noirs. Aux yeux de Giles, le seul avantage de la situation, c'était que pour la première fois depuis sa création il y avait autant de femmes que d'hommes à l'université. Malheureusement, la plupart d'entre elles ne voulaient être vues qu'au bras d'un homme en uniforme.

Deakins, le vieux copain de classe de Giles, était l'un des rares étudiants qui ne semblaient pas gênés de ne pas vouloir s'engager. Mais cela n'aurait pas servi à grand-chose qu'il passe une visite médicale. C'eût été l'un des rares examens qu'il aurait passés où il n'aurait pas eu bon à toutes les cases. Puis il disparut pour gagner un endroit appelé Bletchley Park. Personne ne put expliquer à Giles ce qu'on y faisait, sauf que c'était « motus et bouche cousue », et Deakins l'avertit qu'il ne pourrait absolument jamais venir lui rendre visite, sous aucun prétexte.

Au fil des mois, Giles passa davantage de temps au pub que dans l'amphithéâtre bondé, tandis qu'affluaient à Oxford d'anciens soldats qui revenaient du front, certains manchots, d'autres unijambistes. Quelques-uns étaient aveugles et appartenaient justement à son collège. Il essaya de faire semblant de ne pas le remarquer, mais, en vérité, il commençait à se sentir de plus en plus mal à l'aise.

*
* *

À la fin du trimestre, il se rendit en voiture en Écosse pour assister au baptême de Sebastian Arthur Clifton. Seuls les parents proches et deux ou trois amis intimes furent conviés à la cérémonie qui fut célébrée dans la chapelle du château de Mulgelrie. Le père de Giles et d'Emma ne figurait pas parmi les invités.

Giles fut étonné et ravi lorsqu'Emma lui demanda d'être le parrain, même s'il fut un peu choqué qu'elle avoue avoir pensé à lui uniquement parce qu'elle était absolument sûre que, malgré tout, il eût été le premier choix de Harry.

Le lendemain matin, comme il descendait pour prendre le petit déjeuner, il remarqua qu'une lumière venait du bureau de son grand-père. Au moment où il passa devant la porte, sur le chemin de la salle à manger, il entendit qu'on prononçait son nom au milieu d'une conversation. Il s'arrêta net, puis fit un pas en direction de la porte entrouverte. Il se figea d'horreur en entendant sir Walter déclarer :

— Je suis désolé d'avoir à dire ça, mais tel père, tel fils.

— Tout à fait d'accord, répondit lord Harvey. Moi qui avais toujours pensé tant de bien de ce garçon… Ce qui rend toute cette fichue affaire d'autant plus déplaisante.

— Personne n'aurait pu être plus fier que moi, en tant que président du conseil de gestion, lorsque Giles a été nommé élève major du lycée de Bristol.

— J'avais cru, renchérit lord Harvey, qu'il utiliserait sur le champ de bataille le remarquable courage et les talents de chef d'équipe qu'il a si souvent montrés sur le terrain de cricket.

— Le seul point positif de toute cette histoire, c'est que je ne crois plus que Harry Clifton ait pu être le fils de Hugo.

Giles traversa le vestibule, passa devant la salle du petit déjeuner et sortit par la porte principale. Il monta en voiture et entama le long voyage en direction de l'ouest.

Le lendemain matin, il gara sa voiture devant un bureau de recrutement. Il fit à nouveau la queue. Pas pour les Gloucesters, cette fois-ci, mais de l'autre côté de l'Avon où le régiment du Wessex engageait de nouvelles recrues.

Une fois le formulaire rempli, il passa une seconde visite médicale approfondie. Cette fois-ci, lorsque le médecin lui demanda : « Avez-vous connaissance de maladies ou d'infirmités héréditaires affectant votre famille qui risqueraient de vous rendre inapte au service actif ? » il répondit : « Non, docteur. »

12

Le lendemain, à midi, Giles quitta un univers pour entrer dans un autre.

Trente-six « bleus » n'ayant rien en commun, à part le fait qu'ils s'étaient engagés dans l'armée du roi, grimpèrent dans un train, un caporal leur servant de nounou. Alors que le train sortait de la gare, Giles regarda par la vitre crasseuse d'un compartiment de troisième classe, certain d'une seule chose : ils descendaient vers le sud. Ce ne fut que quatre heures plus tard, lorsque le train pénétra dans la gare de Lympstone, qu'il comprit jusqu'à quel niveau.

Pendant le voyage, Giles resta silencieux et écouta attentivement les hommes qui l'entouraient et qui allaient être ses camarades durant les douze semaines à venir. Il y avait un chauffeur d'autobus de Filton, un agent de police de Long Ashton, un boucher de Broad Street, un travailleur du bâtiment de Nailsea et un agriculteur de Winscombe.

Une fois qu'ils furent descendus du train, le caporal les conduisit à un car.

— Où est-ce qu'on va ? demanda le boucher.

— Tu l'apprrendrras assez tôt, mon p'tit garrs, répondit le caporal avec un accent écossais.

Le car bringuebala sur le plateau du Dartmoor, tandis que les maisons et les êtres disparaissaient peu à peu et que le seul signe de vie fut un faucon à la recherche d'une proie.

Ils finirent par s'arrêter devant un groupe de bâtiments lugubres où un écriteau défraîchi annonçait : « Caserne Ypres. Camp d'entraînement du régiment du Wessex. » Cela ne remonta pas le moral de Giles. Un soldat sortit du poste de garde à grands pas pour relever la barrière afin de permettre au car de poursuivre son chemin sur une centaine de mètres, avant de faire halte au milieu d'un terrain de manœuvre. Une silhouette solitaire attendait qu'ils descendent.

Lorsque Giles mit pied à terre, il tomba nez à nez avec un véritable géant, au torse puissant et en uniforme kaki, qui semblait avoir été planté sur le champ de manœuvre. Trois rangées de médailles barraient sa poitrine et un bâton de commandement était passé sous son bras gauche, mais ce qui frappa le plus Giles, ce fut le pli impeccable de son pantalon et le fait que ses bottes étaient si bien cirées qu'il y voyait son reflet.

— Bonjour, messieurs, lança le militaire d'une voix qui résonna aux quatre coins du terrain. (*Il n'a pas besoin de mégaphone*, se dit Giles.) Je suis le sergent-major Dawson et vous m'appellerez « sergent ». Je suis chargé de vous faire passer, en tout juste douze semaines, du stade de « bande de pékins indisciplinés » à celui de « troupe de combattants ». Vous pourrez alors vous considérer comme des soldats du Wessex, le meilleur régiment de l'armée. Durant les douze semaines qui viennent, je serai votre mère, votre père et votre petite amie et, laissez-moi vous assurer que je n'ai qu'un seul but, faire en sorte que, lorsque vous vous retrouverez face à face avec votre premier Allemand, vous serez à même de le tuer avant qu'il vous tue. La formation commencera à 5 heures, demain matin. (Le sergent fit semblant de ne pas entendre le grognement qui monta du groupe.) Entre-temps, je laisse le caporal McCloud vous conduire au réfectoire, avant que vous vous installiez dans votre caserne. Assurez-vous de bien dormir cette nuit parce que, lorsqu'on se reverra, vous aurez besoin de toute votre énergie… C'est à vous, caporal.

Giles s'assit devant un petit pané de poisson dont aucun des ingrédients n'avait jamais été en contact avec la mer et, après une gorgée d'une eau marronnasse et tiède censée être du thé, il reposa sa tasse sur la table.

— Si tu ne manges pas ton poisson, est-ce que tu peux me le donner ? lui demanda son voisin.

Giles opina du chef et ils échangèrent leurs assiettes. L'autre ne reparla qu'après avoir dévoré la part de Giles.

— Je connais ta maman, dit-il.

Giles le regarda de plus près. Comment était-ce possible ?

— On fournit la viande du manoir et aussi celle du château Barrington, poursuivit le jeune gars. Je l'aime beaucoup. C'est une dame très gentille. Au fait, je m'appelle Bates, Terry Bates, précisa-t-il en lui donnant une solide poignée de main. J'aurais jamais imaginé qu'un jour je serais ton voisin de table.

— Bon, les gars, on y va ! lança le caporal.

Les bleus se levèrent d'un bond et le suivirent. Ils sortirent de la cantine, traversèrent le terrain de manœuvre jusqu'à un baraquement préfabriqué sur la porte duquel était peinte l'inscription « MARNE ». C'était l'une des gloires militaires du régiment du Wessex, expliqua le caporal, avant d'ouvrir la porte de leur nouvelle maison.

On avait réussi à caser trente-six lits de chaque côté d'un espace qui n'était pas plus grand que la salle à manger du château Barrington. Giles avait été placé entre Atkinson et Bates. *Ça rappelle le collège*, pensa-t-il, même si, les jours suivants, il découvrit deux ou trois différences.

— O.K., les gars. C'est l'heure de se déloquer et de piquer un roupillon.

Bien avant que le dernier homme se soit mis au lit, le caporal éteignit les lumières et hurla :

— Tâchez de bien pioncer ! Vous allez avoir pas mal de boulot demain.

Giles n'aurait pas été surpris si, tel Fisher, son ancien préfet à Saint-Bède, il avait ajouté : « Et plus un mot après l'extinction des feux. »

Comme annoncé, les lumières furent rallumées à 5 heures du matin. Non que Giles ait eu le temps de jeter un coup d'œil à sa montre, après que le sergent-major Dawson fut entré dans le baraquement et eut hurlé :

— Le dernier qui aura les deux pieds par terre sera le premier à recevoir un coup de baïonnette d'un Boche !

Un grand nombre de pieds touchèrent précipitamment le sol tandis que le sergent-major avançait à grands pas dans l'allée centrale, son bâton frappant le bas de chaque lit dont l'occupant n'avait pas encore les deux pieds sur le sol.

— À présent, ouvrez bien vos oreilles, reprit-il. Je vous donne quatre minutes pour vous raser et vous laver, quatre pour faire vos lits, quatre pour vous habiller et huit pour prendre le petit déjeuner. Ça fait vingt minutes en tout. Je ne vous conseille pas de bavarder, vu que vous n'avez pas de temps à perdre et, de toute façon, je suis le seul autorisé à parler. Compris ?

— Absolument, dit Giles, ce qui déclencha une vague de petits rires d'étonnement.

Un instant plus tard, le sergent-major se plantait devant lui.

— Quand tu ouvres la bouche, fiston, beugla-t-il, en plaçant son bâton sur l'épaule de Giles, tout ce que je veux entendre c'est : oui, sergent, non, sergent, à vos ordres, sergent. C'est clair ?

— Oui, sergent.

— Je ne crois pas t'avoir bien entendu, fiston.

— Oui, sergent ! hurla Giles.

— C'est mieux. À la salle d'eau, maintenant, sale petit minable. Avant que je t'envoie faire la pelote.

Giles n'avait aucune idée de ce qu'il s'agissait, mais ça n'avait pas l'air d'une occupation agréable.

Bates sortait déjà de la salle d'eau au moment où Giles y pénétra. Lorsqu'il eut terminé de se raser, Bates avait déjà fait son lit, s'était habillé et se dirigeait vers le réfectoire. Quand Giles finit par le rattraper, il s'assit sur le banc en face de lui.

— Comment t'es-tu débrouillé ? lui demanda-t-il d'un ton admiratif.

— Tu parles de quoi ?

— Pour être si bien réveillé, alors qu'on est tous encore à moitié endormis.

— C'est simple, en fait. Je suis boucher, comme mon père. On se lève tous les matins à 4 heures pour aller aux halles. Si je veux les meilleurs morceaux, il faut que je sois là dès qu'ils arrivent des quais ou de la gare. Si j'ai quelques minutes de retard, j'ai que le deuxième choix. Une demi-heure de retard et y a plus que du bout saigneux, et ta mère me dirait pas bravo, si ?

Giles éclata de rire alors que Bates se mettait sur pied d'un bond et reprenait le chemin de la caserne. Il s'aperçut alors que le sergent n'avait pas prévu de temps pour le brossage des dents.

La plus grande partie de la matinée se passa à équiper les nouvelles recrues d'uniformes, dont deux ou trois paraissaient avoir déjà servi. Puis on leur remit bérets, ceinturons, casques, du blanc d'Espagne, du Miror et du cirage. Une fois qu'ils furent équipés, on les conduisit au terrain de manœuvre pour effectuer leur première séance d'entraînement. Ayant déjà participé au lycée aux exercices de la préparation militaire supérieure – quoique sans y être très attentif –, Giles eut au début un léger avantage, mais il avait l'impression que Terry Bates ne tarderait pas à le rattraper.

À midi, on les conduisit au réfectoire au pas cadencé. Giles avait si faim qu'il mangea presque tout ce qui était proposé. Après le déjeuner, ils rentrèrent à la caserne et enfilèrent leur tenue de gymnastique, puis on les mena comme un troupeau au gymnase. Giles remercia mentalement son prof de gym du collège de lui avoir appris à grimper à la corde, à avancer en gardant l'équilibre sur la poutre et à utiliser l'espalier pour pratiquer des exercices d'assouplissement. Force lui fut de constater que Bates l'imitait en tout.

L'après-midi se termina par une course de huit kilomètres à travers la lande du Devon. Seulement huit des trente-six bleus repassèrent le portail de la caserne en même temps que leur moniteur de gym. L'un des coureurs réussit même à s'égarer et on dut envoyer une équipe à sa recherche. Le goûter fut suivi par ce que le sergent-major décrivit comme une « récréation », pause qui pour la plupart des jeunes gars consista à s'affaler sur leur lit, avant de sombrer dans un profond sommeil.

*
* *

À 5 heures, le lendemain matin, la porte du baraquement s'ouvrit à nouveau brusquement et, cette fois-ci, plusieurs paires de pieds étaient déjà posées sur le sol avant même que le sergent-major ait allumé la lumière. Le petit déjeuner fut suivi par une nouvelle heure de marche sur le terrain de manœuvre et désormais presque toutes les recrues avançaient en cadence. Elles s'assirent ensuite en cercle sur l'herbe et apprirent à démonter, nettoyer, charger un fusil et tirer. D'un seul geste souple le caporal glissa une balle 4 × 2 dans le canon en leur rappelant que la balle ne sait pas dans quel sens elle se trouve et qu'il faut lui donner toutes les chances de quitter le canon vers l'avant afin de tuer l'ennemi, au lieu de sortir vers l'arrière et de tuer le tireur.

Ils passèrent l'après-midi à pratiquer le tir et les instructeurs enseignèrent à chaque bleu la façon de placer fermement la crosse du fusil dans le creux de l'épaule, de superposer les fils croisés du viseur au centre de la cible, avant d'appuyer doucement sur la détente et de ne jamais l'enfoncer violemment. Cette fois-là, Giles remercia mentalement son grand-père pour les heures qu'ils avaient passées à chasser la grouse dans la lande, car, grâce à lui, il mit chaque fois dans le mille.

La journée se termina par une autre course à pied de huit kilomètres, avant le goûter et la « récréation », puis vint l'extinction des feux, à 22 heures. La plupart des hommes s'étaient effondrés sur leur lit longtemps avant, en espérant que le soleil ne se lèverait pas le lendemain matin ou que le sergent-major mourrait pendant son sommeil. Ils n'eurent pas de chance, hélas. Si Giles eut l'impression que la première semaine avait duré un mois, à la fin de la deuxième il commença à maîtriser l'emploi du temps, bien qu'il ne soit jamais parvenu à devancer Bates dans la salle d'eau.

Même s'il ne prit pas davantage de plaisir à faire ses classes que ses camarades, il apprécia l'émulation. Il dut reconnaître, cependant, que plus les jours passaient, plus il avait du mal à se débarrasser du boucher de Broad Street. Bates était capable de rivaliser avec lui sur le ring, au stand de tir, et lorsqu'ils commencèrent à faire la course de huit kilomètres, chaussés de lourdes bottes, un fusil sur l'épaule, le garçon, qui avait charrié des carcasses de bœufs matin, midi et soir pendant des années, fut soudain beaucoup plus difficile à battre.

*
* *

À la fin de la sixième semaine, personne ne fut étonné que Barrington et Bates soient choisis pour être promus soldats de première classe et nommés tous les deux chefs de groupe.

Ils avaient à peine cousu leurs galons que leurs groupes devinrent des rivaux acharnés, non seulement à l'intérieur de la caserne, sur le terrain d'exercices et au gymnase, mais aussi chaque fois qu'ils effectuaient des opérations nocturnes et des manœuvres à l'extérieur. À la fin de la journée, Giles et Bates, tels deux collégiens, se déclaraient vainqueurs, et le sergent-major devait souvent les séparer de force.

Au fur et à mesure qu'approchait l'examen de sortie, Giles voyait le sentiment d'orgueil croître dans les deux groupes, qui commençaient à croire qu'à la fin des classes ils pourraient se considérer comme de vrais soldats du Wessex. Le sergent-major ne ratait jamais l'occasion de leur rappeler qu'ils ne tarderaient pas à participer à de réels combats, contre un ennemi réel et avec des balles réelles. Il leur rappelait également qu'il ne serait pas là pour leur tenir la main. Giles reconnut pour la première fois que l'homme allait lui manquer.

— On les attend de pied ferme, se contentait de répondre Bates.

Lorsque le dernier jour de la formation arriva enfin, le vendredi de la douzième semaine, Giles supposa qu'il allait retourner à Bristol avec ses camarades pour passer un week-end de détente, avant de se rendre au dépôt des corps de troupe, le lundi suivant.

Or, au moment où il quittait le champ de manœuvre, cet après-midi-là, le sergent-major le prit à l'écart.

— Première classe Barrington, présentez-vous immédiatement au commandant Radcliffe.

Giles avait envie de demander pourquoi mais il savait qu'il n'obtiendrait pas de réponse.

Il traversa le terrain et frappa à la porte du bureau du major, qu'il avait vu seulement de loin jusque-là.

— Entrez ! lança une voix.

Giles entra, se mit au garde-à-vous et salua.

— Barrington, déclara le commandant après lui avoir rendu son salut, j'ai une bonne nouvelle à vous annoncer. On vous a accepté à l'école de formation des officiers.

Giles ne savait même pas qu'on pensait à lui pour devenir officier.

— Vous devez vous rendre demain matin au centre Mons, où vous commencerez à suivre des cours de formation dès lundi. Félicitations et bonne chance !

— Merci, mon commandant. Bates va-t-il m'accompagner ?

— Bates ? fit le commandant. Vous voulez dire, le première classe Bates ?

— Oui, mon commandant.

— Grand Dieu, non ! Il n'a pas l'étoffe d'un officier.

Giles espérait que les Allemands étaient aussi peu clairvoyants dans le choix de leurs officiers.

*

* *

Lorsque, le lendemain après-midi, Giles arriva à l'unité de formation des élèves officiers Mons, à Aldershot, il ne se doutait pas que sa vie allait à nouveau subir un rapide changement. Il mit un certain temps à trouver normal que les caporaux, les sergents et même le sergent-major l'appellent « monsieur ».

Il dormit dans une chambre privée dont la porte ne s'ouvrit pas à la volée à 5 heures du matin pour laisser passer un sous-off' prêt à taper sur le barreau du bas du lit avec son bâton, avant de lui enjoindre de poser les deux pieds sur le sol. La porte ne s'ouvrit que lorsque Giles décida de l'ouvrir. Il prit le petit déjeuner au mess avec un groupe de jeunes hommes à qui on n'avait pas besoin d'enseigner le maniement du couteau et de la fourchette, même s'il semblait que deux ou trois d'entre eux ne parviendraient jamais à apprendre à tenir un fusil et, encore moins, à s'en servir avec rage. Or, quelques semaines plus tard, ces hommes seraient en première ligne, à la tête de volontaires inexpérimentés dont la vie dépendrait de leur bon jugement.

Giles et ces jeunes hommes se rendirent dans une salle de classe où on leur enseigna l'histoire militaire, la géographie, la lecture d'une carte, la tactique de combat, l'allemand et l'art du commandement. S'il avait appris quelque chose du boucher de Broad Street, c'est qu'on ne pouvait enseigner à commander.

Huit semaines plus tard, ces mêmes jeunes gens s'alignèrent sur le terrain de parade pour recevoir leurs galons d'officier. On leur remit deux étoiles ornées d'une couronne, une pour chaque épaule, indiquant le grade de sous-lieutenant, une badine de commandement en cuir marron, ainsi qu'une lettre de félicitations du roi reconnaissant.

Giles n'avait qu'une seule envie : rejoindre son régiment et retrouver ses anciens camarades. Mais il savait que ce n'était pas possible, parce que lorsqu'il quitta le terrain de parade, ce vendredi, les caporaux, les sergents et même le sergent-major lui firent le salut militaire.

Cet après-midi-là, soixante jeunes sous-lieutenants partirent d'Aldershot en direction des quatre coins du pays pour jouir d'un week-end avec leur famille, certains d'entre eux pour la dernière fois.

*
* *

Il passa la majeure partie de la journée du samedi à sauter d'un train dans un autre afin de regagner la région de l'Ouest. Il arriva au manoir juste à temps pour prendre le dîner avec sa mère.

Lorsqu'elle aperçut le jeune sous-lieutenant dans le vestibule, Élisabeth ne chercha pas à cacher sa fierté.

Il fut déçu que ni Emma ni Grace ne soient là pour le voir en uniforme. Sa mère lui expliqua que Grace, qui effectuait son deuxième semestre à Cambridge, revenait rarement à la maison, même pendant les vacances.

Durant le dîner, qui se composait d'un seul plat apporté par Jenkins – plusieurs domestiques servant au front et non plus à table, expliqua Élisabeth –, Giles raconta à sa mère comment il avait été formé sur la lande du Dartmoor. Lorsqu'il lui parla de Terry Bates, elle soupira :

— Bates & Fils étaient autrefois les meilleurs bouchers de Bristol.

— « Autrefois » ?

— Toutes les boutiques de Broad Street ont été réduites en cendres par les bombardements. Aussi avons-nous été privés de la boucherie Bates. Ces Allemands auront pas mal de comptes à rendre.

— Et Emma ? demanda Giles en fronçant les sourcils.

— Elle est en pleine forme... Sauf que...

— Sauf que quoi ?

Élisabeth hésita un certain temps avant de répondre d'un ton calme :

— C'eût été bien plus commode si elle avait eu une fille au lieu d'un garçon.

— Quelle importance ça a ? s'enquit Giles avant de se verser à nouveau à boire.

Sa mère baissa la tête, mais resta coite.

— Grand Dieu ! fit-il, quand il saisit le sens des paroles de sa mère. J'étais sûr que, puisque Harry est mort, j'hériterais...

— Je crains que tu ne puisses être sûr de rien, mon chéri, dit-elle en levant les yeux vers lui. En tout cas, jusqu'à ce qu'on puisse prouver que ton père n'est pas également celui de Harry. En attendant, selon les dispositions testamentaires de ton arrière-grand-père, c'est Sebastian qui héritera finalement du titre.

Giles ne parla guère durant le reste du repas, cherchant à tirer les conclusions des paroles de sa mère. Après le café, Élisabeth déclara qu'elle était fatiguée et alla se coucher.

Quand il monta dans sa chambre, quelques instants plus tard, il ne put résister au désir de passer à la nursery pour voir son filleul. Il resta seul avec l'héritier du titre des Barrington. Dormant d'un sommeil paisible, l'enfant glougloutait, inconscient de la guerre, tout à fait insoucieux du testament de son trisaïeul et du sens de la formule « et la totalité des biens y afférents ».

Le lendemain, il déjeuna avec ses deux grands-pères au Savage Club. L'ambiance était très différente de celle du week-end passé cinq mois plus tôt au château de Mulgelrie. Tout ce que les deux vieillards paraissaient souhaiter ardemment connaître, c'était l'endroit où le régiment de Giles serait cantonné.

— Je n'en ai pas la moindre idée, répondit Giles, qui aurait bien aimé le savoir lui-même.

De toute façon, quoique ces deux vénérables hommes aient été d'anciens combattants de la guerre des Boers, il n'aurait pas répondu différemment même s'il avait été mis au courant.

*

* *

Le lundi matin, le sous-lieutenant Barrington se leva tôt et, une fois qu'il eut pris le petit déjeuner avec sa mère, il fut conduit par Hudson au quartier général du 1er régiment du Wessex. Ils furent retenus par un flot ininterrompu de tanks, de véhicules blindés et de camions pleins de soldats qui se déversaient par le portail principal. Il descendit de voiture et se dirigea vers le corps de garde.

— Bonjour, mon lieutenant, dit un caporal, après lui avoir fait un salut impeccable, hommage auquel

Giles ne s'était pas encore accoutumé. Le major vous prie de vous rendre à son bureau dès votre arrivée.

— Ce serait avec plaisir, répondit Giles en lui rendant son salut, si seulement je savais où se trouve le bureau du commandant Radcliffe.

— De l'autre côté de la place, mon lieutenant, porte verte. Vous ne pouvez pas vous tromper.

Il traversa la place à grands pas, rendant plusieurs autres saluts, avant d'atteindre le bureau du major.

Assis à sa table de travail, le commandant leva les yeux lorsque Giles entra dans la pièce.

— Ah, Barrington, mon vieux ! Ravi de vous revoir. Nous n'étions pas sûrs que vous arriveriez à temps.

— À temps pour quoi, mon commandant ?

— Le régiment va se rendre à l'étranger et le colonel pense qu'on devrait vous offrir la possiblité de vous joindre à nous. Autrement, vous restez ici attendre la prochaine fiesta.

— Où allons-nous, mon commandant ?

— Aucune idée, mon vieux. La décision est prise à un grade bien plus élevé que le mien. Mais je peux vous garantir une seule chose : ce sera fichtrement plus près des Allemands que Bristol.

Harry Clifton

1941

13

Harry n'oublierait jamais le jour où Lloyd fut libéré de Lavenham et, même s'il ne regrettait pas son départ, il fut surpris par ses paroles d'adieu.

— Puis-je te demander une faveur, Tom ? fit-il tandis que les deux hommes se serraient la main pour la dernière fois. Ton journal intime me plaît tellement que j'aimerais continuer à le lire. Si tu pouvais me faire parvenir tes cahiers à cette adresse, poursuivit-il en tendant une carte à Harry comme s'il était déjà sorti de prison, je te les renverrais dans la semaine.

Très flatté, Harry lui promit de les lui envoyer au fur et à mcsure qu'ils seraient remplis.

Le lendemain matin, Harry le remplaça au bureau du bibliothécaire, mais il n'avait pas l'intention de lire le *New York Times* de la veille avant d'avoir accompli ses diverses tâches. Le soir, il continuait à mettre à jour son journal et, chaque fois qu'il parvenait à la fin d'un cahier, il l'envoyait à Max Lloyd. Il fut soulagé et un peu étonné qu'ils soient régulièrement renvoyés comme promis.

Au fil des mois, il commença à accepter que la vie en prison était plutôt morne et banale. Aussi fut-il très surpris quand, un matin, le directeur entra en trombe dans la bibliothèque en brandissant un exemplaire du *New York Times*. Harry posa la pile de livres qu'il était en train de ranger sur les étagères.

— Possédons-nous une carte des États-Unis ? demanda Swanson.

— Oui, bien sûr, répondit Harry. (Il se dirigea à grands pas vers la section des livres de référence et sortit la carte des États-Unis de Hubert.) Un endroit en particulier, monsieur le directeur ?

— Pearl Harbor.

Durant les vingt-quatre heures suivantes, les détenus et les gardiens ne parlèrent que d'un seul sujet : quand l'Amérique allait-elle entrer en guerre ?

Le lendemain matin, le directeur revint à la bibliothèque.

— Le président Roosevelt vient d'annoncer à la radio que les États-Unis ont déclaré la guerre au Japon.

— Tout ça est bien beau, dit Harry, mais quand les Américains vont-ils nous aider à battre Hitler ?

À peine les mots étaient-ils sortis de sa bouche qu'il regretta d'avoir dit « nous ». Levant les yeux, il rencontra le regard perplexe de Swanson. Il s'empressa de remettre sur les étagères les livres de la veille.

Harry eut la réponse quelques semaines plus tard lorsque Winston Churchill embarqua sur le *Duke of York* afin de mener des discussions avec le président des États-Unis à Washington. Lorsque le Premier ministre rentra en Grande-Bretagne, il avait obtenu la promesse de Roosevelt que les États-Unis allaient s'intéresser à la guerre en Europe et qu'ils s'efforceraient de l'aider à vaincre l'Allemagne nazie.

Harry rédigea un très grand nombre de pages sur les réactions de ses camarades de prison à la nouvelle de l'entrée en guerre de leur pays. Il conclut que la plupart d'entre eux se rangeaient dans deux catégories bien distinctes : les lâches et les héros. Il y avait, d'une part, ceux qui étaient soulagés d'être bien à l'abri, espérant que les hostilités auraient cessé longtemps avant qu'ils soient libérés et, d'autre part, ceux qui avaient hâte de sortir de prison pour affronter un ennemi qu'ils haïssaient encore plus que les matons.

Lorsque Harry demanda à son camarade de cellule à quelle catégorie il appartenait, Quinn répondit :

— As-tu jamais rencontré un Irlandais qui n'adorait pas la bagarre ?

Quant à Harry, il était de plus en plus frustré, persuadé que maintenant que les Américains étaient entrés en guerre tout serait terminé avant qu'il ait eu la chance de participer aux combats. Pour la première fois depuis son incarcération, il songea à s'évader.

*
* *

Harry venait de terminer de lire la critique d'un livre dans le *New York Times* lorsqu'un gardien entra brusquement dans la bibliothèque.

— Bradshaw, le directeur veut te voir dans son bureau séance tenante.

Harry ne fut pas surpris, même si, après avoir donné un nouveau coup d'œil à la publicité au bas de la page, il avait du mal à comprendre comment Lloyd imaginait pouvoir réussir son coup. Il replia soigneusement le journal, le replaça sur le présentoir et sortit à la suite du gardien.

— Savez-vous pourquoi il veut me voir, monsieur Joyce ? demanda-t-il au gardien comme ils traversaient la cour.

— Ce n'est pas à moi qu'il faut demander ça, répliqua le surveillant, sans chercher à dissimuler l'ironie de ses propos. Je n'ai jamais été l'un des confidents du directeur.

Harry se tut jusqu'à ce qu'ils atteignent le bureau du directeur. Le surveillant frappa un léger coup sur la porte.

— Entrez ! lança une voix reconnaissable.

Joyce ouvrit la porte et Harry pénétra dans la pièce. Il fut surpris de voir, assis en face du directeur, un inconnu portant un uniforme militaire. L'élégance de l'officier, qui ne le quittait pas des yeux, le fit se sentir débraillé.

Le directeur se leva de son bureau.

— Bonjour, Tom, dit-il. (C'était la première fois qu'il l'appelait par son prénom.) Je vous présente le colonel Cleverdon, du 5e Texas Rangers.

— Bonjour, mon colonel, dit Harry.

Cleverdon se leva et lui serra la main. C'était tout nouveau, ça aussi.

— Asseyez-vous, Tom, dit Swanson. Le colonel souhaiterait vous faire une proposition.

Harry s'assit.

— Ravi de vous rencontrer, Bradshaw, commença le colonel Cleverdon en se rasseyant. Je commande les Rangers.

Harry posa sur lui un regard interrogateur.

— Nous ne figurons pas dans les brochures de recrutement. Je forme des groupes de soldats qui seront parachutés derrière les lignes ennemies dans le but de causer le plus de dommages possibles chez nos adversaires, de sorte que l'infanterie ait toutes ses chances de faire du bon boulot. Personne ne sait encore où et quand nos troupes débarqueront en Europe, mais je serai le premier à l'apprendre, puisque mes gars seront parachutés à l'endroit choisi, quelques jours avant le débarquement.

Harry était assis au bord de son siège.

— Mais, avant que ce ballon prenne l'air, je vais constituer une petite unité pour être prêt à toute éventualité. Cette unité se composera de trois groupes de dix hommes chacun : un capitaine, un sergent-chef, deux caporaux et six soldats. Ces dernières semaines, j'ai contacté plusieurs directeurs de prison pour savoir s'ils avaient dans leur établissement des hommes exceptionnels qui leur paraissaient capables de participer à une telle opération. Votre nom a été l'un des deux proposés par M. Swanson. Après avoir étudié votre carrière d'officier de marine, je n'ai pu qu'être d'accord avec le directeur sur le fait que vous seriez plus à votre place dans l'armée au lieu de perdre votre temps ici.

Harry se tourna vers le directeur.

— Merci, monsieur. Mais puis-je savoir qui est l'autre personne ?

— Quinn. Vous m'avez tous les deux posé tant de problèmes ces deux dernières années que j'ai pensé que c'était le tour des Allemands d'être victimes de votre genre particulier de manigances.

Harry sourit.

— Si vous décidez de nous rejoindre, Bradshaw, continua le colonel, vous allez immédiatement commencer une formation de base de huit semaines, suivie de six semaines d'entraînement à des opérations spéciales. Avant que je poursuive, j'aimerais savoir si l'idée vous plaît.

— Quand est-ce que je commence ?

— Ma voiture se trouve dans la cour, répondit le colonel en souriant, et j'ai laissé le moteur en marche.

— J'ai déjà demandé qu'on récupère vos habits civils au magasin, intervint le directeur. Nous devons, à l'évidence, garder pour nous la raison de votre départ sans préavis. Si on me pose la question, je répondrai que vous et Quinn avez été transférés dans une autre prison.

Le colonel opina du chef.

— Des questions, Bradshaw ?

— Quinn a-t-il accepté votre proposition ?

— Il est installé sur le siège arrière de ma voiture et se demande sans doute pourquoi vous mettez tant de temps.

— Mais vous connaissez le motif de mon incarcération, mon colonel ?

— Désertion. Par conséquent, je vais devoir vous garder à l'œil, pas vrai ? (Les deux hommes éclatèrent de rire.) Vous entrerez dans mon groupe comme soldat de deuxième classe, mais je peux vous assurer que votre passé ne gênera pas vos chances de promotion. Au fait, Bradshaw, étant donné les circonstances, un changement de nom serait peut-être une bonne idée. On n'a guère envie qu'un petit malin d'archiviste mette la main sur votre curriculum de marin et pose des questions embarrassantes. Une idée ?

— Harry Clifton, mon colonel, suggéra-t-il un peu trop vite.

Le directeur sourit.

— Je me suis toujours demandé quel était votre véritable nom, dit-il.

Emma Barrington

1941

14

Emma avait envie de quitter l'appartement de Kristin le plus tôt possible, fuir New York et rentrer en Angleterre. Une fois de retour au pays, elle pourrait pleurer sa perte toute seule et consacrer sa vie à l'éducation du fils de Harry. Mais fuir ne semblait pas aussi facile que ça.

— Je suis vraiment désolée, dit Kristin en entourant d'un bras les épaules d'Emma. Je ne savais pas que vous ignoriez le sort de Tom.

Emma fit un pâle sourire.

— Je veux que vous sachiez, reprit Kristin, que Richard et moi n'avons jamais douté un seul instant de son innocence. L'homme que j'avais ramené à la vie était incapable de commettre un meurtre.

— Merci.

— J'ai des photos de Tom prises durant son séjour parmi nous sur le *Kansas Star*. Aimeriez-vous les voir ?

Emma hocha poliment la tête, même si des photos du lieutenant Thomas Bradshaw ne présentaient aucun intérêt pour elle. Dès que la jeune femme aurait quitté la pièce, elle s'esquiverait à pas de loup et regagnerait son hôtel. Elle n'avait pas l'intention de continuer à se ridiculiser devant une parfaite inconnue.

À peine Kristin fut-elle sortie qu'elle se leva d'un bond et renversa sa tasse posée sur la table, faisant couler quelques gouttes de café sur le tapis. Elle tomba à genoux et recommença à pleurer, juste au moment où Kristin revenait dans la pièce, une série de photos dans la main.

Quand elle vit Emma à terre et en larmes, elle essaya de la consoler.

— Je vous en prie, ne vous en faites pas pour le tapis, ça n'a aucune importance. Tenez, regardez donc ces clichés pendant que je vais chercher de quoi nettoyer, dit-elle en lui tendant les photos, avant de sortir prestement du salon.

Comprenant qu'elle ne pouvait plus s'échapper, Emma se rassit et se força à regarder les photos de Tom Bradshaw.

— Oh, grand Dieu ! s'écria-t-elle.

Incrédule, elle regardait la photo de Harry, debout sur le pont d'un bateau, la statue de la Liberté en arrière-plan, puis une autre, avec pour toile de fond les gratte-ciel de New York. Ses yeux s'emplirent à nouveau de larmes. Comment était-ce possible ? Elle attendit avec impatience le retour de Kristin. La maîtresse de maison revint peu après et s'agenouilla sur le tapis pour nettoyer la petite tache marron à l'aide d'un chiffon humide.

— Savez-vous ce qui est arrivé à Tom après son arrestation ? demanda Emma anxieusement.

— Personne ne vous en a informée ? fit Kristin en levant la tête. Apparemment, il n'y avait pas assez de preuves pour l'accuser d'homicide volontaire et son avocat lui a évité un procès pour assassinat. Tom a seulement été inculpé pour désertion de la marine nationale. Il a plaidé coupable et a écopé de six ans.

Emma ne comprenait pas comment Harry avait pu être emprisonné pour un délit qu'à l'évidence il n'avait pas commis.

— Le procès s'est-il déroulé à New York ?

— Oui. Puisque son avocat était Sefton Jelks, Richard et moi avons supposé qu'il n'avait pas besoin d'être aidé financièrement.

— Je ne suis pas certaine de comprendre…

— Sefton Jelks est l'associé principal de l'un des cabinets d'avocats les plus prestigieux de New York. Ainsi, Tom était bien défendu. Quand il est venu nous voir pour nous parler de Tom, il paraissait prendre sa défense à cœur. Je sais qu'il a également rendu visite au Dr Wallace et au capitaine du navire, et il nous a tous assurés que Tom était innocent.

— Savez-vous à quelle prison on l'a envoyé ? demanda Emma avec calme.

— Lavenham, dans l'État de New York. Richard et moi avons voulu lui rendre visite, mais Me Jelks nous a dit qu'il ne voulait voir personne.

— Vous avez été si bonne… Puis-je encore vous demander un petit service ? Puis-je garder l'une de ces photos ?

— Gardez-les toutes. Comme d'habitude, Richard en a pris des dizaines. La photographie est son violon d'Ingres.

— Je ne veux pas vous faire perdre davantage de temps, dit Emma.

Elle se mit sur pied en chancelant.

— Vous ne me faites pas perdre mon temps. Ni Richard ni moi n'avons compris ce qui est arrivé à Tom. Quand vous le verrez, rappelez-nous à son bon souvenir, ajouta Kristin, comme elles sortaient de la pièce. Et s'il veut qu'on lui rende visite, nous viendrons avec plaisir.

— Merci, dit Emma tandis que Kristin décrochait à nouveau la chaîne.

— Nous avions deviné tous les deux que Tom était follement amoureux, mais il ne nous avait pas dit que vous étiez anglaise.

15

Emma alluma la lampe de chevet et, une fois de plus, examina les photos représentant Harry, debout sur le pont du *Kansas Star*. Il avait l'air si heureux, si détendu, inconscient, à l'évidence, du sort qui l'attendait à terre.

S'assoupissant et se réveillant tour à tour, elle cherchait à comprendre pourquoi Harry avait accepté d'affronter un procès pour meurtre et de reconnaître avoir déserté son poste dans une marine à laquelle il n'avait jamais appartenu. Elle se dit que seul Sefton Jelks pouvant lui fournir les réponses, il lui fallait, avant tout, prendre rendez-vous avec lui.

Elle jeta un nouveau coup d'œil à son réveil : 3 h 21. Elle se leva, enfila une robe de chambre, s'assit à la petite table et prit des notes en vue de son entrevue avec Sefton Jelks, remplissant plusieurs feuillets du papier à lettres de l'hôtel. Elle avait l'impression de potasser un examen.

À 6 heures, elle se doucha et s'habilla, puis descendit prendre le petit déjeuner. Un exemplaire du *New York Times* avait été abandonné sur la table. Elle le feuilleta rapidement et ne s'attarda que sur un seul article. Les Américains devenaient pessimistes à propos de la faculté de la Grande-Bretagne à résister à une invasion allemande, laquelle semblait être de plus en plus probable. Au-dessus d'une photographie représentant Winston Churchill, debout sur les blanches falaises de Douvres, doté de son cigare caractéristique et regardant la Manche d'un air de défi, on pouvait lire le gros titre : « Nous les combattrons sur les plages. »

Elle se sentait coupable d'être loin de son pays. Il fallait qu'elle trouve Harry, qu'elle le fasse libérer, puis ils rentreraient ensemble à Bristol.

La réceptionniste chercha Jelks, Myers & Abernathy dans l'annuaire téléphonique de Manhattan, puis écrivit une adresse située à Wall Street sur un feuillet qu'elle lui tendit.

Le taxi la déposa devant un vaste bâtiment de verre et d'acier qui s'élevait très haut dans le ciel. Elle poussa la porte à tambour et scruta un grand panneau fixé au mur, où figuraient les noms de toutes les sociétés dont les bureaux se trouvaient parmi les quarante-huit étages du bâtiment. Le cabinet Jelks, Myers & Abernathy était situé aux vingtième, vingt et unième et vingt-deuxième étages, l'accueil se trouvant au vingtième.

Emma se joignit à une horde d'hommes vêtus de costumes en flanelle grise qui s'engouffrèrent dans le premier ascenseur disponible. Dès qu'elle en sortit, au vingtième étage, son regard rencontra trois femmes élégantes en chemisier blanc à col ouvert et jupe noire, assises derrière un comptoir, autre nouveauté par rapport à Bristol. Elle se dirigea vers elles avec assurance.

— J'aimerais voir maître Jelks, dit-elle.

— Vous avez rendez-vous ? s'enquit l'une des réceptionnistes d'un ton courtois.

— Non, reconnut-elle.

Elle n'avait eu affaire jusque-là qu'à un avocat de province qui était toujours disponible lorsqu'un Barrington passait à son cabinet.

La réceptionniste eut l'air étonné. Les clients ne se présentaient pas à l'improviste dans l'espoir de voir l'associé principal. Soit ils écrivaient, soit leur secrétaire téléphonait pour prendre rendez-vous à une date libre dans l'agenda surchargé de Me Jelks.

— Donnez-moi votre nom, et je vais voir avec son assistant.

— Emma Barrington.

— Prenez un siège, je vous prie, mademoiselle Barrington. On va bientôt s'occuper de vous.

Elle s'installa dans un petit renfoncement. « Bientôt » s'avéra signifier plus d'une demi-heure. Un homme, en costume gris lui aussi, fit enfin son apparition, un bloc-notes à la main.

— Samuel Anscott, dit-il en tendant la main. Je crois comprendre que vous souhaitez voir l'associé principal.

— En effet.

— Je suis son assistant juridique, poursuivit-il en s'asseyant en face d'Emma. Me Jelks m'a prié de vous demander le motif de votre visite.

— C'est une affaire privée.

— Je crains qu'il n'accepte de vous voir que si je peux lui indiquer de quoi il s'agit.

Elle plissa les lèvres.

— Je suis une amie de Harry Clifton.

Elle scruta le visage d'Anscott. S'il était clair que le nom ne lui disait rien, il le nota quand même sur son bloc-notes.

— Je crois savoir que Harry Clifton a été arrêté pour le meurtre d'Adam Bradshaw et que c'est Me Jelks qui l'a défendu.

Cette fois-là, le nom signifia quelque chose pour l'assistant juridique et le stylo courut plus vite sur le feuillet.

— Je souhaite voir Me Jelks pour apprendre comment un avocat de sa réputation a pu laisser mon fiancé prendre la place de Thomas Bradshaw.

Le jeune homme fronça fortement les sourcils. À l'évidence, il n'avait pas l'habitude qu'on parle ainsi de son patron.

— Je ne sais absolument pas à quoi vous faites allusion, mademoiselle Barrington. (Emma se douta qu'il disait la vérité.) Mais je vais en parler à Me Jelks, après quoi je reviendrai vers vous. Peut-être pourriez-vous me donner une adresse où je puis vous contacter.

— Je suis descendue à l'hôtel Mayflower et je suis disponible à n'importe quel moment.

Anscott inscrivit l'adresse sur son bloc-notes, se leva, lui fit un bref salut, sans lui tendre la main, cette fois-ci. Emma était persuadée qu'elle n'allait pas devoir attendre très longtemps avant que l'associé principal accepte de la recevoir.

Elle regagna le Mayflower en taxi et elle entendit le téléphone sonner dans sa chambre avant même d'avoir ouvert la porte. Elle traversa la pièce en courant, mais quand elle décrocha l'appareil, elle n'entendit que la tonalité.

Elle s'installa au bureau et commença une lettre destinée à sa mère pour lui annoncer qu'elle était arrivée à bon port, sans lui signaler, cependant, qu'elle était à présent convaincue que Harry était toujours vivant. Elle l'en informerait seulement lorsqu'elle l'aurait vu en chair et en os. Elle en était au troisième feuillet lorsque la sonnerie du téléphone retentit à nouveau. Elle décrocha.

— Bonjour, mademoiselle Barrington.

— Bonjour, monsieur Anscott, dit-elle sans qu'on ait besoin de lui annoncer qui était à l'appareil.

— J'ai parlé à Me Jelks de votre demande de rendez-vous. Je crains qu'il ne puisse vous recevoir, car cela créerait un conflit d'intérêts avec un autre de ses clients. Il regrette de ne pouvoir rien faire pour vous.

Sur ce, il raccrocha.

Emma resta assise au bureau, abasourdie, serrant toujours le récepteur dans sa main, l'expression « conflit d'intérêts » résonnant encore dans son oreille. Y avait-il vraiment un autre client, et si oui, qui pouvait-il être ? Ou bien ne s'agissait-il que d'un prétexte pour ne pas la recevoir ? Elle raccrocha l'appareil et resta quelques instants immobile, réfléchissant à ce que son grand-père aurait fait dans ces circonstances. Elle se rappela l'une de ses maximes favorites : « Tous les chemins mènent à Rome. »

Elle ouvrit le tiroir du bureau, ravie d'y trouver d'autres feuilles de papier à lettres. Elle dressa une liste des personnes capables de combler certaines des lacunes créées par le prétendu conflit d'intérêts de Me Jelks. Lorsqu'elle descendit à la réception, elle savait qu'elle allait être très occupée durant les prochains jours. La réceptionniste s'efforça de dissimuler sa surprise lorsque la jeune Anglaise à la voix si douce demanda l'adresse d'un tribunal, d'un commissariat et d'une prison.

Avant de quitter le Mayflower, Emma entra dans la boutique de l'hôtel et s'acheta un bloc-notes, puis elle sortit sur le trottoir et héla à nouveau un taxi.

Le taxi la déposa dans un quartier tout à fait différent de celui où travaillait Me Jelks. Comme elle gravissait les marches du tribunal, elle pensa à ce qu'avait dû ressentir Harry quand il était entré dans ce même bâtiment, dans des circonstances très différentes. Elle demanda au vigile qui gardait la porte où était située la bibliothèque de référence, dans l'espoir justement de découvrir quelles étaient ces circonstances.

— Si vous parlez des archives, mademoiselle, elles se trouvent au sous-sol.

Après avoir descendu deux volées de marches, Emma s'enquit auprès d'une employée qui se tenait derrière un comptoir si elle pouvait consulter les archives concernant le dossier « État de New York contre Bradshaw ». L'employée lui tendit une fiche à remplir où l'on demandait, entre autres : « Êtes-vous étudiant ? » Question à laquelle elle répondit : « Oui. » Quelques minutes plus tard, on lui remit deux grosses boîtes d'archives.

— Nous fermons dans deux heures, l'avertit l'employée. Quand la sonnerie retentira, vous devrez immédiatement rapporter les archives.

Après avoir lu quelques feuillets, elle s'étonna que l'État n'ait pas traité l'accusation de meurtre, le dossier contre Tom Bradshaw paraissant solide. Les frères partageaient une chambre d'hôtel, la carafe de whisky était maculée de sang, portait partout les empreintes digitales de Tom, et aucun indice ne laissait supposer que quelqu'un d'autre était entré dans la pièce avant qu'on retrouve le corps d'Adam gisant dans une mare de sang. Pire : pourquoi Tom avait-il quitté le lieu du crime et pourquoi donc le procureur avait-il accepté d'abandonner l'inculpation de meurtre en échange d'un procès pour désertion, délit de moindre gravité pour lequel l'accusé avait plaidé coupable ? Et, plus mystérieux encore, comment Harry s'était-il trouvé impliqué dans une telle affaire ? La lettre posée sur la cheminée de Maisie contenait-elle les réponses à toutes ces questions ou, tout simplement, Jelks savait-il quelque chose qu'il ne voulait pas qu'elle découvre ?

Ses pensées furent interrompues par une sonnerie qui exigeait bruyamment qu'elle rapporte les archives au comptoir. Si plusieurs questions avaient été résolues, un bien plus grand nombre restaient sans réponse. Elle nota deux noms de personnes qui, espérait-elle, pourraient l'aider à comprendre. Argueraient-elles aussi d'un conflit d'intérêts ?

Emma sortit du tribunal juste après 17 heures, tenant plusieurs nouveaux feuillets couverts de son écriture soignée. À un vendeur en plein air, elle acheta une friandise et un Coca-Cola, avant de héler un taxi et de prier le chauffeur de l'emmener au commissariat du 24e district. Elle mangea sa barre chocolatée et but son Coca pendant le trajet, comportement qui aurait choqué sa mère.

Lorsqu'elle arriva au commissariat, elle demanda à parler à l'inspecteur Kolowski ou à l'inspecteur Ryan.

— Ils assurent tous les deux le service de nuit, lui apprit le sergent posté à l'accueil, et ils ne reviendront qu'à 22 heures.

Emma le remercia et décida de regagner son hôtel avant de dîner, puis de retourner au commissariat à 22 heures.

Après avoir consommé une salade César et sa première glace Knickerbocker Glory, elle regagna sa chambre, au quatrième étage. Elle s'allongea sur le lit et réfléchit aux questions qu'elle devrait poser à Kolowski ou à Ryan, dans la mesure où l'un ou l'autre accepterait de la recevoir. Le lieutenant Bradshaw avait-il un accent américain… ?

Elle sombra dans un profond sommeil dont elle fut brusquement tirée par le hurlement de la sirène d'une voiture de police fonçant dans la rue, bruit nouveau pour elle. Elle comprenait à présent pourquoi les chambres des étages supérieurs étaient plus chères. Elle consulta sa montre. Il était 1 h 15.

« Nom de Dieu ! » jura-t-elle en bondissant hors du lit.

Elle se précipita dans la salle de bains, passa un gant de toilette sous le robinet d'eau froide et le plaqua sur son visage, puis quitta la chambre en hâte et se précipita dans l'ascenseur. Lorsqu'elle sortit de l'hôtel, elle fut surprise de constater que la rue était aussi animée et qu'il y avait autant de monde sur le trottoir qu'à midi.

Elle héla de nouveau un taxi et enjoignit au chauffeur de la ramener au 24e district. Les chauffeurs de taxi new-yorkais commençaient-ils à la comprendre ou était-ce elle qui s'habituait à leur accent ?

Emma gravit les marches du commissariat quelques minutes avant 2 heures du matin. À l'accueil, un sergent la pria de s'asseoir et promit d'avertir Kolowski ou Ryan qu'elle les attendait à la réception.

Elle s'installa, sûre qu'elle allait attendre un bon bout de temps. Mais, à son grand étonnement, elle entendit le sergent lancer en faisant un geste dans sa direction :

— Hey, Karl, y a une p'tite dame qui attend là et qui veut te parler !

Un café dans une main, une cigarette dans l'autre, l'inspecteur Kolowski esquissa un sourire et se dirigea vers elle. Le sourire allait-il vite se dissiper lorsqu'il découvrirait le but de sa visite ?

— En quoi puis-je vous aider, mam'selle ? fit-il.

— Je m'appelle Emma Barrington, répondit-elle en exagérant son accent anglais, et je voudrais avoir votre avis sur une affaire privée.

— Eh bien, allons dans mon bureau, mam'selle Barrington ! répondit-il. (Il longea un couloir jusqu'à une porte qu'il ouvrit d'un coup de talon.) Installez-vous, poursuivit-il en désignant le seul autre siège de la pièce. Puis-je vous apporter un café ? ajouta-t-il comme Emma s'asseyait.

— Non, merci.

— Sage décision, mam'selle, fit-il en posant sa tasse sur le bureau avant d'allumer une cigarette. Bon. En quoi puis-je vous être utile ?

— Je crois comprendre que vous êtes l'un des policiers qui ont arrêté mon fiancé.

— Comment s'appelle-t-il ?

— Thomas Bradshaw.

Elle ne s'était pas trompée. Le regard, le ton, l'attitude, tout en lui changea.

— C'est exact. Et je peux vous assurer que c'était une affaire entendue jusqu'à ce que Sefton Jelks s'en mêle.

— Mais l'affaire n'a jamais été jugée, lui rappela-t-elle.

— Seulement parce que Bradshaw était défendu par Jelks. Si ce type avait défendu Ponce Pilate, il aurait persuadé les jurés que celui-ci n'avait fait qu'aider un jeune charpentier qui voulait acheter des clous pour une croix qu'il était en train de fabriquer.

— Voulez-vous dire que Jelks…

— Non, l'interrompit l'inspecteur d'un ton ironique. J'ai toujours pensé que c'était une pure coïncidence que le procureur se représente aux élections cette année-là et que certains des clients de Jelks figurent parmi les plus importants soutiens financiers de sa campagne. Bref, continua-t-il après avoir exhalé un long panache de fumée, Bradshaw s'est finalement vu infliger une peine de six ans pour désertion quand les gars du commissariat pariaient pour dix-huit mois… deux années, au max.

— Que sous-entendez-vous ?

— Que le juge reconnaissait que Bradshaw était coupable… (Il se tut et souffla un nouveau nuage de fumée.)… de meurtre.

— Je suis d'accord avec vous. Tom Bradshaw était sans doute coupable de meurtre, affirma Emma, ce qui surprit Kolowski. Mais l'homme que vous avez arrêté vous a-t-il jamais dit que vous aviez commis une erreur ? Qu'il n'était pas Tom Bradshaw mais Harry Clifton ?

L'inspecteur scruta le visage d'Emma et réfléchit quelques instants.

— Il a en effet raconté quelque chose comme ça au début, mais Jelks a dû lui dire que le bobard ne marcherait pas, vu qu'il n'en a plus reparlé.

— Cela vous intéresserait-il, monsieur Kolowski, si j'étais capable de prouver qu'il ne s'agissait pas d'un bobard ?

— Non, mam'selle, répondit-il d'un ton ferme. Il y a belle lurette que ce dossier a été classé. Votre fiancé purge une peine de six ans pour un délit pour lequel il a plaidé coupable, et j'ai beaucoup trop de travail (il posa la main sur une pile de dossiers) pour rouvrir d'anciennes blessures. Bon… À moins que je puisse vous être utile pour autre chose…

— Va-t-on m'autoriser à rendre visite à Tom à Lavenham ?

— Je ne vois pas pourquoi on s'y opposerait. Écrivez au directeur de la prison et il vous enverra un formulaire de demande de visite. Une fois que vous l'aurez rempli et renvoyé, on vous fixera un rendez-vous. Ça ne devrait pas prendre plus de six à huit semaines.

— Mais je ne dispose pas de six semaines, protesta-t-elle. Il faut que je rentre en Angleterre dans deux semaines… Je ne peux rien faire pour accélérer le processus ?

— Ce n'est possible que pour « raisons familiales ».

Et seuls l'épouse et les parents du détenu peuvent en bénéficier.

— Qu'en est-il de la mère de l'enfant du détenu ? rétorqua-t-elle.

— À New York, mam'selle, ça vous donne les mêmes droits que l'épouse, du moment que vous pouvez le prouver.

Elle sortit deux photos de son sac à main, l'une de Sebastian et l'autre de Harry sur le pont du *Kansas Star*.

— Ça me suffit, répondit l'inspecteur en lui rendant la photo de Harry, sans faire le moindre commentaire. Si vous promettez de me laisser tranquille ensuite, je parlerai au directeur de la prison pour voir si on peut faire quelque chose.

— Merci.

— Comment puis-je entrer en contact avec vous ?

— Je suis descendue à l'hôtel Mayflower.

— Je vous contacterai, dit Kolowski en inscrivant le renseignement. Mais n'ayez aucun doute à ce sujet, mam'selle : Tom Bradshaw a tué son frère. J'en suis convaincu.

— N'ayez aucun doute non plus à ce sujet, inspecteur : l'homme enfermé à Lavenham n'est pas Tom Bradshaw. J'en suis convaincue.

Elle replaça les photos dans son sac avant de se lever pour partir.

Un air soucieux apparut sur le visage de Kolowski lorsqu'Emma quitta le bureau.

Elle regagna son hôtel, se déshabilla et se recoucha immédiatement. Elle resta éveillée, se demandant si l'inspecteur pouvait à présent douter d'avoir arrêté la bonne personne. Elle n'arrivait toujours pas à comprendre pourquoi Jelks avait accepté qu'on inflige à Harry une peine de six années de prison alors qu'il lui aurait été très facile de prouver que son client n'était pas Tom Bradshaw.

Elle finit par s'endormir, heureuse de ne pas être réveillée par des visiteurs nocturnes.

*

* *

Le téléphone sonna alors qu'elle était dans la salle de bains, mais elle décrocha trop tard.

Le second appel se fit entendre juste au moment où elle refermait la porte avant de descendre prendre le petit déjeuner. Elle entra dans la chambre en courant, saisit le récepteur et reconnut la voix au bout du fil.

— Bonjour, inspecteur Kolowski, dit-elle.

— Les nouvelles ne sont pas bonnes, déclara l'inspecteur qui ne perdait pas son temps en bavardages inutiles, ce qui fit craindre le pire à Emma. J'ai parlé au directeur de Lavenham juste avant la fin de mon service et il m'a affirmé que Bradshaw avait annoncé fermement qu'il ne voulait recevoir aucune visite. Aucun visiteur, sans exception. Il semble que Me Jelks ait ordonné que le prisonnier ne soit même pas informé des demandes de visite.

— Ne pourriez-vous pas lui faire passer un message, d'une manière ou d'une autre ? Je suis certaine que s'il sait que c'est moi…

— Aucun espoir, ma jeune dame. Vous n'avez aucune idée de la longueur des tentacules de Jelks.

— Il peut passer outre une décision d'un directeur de prison ?

— Un directeur de prison, c'est du menu fretin. Le procureur et la moitié des juges sont sous l'emprise de Jelks… Mais gardez ça pour vous.

Il raccrocha.

Elle ne savait pas combien de temps avait passé lorsqu'on frappa à sa porte. Qui cela pouvait bien être ? La porte s'ouvrit pour laisser apparaître un visage avenant.

— Puis-je faire le ménage de la chambre, mademoiselle ? s'enquit une femme qui poussait un chariot.

— Je n'en ai que pour deux minutes, répondit Emma.

Elle consulta sa montre et fut surprise de découvrir qu'il était déjà 10 h 10. Ayant besoin de s'éclaircir les idées et de réfléchir à sa prochaine démarche, elle partit faire une longue promenade dans Central Park.

Elle se balada dans le parc avant de prendre une décision. Le moment était venu de rendre visite à sa grand-tante pour lui demander conseil sur la marche à suivre.

Elle se dirigea vers le coin de la 64e Rue et de Park Avenue. Réfléchissant à ce qu'elle allait dire à sa grand-tante Phyllis pour lui expliquer pourquoi elle n'était pas venue la voir plus tôt, elle ne prêtait guère attention à ce qu'elle voyait. Elle s'arrêta soudain, fit demi-tour, regardant chaque vitrine jusqu'au moment où elle arriva devant la librairie Doubleday. Une pyramide de livres trônait dans la vitrine centrale, à côté de la photo d'un homme aux cheveux noirs lissés en arrière et à la fine moustache. Il lui souriait.

LE JOURNAL D'UN PRISONNIER
Mon séjour dans la prison de haute sécurité Lavenham
par
Max Lloyd

L'auteur de l'immense best-seller
signera son livre dans notre librairie
jeudi à 17 heures

Ne ratez pas l'occasion de rencontrer l'auteur

Giles Barrington

1941

16

Giles n'avait aucune idée de la destination du régiment. Il avait l'impression d'être constamment en mouvement et il ne pouvait jamais dormir plus de deux heures d'affilée. Il monta d'abord dans un train, puis dans un camion, gravit ensuite la passerelle d'un transport de troupes qui fendit à son rythme les flots de l'océan, avant de décharger mille soldats du Wessex à Alexandrie, port égyptien sur la côte de l'Afrique du Nord.

Pendant le voyage, Giles avait retrouvé ses amis du camp Ypres sur la lande du Dartmoor, mais il était à présent obligé de les considérer comme ses subordonnés. Deux ou trois d'entre eux, Bates notamment, avaient du mal à l'appeler « mon lieutenant » et trouvaient encore plus difficile de le saluer chaque fois qu'ils le rencontraient.

Un convoi de véhicules militaires attendait le régiment du Wessex à son débarquement. Giles n'avait jamais subi une si forte chaleur et sa chemise kaki toute propre fut trempée de sueur dès qu'il mit le pied sur le sol étranger. Il divisa rapidement ses hommes en trois groupes, avant de les faire monter dans les camions en attente. Le convoi avança lentement pendant plusieurs heures, sans s'arrêter une seule fois, sur une étroite route poudreuse dépourvue de tout panneau indicateur, qui longeait la côte. Ce n'est qu'une fois qu'ils eurent finalement atteint les abords d'une ville atrocement bombardée que Bates s'écria :

— Tobrouk ! Je vous l'avais bien dit !

De l'argent changea de mains.

Une fois à l'intérieur de la ville, le convoi déposa les hommes à divers endroits. Giles et les autres officiers sautèrent de leurs véhicules devant l'hôtel Majestic, réquisitionné par le Wessex pour servir de quartier général. Giles poussa la porte à tambour et s'aperçut vite que l'hôtel n'avait pas grand-chose de majestueux. On avait improvisé des bureaux dans le moindre recoin disponible. Aux murs, des graphiques et des cartes avaient remplacé les tableaux et le martèlement des bottes cloutées avait élimé les épais tapis rouges qui accueillaient naguère les nantis du monde entier.

La réception était le seul endroit susceptible de rappeler que le bâtiment avait autrefois été un hôtel. Le caporal de service cocha le nom du lieutenant Barrington sur une longue liste de nouveaux arrivants.

— Chambre 219, mon lieutenant, dit-il en lui tendant une enveloppe. Vous trouverez là-dedans tous les renseignements nécessaires.

Giles monta quatre à quatre le large escalier jusqu'au deuxième étage et ouvrit la porte de la chambre. Il s'assit sur le lit, décacheta l'enveloppe et lut les instructions. Il devait se rendre à 19 heures à la salle de bal où le colonel du régiment allait s'adresser à tous les officiers. Il défit sa valise, se doucha, enfila une chemise propre et redescendit au rez-de-chaussée. Il avala un sandwich et une tasse de thé au mess des officiers, puis, juste avant 19 heures, se dirigea vers la salle de bal.

La vaste pièce, dotée d'un haut et fastueux plafond et de magnifiques chandeliers, était déjà pleine d'officiers bruyants qui retrouvaient de vieux amis et à qui on présentait de nouveaux collègues, en attendant d'apprendre sur quelle case de l'échiquier on allait les placer. Giles crut reconnaître un jeune lieutenant, à l'autre bout de la salle, avant de le perdre de vue.

À 18 h 59, le lieutenant-colonel Robertson monta sur l'estrade d'un pas martial. Tout l'auditoire se tut et se mit au garde-à-vous. Il s'arrêta au milieu de l'estrade puis, d'un geste, indiqua aux hommes de se rasseoir. Les pieds écartés et les mains sur les hanches, il commença son discours.

— Vous devez trouver étrange, messieurs, de venir de toutes les parties de l'empire pour vous battre contre les Allemands en Afrique du Nord. Cependant, le maréchal Rommel et son Afrikakorps sont égalemcnt ici, dans le but de garder une réserve de pétrole pour approvisionner leurs troupes stationnées en Europe. Nous sommes chargés de le renvoyer à Berlin le nez en sang, bien avant que son dernier tank tombe en panne sèche.

Des vivats furent poussés dans toute la salle, accompagnés par un martèlement de chaussures.

— Le général Wavell, poursuivit-il, a accordé au Wessex le privilège de défendre Tobrouk et je lui ai dit que nous étions tous prêts à nous sacrifier pour empêcher Rommel de réserver une suite au Majestic.

Cette déclaration fut accueillie par des hourras encore plus sonores et de nouveaux martèlements de chaussures.

— À présent, je vous demande de vous rendre chez vos capitaines de compagnie respectifs, qui vous expliqueront notre plan d'action global pour défendre la ville et les fonctions qui vous seront personnellement assignées. Messieurs, nous n'avons pas un moment à perdre. Bonne chance et bonne chasse !

Au moment où le lieutenant-colonel quitta l'estrade, les officiers se mirent tous à nouveau au garde-à-vous. Giles vérifia une fois de plus ses instructions. On l'avait placé dans le peloton 7 de la compagnie C, qui devait se réunir après le discours du colonel dans la bibliothèque de l'hôtel pour écouter les ordres du commandant Richards.

— Vous devez être Barrington, lui dit le commandant lorsque Giles entra dans la bibliothèque quelques instants plus tard et le salua. Très aimable à vous de nous avoir rejoints dès votre promotion d'officier. Je vous ai donné le commandement du peloton 7 en tant qu'adjoint de votre vieil ami. Vous aurez trois sections de douze hommes sous vos ordres et serez chargé de patrouiller dans le quartier ouest de la ville. Vous disposerez d'un sergent et de trois caporaux qui vous assisteront. Le lieutenant vous donnera les détails précis. Comme il se trouve que vous avez été jadis condisciples, vous n'allez pas perdre trop de temps à faire connaissance.

Qui cela pouvait bien être ? se demanda Giles. C'est alors qu'il se rappela la silhouette familière isolée à l'autre bout de la salle de bal.

*

* *

Le sous-lieutenant Giles Barrington aurait aimé donner au lieutenant Fisher le bénéfice du doute, même s'il ne pourrait jamais effacer de sa mémoire le souvenir de son camarade lorsque celui-ci était préfet au collège de Saint-Bède et qu'il avait battu Harry tous les soirs de leur première semaine pour la seule raison qu'il était fils de docker.

— Quel plaisir de te retrouver après tout ce temps, Barrington, déclara Fisher. Je ne vois pas pourquoi on ne pourrait pas bien travailler ensemble, hein ?

À l'évidence, lui aussi se rappelait la façon dont il avait traité Harry Clifton. Giles esquissa un maigre sourire.

— Nous avons une bonne trentaine d'hommes sous nos ordres, reprit Fisher, ainsi que trois caporaux et un sergent. Tu en as déjà connu certains au peloton d'instruction. En fait, j'ai déjà nommé le caporal Bates responsable de la section numéro 1.

— Terry Bates ?

— Le caporal Bates, répéta Fisher. N'utilise jamais son prénom quand tu parles d'un autre militaire. Au mess et quand on est seuls, Giles, tu peux m'appeler Alex, mais jamais devant les hommes. Je suis certain que tu me comprends.

Tu as toujours été un sale petit bêcheur et, apparemment, c'est toujours le cas, se dit Giles. Cette fois, il se garda de sourire.

— Bon. Nous sommes chargés de patrouiller dans le quartier ouest de la ville par périodes de quatre heures, poursuivit Fisher. Ne sous-estime pas l'importance de cette mission, parce que si Rommel attaque Tobrouk, on croit savoir qu'il cherchera à investir la ville par l'ouest. Aussi devons-nous rester sans cesse sur nos gardes. Je te laisse fixer le tour de garde. En général, je parviens à assurer deux missions par jour. Mes autres tâches m'empêchent d'en effectuer beaucoup plus.

Lesquelles ? eut envie de lui demander Giles.

Giles aimait patrouiller dans les quartiers ouest de la ville à la tête de ses hommes. Il ne tarda pas à tous les connaître, surtout parce que le caporal Bates le tenait parfaitement au courant. Bien qu'il ait essayé de les maintenir constamment en alerte, suivant l'avertissement de Fisher, au fur et à mesure que passaient les semaines il commença à se demander s'ils se retrouveraient jamais face à l'ennemi.

*
* *

Par un soir brumeux du début du mois d'avril, alors que les trois sections de Giles étaient à l'exercice, une rafale de balles arriva de nulle part. Les hommes se jetèrent immédiatement à plat ventre puis rampèrent à toute vitesse en direction du bâtiment le plus proche à la recherche du moindre abri.

Giles se trouvait avec la section de tête quand les Allemands présentèrent leur carte de visite, avant de lancer une deuxième salve. Si les balles ratèrent largement leur cible, il savait cependant que l'ennemi ne tarderait pas à repérer sa position.

— Ne tirez pas avant que j'en donne l'ordre ! fit-il tout en scrutant lentement l'horizon avec ses jumelles.

Il décida de mettre Fisher au courant avant de prendre une décision. Il décrocha le téléphone de campagne et reçut une réponse immédiate.

— Combien sont-ils, à ton avis ? demanda Fisher.

— Pas plus de soixante-dix, dirais-je. Quatre-vingts, tout au plus. Si tu amènes les sections 2 et 3, ça devrait suffire à les retenir en attendant les renforts.

Il y eut une troisième volée de balles, mais, après avoir scruté l'horizon, il redonna le même ordre :

— Ne tirez pas !

— J'envoie la section 2, sous les ordres du sergent Harris, pour te prêter main-forte, reprit Fisher. Et, selon ce que tu me diras, il se peut que je décide de te rejoindre avec la section 3.

La communication s'interrompit.

Peu après, il y eut une quatrième volée de balles et, cette fois-là, lorsque Giles ajusta ses jumelles, il vit une douzaine d'hommes qui se dirigeaient vers eux en rampant sur le terrain découvert.

— Visez, mais ne tirez que lorsque la cible sera à portée de fusil et assurez-vous que chaque balle atteigne sa cible, ordonna-t-il.

Bates fut le premier à appuyer sur la détente.

— Je t'ai eu, s'exclama-t-il au moment où un Allemand s'affala sur le sable du désert. Ça t'apprendra à bombarder Broad Street, ajouta-t-il en rechargeant son fusil.

— Tais-toi, Bates, et concentre-toi, dit Giles.

— Désolé, mon lieutenant.

Giles continua à scruter l'horizon. Il voyait deux, peut-être trois hommes touchés et couchés à plat ventre sur le sable, à quelques mètres de leurs abris. Il donna l'ordre de tirer une nouvelle salve et regarda plusieurs Allemands décamper en direction de leur refuge, telles des fourmis se précipitant dans un trou.

— Cessez le feu ! hurla Giles, conscient qu'ils ne pouvaient se permettre de gaspiller leurs précieuses munitions.

Regardant à gauche, il aperçut la section 2, dirigée par le sergent Harris, déjà en position et attendant les ordres.

Il décrocha le téléphone de campagne. Fisher répondit.

— Mes munitions ne vont pas durer très longtemps encore, mon lieutenant, lui dit Giles. Le sergent Harris couvre mon flanc gauche, mais mon droit est vulnérable. Si vous pouviez venir nous soutenir, nous aurions une meilleure chance de les repousser.

— Maintenant que vous êtes appuyés par la section 2 en renfort, Barrington, il vaut mieux que je reste en arrière pour vous couvrir, au cas où ils perceraient la défense.

Une nouvelle volée de balles fut projetée vers eux. Il était clair que les Allemands avaient à présent découvert leur position exacte, mais Giles continua à demander à ses deux sections de retenir le feu. Poussant un juron, il raccrocha puis franchit la brèche en courant pour rejoindre le sergent Harris. Une salve salua sa peine.

— Qu'en pensez-vous, sergent ?

— C'est une demi-compagnie, mon lieutenant. Environ quatre-vingts hommes en tout. Mais je crois qu'il s'agit d'un simple détachement de reconnaissance. Il nous suffit de rester couchés et de prendre notre mal en patience.

— Tout à fait d'accord. Que vont-ils faire à votre avis ?

— Comme les Boches doivent savoir qu'ils sont plus nombreux que nous, ils vont vouloir lancer un assaut avant qu'on reçoive des renforts. Si le lieutenant Fisher faisait avancer la section 3 pour couvrir notre flanc droit, ça renforcerait notre position.

— Tout à fait d'accord, répéta Giles, une nouvelle volée de balles couvrant leurs paroles. Je vais retourner parler à Fisher. Attendez mes ordres.

Il traversa le terrain à découvert en zigzaguant. Cette fois, les balles tombaient trop près pour recommencer l'opération. Il s'apprêtait à appeler Fisher lorsque le téléphone sonna. Il le saisit.

— Barrington, dit Fisher. Je crois que le moment est venu de prendre l'initiative.

Giles eut besoin de répéter les paroles de Fisher pour être sûr qu'il avait bien compris.

— Tu veux que je conduise un assaut contre la position allemande pendant que tu fais avancer la section 3 pour me couvrir, dit-il.

— Si on fait ça, intervint Bates, on sera comme des cibles dans un stand de tir.

— Boucle-la, Bates.

— Oui, mon lieutenant.

— Le sergent Harris pense, et je suis d'accord avec lui, reprit Giles, que si tu fais avancer la section 3 pour couvrir notre flanc droit, les Allemands devront lancer une attaque, et alors nous pourrions…

— Peu m'importe ce que pense le sergent Harris. Je donne les ordres et tu les exécutes. C'est clair ?

— Oui, mon lieutenant, répondit Giles en raccrochant violemment le téléphone.

— Ou sinon je peux le tuer, mon lieutenant, dit Bates.

Giles ne réagit pas. Il chargea son pistolet et fixa six grenades à sa ceinture à poches. Se dressant de façon à être vu par les deux pelotons, il lança :

— Baïonnette au canon et préparez-vous à avancer !

Sur ce, il sortit de son abri et cria :

— Suivez-moi !

Alors qu'il commençait à courir sur l'épaisse couche de sable brûlant, le sergent Harris et le caporal Bates à un pas seulement derrière lui, il fut accueilli par une nouvelle volée de balles. Il se demanda combien de temps il pourrait survivre dans un combat aussi inégal. À quarante mètres du but, il pouvait voir où se trouvaient précisément les trois abris ennemis. Il arracha une grenade à main de sa ceinture, ôta la goupille et la jeta en direction de l'abri central, comme s'il relançait une balle de cricket depuis la limite externe du terrain dans les gants du garde-guichet. Elle atterrit juste au-dessus des piquets. Il vit deux hommes sauter en l'air, tandis qu'un troisième s'affalait sur le sol.

Pivotant sur lui-même, il lança une deuxième grenade vers la gauche, mettant clairement hors jeu le batteur, car le feu de l'ennemi cessa soudain. La troisième grenade détruisit une mitrailleuse. Pendant qu'il continuait à charger, il voyait les soldats qui le visaient. Sortant son pistolet de son étui, il se mit à tirer. Un, deux, trois hommes tombèrent et il vit un officier allemand ajuster son viseur sur lui. Celui-ci appuya sur la détente un rien trop tard et s'effondra sur le sol devant lui. Giles se sentit mal.

Alors qu'il était seulement à un mètre de l'abri, un jeune Allemand jeta son fusil par terre, tandis qu'un autre levait les mains en l'air. Giles fixa les yeux des vaincus. Il n'avait pas besoin de parler allemand pour savoir qu'ils ne voulaient pas mourir.

— Cessez le feu ! hurla Giles, alors que ce qui restait des sections 1 et 2 s'emparait rapidement de la position ennemie. Rassemblez-les et désarmez-les, sergent Harris, ajouta-t-il, avant de se retourner et de le découvrir, la tête sur le sol, du sang dégoulinant de la bouche, à quelques mètres seulement de l'abri.

Il balaya du regard le terrain découvert qu'ils avaient traversé et s'efforça de ne pas compter le nombre de soldats qui avaient sacrifié leur vie à cause de la mauvaise décision d'un homme. Des brancardiers étaient déjà en train d'enlever les cadavres du champ de bataille.

— Caporal Bates, alignez les prisonniers ennemis par trois et conduisez-les au camp.

— À vos ordres, mon lieutenant, répondit Bates, d'un ton sincère.

Quelques minutes plus tard, Giles et son groupe clairsemé retraversèrent le terrain découvert. Ils avaient parcouru environ cinquante mètres lorsque Giles vit Fisher arriver en courant vers lui, la section 3 sur les talons.

— Bien, Barrington, cria-t-il, je prends le relais. Fermez la marche. Suivez-moi, ordonna-t-il, avant de mener triomphalement le groupe de soldats allemands capturés vers la ville.

Avant qu'ils atteignent le Majestic, une petite foule s'était déjà formée pour les acclamer. Fisher rendit leurs saluts à ses camarades officiers.

— Barrington, occupez-vous de l'incarcération des prisonniers, puis emmenez les gars boire un coup au réfectoire. Ils l'ont bien mérité. Pendant ce temps, je vais faire mon rapport au commandant Richards.

— Puis-je le tuer, mon lieutenant ? demanda Bates.

17

Lorsque Giles descendit prendre le petit déjeuner le lendemain matin, plusieurs officiers, dont certains auxquels il n'avait jamais parlé, firent un détour pour venir lui serrer la main.

Quand il entra dans le mess, il fut un peu gêné que plusieurs têtes se tournent vers lui et lui sourient. Il prit un bol de porridge, deux œufs à la coque et un vieil exemplaire de *Punch*, avant de s'installer tout seul, dans l'espoir qu'on le laisse tranquille. Mais, quelques instants plus tard, trois officiers australiens qu'il ne reconnut pas se joignirent à lui. Tournant une page du magazine, il éclata de rire en découvrant un dessin de E. H. Shepard qui représentait Hitler battant en retraite et quittant Calais sur un vélocipède.

— Ç'a été un incroyable acte de courage, déclara l'Australien assis à sa droite.

Giles se sentit rougir.

— Tout à fait d'accord, lança une voix depuis l'autre côté de la table. Absolument remarquable.

Giles eut envie de partir avant qu'ils…

— Comment s'appelle ce gars, déjà ?

Giles avala une cuillerée de porridge.

— Fisher.

Giles faillit s'étrangler.

— Apparemment, Fisher, tentant l'impossible, a mené son peloton sur un terrain découvert et, armé seulement de grenades à main et d'un pistolet, a détruit trois abris pleins de soldats allemands.

— Incroyable ! s'écria une autre voix.

Au moins, voilà un verdict avec lequel Giles pouvait être d'accord.

— Est-ce vrai qu'il a tué un officier boche et qu'il a fait prisonniers cinquante de ces salauds avec seulement douze hommes pour l'appuyer ?

Giles coupa la pointe de son œuf à la coque. Il était dur.

— Ce doit être vrai, dit une autre voix. Puisqu'il a été promu capitaine.

Giles fixa le jaune d'œuf.

— Il paraît qu'il a été recommandé pour la croix de guerre.

— Il la mérite amplement.

Ce qu'il mérite amplement, pensa Giles, *c'est ce que Bates a recommandé.*

— Quelqu'un d'autre a-t-il participé à cette action ? demanda la voix venant de l'autre côté de la table.

— Oui, son adjoint. Mais pas moyen de me rappeler son nom.

En ayant assez entendu, Giles décida d'aller faire savoir à Fisher ce qu'il pensait de lui. Laissant son deuxième œuf intact, il sortit à grands pas du mess et gagna tout droit le centre d'opérations. Il était si en colère qu'il y entra en trombe, sans prendre la peine de frapper. Une fois dans la salle, il se mit immédiatement au garde-à-vous et salua.

— Veuillez m'excuser, mon colonel, dit-il. Je n'avais aucune idée que vous étiez là.

— Mon colonel, voici le sous-lieutenant Barrington, mon adjoint, déclara Fisher. Celui qui m'a aidé dans l'opération d'hier.

— Ah, oui, Barrington. Bravo. Vous n'avez peut-être pas vu le bulletin de la compagnie, ce matin, mais vous avez été promu lieutenant et, après avoir lu le rapport du capitaine Fisher, je peux vous signaler que votre nom a été cité dans les dépêches.

— Toutes mes félicitations, Giles, dit Fisher. Tu l'as amplement mérité.

— Tout à fait d'accord, renchérit le colonel. Et je profite de votre présence, Barrington, pour répéter ce que je disais au capitaine Fisher… Maintenant qu'il a déterminé le chemin choisi par Rommel pour entrer dans Tobrouk, nous allons devoir doubler nos patrouilles dans la partie ouest de la ville et déployer un escadron entier de tanks pour vous soutenir. (Il tapa sur la carte étalée sur la table du bout du doigt.) Là, là et là. J'espère que vous êtes tous les deux d'accord.

— D'accord, mon colonel, dit Fisher. Je vais immédiatement organiser la disposition du peloton.

— Il n'y a pas une minute à perdre, dit le colonel, car j'ai le sentiment que Rommel ne va pas tarder à revenir, et, cette fois-ci, ce ne sera pas en mission de reconnaissance mais à la tête de son puissant Afrikakorps. Il nous faut rester à l'affût pour être sûrs qu'il se retrouve sur-le-champ pris au piège.

— Nous l'attendrons de pied ferme, mon colonel, dit Fisher.

— Bien. Fisher, je vous confie le commandement de nos nouvelles patrouilles. Barrington, vous resterez son adjoint.

— Mon rapport sera sur votre bureau avant midi, mon colonel, affirma Fisher.

— Parfait, Fisher. Je vous laisse mettre au point les détails.

— Merci, mon colonel, répondit Fisher tout en se mettant au garde-à-vous et en saluant le colonel qui quittait la pièce.

Giles s'apprêtait à parler mais Fisher s'empressa de le devancer.

— J'ai recommandé que le sergent Harris reçoive la médaille militaire à titre posthume et que le caporal Bates soit cité à l'ordre du jour. J'espère que tu soutiendras mes recommandations.

— Dois-je aussi comprendre que tu as été proposé pour recevoir la croix de guerre ?

— Ça ne dépend pas de moi, mon vieux, mais j'accepterai volontiers ce que décidera le chef de corps… Bon, au travail ! Maintenant qu'on a six patrouilles sous nos ordres, je propose qu'on…

*
* *

Après ce que les sections 1 et 2 appelaient désormais le « fantasme de Fisher », tout le monde, depuis le colonel jusqu'au simple soldat, était en état de vigilance maximale. Ne cherchant plus à savoir à quel endroit mais bien à quel moment Rommel apparaîtrait à l'horizon à la tête de son Afrikakorps, deux pelotons patrouillaient à tour de rôle, de jour comme de nuit, aux limites ouest de la ville.

Étant donné son élévation au statut de héros, même Fisher était obligé d'apparaître de temps en temps à la limite extérieure, ne serait-ce que pour entretenir le mythe de son action d'éclat, mais juste assez longtemps pour être certain que tout le monde l'avait vu. Il allait ensuite faire son rapport au chef d'escadron des tanks, cinq kilomètres à l'arrière, et placer ses téléphones de campagne.

*

* *

Le « Renard du désert » choisit le 11 avril 1941 pour lancer son assaut sur Tobrouk. Les Britanniques et les Australiens n'auraient pas pu défendre plus courageusement la ville contre l'attaque allemande. Pourtant, au fil des mois, comme les provisions de nourriture et les stocks de munitions commençaient à s'épuiser, rares étaient ceux qui doutaient – même si personne ne le disait ouvertement – que, tôt ou tard, vu sa taille, l'armée de Rommel finirait par les submerger.

Un vendredi matin, alors que la brume du désert se dissipait, le lieutenant Barrington, qui scrutait l'horizon avec ses jumelles, découvrit d'innombrables rangées de tanks allemands à perte de vue.

— Merde ! s'écria-t-il.

Il attrapa le téléphone de campagne juste au moment où un obus tomba sur le bâtiment que lui et ses hommes avaient choisi comme poste d'observation. Fisher était au bout du fil.

— Je vois une quarantaine, peut-être une cinquantaine de tanks se diriger vers nous, lui annonça Giles, ainsi, apparemment, qu'un régiment complet pour les appuyer. Ai-je l'autorisation de retirer mes hommes vers une position moins vulnérable où on pourra se regrouper et se mettre en formation de bataille ?

— Gardez la position, dit Fisher. Et quand l'ennemi sera à votre portée, attaquez-le.

— L'attaquer ? Avec quoi ? Des arcs et des flèches ? Ce n'est pas Azincourt, Fisher. J'ai à peine cent hommes, armés seulement de fusils pour se défendre contre un régiment de tanks. Dieu du ciel, Fisher, autorise-moi à décider ce qui est le mieux pour mes hommes !

— Garde la position, répéta Fisher, et attaque l'ennemi quand il sera à votre portée. C'est un ordre.

Giles raccrocha violemment.

— Pour une raison qu'il est seul à connaître, dit Bates, ce type ne veut pas que tu vives. Tu aurais dû me laisser le tuer d'un coup de fusil.

Un deuxième obus tomba sur le bâtiment et du plâtre et des moellons se mirent à dégringoler autour d'eux. Il n'avait plus besoin de jumelles pour compter les tanks qui se dirigeaient vers eux et pour accepter le fait qu'il n'avait plus que quelques instants à vivre.

— En joue !

Il pensa soudain à Sebastian qui hériterait du titre de la famille. Si le gamin se révélait aussi noble de caractère que Harry, la dynastie Barrington n'avait pas à craindre pour son avenir.

L'obus suivant tomba sur le bâtiment qui se trouvait derrière eux, et Giles put nettement voir un soldat allemand qui lui rendait son regard depuis la tourelle de son tank.

— Feu !

Tandis que le bâtiment commençait à s'effondrer autour d'eux, Giles pensa à Emma, Grace, son père, sa mère, ses grands-pères et… L'obus suivant détruisit complètement l'édifice dans un vacarme assourdissant. Levant les yeux, il aperçut un énorme élément de maçonnerie tomber et se rapprocher de plus en plus de lui. Il se jeta sur le dos de Bates qui continuait à tirer sur un tank se dirigeant vers eux.

La dernière image qui s'imposa à son esprit fut celle de Harry en train de se sauver à la nage.

Emma Barrington

1941

18

Assise dans sa chambre d'hôtel, Emma dévorait *Le Journal d'un prisonnier.* Si elle ne savait pas qui était Max Lloyd, elle était sûre au moins d'une chose : il n'était pas l'auteur du livre.

Une seule personne pouvait l'avoir écrit. Elle reconnaissait un très grand nombre d'expressions et Lloyd n'avait même pas pris la peine de changer tous les noms, sauf, bien sûr, s'il avait une petite amie prénommée Emma qu'il adorait toujours.

Elle tourna la dernière page juste avant minuit et décida de téléphoner à quelqu'un qui serait encore au travail à cette heure.

— Pourriez-vous me rendre un dernier service ? demanda-t-elle quand elle entendit sa voix au bout du fil.

— Dites toujours.

— Il me faudrait le nom du contrôleur judiciaire de Max Lloyd.

— Max Lloyd, l'écrivain ?

— Exactement.

— Je ne vous demande même pas pourquoi.

Elle commença à relire le livre, inscrivant des notes au crayon dans les marges, et s'endormit longtemps avant que le nouveau bibliothécaire adjoint ait pris son poste. Elle se réveilla vers 5 heures et ne s'arrêta de lire qu'au moment où un surveillant entre dans la bibliothèque et annonce : « Lloyd, tu es convoqué chez le directeur. »

Elle se prélassa longtemps dans un bain et réfléchit au fait que tous les renseignements qu'elle avait obtenus au prix de tant d'efforts étaient disponibles, pour un dollar cinquante, dans n'importe quelle librairie.

Une fois habillée, elle descendit prendre le petit déjeuner et emprunta un exemplaire du *New York Times*. Comme elle le feuilletait elle fut stupéfaite de tomber sur une critique du *Journal d'un prisonnier* :

> « Nous devons être reconnaissants à M. Lloyd de nous mettre au courant de ce qui se passe aujourd'hui dans nos prisons. Lloyd est un excellent écrivain, doué d'un réel talent. Espérons que maintenant qu'il a été libéré il ne va pas reposer sa plume. »

Il ne l'a jamais prise, en fait, se dit Emma avec indignation en signant son addition.

Avant de regagner sa chambre, elle demanda à la réceptionniste si elle pouvait lui recommander un bon restaurant près de la librairie Doubleday.

— La Brasserie, madame. Elle a une excellente réputation. Voulez-vous que j'y réserve une table à votre nom ?

— Oui, s'il vous plaît. Une table pour une personne pour ce midi et une pour deux, ce soir.

La réceptionniste s'était vite rendu compte qu'il fallait s'attendre à tout avec cette dame anglaise.

Emma remonta dans sa chambre et s'installa pour poursuivre sa relecture du livre. Elle s'étonna que le récit commence avec l'arrivée de Harry à Lavenham, alors que, du début à la fin, plusieurs allusions suggéraient que ses précédentes expériences avaient également fait l'objet de notes, même si elles n'avaient pas été soumises au regard de l'éditeur et encore moins à celui des lecteurs. Cela la convainquit qu'il devait exister un autre cahier qui non seulement devait décrire l'arrestation et le procès de Harry, mais également expliquer pourquoi il s'était soumis à un tel supplice, alors qu'un avocat de la classe de Me Jelks devait savoir qu'il n'était pas Thomas Bradshaw.

Après avoir relu pour la troisième fois les passages annotés, elle décida qu'elle avait besoin de faire un nouvelle longue promenade dans le parc. Comme elle remontait Lexington Avenue, elle entra dans Bloomingdale's et passa une commande qui, lui assura-t-on, serait prête pour 15 heures. À Bristol, cela aurait pris une quinzaine de jours.

En traversant le parc, elle commença à élaborer un plan dans son esprit mais, avant d'y mettre la touche finale, il lui fallait retourner chez Doubleday et examiner la librairie de plus près. Quand elle y pénétra, le personnel était déjà en train de préparer les lieux pour la séance de signatures. Une table était installée et un espace délimité par un cordon indiquait l'endroit où la file d'attente devait se former. L'affiche dans la vitrine était maintenant ornée d'un fanion d'un rouge éclatant qui annonçait : « AUJOURD'HUI ».

Elle choisit un espace entre deux rangées d'étagères d'où elle jouirait d'une vue dégagée sur Lloyd pendant qu'il signerait son ouvrage. De là, elle pourrait observer sa proie et lui tendre un piège.

Elle quitta Doubleday un peu avant 13 heures et traversa la 5e Avenue pour gagner la Brasserie. Un garçon la conduisit à une table qu'aucun de ses deux grands-pères n'eût acceptée. Mais la nourriture était, en effet, excellente. Quand on lui présenta l'addition, elle prit une profonde inspiration et laissa un gros pourboire.

— J'ai réservé une table pour ce soir, dit-elle. Serait-il possible d'être placée dans un box ?

Le serveur prit un air dubitatif, jusqu'au moment où Emma sortit un billet d'un dollar, ce qui sembla lui ôter tout doute. Elle commençait à comprendre comment les choses fonctionnaient en Amérique.

— Comment vous appelez-vous ? s'enquit-elle en lui donnant le billet.

— Jimmy.

— Autre chose, Jimmy…

— Oui, m'dame ?

— Puis-je garder un menu ?

— Bien sûr, m'dame.

Sur le chemin de l'hôtel, elle passa récupérer sa commande chez Bloomingdale's. Elle sourit lorsque le vendeur lui montra une carte.

— J'espère que cela vous convient, madame.

— C'est absolument parfait.

De retour dans sa chambre, elle pensa de nombreuses fois aux questions qu'elle souhaitait poser et, après avoir choisi le meilleur ordre possible, elle les inscrivit nettement au dos du menu. Épuisée, elle s'allongea sur le lit et s'abîma dans un profond sommeil.

Lorsque la sonnerie persistante du téléphone la réveilla, il faisait déjà sombre dehors. Elle jeta un coup d'œil à sa montre : 17 h 10.

— Mince ! s'écria-t-elle en décrochant l'appareil.

— Je vous comprends, dit une voix au bout du fil, même si ce n'est pas le mot de cinq lettres que j'aurais utilisé.

Emma s'esclaffa.

— Le nom que vous cherchiez est Brett Elders… Mais je ne vous ai rien dit.

— Merci. Je vais essayer de ne plus vous déranger.

— J'espère bien.

Il raccrocha.

Emma inscrivit soigneusement au crayon « Brett Elders » dans le coin droit en haut du menu. Elle aurait voulu se doucher rapidement et se changer, mais elle était déjà en retard et ne pouvait pas se permettre de manquer Lloyd.

Elle prit le menu et trois cartes de visite, les fourra dans son sac, se précipita hors de sa chambre et, sans attendre l'ascenseur, dévala l'escalier. Elle héla un taxi et s'engouffra à l'arrière.

— Doubleday, 5e Avenue, lança-t-elle. Et fissa !

Ah, non, se dit-elle. *Que m'arrive-t-il ?*

*

* *

Elle entra dans la librairie bondée et se plaça à l'endroit qu'elle avait repéré, entre la section de la politique et celle de la religion, d'où elle pouvait observer Max Lloyd en plein travail.

Il signait chaque livre avec ostentation, jouissant de la chaleureuse vénération de ses admirateurs. Elle savait que c'était Harry qui aurait dû être là pour recevoir les félicitations. Savait-il seulement que son œuvre avait été publiée ? L'apprendrait-elle ce soir-là ?

En fait, elle n'aurait pas eu besoin de se presser car Lloyd continua à signer son immense best-seller durant une heure encore avant que la file d'attente ne commence à se réduire. Il rédigeait ses dédicaces de plus en plus lentement dans l'espoir d'attirer d'autres clients.

Comme il bavardait à loisir avec la dernière acheteuse, Emma quitta son poste d'observation et se dirigea vers lui.

— Et comment va votre chère mère ? demandait la cliente avec effusion.

— Très bien, merci. Depuis le succès de mon livre, elle n'a plus besoin de travailler dans un hôtel, ajouta-t-il.

La cliente sourit.

— Et Emma ? Si vous me permettez de poser la question.

— On se marie à l'automne, annonça Lloyd après avoir terminé la dédicace.

Première nouvelle ! se dit Emma.

— J'en suis ravie, répondit la cliente. Elle a fait de tels sacrifices pour vous ! Souhaitez-lui beaucoup de bonheur de ma part.

Pourquoi ne vous retournez-vous pas pour le lui dire de vive voix ? avait envie de lui conseiller Emma.

— Je n'y manquerai pas, affirma Lloyd en lui rendant le livre, le sourire de la photo de la quatrième de couverture sur les lèvres.

Emma s'avança et lui remit sa carte. Il l'étudia quelques instants, puis le sourire reparut.

— Une consœur agent littéraire, commenta-t-il en se levant pour la saluer.

Elle serra la main qu'il lui tendait et réussit à lui rendre son sourire.

— En effet. Plusieurs éditeurs londoniens s'intéressent énormément à votre livre. Naturellement, si vous avez déjà signé un contrat ou si vous êtes représenté par un autre agent anglais, je ne veux pas vous faire perdre votre temps.

— Non, non, ma chère dame, je serais ravi d'examiner toute proposition de votre part.

— Alors, peut-être accepterez-vous une invitation à dîner, afin que nous puissions parler plus longuement ?

— Je crois qu'ils s'attendent à ce que je dîne avec eux, chuchota-t-il en désignant d'un grand geste des membres du personnel de Doubleday.

— Quel dommage ! Je prends l'avion demain pour Los Angeles afin de rencontrer Hemingway.

— Je vais donc devoir les décevoir, n'est-ce pas ? Je suis certain qu'ils comprendront.

— Parfait. On se donne rendez-vous à la Brasserie, quand vous aurez terminé la séance de signatures ?

— Vous avez intérêt à réserver une table, le délai est si bref.

— Cela ne posera aucun problème, à mon avis, déclara Emma, tandis qu'un dernier client s'approchait dans l'espoir de pouvoir encore obtenir une dédicace. À tout à l'heure, par conséquent, monsieur Lloyd.

— Appelez-moi Max, je vous prie.

Elle retraversa la librairie et longea la 5e Avenue jusqu'à la Brasserie. Cette fois-ci, on ne la fit pas attendre.

— Jimmy, dit-elle au serveur qui l'accompagnait à une table dans un recoin, j'attends un invité important et je souhaite qu'il se rappelle cette soirée toute sa vie.

— Vous pouvez compter sur moi, madame, dit le serveur pendant qu'Emma s'asseyait.

Lorsqu'il s'éloigna, elle ouvrit son sac, en sortit le menu et relut une fois de plus sa liste de questions. Quand elle vit Jimmy se diriger vers elle suivi de Max Lloyd, elle retourna le menu.

— À l'évidence, vous êtes très connue ici, déclara-t-il en se glissant sur le siège en face d'elle.

— C'est mon restaurant new-yorkais préféré, répondit-elle en lui rendant son sourire.

— Vous désirez un apéritif, monsieur ?

— Un Manhattan avec des glaçons.

— Et vous, madame ?

— Comme d'habitude, Jimmy.

Le serveur s'éloigna prestement. Emma était curieuse de savoir ce qu'il allait lui apporter.

— Et si on commandait tout de suite ? fit Emma. Ensuite, on pourra parler affaires.

— Très bonne idée. Bien que je sache exactement ce que je veux, ajouta-t-il au moment où le serveur reparut et plaça un Manhattan devant lui et un verre de vin blanc près d'elle.

C'était ce qu'elle avait bu au déjeuner. Elle fut très impressionnée.

— Jimmy, je pense que nous sommes prêts à commander.

Le serveur hocha la tête et se tourna vers l'invité d'Emma.

— Je voudrais un filet de bœuf bien tendre. À point. Et ne soyez pas chiche avec la garniture.

— Très bien, monsieur… Et vous, madame, demanda-t-il à Emma. Qu'est-ce qui vous tente, ce soir ?

— Une salade César, s'il vous plaît, Jimmy. Avec très peu d'assaisonnement.

Une fois le serveur hors de portée, elle retourna son menu, même si elle connaissait la première question par cœur.

— Le journal couvre seulement dix-huit mois de votre incarcération, commença-t-elle. Or vous avez passé plus de deux ans derrière les barreaux. J'espère, par conséquent, que vous nous gratifierez d'un deuxième tome.

— J'ai toujours un cahier plein de notes, répondit Lloyd qui parut se détendre pour la première fois. Je pense inclure certains des événements les plus remarquables dans un roman que j'ai prévu d'écrire.

Parce que si tu les publiais sous forme de journal, n'importe quel éditeur se rendrait compte que tu n'en es pas l'auteur, avait-elle envie de répliquer.

Répondant à l'appel du verre vide, le sommelier reparut près de Lloyd.

— Souhaitez-vous voir la carte des vins ? Quelque chose pour accompagner le bifteck ?

— Très bonne idée, répondit Lloyd en ouvrant l'épais registre relié en cuir, comme s'il était l'hôte. (Il fit glisser son doigt le long d'une longue liste de bourgognes et s'arrêta presque tout en bas.) Une bouteille du 37, annonça-t-il.

— Excellent choix, monsieur.

Emma devina que cela signifiait qu'il n'était pas bon marché. Mais ce n'était pas le moment de lésiner.

— Quel sale type que ce gardien Hessler ! s'écria-t-elle, passant à sa deuxième question. Je croyais que cette sorte d'individu n'existait que dans les romans à quatre sous ou dans les films de série B.

— Non. Il était bien réel. Mais si vous vous rappelez, j'ai réussi à le faire muter dans une autre prison.

— Je m'en souviens parfaitement, acquiesça-t-elle, comme on posait un gros bifteck devant son invité et une salade César à côté d'elle.

Lloyd saisit sa fourchette et son couteau, prêt, à l'évidence, à relever le défi.

— Bon, dites-moi. Quelle sorte de proposition avez-vous à l'esprit ? s'enquit-il en entamant la viande.

— Une proposition qui vous offre exactement ce que vous méritez, répondit-elle, d'un ton tout à fait nouveau. Et pas un penny de plus.

L'air soudain perplexe, il reposa ses couverts en attendant qu'Emma s'explique.

— Je suis parfaitement consciente, monsieur Lloyd, que vous n'avez pas écrit un traître mot du *Journal d'un prisonnier*. Votre seule contribution a consisté à remplacer le nom du véritable auteur par le vôtre.

Il ouvrit la bouche pour répondre, mais avant qu'il ait le temps de protester, elle poursuivit :

— Si vous êtes assez bête pour continuer à prétendre que vous avez écrit ce livre, demain matin, à la première heure, je rendrai visite à M. Brett Elders, votre contrôleur judiciaire, et ce ne sera pas pour discuter des progrès de votre réinsertion.

Le sommelier reparut, déboucha la bouteille et attendit qu'on lui indique qui allait goûter le vin. Lloyd fixant Emma comme un lapin ébloui par des phares, elle fit un bref hochement de tête. Elle prit le temps de faire tournoyer le vin dans son verre avant d'y tremper les lèvres.

— Excellent, finit-elle par dire. J'aime beaucoup le 37.

Le sommelier inclina légèrement le buste, remplit les deux verres et partit à la recherche d'une autre victime.

— Vous ne pouvez pas prouver que je n'en suis pas l'auteur, déclara Lloyd d'un ton de défi.

— Si, répliqua Emma. Parce que je suis l'agent du véritable auteur. (Elle avala une petite gorgée de vin, avant d'ajouter :) Il s'agit de Tom Bradshaw, votre adjoint à la bibliothèque. (Lloyd se tassa sur son siège.) Aussi, permettez-moi de vous indiquer le marché que je vous propose, tout en vous précisant qu'il n'y a pas de marge de négociation… À moins que, bien sûr, vous souhaitiez retourner en prison pour vol et escroquerie. Si vous vous retrouvez à Pierpoint, je suis certaine que M. Hessler sera tout à fait ravi de vous conduire à votre cellule, vu qu'il n'est guère dépeint sous un jour très favorable dans le livre.

La perspective n'eut pas du tout l'air de séduire l'imposteur.

Elle but une nouvelle gorgée de vin avant de poursuivre :

— M. Bradshaw a la bonté de vous laisser continuer à prétendre que vous avez écrit le journal. Il ne vous demande même pas de rendre l'avance que vous avez touchée et que, de toute façon, vous avez sans doute déjà dépensée. (Lloyd plissa les lèvres.) Il vous prévient, toutefois, que si vous avez la stupidité de chercher à en vendre les droits dans un autre pays, une injonction pour usurpation de droits d'auteur sera émise contre vous et l'éditeur. C'est bien clair ?

— Oui, marmonna Lloyd en agrippant les bras de son fauteuil.

— Bon. Par conséquent, marché conclu, dit Emma. (Elle avala une autre gorgée de vin et ajouta :) Je suis persuadée que vous comprendrez, monsieur Lloyd, qu'il est à présent inutile de poursuivre cette conversation. Aussi, peut-être est-il temps que vous partiez.

Il hésita.

— Rendez-vous demain matin, à 10 heures, au 49 Wall Street.

— 49 Wall Street ?

— Au cabinet de Me Sefton Jelks, l'avocat de Tom Bradshaw.

— C'est donc Jelks qui tire les ficelles. Alors, je comprends tout, dit Lloyd.

Quoiqu'elle n'ait pas saisi ce qu'il voulait dire, elle précisa :

— Vous apporterez tous les cahiers du journal, sans exception, pour nous les remettre. Si vous avez ne serait-ce qu'une minute de retard, je prierai Me Jelks d'appeler votre contrôleur judiciaire pour le mettre au courant de ce que vous avez fait depuis votre libération de Lavenham. Passe encore de voler les gains d'un client, mais déclarer que vous avez écrit son livre… (Lloyd continuait à s'accrocher aux bras de son fauteuil en silence.) Vous pouvez partir, monsieur Lloyd. Au plaisir de vous voir à 10 heures, demain matin, dans le hall du 49 Wall Street. Ne soyez pas en retard. Autrement, votre prochain rendez-vous sera avec M. Brett Elders.

Il se leva en chancelant et traversa lentement la salle. Deux ou trois clients se demandèrent s'il était ivre. Le serveur lui tint la porte, puis se précipita vers la table d'Emma. Voyant le morceau de viande intact et un verre de vin plein, il s'enquit d'un ton inquiet :

— J'espère que tout s'est passé à votre convenance, mademoiselle Barrington ?

— Cela n'aurait pu mieux se dérouler, Jimmy, répondit-elle en se versant un autre verre de vin.

19

De retour dans sa chambre d'hôtel, Emma regarda le dos du menu et fut ravie de constater qu'elle avait posé presque toutes les questions prévues. Elle avait eu l'heureuse inspiration d'exiger que Lloyd lui remette les cahiers dans le hall du 49 Wall Street car cela avait dû lui donner la claire impression que Me Jelks était l'avocat d'Emma, ce qui aurait empli d'effroi même un parfait innocent. Elle était cependant toujours intriguée par l'affirmation de Lloyd : « C'est donc Jelks qui tire les ficelles. Alors, je comprends tout. » Elle éteignit la lumière et dormit paisiblement, pour la première fois depuis qu'elle avait quitté l'Angleterre.

Son emploi du temps matinal ne différa guère de celui des jours précédents. Après un petit déjeuner pris sans se presser avec le *New York Times* pour toute compagnie, elle quitta l'hôtel et héla un taxi pour se rendre à Wall Street. Ayant décidé d'arriver quelques minutes en avance, le taxi la déposa devant le bâtiment à 9 h 51. Au moment de donner une pièce de vingt-cinq cents au chauffeur, elle se sentit soulagée que son séjour à New York tire à sa fin, car il s'était avéré beaucoup plus onéreux qu'elle ne l'avait imaginé. Deux repas à la Brasserie arrosés d'une bouteille de vin à cinq dollars, sans compter les pourboires, n'aidaient guère à alléger la facture.

Quoi qu'il en soit, elle était convaincue que le voyage valait la peine. En particulier parce que les photos prises à bord du *Kansas Star* lui avaient confirmé que Harry était toujours en vie et que, pour une raison inconnue, il avait usurpé l'identité de Tom Bradshaw. Une fois qu'elle aurait récupéré le cahier manquant, le reste du mystère serait éclairci. Alors, nul doute qu'elle pourrait persuader l'inspecteur Kolowski de faire libérer Harry. Elle n'avait pas l'intention de rentrer en Angleterre sans lui.

Si elle se mêla à une horde d'employés entrant dans le bâtiment, elle ne se joignit pas à eux lorsqu'ils se précipitèrent tous vers le premier ascenseur disponible. Elle occupa une position stratégique entre le comptoir de l'accueil et l'enfilade des douze ascenseurs, ce qui lui ménageait une vue dégagée sur les portes d'entrée du 49 Wall Street.

Elle consulta sa montre. 9 h 54. Pas de Lloyd en vue. Elle la consulta à nouveau à 9 h 57, 9 h 58, 9 h 59, 10 heures. Il avait dû être retardé par la circulation. 10 h 02. Ses yeux se posaient un bref instant sur chaque personne franchissant le seuil. 10 h 04. L'avait-elle manqué ? À 10 h 06, elle jeta un coup d'œil à l'accueil. Pas de Lloyd à l'horizon. À 10 h 08, elle tenta de chasser toute pensée négative de son esprit. 10 h 11. L'avait-il démasquée ? 10 h 14. Allait-elle devoir prendre rendez-vous avec M. Brett Elders ? 10 h 17. Combien de temps encore avait-elle l'intention de faire le pied de grue ? À 10 h 21, une voix derrière elle lui dit :

— Bonjour, mademoiselle Barrington.

Se retournant brusquement, elle se trouva nez à nez avec Samuel Anscott qui lui dit poliment :

— Me Jelks aimerait savoir si vous lui feriez l'amabilité de venir le voir dans son bureau.

Sur ce, Anscott pivota sur ses talons et se dirigea vers un ascenseur en attente. Emma eut juste le temps d'y pénétrer avant que les portes se referment.

Il était hors de question de discuter pendant que l'ascenseur bondé montait lentement et avec moult arrêts en direction du vingt-deuxième étage. Arrivé à destination, Anscott en sortit et conduisit Emma le long d'un couloir dont le sol était couvert d'une épaisse moquette. Les parois étaient lambrissées de chêne et ornées des portraits de précédents associés et de leurs confrères au conseil d'administration, le tout dégageant une impression d'honnêteté, d'intégrité et de bienséance.

Elle aurait aimé interroger Anscott avant sa première rencontre avec Jelks, mais il la devançait de plusieurs pas. Parvenu à une porte au bout du couloir, il frappa et l'ouvrit, sans attendre la réponse. Il s'écarta pour laisser passer Emma, puis referma la porte sans entrer lui-même.

Fumant une cigarette, Max Lloyd était assis dans un confortable fauteuil à haut dossier près de la fenêtre. Il lui fit le sourire dont il l'avait gratifiée lorsqu'ils s'étaient rencontrés pour la première fois chez Doubleday.

Elle se tourna vers un homme de haute taille, élégamment vêtu, qui se leva lentement derrière son bureau. Pas le moindre sourire, pas le moindre signe qu'il allait lui tendre la main. Dans son dos s'élevait un mur de verre derrière lequel des buildings montaient vers le ciel, symboles d'une puissance sans limite.

— Vous êtes fort aimable de vous joindre à nous, mademoiselle Barringon, dit-il. Asseyez-vous, je vous prie.

Elle s'enfonça dans un fauteuil en cuir, si profond qu'elle disparut presque complètement. Elle remarqua une pile de cahiers sur le bureau de l'associé principal.

— Je m'appelle Sefton Jelks, commença-t-il, et j'ai le privilège de représenter M. Max Lloyd, l'auteur distingué et renommé. Mon client est venu me voir ce matin pour m'annoncer qu'il avait été approché par quelqu'un se prétendant agent littéraire londonien, qui lui a lancé une accusation diffamatoire, selon laquelle il n'est pas l'auteur du *Journal d'un prisonnier*, qui porte son nom. Cela pourra peut-être vous intéresser de savoir que j'ai en ma possession le manuscrit original, dont chaque mot est de la main de M. Lloyd, ajouta-t-il en plaquant un poing sur la pile de cahiers et en se permettant d'esquisser un vague sourire.

— Puis-je en voir un ? s'enquit-elle.

— Bien sûr, répondit Jelks.

Il prit le cahier au sommet de la pile et le lui tendit. Elle l'ouvrit et se mit à lire. Elle vit tout de suite que si ce n'était pas l'écriture ferme de Harry, c'était sa voix.

— Puis-je jeter un coup d'œil à un autre ?

— Non. Nous avons prouvé notre bonne foi, mademoiselle Barrington, rétorqua Jelks. Et mon client utilisera toutes les ressources de la loi si vous avez la stupidité de répéter vos injurieuses allégations.

Elle continua à fixer la pile de cahiers tandis que Jelks déversait un flot de paroles.

— J'ai également jugé utile de parler à M. Elders pour l'avertir que vous risquiez de prendre contact avec lui et pour le prévenir que, s'il acceptait de vous recevoir, il serait sans aucun doute appelé à témoigner au cas où cette affaire devait se terminer au tribunal. C'est pourquoi, après avoir pesé le pour et le contre, M. Elders a jugé qu'il avait intérêt à éviter de vous recevoir. C'est un homme sensé.

Emma continuait à fixer la pile de cahiers.

— Mademoiselle Barrington, il n'a pas été nécessaire de se livrer à des recherches approfondies pour découvrir que vous êtes la petite-fille de lord Harvey et de sir Walter Barrington, ce qui expliquerait votre arrogance dans vos rapports avec les Américains. Permettez-moi de vous suggérer que, si vous avez l'intention de vous faire passer pour un agent littéraire, je peux peut-être vous donner, à titre gracieux, des conseils sur des points de notoriété publique. Ernest Hemingway a quitté l'Amérique en 1939 pour vivre à Cuba…

— C'est fort généreux de votre part, maître Jelks, l'interrompit-elle. Permettez-moi de vous offrir, à mon tour et à titre gracieux, quelques conseils. Je sais pertinemment que c'est Harry Clifton (les yeux de l'avocat s'étrécirent) et non pas votre client qui a écrit *Le Journal d'un prisonnier*. Si vous étiez assez stupide, maître Jelks, pour m'assigner en justice pour diffamation, vous risqueriez de vous retrouver au tribunal pour expliquer pourquoi vous avez défendu un client accusé de meurtre, alors que vous saviez qu'il n'était pas le lieutenant Tom Bradshaw.

Jelks commença à appuyer frénétiquement sur un bouton placé sous son bureau. Emma se leva de son siège et, faisant un charmant sourire aux deux hommes, quitta la pièce sans un mot de plus. Elle longea le couloir à grands pas et croisa M. Anscott et un vigile qui se dirigeaient vers le bureau de Me Jelks. Elle avait au moins évité l'humiliation d'être ramenée de force vers la sortie.

Lorsqu'elle entra dans l'ascenseur, le liftier lui demanda :

— Quel étage, mademoiselle ?

— Rez-de-chaussée, s'il vous plaît.

— Vous devez être anglaise, gloussa-t-il.

— Comment avez-vous deviné ?

— En Amérique, on appelle ça le premier étage.

— Ah, c'est vrai ! répondit-elle en lui souriant, avant de sortir de l'ascenseur.

Elle traversa le hall, franchit le tambour et dévala les marches jusqu'au trottoir, sachant très bien ce qui lui restait à faire. Une seule personne pouvait encore l'aider… Elle allait devoir demander conseil à sa grand-tante Phyllis. Après tout, une sœur de lord Harvey ne pouvait être qu'une puissante alliée. S'il se trouvait que c'était une amie proche de Sefton Jelks, elle n'aurait plus qu'à prendre le premier bateau en partance pour l'Angleterre.

Elle héla un taxi, mais quand elle sauta dedans, elle dut presque hurler pour se faire entendre par-dessus le beuglement de la radio.

— Park Avenue et 64e Rue, lança-t-elle, tout en se demandant comment elle allait expliquer à sa grand-tante pourquoi elle ne lui avait pas rendu visite plus tôt.

Elle se pencha en avant et aurait prié le chauffeur de baisser le son, si elle n'avait pas entendu les paroles suivantes : « Le président Roosevelt s'adressera à la nation depuis le Bureau ovale, à midi trente, heure de l'est du pays. »

Giles Barrington

1941-1942

20

La première chose que vit Giles, ce fut sa jambe droite enserrée dans un plâtre et accrochée à une poulie.

Il se rappelait vaguement un long voyage durant lequel la douleur était devenue presque insupportable, à tel point qu'il avait cru qu'il allait mourir bien avant qu'on ait eu le temps de le transporter jusqu'à l'hôpital. Et il n'oublierait jamais l'opération, étant donné qu'ils s'étaient retrouvés à court d'anesthésiques quelques instants avant que le médecin pratique la première incision.

Il tourna très lentement la tête vers la gauche et aperçut une fenêtre dotée de trois barreaux. Puis vers la droite. C'est alors qu'il le vit.

— Non. Pas toi ! s'écria-t-il. Pendant quelques instants j'ai cru que je m'étais échappé et que j'étais monté au ciel.

— Pas encore, répliqua Bates. Il faut d'abord que tu passes quelque temps au purgatoire.

— Combien de temps ?

— Au moins jusqu'à ce que ta jambe soit guérie. Plus longtemps peut-être.

— On est de retour en Angleterre ? demanda Giles, plein d'espoir.

— J'aimerais bien… Non, on est en Allemagne. Au camp de prisonniers de guerre de Weinsberg, où on s'est tous retrouvés après avoir été capturés.

Giles tenta de se dresser sur son séant, mais ne réussit qu'à décoller la tête de l'oreiller, juste assez pour découvrir, fixée au mur, une photo encadrée d'Adolf Hitler faisant le salut nazi.

— Combien de nos soldats ont survécu ?

— Une poignée seulement. Les gars ont eu à cœur de mettre en pratique les paroles du colonel : nous étions « tous prêts à nous sacrifier pour empêcher Rommel de réserver une suite au Majestic. »

— Un autre soldat de notre peloton s'en est-il tiré ?

— Toi, moi et…

— Laisse-moi deviner : Fisher ?

— Non. Parce que, si on l'avait emmené à Weinsberg, j'aurais demandé à être transféré à Colditz.

Giles resta immobile, les yeux au plafond.

— Alors, comment est-ce qu'on s'évade ?

— Je me demandais combien de temps allait s'écouler avant que tu poses la question.

— Et quelle est la réponse ?

— On n'a pas la moindre chance tant que ta jambe est plâtrée, et même après, ça sera pas facile. Mais j'ai un plan.

— Ça ne m'étonne pas !

— Le problème, c'est pas le plan. C'est le comité d'évasion. Il gère la liste d'attente et tu es en bout de queue.

— Comment est-ce que je la remonte ?

— C'est comme en Angleterre. Il faudra attendre ton tour… À moins que…

— Que quoi ?

— À moins que le général de brigade Turnbull, l'officier le plus gradé, juge qu'il y a une bonne raison pour que tu sois déplacé vers la tête.

— Laquelle, par exemple ?

— Si tu parles couramment l'allemand, c'est un atout.

— J'en ai appris quelques rudiments à l'école de formation des officiers… Je regrette de ne pas m'être davantage appliqué.

— On donne des cours deux fois par jour. Intelligent comme tu l'es, ça devrait pas te paraître trop difficile. Malheureusement, même cette liste est assez longue.

— Alors, que puis-je faire d'autre pour être propulsé plus vite vers la tête de la file d'attente pour l'évasion ?

— Déniche le bon boulot. C'est ce qui m'a permis de gagner trois places en un mois.

— Comment t'y es-tu pris ?

— Dès que les Boches ont découvert que j'étais boucher, ils m'ont offert un travail au mess des officiers. Je leur ai dit d'aller se faire *enculare*, excuse mon latin de cuisine, mais le général a insisté pour que je l'accepte.

— Pour quelle raison peut-il vouloir que tu bosses pour les Allemands ?

— Parce que ça me permet, de temps en temps, de voler de la nourriture à la cuisine. Mais ce qui compte davantage, c'est que je peux à l'occasion glaner un renseignement utile au comité. Voilà pourquoi je suis près de la tête de la file, alors que t'es encore en bout. Tu vas devoir mettre les deux pieds par terre si t'espères toujours gagner la salle d'eau avant moi.

— Tu as une idée du temps que je devrai attendre avant que je puisse faire ça ?

— Le toubib de la prison dit que t'en as au moins pour un mois, voire six semaines, avant qu'on puisse retirer le plâtre.

Giles reposa la tête sur l'oreiller.

— Mais même quand je serai à nouveau sur pied, comment espérer obtenir un travail au mess des officiers ? Contrairement à toi, je n'ai pas les qualités requises.

— Si. En fait, tu peux faire mieux que moi et décrocher un boulot dans la salle à manger du commandant du camp, parce que je sais qu'on recherche un sommelier.

— Qu'est-ce qui te fait croire que je suis qualifié pour être sommelier ? demanda Giles sans chercher à dissimuler l'ironie de son ton.

— Si j'ai bonne mémoire, au manoir t'avais un majordome du nom de Jenkins.

— C'est toujours le cas. Mais ça ne m'aide guère à…

— Et lord Harvey, ton grand-père, est dans le commerce des vins et spiritueux. Franchement, t'es même surqualifié.

— Alors, que suggères-tu ?

— Une fois que tu seras sorti d'ici, on te fera remplir un formulaire professionnel où tu indiqueras ce que tu faisais dans le civil. J'ai déjà annoncé que tu étais sommelier au Grand Hotel de Bristol.

— Merci. Mais on va tout de suite s'apercevoir…

— Crois-moi, ils n'y verront que du feu. Tout ce que tu dois faire, c'est perfectionner ton allemand et essayer de te souvenir de ce que faisait Jenkins. Ensuite, si on peut présenter un plan correct au comité d'évasion, on passera d'un seul coup à la tête de la file d'attente. Attention, y a un hic…

— Il y en a forcément un si tu es impliqué dans l'affaire.

— Mais j'ai trouvé un moyen de contourner la difficulté.

— De quelle difficulté s'agit-il ?

— Tu peux pas travailler pour les Boches si tu suis des cours d'allemand. Ils sont pas bêtes à ce point. Ils font une liste de tous les inscrits parce qu'ils veulent pas qu'on écoute leurs conversations privées.

— Tu dis que tu as trouvé un moyen de surmonter cette difficulté ?

— Faudra que tu fasses ce que font tous les aristos pour garder une longueur d'avance sur des gens comme moi. Prendre des leçons particulières. Je t'ai même trouvé un répétiteur. Un type qui enseignait l'allemand au lycée de Solihull. C'est seulement son anglais que t'auras du mal à comprendre, s'esclaffa Bates. Et puisque tu vas être enfermé ici pendant encore six semaines et que t'as rien de mieux à faire, tu peux commencer tout de suite. Tu trouveras un dico allemand-anglais sous ton oreiller.

— J'ai une dette envers toi, Terry, déclara Giles en serrant la main de son ami.

— Non. C'est moi, pas vrai ? Puisque tu m'as sauvé la vie.

21

Lorsqu'il quitta l'infirmerie, cinq semaines plus tard, Giles connaissait mille mots allemands, mais il n'avait pas pu travailler sa prononciation.

Couché dans son lit, il avait également passé d'innombrables heures à tenter de se rappeler la façon dont Jenkins s'acquittait de sa tâche. Il s'entraîna à dire « Bonjour, monsieur », en inclinant respectueusement la tête, ainsi que « Souhaitez-vous goûter le vin, mon colonel ? » en versant une carafe d'eau dans un urinal.

— Garde toujours un air modeste, n'interromps jamais la conversation et ne parle que si on t'interroge, lui rappela Bates. C'est simple, fais exactement le contraire de ce que tu as toujours fait dans le passé.

Giles eut envie de le frapper mais il savait que son camarade avait raison.

Bien que Bates n'ait eu le droit de lui rendre visite que deux fois par semaine, durant trente minutes, il utilisa chacune de ces minutes pour expliquer à Giles le fonctionnement journalier de la salle à manger privée du commandant du camp. Il lui indiqua le nom et le grade de chaque officier, ce qu'ils aimaient ou n'aimaient pas, et le prévint que le commandant des SS, Müller, chargé de la sécurité du camp, n'était pas un gentleman et restait totalement insensible aux flatteries, surtout à celles de la vieille école.

Un autre visiteur fut le général de brigade Turnbull qui écouta avec intérêt les projets de Giles lorsqu'il sortirait de l'infirmerie et serait conduit au camp. Le général fut impressionné et, lorsqu'il revint quelques jours plus tard, il lui fit part de ses propres réflexions.

— Le comité d'évasion est sûr et certain que les Boches ne vous permettront pas de travailler dans la salle à manger du commandant du camp s'ils savent que vous êtes officier, dit-il à Giles. Pour que votre plan ait la moindre chance de succès, il faut que vous soyez simple soldat. Puisque Bates est le seul homme à avoir servi sous vos ordres, c'est le seul qui devra garder le secret.

— Il fera ce que je lui dirai de faire.

— Il n'y sera plus obligé, l'avertit le général.

*

* *

Quand il finit par sortir de l'infirmerie, il fut surpris de découvrir la rigueur de la discipline du camp, surtout pour un simple soldat.

Cela lui rappela son séjour au centre de formation Ypres dans les landes du Dartmoor. Les deux pieds par terre à 6 heures, sous les ordres d'un sergent-major qui ne le traitait sûrement pas comme un officier.

Tous les matins, Bates continuait à gagner la salle d'eau et le réfectoire avant lui. À 7 heures, le général passait les troupes en revue sur la place d'armes. Une fois que le sergent-major avait hurlé « Rompez les rangs ! » chacun se lançait dans ses activités quotidiennes, s'affairant le reste de la journée.

Giles ne manquait jamais la course de huit kilomètres – soit vingt-cinq fois le tour du camp – ou, assis dans les latrines, sa tranquille conversation d'une heure en allemand avec son répétiteur particulier.

Il ne tarda pas à découvrir que le camp des prisonniers de guerre de Weinsberg avait beaucoup d'autres points en commun avec la caserne Ypres : terrain glacial, stérile, désolé, plusieurs dizaines de baraquements préfabriqués meublés de lits en bois garnis de matelas de crin, avec, pour tout chauffage, le soleil qui ne rendait pas plus souvent visite à Weinsberg que la Croix-Rouge. Les prisonniers avaient également leur propre sergent-major, qui n'arrêtait pas de traiter Giles de sale petit branleur.

Comme à Dartmoor, le camp était entouré d'une haute clôture de fil de fer barbelé, dotée d'un seul passage pour entrer et sortir. En revanche, il n'existait pas de permission du week-end et les gardes armés ne saluaient sûrement pas quand on franchissait la grille dans une MG jaune.

Lorsqu'on demanda à Giles de remplir le formulaire professionnel du camp, sous « nom » il écrivit « soldat Giles Barrington » et sous « profession » il mit « échanson ».

— Qu'est-ce que ça veut foutre dire en bon anglais ? demanda Bates.

— Sommelier, expliqua Giles avec hauteur.

— Alors, mets ça, nom de Dieu ! s'exclama Bates en déchirant le formulaire. Sauf, bien sûr, si tu veux obtenir un boulot au Ritz. Va falloir que t'en remplisses un autre, ajouta-t-il, agacé.

Après avoir rendu le deuxième formulaire, Giles était impatient d'être interrogé par un employé du commandant. Il mit à profit ces heures interminables pour se maintenir en forme physiquement et mentalement. La formule « *Mens sana in corpore sano* » constituait pratiquement tout le latin qui lui restait de ses études secondaires.

Bates le tenait au courant de ce qui se passait de l'autre côté de la clôture et réussit même à lui faire passer de temps en temps une pomme de terre ou un croûton de pain, et une fois une demi-orange.

— Faut que je fasse gaffe, expliqua-t-il. Faut surtout pas que je perde mon boulot.

*

* *

Environ un mois plus tard, le comité d'évasion les invita tous les deux pour présenter le plan Bates/Barrington, que l'on ne tarda pas à appeler le plan « *bed and breakfast* », lit à Weinsberg et petit déjeuner à Zurich.

La présentation clandestine s'étant bien déroulée, le comité décida qu'on devait les faire monter de quelques places dans la file d'attente, mais personne ne suggéra qu'ils passent déjà à l'action. En fait, le général leur annonça carrément que, tant que le soldat Barrington n'avait pas obtenu un boulot dans la salle à manger du commandant du camp, il était inutile qu'il dérange le comité.

— Pourquoi est-ce que ça prend tant de temps, Terry ? s'enquit Giles après la réunion.

— Ça me gêne pas que tu m'appelles Terry, répondit le caporal Bates avec un sourire ironique, en tout cas, quand on est en tête à tête. Mais jamais devant les hommes, tu comprends ? ajouta-t-il en imitant assez bien Fisher.

Giles lui donna un petit coup sur le bras.

— Délit passible de la cour martiale, lui rappela Bates. Voie de fait commise par un simple soldat sur un sous-officier.

Giles lui donna un autre coup.

— Bon. À présent, réponds à ma question, reprit-il.

— Rien ne va vite, ici. Il faudra patienter, Giles.

— Tu ne peux pas m'appeler Giles avant qu'on prenne le petit déjeuner à Zurich.

— Ça me va. Si c'est toi qui payes.

Tout changea le jour où le colonel eut besoin d'un serveur supplémentaire car il invitait à déjeuner un groupe de représentants de la Croix-Rouge.

*

* *

— N'oublie pas que t'es un simple soldat, avertit Bates lorsqu'on escorta Giles pour lui faire franchir la clôture, en vue de l'entretien avec le commandant Müller. Il faut que tu penses comme un serviteur, pas comme quelqu'un qui a l'habitude d'être servi. Si Müller a le moindre soupçon que t'es un officier, on sera tous les deux dans la mouise et tu reviendras à la case départ du jeu de l'oie. Et je peux t'assurer d'une chose : le général nous invitera plus jamais à jeter les dés. Donc, comporte-toi en larbin et n'oublie pas que tu comprends pas un traître mot d'allemand. D'accord ?

— Oui, caporal.

Il revint une heure plus tard, un large sourire sur les lèvres.

— T'as eu le boulot ? s'enquit Bates.

— J'ai eu de la veine. C'est le colonel qui m'a interrogé. Pas Müller. Je commence demain.

— Et il t'a pas du tout soupçonné d'être un officier et un gentleman ?

— Non. Pas après que je lui ai dit que j'étais l'un de tes amis.

*
* *

Avant le déjeuner offert aux délégués de la Croix-Rouge, Giles ouvrit six bouteilles de merlot pour les laisser respirer. Une fois que les invités eurent pris place à table, il versa un doigt de vin dans le verre du colonel et attendit son approbation. Après que celui-ci eut fait un signe de tête, il servit les invités, en se plaçant toujours à leur droite. Il passa ensuite aux officiers, selon leur rang, avant de revenir au colonel, l'amphitryon.

Durant le repas, il s'assura que les verres ne restent jamais vides, mais sans servir un invité qui était en train de parler. Comme Jenkins, on le voyait rarement et on ne l'entendait jamais, même s'il était tout à fait conscient que les yeux suspicieux du commandant

Müller ne le quittaient jamais, y compris lorsque Giles cherchait à se fondre dans le décor.

Une fois qu'ils furent tous les deux ramenés au camp dans l'après-midi, Bates déclara :

— Le colonel a été impressionné.

— Qu'est-ce qui te fait dire ça ? demanda Giles, cherchant les compliments.

— Il a dit au chef que tu avais dû travailler dans une grande maison, parce que, même s'il est clair que tu appartiens à la basse classe, tu as été très bien formé par un professionnel émérite.

— Merci, Jenkins, dit Giles.

— Mais qu'est-ce que ça veut dire, « émérite » ?

*

* *

Il devint si habile dans son nouveau métier que le commandant du camp exigea d'être servi par lui, même lorsqu'il mangeait seul. Cela permit à Giles d'étudier ses manières, les inflexions de sa voix, son rire et même son léger bégaiement.

Quelques semaines plus tard, le soldat Barrington reçut les clés du cellier et l'autorisation de choisir les vins qui seraient servis au dîner. Et quelques mois plus tard, Bates entendit le colonel dire au chef que Barrington était *erstklassig*.

Chaque fois que le colonel donnait un dîner, Giles devinait vite quelles langues pouvaient être déliées par le remplissage régulier du verre et comment s'arranger pour se rendre invisible dès qu'une de ces langues commençait à s'agiter. Il relayait tout renseignement utile glané la veille à l'ordonnance du général durant la course collective de huit kilomètres. Par exemple, l'adresse du colonel, le fait qu'il avait été élu au conseil municipal à l'âge de trente-deux ans et nommé maire en 1938. Il ne savait pas conduire, mais il s'était rendu en Angleterre trois ou quatre fois avant la guerre et il parlait couramment l'anglais. En retour, Giles apprit que Bates et lui avaient encore gravi plusieurs degrés sur l'échelle établie par le comité d'évasion.

La journée, la principale activité de Giles était de bavarder avec son répétiteur. Ils ne parlaient pas un seul mot d'anglais et l'homme de Solihull annonça même au général que le soldat Barrington parlait de plus en plus comme le commandant du camp.

*

* *

Le 3 décembre 1941, le caporal Bates et le soldat Barrington présentèrent leur projet définitif au comité d'évasion. Le général et son équipe écoutèrent avec énormément d'intérêt le plan « *bed and breakfast* » et jugèrent qu'il avait de plus grandes chances de succès que la plupart des projets mal ficelés qu'on leur proposait d'habitude.

— À votre avis, quel serait le meilleur moment pour l'exécuter ? demanda le général.

— Durant le réveillon du jour de l'an, mon général, répondit Giles, sans hésitation. Tous les officiers dîneront avec le colonel pour célébrer la nouvelle année.

— Et comme c'est le soldat Barrington qui versera à boire, ajouta Bates, rares seront ceux qui auront encore les idées claires quand sonneront les douze coups de minuit.

— Sauf Müller, lui rappela le général, puisqu'il ne boit pas.

— C'est vrai. Mais il ne manque jamais de porter un toast à la mère patrie, au Führer et au Troisième Reich. Si on ajoute le nouvel an et son hôte, j'ai l'impression qu'il sera plutôt dans les vapes lorsqu'on le reconduira chez lui en voiture.

— D'habitude, à quelle heure est-ce qu'on vous ramène au camp après les dîners du colonel ? s'enquit un jeune sous-lieutenant qui participait depuis peu au comité.

— Vers 23 heures, répondit Bates. Mais, comme c'est le réveillon du jour de l'an, ça ne sera pas avant minuit.

— Messieurs, n'oubliez pas, intervint Giles, que j'ai la clé du cellier. Aussi, je puis vous assurer que plusieurs bouteilles vont se retrouver dans le poste de garde durant la soirée. Pas question que les gardes soient tenus à l'écart de la fête.

— Tout ça est bien beau, dit un lieutenant-colonel qui parlait rarement, mais comment pensez-vous franchir le poste de garde ?

— En sortant par le portail principal dans la voiture du commandant du camp, expliqua Giles. C'est un hôte attentionné qui ne se retire jamais avant le départ de tous ses invités, ce qui nous donnera au moins deux heures d'avance.

— Même si vous réussissez à voler sa voiture, dit le général, quel que soit l'état d'ébriété des gardes, ils pourront faire la différence entre un sommelier et leur colonel.

— Pas si je porte son manteau, sa casquette, son écharpe, ses gants et si je tiens son bâton à la main.

À l'évidence, le jeune lieutenant n'était pas convaincu.

— Cela fait-il partie de votre plan, soldat Barrington, ironisa-t-il, que le commandant du camp vous remette gentiment tous ses vêtements ?

— Non, mon lieutenant, répondit Giles à l'officier pourtant moins gradé que lui. Le colonel laisse toujours son manteau, sa casquette et ses gants au vestiaire.

— Et Bates ? demanda le lieutenant. On va le reconnaître à un kilomètre.

— Pas si je suis dans le coffre ! répliqua le caporal.

— Et qu'en est-il du chauffeur du colonel, qui, à n'en pas douter, n'aura pas bu une goutte d'alcool ? s'enquit le général.

— On s'occupe du problème, dit Giles.

— Et si vous parvenez à régler le problème du chauffeur et que vous réussissez à tromper les gardes, à quelle distance se trouve la frontière suisse ? questionna le lieutenant.

— À cent soixante-treize kilomètres, précisa Bates. En faisant du cent kilomètres à l'heure, on devrait atteindre la frontière en un peu moins de deux heures.

— Dans la mesure où il n'y a pas d'embouteillage sur la route.

— Aucun plan d'évasion n'est sûr à cent pour cent, intervint le général. En fin de compte, tout dépend de la façon dont on réagit à l'imprévu.

Giles et Bates opinèrent tous deux du chef.

— Merci, messieurs, conclut le général. Le comité va examiner votre projet et on vous fera connaître sa décision demain matin.

— Qu'est-ce qu'il a contre nous, ce blanc-bec ? demanda Bates lorsqu'ils eurent quitté la réunion.

— Rien, répondit Giles. Au contraire, je pense qu'il aurait aimé faire partie de notre équipe.

*
* *

Le 6 décembre, pendant la course des huit kilomètres, l'ordonnance du général informa Giles que leur plan avait reçu le feu vert et que le comité leur souhaitait bon voyage. Giles s'empressa de rattraper le caporal Bates pour lui transmettre l'information.

Ils repassèrent plusieurs fois et dans le moindre détail le déroulement de leur plan « *bed and breakfast* ». Ils finirent par se sentir comme des sportifs se préparant pour les Jeux olympiques qui en ont assez des innombrables heures d'entraînement et attendent avec impatience le coup de pistolet du starter.

Le 31 décembre 1941, à 18 heures, le caporal Terry Bates et le soldat Giles Barrington prirent leur service dans les appartements du commandant du camp, conscients que, si leur plan échouait, dans le meilleur des cas, ils devraient attendre une année de plus. Mais s'ils étaient pris en flagrant délit…

22

— Tu-reviens-à-18 h 30, hurla presque Terry au caporal allemand qui les avait accompagnés du camp aux appartements du colonel.

Il n'a guère de chances de passer un jour sergent, se dit Giles en voyant l'air abruti du caporal.

— Reviens-à-18 h 30, répéta Terry en détachant les mots.

Il agrippa le poignet du caporal et indiqua le 6 sur sa montre.

Giles aurait voulu pouvoir dire au caporal en allemand : « Si tu reviens à 18 h 30, caporal, il y aura un cageot de bières pour toi et tes copains au poste de garde. » Or il savait que, dans ce cas, il serait arrêté et passerait le réveillon du jour de l'an en isolement.

Terry pointa à nouveau le doigt sur le cadran de la montre du caporal et fit le geste d'un homme en train de boire. Cette fois-ci, le caporal sourit et imita le geste de Bates.

— Je crois qu'il a finalement compris, dit Giles alors qu'ils entraient dans les appartements du colonel. Il nous faut encore nous assurer qu'il vienne chercher la bière avant l'arrivée du premier officier. Alors, on a intérêt à se manier.

— Affirmatif, mon lieutenant ! fit Terry en se dirigeant vers la cuisine.

La hiérarchie était à nouveau respectée.

Giles se dirigea vers le vestiaire, décrocha l'uniforme de serveur du portemanteau et se changea. Il passa la chemise blanche, noua la cravate noire, puis enfila le pantalon noir et la veste en coton blanc. Remarquant une paire de gants en cuir noir sur le banc qu'un officier avait dû oublier là, il la fourra dans sa poche, car elle pourrait s'avérer utile plus tard. Il referma la porte du vestiaire et se dirigea vers la salle à manger. Trois serveuses de la ville – y compris Greta, la seule avec qui il avait eu envie de flirter, mais il savait que Jenkins n'aurait pas approuvé – dressaient une table pour seize convives.

Il consulta sa montre : 18 h 12. Il quitta la salle à manger et descendit au cellier. Une unique ampoule éclairait la pièce où se trouvaient jadis des classeurs bourrés d'archives qui, depuis l'arrivée de Giles, avaient été remplacés par des casiers à vins.

Il avait déjà décidé qu'il aurait, au moins, besoin de trois caisses de vins ce soir-là, ainsi que d'un cageot de bières pour le caporal assoiffé et ses copains du poste de garde. Il étudia soigneusement les casiers, avant de choisir deux bouteilles de sherry, une douzaine de bouteilles de pinot *grigio* italien, deux caisses de bourgogne français et un cageot de bières allemandes. Juste au moment où il sortait du cellier, il aperçut trois bouteilles de Johnnie Walker Red Label, deux bouteilles de vodka russe, une demi-douzaine de bouteilles de cognac Rémy Martin et une grande bouteille de porto millésimé. Il se dit qu'on pourrait pardonner à un visiteur d'avoir du mal à deviner qui était en guerre contre qui.

Il passa les quinze minutes suivantes à monter tant bien que mal les caisses de vins et les cageots de bières, s'arrêtant constamment pour consulter sa montre. À 18 h 29, il ouvrit la porte de derrière et trouva le caporal allemand qui sautait sur place en se battant les flancs pour tenter de se réchauffer. Giles leva les paumes des deux mains pour le prier de patienter quelques instants, puis il longea le couloir à grands pas (Jenkins ne courait jamais), souleva le cageot de bières, revint sur ses pas et le lui donna.

Greta, qui, à l'évidence, avait pris du retard, observa l'opération et fit un grand sourire à Giles. Il lui rendit son sourire, avant qu'elle disparaisse dans la salle à manger.

— Pour le poste de garde, déclara Giles d'un ton ferme en indiquant la direction de la bordure du camp.

Le caporal hocha la tête et partit dans la bonne direction.

Un peu plus tôt, Terry avait demandé à Giles s'il devait subtiliser de la nourriture dans la cuisine pour la donner au caporal et à ses camarades du poste de garde. « Sûrement pas, avait répliqué Giles. On veut qu'ils boivent toute la nuit, le ventre vide. »

Il referma la porte et regagna la salle à manger où les serveuses avaient presque terminé de dresser la table.

Il déboucha les douze bouteilles de merlot, mais n'en posa que quatre sur la desserte, cachant les huit autres dessous. Il n'avait pas envie que Müller devine ce qu'il manigançait. Il posa également une bouteille de whisky et deux de sherry à un bout de la desserte, puis aligna, tels des soldats à la parade, une douzaine de verres droits et six verres à madère. Tout était en place.

Il était en train de faire briller un verre droit lorsque le colonel Schabacker entra. Le commandant du camp vérifia l'ordonnancement de la table, fit deux ou trois changements dans le placement des convives, avant de se tourner vers la rangée de bouteilles sur la desserte. Giles se demanda s'il allait faire une remarque, mais il se contenta de sourire et de déclarer :

— J'attends mes invités aux alentours de 19 h 30 et j'ai dit au chef qu'on passerait à table à 20 heures.

Giles espérait que, quelques heures plus tard, il parlerait aussi bien l'allemand que le colonel pratiquait l'anglais.

Le premier invité qui entra dans la salle à manger fut un jeune lieutenant qui venait depuis peu au mess et qui assistait au dîner du colonel pour la première fois. Le voyant zieuter le whisky, Giles s'avança pour le servir. Il lui versa un demi-verre, puis tendit au colonel son sherry habituel.

Le deuxième officier à paraître fut le capitaine Henkel, l'adjoint du colonel. Giles lui donna son verre de vodka et passa les trente minutes suivantes à servir chaque nouvel arrivant, à qui il présentait toujours son breuvage préféré.

Lorsque les convives passèrent à table, Giles avait déjà remplacé plusieurs bouteilles vides par celles qu'il avait dissimulées sous la desserte.

Quelques instants plus tard, des serveuses apparurent chargées d'assiettes de bortsch, tandis que le colonel goûtait le vin blanc.

— Du vin italien, lui dit Giles en lui montrant l'étiquette.

— Excellent, murmura-t-il.

Giles remplit chaque verre, sauf celui du commandant Müller, qui continua à boire de l'eau à petites gorgées.

Certains des invités buvaient plus rapidement que d'autres, ce qui obligeait Giles à tourner autour de la table pour s'assurer qu'aucun verre ne reste vide. Une fois que les bols de soupe eurent été prestement enlevés, Giles recula et se plaça contre le mur, Terry l'ayant averti de ce qui allait se passer ensuite. Les doubles portes s'ouvrirent et le chef entra dans la salle, chargé d'une grosse tête de sanglier posée sur un plateau d'argent. Les serveuses suivirent et posèrent au milieu de la table des plats de légumes et de pommes de terre, ainsi que des saucières pleines d'un liquide onctueux.

Comme le chef commençait à découper la viande, le colonel goûta le bourgogne, ce qui le fit à nouveau sourire. Giles se mit en devoir de remplir une nouvelle fois à ras bord tout verre seulement à demi plein, sauf un. Il avait remarqué qu'il y avait un certain temps que le jeune lieutenant n'avait pas ouvert la bouche, aussi laissa-t-il son verre en l'état. Un ou deux officiers commençaient à bafouiller et il avait besoin qu'ils restent éveillés au moins jusqu'à minuit.

Le chef revint plus tard pour resservir et Giles s'exécuta lorsque le colonel Schabacker exigea qu'il remplisse tous les verres. Quand Terry entra pour la première fois dans la salle afin d'enlever ce qui restait de la tête de sanglier, le commandant Müller était le seul officier à avoir encore les idées claires.

Quelques minutes plus tard, le chef parut pour la troisième fois, portant cette fois-ci une forêt-noire qu'il posa sur la table devant le colonel, lequel planta un couteau dans le gâteau à plusieurs reprises, avant que les serveuses distribuent une généreuse portion à chacun des convives. Giles continua à remplir les verres, jusqu'à ce que la dernière bouteille soit vide.

Tandis que les serveuses enlevaient les assiettes à dessert, Giles ôta les verres à vin de la table pour les remplacer par des verres ballon et des verres à porto.

— Messieurs, annonça le colonel Schabacker juste après 23 heures, saisissez vos verres, s'il vous plaît, car je souhaite porter un toast. (Il se mit sur pied, leva son verre très haut et s'écria :) À la patrie !

Quinze officiers se levèrent, plus ou moins vite, et répétèrent : « À la patrie ! » Müller lança un coup d'œil à Giles et tapota son verre pour indiquer qu'il avait besoin de quelque chose pour porter le toast.

— Pas de vin, espèce d'idiot ! s'exclama Müller. Je veux du cognac.

Giles sourit et remplit son verre de bourgogne. Müller n'avait pas réussi à le prendre au piège.

Le bavardage sonore et convivial se poursuivit pendant que Giles promenait une boîte de cigares autour de la table, invitant les convives à en choisir un. Le jeune lieutenant avait posé sa tête sur la table et Giles crut percevoir un ronflement.

Lorsque le colonel se leva une seconde fois pour boire à la santé du Führer, Giles resservit du vin rouge à Müller, qui leva son verre, se mit sur pied, claqua les talons et fit un salut nazi. Un toast à Frédéric le Grand suivit et cette fois Giles s'assura que le verre de Müller soit rempli longtemps avant que l'officier ne se lève.

À minuit moins cinq, Giles vérifia que tous les verres étaient bien pleins. Lorsque l'horloge accrochée au mur commença à carillonner, quinze officiers crièrent presque à l'unisson : « 10, 9, 8, 7, 6, 5, 4, 3, 2, 1… » avant d'entonner « *Deutschland, Deutschland über alles* » tout en se donnant de grandes claques dans le dos pour accueillir la nouvelle année.

Ils ne se rassirent pas tout de suite. Le colonel, lui, resta debout et frappa son verre avec une cuillère. Tout le monde se tut pour écouter son allocution annuelle.

Il commença par remercier ses collègues pour leur loyauté et leur dévouement durant une année difficile, puis parla quelque temps de la destinée de la patrie. Giles se souvint que Schabacker avait été le maire du coin, avant de prendre la direction du camp. Le colonel conclut en disant qu'il espérait qu'à cette époque, dans un an, le bon côté aurait déjà gagné la guerre. Giles aurait voulu crier, dans n'importe quelle langue : « D'accord ! D'accord ! » mais Müller se tourna vivement vers lui pour voir si les paroles du colonel l'avaient fait réagir. Giles resta impassible, regardant dans le vide, comme s'il n'avait pas compris un traître mot de l'allocution du colonel. Il avait passé le nouveau test de Müller.

23

Ce ne fut que quelques minutes après 1 heure du matin qu'un premier convive se leva pour partir.

— Je prends mon service à 6 heures, mon colonel, expliqua-t-il.

Cette déclaration fut accueillie par des applaudissements ironiques, tandis que l'officier faisait un profond salut et s'en allait sans un mot de plus.

Plusieurs autres invités partirent durant l'heure qui suivit, mais Giles savait qu'il ne pouvait pas effectuer sa sortie soigneusement préparée tant que Müller était là. Il devint un peu tendu lorsque les serveuses commencèrent à enlever les tasses à café, signe que la soirée touchait à sa fin et qu'on risquait de le renvoyer au camp. Il s'affairait, continuant à servir les officiers qui ne paraissaient pas pressés de s'en aller.

Müller se leva enfin, au moment où la dernière serveuse quittait la salle, souhaita une bonne nuit à ses collègues, mais pas avant d'avoir claqué les talons et de leur avoir fait un dernier salut nazi. Giles et Terry avaient décidé d'un commun accord qu'il fallait attendre au moins un quart d'heure après le départ de Müller pour mettre leur plan en œuvre. Ils devaient, en outre, bien s'assurer que sa voiture n'était plus à sa place habituelle.

Giles remplit à nouveau le verre des six officiers encore attablés, tous des amis proches du colonel. Deux d'entre eux avaient été ses condisciples, trois autres avaient été conseillers municipaux et seul son adjoint était une connaissance de fraîche date. Giles avait collecté tous ces renseignements durant les derniers mois.

Vers 2 h 20, le colonel appela Giles.

— La journée a été longue, lui dit-il en anglais. Va rejoindre ton ami dans la cuisine et prends une bouteille de vin.

— Merci, mon colonel, dit Giles en posant une bouteille de cognac et une carafe de porto au milieu de la table.

Les dernières paroles qu'il entendit le colonel prononcer furent celles qu'il adressa à son adjoint, assis à sa droite.

— Quand on aura finalement gagné la guerre, Franz, j'ai l'intention d'offrir un travail à ce garçon. Je ne pense pas qu'il souhaitera retourner en Angleterre, alors qu'une croix gammée flottera au-dessus du palais de Buckingham.

Giles prit la seule bouteille de vin qui restait sur la desserte, puis quitta la salle et referma doucement la porte derrière lui. Parfaitement conscient que les quinze minutes suivantes décideraient de leur sort, il sentait des poussées d'adrénaline monter en lui. Il emprunta l'escalier de service pour descendre aux cuisines où il trouva Terry en train de bavarder avec le chef, une bouteille de sherry de cuisine à côté de lui.

— Bonne année, chef ! lança Terry en se levant de sa chaise. Faut que je me magne si je veux pas être en retard pour le petit déjeuner à Zurich.

Giles essaya de rester impassible tandis que le cuisinier esquissait un petit geste d'approbation.

Ils gravirent les marches quatre à quatre, étant les seules personnes à avoir encore les idées claires dans le bâtiment. Giles donna la bouteille de vin à Terry et lui dit :

— Deux minutes, pas plus.

Terry longea le couloir et sortit prestement par la porte de derrière. Parvenu en haut des marches, Giles se réfugia dans une zone d'ombre, au moment où un officier sortait de la salle à manger et se dirigeait vers les toilettes.

Quelques instants plus tard, la porte de derrière se rouvrit et une tête apparut. Giles fit des signes fébriles à l'adresse de Terry et indiqua les toilettes. Terry le rejoignit précipitamment dans l'obscurité, juste avant que l'officier ressorte des cabinets et regagne en chancelant la salle à manger. Lorsque la porte se fut refermée derrière lui, Giles demanda :

— Comment va notre gentil Allemand, caporal ?

— À moitié endormi. Je lui ai donné la bouteille de vin et l'ai averti que cela nous prendrait au moins une heure de plus.

— Tu crois qu'il a compris ?

— Je crois qu'il s'en fiche.

— Tant mieux. C'est ton tour de faire le guet, dit Giles en pénétrant dans le couloir.

Il serra les poings pour empêcher ses mains de trembler et il s'apprêtait à ouvrir la porte du vestiaire quand il crut entendre une voix à l'intérieur. Il se figea sur place, colla son oreille à la porte et écouta. Il devina tout de suite qui cela pouvait être. Pour la première fois, enfreignant la règle d'or de Jenkins, il pivota sur ses talons et courut dans le couloir pour rejoindre Terry dans la zone d'ombre en haut de l'escalier.

— Qu'est-ce qu'il y a ?

Giles mit un doigt sur ses lèvres. La porte du vestiaire s'ouvrit, laissant apparaître le commandant Müller, qui sortit de la pièce en reboutonnant sa braguette. Une fois qu'il eut enfilé son manteau, il jeta des coups d'œil à droite et à gauche pour s'assurer que personne ne l'avait vu, puis franchit vivement la porte d'entrée et disparut dans la nuit.

— Qui est la fille ? s'enquit Giles.

— Greta, sans doute. Je l'ai fait deux fois avec elle, mais pas dans le vestiaire.

— N'est-ce pas ce qu'on appelle « fraterniser » ? chuchota Giles.

— Seulement si on est officier.

Peu après, la porte se rouvrit et Greta apparut, le visage un peu empourpré. Elle passa calmement la porte d'entrée, sans se préoccuper de savoir si quelqu'un l'avait vue.

— Deuxième tentative, dit Giles, avant de filer à nouveau le long du couloir, d'ouvrir la porte du vestiaire et de disparaître à l'intérieur, juste au moment où un autre officier sortait de la salle à manger.

Ne tourne pas à droite, s'il te plaît, supplia Terry en son for intérieur. L'officier tourna à gauche, en direction des toilettes. Terry pria pour que cela prenne un certain temps. Il s'agissait désormais d'une question de secondes. La porte du vestiaire s'ouvrit alors et le sosie parfait du commandant du camp apparut. Avec de grands gestes frénétiques, Terry lui signifia de rentrer dans le vestiaire. Giles rentra vivement à l'intérieur et referma la porte.

Quand le commandant adjoint reparut, Terry eut peur qu'il aille dans le vestiaire pour reprendre sa casquette et son manteau et trouve Giles revêtu des habits du commandant, auquel cas la partie serait perdue avant même d'avoir commencé. Terry suivit chacun de ses pas, craignant le pire, mais le commandant adjoint s'arrêta devant la porte de la salle à manger, l'ouvrit et disparut à l'intérieur. Dès que la porte fut refermée, Terry se précipita le long du couloir et ouvrit la porte du vestiaire. Il découvrit Giles vêtu d'un manteau, d'une écharpe, de gants, d'une casquette à visière, un bâton de commandement à la main. La sueur perlait sur son front.

— Fichons le camp d'ici avant qu'un de nous deux ait une crise cardiaque, lança Terry.

Ils sortirent du bâtiment encore plus vite que Müller et Greta.

— Détends-toi, dit Giles, une fois qu'ils furent dehors. N'oublie pas que nous sommes les deux seuls à ne pas avoir bu.

Il enroula l'écharpe autour de son cou jusqu'au menton, enfonça la casquette jusqu'aux sourcils, empoigna fermement le bâton et se courba un peu car il mesurait cinq centimètres de plus que le colonel.

Dès que le chauffeur entendit les pas, il bondit hors de la voiture et ouvrit la portière arrière. Giles s'était entraîné à répéter la phrase qu'il avait souvent entendu le colonel dire à son chauffeur. Comme il s'affalait sur le siège arrière, il enfonça davantage sa casquette et bafouilla :

— À la maison, Hans !

Celui-ci regagna le siège du chauffeur, mais, entendant le claquement sec d'un coffre qui se referme, il jeta un regard suspicieux vers l'arrière et vit seulement le colonel taper avec son bâton sur la vitre.

— Qu'est-ce que tu attends, Hans ? s'enquit Giles avec un léger bégaiement.

Le chauffeur tira sur le démarreur, passa la première et roula lentement vers le poste de garde. Entendant la voiture approcher, un sergent sortit de la guérite. Il tenta d'ouvrir la barrière et de saluer en même temps. Giles leva son bâton pour le remercier et faillit éclater de rire en remarquant que les deux premiers boutons de la tunique du sergent étaient défaits. Le colonel Schabacker n'aurait jamais laissé passer ça sans faire une remarque, même le soir du réveillon du jour de l'an.

Le commandant Forsdyke, l'officier de renseignements du comité d'évasion, avait informé Giles que la maison du colonel se trouvait à environ trois kilomètres et demi du camp de prisonniers et qu'on parcourait les derniers deux cents mètres sur un chemin étroit et sans éclairage. Giles restait affalé dans un coin du siège arrière, là où il ne pouvait pas être vu dans le rétroviseur, mais, dès que la voiture s'engagea sur le sentier, il se redressa brusquement et, tapotant l'épaule du chauffeur de son bâton, il lui ordonna de s'arrêter.

— Je ne peux pas attendre, dit-il en bondissant hors de l'automobile et en faisant semblant de déboutonner sa braguette.

Hans regarda d'un air étonné le colonel disparaître derrière les buissons. Après tout, il n'était qu'à une centaine de mètres de la porte d'entrée de la maison. Il sortit de la voiture et attendit près de la portière arrière. Quand il crut entendre les pas de son maître, il se retourna et aperçut un poing serré qui lui brisa le nez. Il s'affala sur le sol.

Giles courut à l'arrière de la voiture et ouvrit le coffre. Terry en sortit d'un bond, se dirigea vers Hans, couché par terre, inconscient, et se mit à déboutonner l'uniforme du chauffeur, avant d'arracher ses propres vêtements. Lorsqu'il eut revêtu son nouvel uniforme, il apparut clairement que Hans était bien plus petit et bien plus gros que lui.

— Ça n'a aucune importance, lui dit Giles qui lisait dans les pensées de Bates. Quand tu seras derrière le volant, personne ne fera attention à toi.

Ils traînèrent Hans jusqu'à l'arrière du véhicule et l'enfermèrent tant bien que mal dans le coffre.

— Je doute qu'il se réveille avant qu'on s'asseye à la table du petit déjeuner à Zurich, dit Terry en bâillonnant Hans avec un mouchoir.

Le nouveau chauffeur du colonel s'installa au volant et aucun des deux n'ouvrit la bouche avant d'avoir regagné la route. Ayant étudié tous les jours depuis un mois l'itinéraire à suivre pour gagner la frontière, Terry n'avait pas besoin de s'arrêter pour consulter les poteaux indicateurs.

— Reste bien sur le côté droit de la route, dit Giles inutilement, et ne conduis pas trop vite. Il ne manquerait plus qu'on se fasse arrêter par la police.

— Je crois qu'on a réussi, dit Terry quand ils

passèrent devant un poteau indiquant la direction de Schaffhausen.

— Je ne serai vraiment sûr qu'on a réussi que lorsqu'on nous conduira à notre table à l'hôtel Imperial et que le serveur me tendra le menu du petit déjeuner.

— Je n'ai pas besoin de menu… Œufs au bacon, haricots, saucisse, tomates frites et un demi. C'est ce que je prends d'habitude, le matin, au marché à la viande. Et toi ?

— Hareng légèrement poché, toast beurré, une cuillère de marmelade d'oranges et une théière d'Earl Grey.

— T'as pas mis longtemps à repasser de sommelier à aristo.

Giles sourit et consulta sa montre. Étant donné le peu de voitures circulant sur la route, en ce matin du jour de l'an, ils continuèrent à aller bon train. En tout cas, jusqu'au moment où Terry aperçut un convoi qui roulait devant eux.

— Et maintenant, qu'est-ce que je fais ? demanda-t-il.

— Double ! On ne peut pas se permettre de perdre du temps. Ils n'ont aucune raison de se douter de quelque chose. Tu conduis la voiture d'un officier supérieur qui ne s'attendrait pas à être retenu.

Quand Terry rattrapa le dernier véhicule, il passa prudemment au milieu de la route et commença à doubler une longue file de véhicules blindés et de motos. Comme l'avait annoncé Giles, personne ne s'intéressa à une Mercedes qui roulait clairement pour raison de service. Au moment où il doubla le véhicule de tête, Terry poussa un soupir de soulagement, mais il ne se détendit complètement que lorsqu'il cessa de voir des phares dans le rétroviseur.

Giles continua de consulter sa montre de temps en temps. Le poteau indicateur suivant confirma qu'ils étaient largement dans les temps, mais il savait aussi que le moment du départ du dernier invité et celui où le colonel partirait à la recherche de sa voiture et de son chauffeur ne dépendaient pas d'eux.

Quarante minutes de plus s'écoulèrent avant qu'ils atteignent les abords de Schaffhausen. Ils étaient si angoissés, tous les deux, qu'ils n'avaient pratiquement pas ouvert la bouche. Giles était épuisé, alors qu'il n'avait eu qu'à rester assis sur le siège arrière. Il savait néanmoins qu'ils ne pouvaient pas se permettre de se détendre avant d'avoir franchi la frontière suisse.

Quand ils entrèrent dans la ville, les habitants commençaient seulement à se réveiller. Ne circulaient qu'un ou deux tramways, de rares voitures, quelques bicyclettes transportant des gens qui devaient travailler le jour de l'an. Terry n'avait pas besoin de panneaux indiquant la direction de la frontière car il voyait les Alpes suisses surplomber la ville. La liberté paraissait à portée de main.

— Merde ! s'exclama Terry en freinant brusquement.

— Que se passe-t-il ? demanda Giles en se penchant en avant.

— Regarde la file d'attente !

Giles passa la tête à l'extérieur et aperçut une file d'une quarantaine de véhicules, pare-chocs contre pare-chocs, attendant tous pour passer la frontière. Il chercha à voir si certains étaient des voitures officielles. Quand il fut certain qu'aucun ne l'était, il dit :

— Gagne directement la tête de la queue. Cela leur semblera normal. Sinon, ils ne comprendront pas et on aura l'air suspects.

Terry roula lentement et ne s'arrêta que lorsqu'il eut atteint la barrière.

— Sors de la voiture et ouvre-moi la porte, mais ne dis rien.

Terry coupa le contact, descendit de voiture et ouvrit la porte arrière. Giles se dirigea à grands pas vers le poste de douane.

Un jeune officier se leva de son bureau d'un bond et salua quand il vit le colonel entrer dans la pièce. Giles lui tendit deux liasses de feuillets qui, d'après le faussaire du camp, ne devaient éveiller aucun soupçon à n'importe quel poste frontière d'Allemagne. Il allait découvrir s'il avait exagéré. Pendant que l'officier feuilletait les documents, Giles tapotait sa jambe avec son bâton et jetait de nombreux coups d'œil à sa montre.

— J'ai une réunion importante à Zurich, fit-il d'un ton sec. Et j'ai déjà pris du retard.

— Désolé, mon colonel. Je vais vous laisser repartir dès que possible. Cela ne devrait me prendre que quelques instants.

L'officier regarda la photo de Giles sur ses papiers et eut l'air perplexe. *S'il a le toupet de me prier d'enlever mon écharpe, il se rendra immédiatement compte que je suis trop jeune pour être colonel*, se dit Giles.

Giles fixa le jeune homme d'un regard de défi. Celui-ci devait soupeser les éventuelles conséquences d'un interrogatoire trop poussé d'un officier supérieur.

La balance pencha en faveur de Giles. L'officier hocha la tête et déclara :

— J'espère que vous n'allez pas arriver en retard à votre réunion, mon colonel.

— Merci, dit Giles.

Ayant replacé les documents dans une poche intérieure, il se dirigeait vers la porte lorsque le jeune officier le fit s'arrêter brusquement.

— *Heil Hitler !* hurla-t-il.

Giles hésita, se retourna lentement et lança : « *Heil Hitler* », tout en exécutant un salut nazi impeccable. Comme il sortait du bâtiment, il dut étouffer un rire lorsqu'il remarqua que Terry tenait la portière arrière d'une main et son pantalon de l'autre.

— Merci, Hans, dit-il en s'affalant sur le siège arrière.

C'est à ce moment-là qu'ils entendirent des coups en provenance du coffre.

— Grand Dieu ! fit Terry. Hans.

Les paroles du général résonnèrent dans leur tête. *Aucun plan d'évasion n'est sûr à cent pour cent. En fin de compte, tout dépend de la façon dont on réagit à l'imprévu.*

Craignant que les gardes entendent le bruit, Terry referma la porte arrière et revint s'asseoir derrière le volant aussi vite que possible. Il tenta de rester calme tandis que la barrière se levait centimètre par centimètre et que les coups devenaient de plus en plus bruyants.

— Roule lentement, dit Giles. Ne leur donne pas de motif de se méfier.

Terry enclencha la première et roula tranquillement sous la barrière levée. Giles jeta un coup d'œil par la vitre au moment où ils passaient devant le poste de douane. Le jeune officier parlait au téléphone. Il regarda à travers la fenêtre, fixa Giles, puis bondit de son bureau et se précipita sur la route.

Giles jugea que la frontière suisse se trouvait à deux cents mètres, tout au plus. Par la lunette arrière, il aperçut le jeune officier agiter frénétiquement les bras et plusieurs gardes armés de fusils sortir en trombe du poste.

— Changement de plan, lança Giles. Appuie sur le champignon ! s'écria-t-il au moment où les premières balles atteignirent la voiture.

Terry était en train de changer de vitesse lorsque le pneu éclata. Il fit des efforts désespérés pour maintenir la voiture sur la route, mais elle effectuait des embardées à droite et à gauche, heurtant les grilles de chaque côté de la route, avant de s'arrêter entre les deux postes frontières. Une deuxième volée de balles suivit rapidement.

— C'est mon tour d'arriver avant toi à la salle d'eau ! cria Giles.

— Pas question ! rétorqua Terry qui avait posé les deux pieds sur le sol avant que Giles ne soit sorti d'un bond par la portière arrière.

Ils se mirent tous les deux à courir comme des dératés vers la frontière suisse. Ce jour-là, ils allaient courir un cent mètres en dix secondes. Quoiqu'ils aient louvoyé, changeant constamment de direction pour tenter d'esquiver les balles, Giles était certain de franchir la ligne le premier. Les gardes-frontière suisses les encourageaient à grands cris et, lorsque Giles atteignit le premier le fil d'arrivée, ayant enfin vaincu son plus grand rival, il leva triomphalement les deux bras.

Se retournant pour le narguer, il aperçut Terry gisant sur le sol à une trentaine de mètres de là, une blessure par balle à la nuque et du sang dégoulinant de la bouche.

Giles tomba à genoux et se dirigea à quatre pattes vers son ami. De nouveaux coups de fusil retentirent au moment où deux gardes-frontière l'attrapaient par les chevilles et le tiraient pour le mettre à l'abri.

Il aurait voulu leur expliquer qu'il n'avait aucune envie de prendre le petit déjeuner tout seul.

Hugo Barrington

1939-1942

24

Hugo Barrington ne put s'arrêter de sourire lorsqu'il lut dans le *Bristol Evening News* que le corps de Harry Clifton avait disparu en haute mer, quelques heures après la déclaration de guerre.

Les Allemands avaient enfin fait quelque chose de bien. Le commandant d'un sous-marin avait à lui seul résolu son plus gros problème. Hugo se prit à espérer qu'avec le temps il pourrait même retourner à Bristol pour reprendre sa place de vice-président de l'entreprise de transports maritimes Barrington. Il commencerait à travailler sa mère en ce sens en téléphonant régulièrement au château Barrington, mais seulement après le départ quotidien de son père pour son bureau. Ce soir-là, il alla fêter l'événement et rentra chez lui soûl comme une bourrique.

Quand il s'installa à Londres après l'interruption de la cérémonie de mariage de sa fille, il loua un sous-sol à Cadogan Square pour une livre par semaine. Le seul atout de ce logement de trois pièces était l'adresse, qui donnait l'impression qu'il était fortuné.

Les quelques sous restants sur son compte en banque fondirent comme neige au soleil, car il avait beaucoup de loisirs et aucune source de revenus. Il dut bientôt se défaire de la Bugatti, ce qui lui permit de demeurer solvable quelques semaines de plus, jusqu'à ce qu'il émette le premier chèque en bois. Impossible d'appeler son père à l'aide, puisque sir Walter lui avait coupé les vivres et, à dire vrai, il aurait préféré aider Maisie Clifton avant de lever le petit doigt pour secourir son fils.

Après plusieurs mois d'oisiveté, Hugo essaya de trouver du travail. Mais ce n'était pas facile. Si un potentiel employeur connaissait son père, il n'obtenait même pas un entretien, et s'il était reçu, son futur patron s'attendait à ce qu'il travaille un nombre d'heures dont il n'avait eu aucune idée jusque-là et pour un salaire qui ne lui aurait même pas permis de régler sa note de bar à son club.

Avec le peu d'argent qui lui restait il commença à boursicoter. Il écouta d'anciens camarades d'école parler de coups infaillibles, allant même jusqu'à se laisser impliquer dans deux ou trois affaires louches qui le mirent en contact avec des gens traités de « filous » par la presse et que son père aurait considérés comme des escrocs.

Un an après son arrivée à Londres, Hugo en était venu à emprunter à des amis, voire à des amis d'amis. Or, quand on ne peut pas rembourser ses dettes, on cesse rapidement d'être convié aux dîners en ville et aux parties de chasse à la campagne.

Lorsqu'il ne savait plus à quel saint se vouer, il appelait sa mère à une heure où il était sûr que son père se trouvait au bureau. Il pouvait toujours compter sur elle pour lui envoyer un billet de dix livres, comme à l'époque où il était à Eton et qu'elle ne manquait jamais de lui en envoyer un de dix shillings.

Archie Fenwick, un vieux copain d'école, avait aussi la gentillesse de l'inviter de temps en temps à déjeuner à son club ou à l'un de ses élégants cocktails de Chelsea. C'est au cours de l'un de ceux-ci que Hugo rencontra Olga. Ce ne furent ni son visage ni ses formes qui attirèrent tout de suite son attention mais les trois rangs de perles qui ornaient son cou. Il prit Archie à part pour lui demander si elles étaient vraies.

— Absolument ! Mais sache que tu n'es pas le seul à vouloir tremper la patte dans ce pot de miel.

Archie lui apprit qu'Olga Piotrovska venait d'arriver à Londres, après avoir fui la Pologne lors de l'invasion du pays par les Allemands. Ses parents avaient été emmenés par la Gestapo pour la seule raison qu'ils étaient juifs. Hugo se renfrogna. Archie ne put rien lui dire d'autre sur elle, à part qu'elle habitait un magnifique hôtel particulier à Lowndes Square et qu'elle possédait une belle collection de tableaux. Si Hugo ne s'était jamais beaucoup intéressé à l'art, même lui avait entendu parler de Picasso et de Matisse.

Il traversa la pièce et se présenta à Mlle Piotrovska. Lorsqu'Olga lui expliqua pourquoi elle avait dû quitter l'Allemagne, il se montra révolté et lui assura que sa famille était fière d'être en affaires avec des juifs depuis plus d'un siècle. D'ailleurs, son père, sir Walter Barrington, était un ami des Rothschild et des Hambro. Bien avant la fin de la soirée, il avait invité Olga à déjeuner avec lui au Ritz, le lendemain, mais n'ayant plus le droit d'y signer l'addition, il dut emprunter, encore une fois, cinq livres à Archie.

Le déjeuner se passa très bien, et durant les semaines suivantes, il fit une cour assidue à la jeune femme, dans la limite de ses ressources. Il lui raconta qu'il avait quitté sa femme après qu'elle eut avoué entretenir une liaison avec son meilleur ami et qu'il avait prié son avocat d'entamer une procédure de divorce. En fait, Élisabeth avait déjà obtenu le divorce et le juge lui avait accordé la propriété du manoir et de tout ce que Hugo n'avait pas emporté lors de son départ précipité.

Olga fut très compréhensive et Hugo lui promit de lui proposer le mariage dès qu'il serait libre. Il ne cessait de vanter sa beauté et de lui dire à quel point son comportement – plutôt passif – au lit était excitant, par rapport à celui d'Élisabeth. Il n'arrêtait pas de lui rappeler qu'à la mort de son père elle deviendrait lady Barrington et que ses difficultés financières passagères seraient résolues lorsqu'il hériterait des biens des Barrington. Il devait lui donner l'impression que son père était beaucoup plus vieux et beaucoup moins en forme qu'il l'était en réalité. « Il décline rapidement », affirmait-il.

*
* *

Quelques semaines plus tard, Hugo s'installa à Lowndes Square et, durant les mois qui suivirent, il retrouva le genre de vie qui, pensait-il, lui revenait de droit. Plusieurs de ses amis lui dirent qu'il avait beaucoup de chance de jouir de la compagnie d'une aussi belle et charmante femme, et certains ne purent s'empêcher d'ajouter : « Et elle ne tire pas le diable par la queue… »

Il avait presque oublié le plaisir de faire trois repas par jour, de porter des vêtements neufs et de rouler en ville dans une voiture conduite par un chauffeur. Il paya la plupart de ses dettes et, bientôt, des portes qu'on lui avait encore tout récemment claquées au nez se rouvrirent peu à peu. Il commençait cependant à se demander combien de temps encore cela pourrait durer, puisqu'il n'avait pas la moindre intention d'épouser une réfugiée juive originaire de Varsovie.

*
* *

À Temple Meads, Derek Mitchell monta à bord du train express à destination de la gare de Paddington. Le détective privé travaillait à nouveau à plein temps pour son ancien employeur, maintenant que ses émoluments lui étaient remis le premier du mois et que ses frais étaient réglés sur simple présentation. Hugo lui demandait de lui faire un rapport mensuel sur les activités de la famille Barrington. S'il s'intéressait notamment aux mouvements de son père, de son ex-femme, de Giles, d'Emma, et même de Grace, il était toujours obsédé par Maisie Clifton et exigeait de Mitchell qu'il l'informe sur tout ce qu'elle faisait, sans exception.

Mitchell venait à Londres en train et les deux hommes se donnaient rendez-vous dans la salle d'attente de la gare de Paddington, en face du quai numéro 7. Une heure plus tard, Mitchell reprenait le train en partance pour Temple Meads.

C'est ainsi que Hugo avait appris qu'Élisabeth habitait toujours au manoir et que Grace rentrait rarement à la maison depuis son admission à Cambridge. Qu'Emma avait donné naissance à un fils prénommé Sebastian Arthur. Que Giles s'était engagé dans le régiment du Wessex comme simple soldat et qu'après avoir fait ses classes durant douze semaines il avait été envoyé à l'unité de formation des élèves officiers Mons.

Cela le surprit car il savait que, puisqu'il était daltonien, comme lui et son père, Giles avait été déclaré inapte au service actif par les Gloucesters, peu de temps après la déclaration de guerre. En 1915, Hugo avait utilisé ce prétexte pour éviter d'être appelé sous les drapeaux.

*
* *

Au fil des mois, Olga demanda de plus en plus fréquemment si le divorce allait bientôt être prononcé. Hugo tentait toujours de donner l'impression que ce moment était imminent, mais ce fut seulement quand elle suggéra qu'il retourne dans son appartement de Cadogan Square jusqu'à ce qu'il puisse confirmer que le dossier était entre les mains des juges qu'il comprit qu'il était temps de trouver une solution. Il attendit une semaine de plus, puis il lui annonça que ses avocats avaient entamé la procédure.

S'ensuivirent plusieurs mois d'harmonie conjugale. Ce qu'il n'avait pas avoué à Olga, c'est qu'il avait donné un préavis d'un mois à son propriétaire le jour où il avait emménagé chez elle. Si elle le mettait à la porte, il se retrouverait à la rue.

*
* *

Environ un mois plus tard, Mitchell téléphona à Hugo pour demander à le voir de toute urgence, requête tout à fait insolite. Ils prirent rendez-vous pour le lendemain, à 16 heures, au lieu habituel.

Lorsque Mitchell entra dans la salle d'attente de la gare, Hugo y était déjà installé, le visage dissimulé derrière un exemplaire du *London Evening News*. Il lisait un article sur la mise à sac de Tobrouk par Rommel, même si Hugo était incapable de placer Tobrouk sur une carte. Il continua à lire quand Mitchell s'assit à côté de lui. Le détective parla doucement sans tourner une seule fois la tête vers Hugo.

— J'ai pensé que vous aimeriez apprendre que votre fille a travaillé comme serveuse au Grand Hotel, sous le nom de Mlle Dickens.

— N'est-ce pas là que travaille Maisie Clifton ?

— En effet. Elle dirige le restaurant. C'était donc la patronne de votre fille.

Hugo n'arrivait pas à comprendre pourquoi Emma avait voulu travailler comme serveuse.

— Sa mère est-elle au courant ?

— Obligatoirement, puisque Hudson la déposait tous les matins, à 5 h 45, à cent mètres de l'hôtel. Mais ce n'est pas pour cela qu'il fallait que je vous voie.

Hugo tourna la page de son journal et aperçut une photographie du général Auchinleck debout devant sa tente en train de s'adresser à ses troupes, en plein désert.

— Hier matin, votre fille s'est rendue en taxi aux docks, une valise à la main. Elle est montée à bord du paquebot *Kansas Star*, où on lui a offert un travail à l'accueil des passagers. Elle avait annoncé à sa mère qu'elle se rendait à New York pour voir sa grand-tante Phyllis, la sœur de lord Harvey, si je ne m'abuse.

Hugo aurait beaucoup aimé savoir comment Mitchell avait recueilli ce renseignement précis, mais il était toujours en train de se demander pourquoi Emma avait voulu travailler à bord du bateau où était mort Harry Clifton. Cela n'avait aucun sens. Il ordonna à Mitchell d'approfondir son enquête et de l'aviser dès qu'il obtiendrait de plus amples renseignements sur les agissements d'Emma.

Juste avant de reprendre son train pour Temple Meads, Mitchell l'informa que des bombardiers allemands avaient complètement rasé Broad Street. Hugo ne voyait pas en quoi cela pouvait le concerner, jusqu'à ce que le détective lui rappelle que c'était la rue où se trouvait le salon de thé Chez Tilly. Il pensait devoir indiquer à M. Barrington que des promoteurs immobiliers s'intéressaient à l'ancien site du bâtiment de Mme Clifton. Hugo remercia Mitchell, sans laisser entendre que le renseignement pouvait présenter un certain intérêt pour lui.

*

* *

Dès son retour à Lowndes Square, il téléphona à M. Prendergast, de la National Provincial Bank.

— Vous appelez sans doute au sujet de Broad Street, furent les premières paroles du directeur.

— Oui. J'ai appris que le terrain du salon de thé Tilly serait peut-être mis en vente.

— La rue entière est à vendre depuis que le bombardement a eu lieu, répondit Prendergast. La plupart des commerçants ont perdu leur gagne-pain et, comme c'est dû à un acte de guerre, ils ne peuvent pas faire jouer l'assurance.

— Je pourrais donc acheter le terrain du salon de thé à un prix raisonnable ?

— À dire vrai, vous pourriez acquérir toute la rue pour une bouchée de pain. En fait, si vous avez de l'argent de côté, monsieur Barrington, ce serait un investissement judicieux, à mon avis.

— Au cas où on gagne la guerre, lui rappela Hugo.

— Je reconnais que c'est quitte ou double, mais cela pourrait rapporter gros.

— À combien cela s'élèverait-il ?

— En ce qui concerne le terrain de Mme Clifton, je pourrais la persuader d'accepter deux cents livres. En fait, étant donné que la moitié des commerçants dc la ruc ont lcur compte dans ma banque, j'imagine que vous pourriez acquérir le lot pour trois mille livres environ. C'est comme jouer au Monopoly avec des dés pipés.

— Je vais peser le pour et le contre, répondit Hugo avant de raccrocher.

Ce qu'il ne pouvait pas avouer au banquier, c'est qu'il ne possédait même pas de billets de Monopoly.

Il réfléchit au moyen de trouver cette somme, alors que toutes ses connaissances refusaient de lui prêter ne serait-ce que cinq livres. Il ne pouvait plus rien demander à Olga, à moins d'accepter de la mener à l'autel, ce qui était hors de question.

Il aurait cessé de penser à l'affaire s'il n'avait pas rencontré Toby Dunstable à l'une des soirées d'Archie.

Toby et Hugo avaient été condisciples à Eton. Hugo ne se souvenait guère de Dunstable, à part qu'il piquait régulièrement dans la tirelire des plus jeunes que lui. Quand on finit par le surprendre en train de prendre un billet de dix shillings dans le casier d'un élève, tout le monde pensa qu'il allait être renvoyé. Et il aurait pu l'être, s'il n'avait pas été le fils cadet du comte de Dunstable.

Lorsque Hugo demanda à Toby ce qu'il faisait en ce moment, celui-ci répondit d'un ton vague qu'il s'occupait plus ou moins d'immobilier. Hugo lui parla des opportunités d'investissement que présentait Broad Street, mais la perspective ne sembla guère l'intéresser. En fait, Hugo remarqua que Toby ne quittait pas des yeux le collier de diamants qui étincelait au cou d'Olga.

Toby lui tendit sa carte en disant :

— Si tu as un jour besoin d'espèces sonnantes et trébuchantes, ça ne devrait pas poser trop de problèmes… Si tu vois ce que je veux dire, vieille branche.

Hugo saisit l'allusion, mais ne prit pas du tout au sérieux la suggestion, jusqu'au jour où, au cours du petit déjeuner, Olga lui demanda si une date avait été fixée pour le jugement provisoire du divorce. Hugo lui assura que c'était imminent.

Il sortit et se rendit directement à son club, où il consulta la carte de Toby et lui passa un coup de fil. Les deux hommes se donnèrent rendez-vous dans un pub de Fulham. Ils s'installèrent dans un recoin, burent des verres de double gin en discutant du sort des jeunes gars qui se battaient au Moyen-Orient. Ils ne changèrent de sujet que lorsqu'ils furent certains que personne ne pouvait entendre leur conversation.

— J'ai seulement besoin de la clé de la maison, dit Toby, et de connaître l'emplacement précis de ses bijoux.

— Ça ne devrait pas être compliqué, l'assura Hugo.

— Ton seul travail, vieille branche, consistera à t'arranger pour que vous restiez tous les deux dehors le temps que je puisse accomplir ma tâche.

Lorsqu'au petit déjeuner Olga indiqua qu'elle aimerait assister à la représentation de *Rigoletto*, au théâtre Sadler's Wells, Hugo accepta de prendre deux billets. Normalement, il aurait inventé quelque prétexte, mais, cette fois-là, il acquiesça sur-le-champ et suggéra même de dîner ensuite au Savoy pour fêter l'événement.

— Quel événement ? s'enquit-elle.

— Le jugement provisoire a été accepté, dit-il négligemment tandis qu'elle l'entourait vivement de ses bras. Dans six mois, tu seras Mme Barrington.

Il tira un petit coffret en cuir de sa poche et lui présenta une bague de fiançailles qu'il avait acquise la veille, à Burlington Arcade, sous réserve de l'accord de l'intéressée. Elle approuva son choix. Il était décidé à la rendre six mois plus tard.

L'opéra lui parut durer trois mois, au lieu des trois heures annoncées par le programme. Hugo ne se plaignit pas, néanmoins, sachant que Toby utiliserait ce temps à bon escient.

Pendant le dîner au River Room, ils discutèrent de l'endroit où ils pourraient passer leur lune de miel, puisque ce ne pouvait être à l'étranger. Olga penchait pour Bath, qui se trouvait un peu trop près de Bristol au goût de Hugo, mais comme le voyage de noces n'aurait jamais lieu, il accepta volontiers la proposition.

Dans le taxi qui les ramenait à Lowndes Square, il se demanda combien de temps s'écoulerait avant qu'Olga s'aperçoive de la disparition de ses diamants. Ce fut plus tôt qu'il ne l'avait escompté, car lorsqu'ils ouvrirent la porte d'entrée, ils découvrirent que toute la maison avait été mise à sac. Aux endroits où les tableaux avaient été jadis suspendus, tout ce qui restait sur le mur, c'étaient les très nettes marques indiquant leurs dimensions.

Tandis qu'Olga faisait une crise de nerfs, Hugo décrocha le téléphone et appela les secours. Les policiers mirent plusieurs heures à faire l'inventaire des objets manquants, Olga ne parvenant pas à se calmer plus de quelques minutes d'affilée pour répondre à leurs questions. L'inspecteur principal chargé de l'enquête leur assura que les caractéristiques des articles dérobés seraient envoyées dans les quarante-huit heures à tous les grands diamantaires et antiquaires de Londres.

Hugo sortit de ses gonds quand il alla trouver Toby Dunstable à Fulham, le lendemain après-midi. Son ancien condisciple encaissa calmement. Lorsque la colère de Hugo finit par se calmer, Toby poussa sur la table une boîte à chaussures dans sa direction.

— Je n'ai pas besoin de chaussures neuves ! s'écria Hugo d'un ton sec.

— C'est possible. Mais tu pourras t'acheter un magasin de chaussures avec ce qu'elle contient, rétorqua-t-il en tapotant la boîte.

Hugo souleva le couvercle et plongea son regard à l'intérieur de la boîte, qui ne contenait pas de chaussures mais était bourrée de billets de cinq livres.

— Ne prends pas la peine de les compter, déclara Toby. Tu constateras qu'il y a dix mille livres en espèces.

Hugo sourit, soudain calmé.

— Tu es un brave type, commenta-t-il en replaçant le couvercle avant de commander deux nouveaux doubles gin-tonics.

Comme les semaines passaient et que la police ne trouvait aucun suspect, l'inspecteur fit clairement comprendre à Hugo qu'il pensait qu'il s'agissait d'un vol commis par un « familier de la maison », expression qu'il employa à de nombreuses reprises, chaque fois qu'ils se voyaient. Toby lui assura cependant qu'on n'oserait jamais arrêter le fils de sir Walter Barrington, à moins que les policiers ne détiennent une preuve en béton de sa culpabilité qui puisse convaincre les jurés.

Olga demanda à Hugo comment il avait pu s'acheter de nouveaux costumes et s'offrir une Bugatti. Il lui montra la carte grise de l'automobile, ce qui confirma qu'elle lui appartenait avant qu'ils se rencontrent. Il ne lui dit pas qu'il avait eu une chance inouïe qu'elle soit toujours disponible chez le marchand à qui il l'avait jadis vendue à contrecœur.

La fin de la période après laquelle le jugement provisoire se terminerait par l'obtention du divorce approchait à grands pas. Hugo commença à préparer ce que les militaires appellent une « retraite stratégique ». Or ce fut justement à ce moment-là qu'Olga lui annonça qu'elle avait une merveilleuse nouvelle à lui annoncer.

Wellington déclara un jour à un jeune officier que choisir le bon moment pour agir était ce qui comptait le plus dans la vie. Comment Hugo aurait-il pu contredire le vainqueur de Waterloo, surtout lorsqu'il était sur le point de vérifier la véracité de la déclaration du grand homme ?

Au petit déjeuner, alors qu'il s'apprêtait à consulter la rubrique nécrologique du *Times*, il aperçut une photo de son père qui le regardait droit dans les yeux. Il s'efforça de lire la notice sans qu'Olga devine que leurs deux vies allaient changer.

Hugo jugea que le Tonitruant – le surnom du journal – avait offert une belle oraison funèbre au vieil homme, mais ce fut le dernier paragraphe de sa biographie qui l'intéressa le plus : « Hugo, le seul fils survivant de sir Walter, prendra sa suite et héritera le titre. »

Cependant, le *Times* n'ajouta pas « et la totalité des biens y afférents ».

Maisie Clifton

1939-1942

25

Maisie ressentait encore la douleur qui l'avait accablée, le soir où son mari n'était pas rentré après le travail. Elle avait tout de suite compris qu'Arthur était mort, même si plusieurs années passèrent avant que son frère Stan accepte de lui dire la vérité sur les circonstances de sa mort, cet après-midi-là, au chantier naval.

Mais cette douleur n'était rien comparée à celle qu'elle avait éprouvée quand on lui avait appris que le corps de son fils unique avait disparu en haute mer, lorsque le *Devonian* avait été coulé par une torpille allemande, quelques heures après la déclaration de guerre.

Elle se rappelait parfaitement la dernière fois où elle avait vu Harry. Il était venu au Grand Hotel un jeudi, à l'heure du déjeuner. Le restaurant était plein et il y avait une longue file d'attente. Il avait patienté, mais quand il avait vu sa mère entrer et sortir sans arrêt de la cuisine, il s'était éclipsé, pensant qu'elle n'avait pas une minute à lui consacrer et qu'elle ne l'avait pas vu. Il avait toujours été un garçon réfléchi et il savait qu'elle n'aimait pas être interrompue dans son travail. À dire vrai, il savait aussi qu'elle n'avait aucune envie d'apprendre qu'il avait quitté Oxford pour s'engager dans la marine.

Sir Walter Barrington était passé le lendemain pour l'informer que Harry avait quitté Bristol avec la marée du matin, comme quatrième officier du navire marchand le *Devonian*, et qu'il reviendrait un mois plus tard afin de s'embarquer comme simple matelot sur le vaisseau de guerre *Resolution*, avec l'intention de donner la chasse aux sous-marins allemands dans l'océan Atlantique. Il ignorait toutefois que ces derniers étaient déjà en train de lui donner la chasse.

Elle projetait de prendre une journée de congé au retour de son fils, mais elle n'en eut pas l'occasion. Le fait de savoir que de nombreuses mères avaient perdu leurs enfants à cause de cette maudite guerre barbare ne la réconfortait pas.

Un soir d'octobre, quand elle rentra chez elle après le travail, le Dr Wallace, le médecin chef du *Kansas Star*, attendait devant sa porte à Still House Lane. Il n'avait pas besoin de lui révéler le but de sa visite, le message était gravé sur son visage.

Ils s'installèrent dans la cuisine et le médecin lui expliqua qu'il s'était occupé des marins repêchés en haute mer après le naufrage du *Devonian*. Il l'assura qu'il avait fait tout ce qui était en son pouvoir pour le sauver, mais que Harry n'avait, hélas, jamais repris connaissance. En fait, parmi les neuf marins dont il s'était occupé ce soir-là, un seul avait survécu, un certain Tom Bradshaw, le troisième officier du *Devonian*, à l'évidence un ami de Harry. Bradshaw avait écrit une lettre de condoléances que le Dr Wallace avait promis de remettre à Mme Clifton dès que le

Kansas Star regagnerait Bristol. Il avait tenu sa promesse. Elle eut honte dès que le médecin fut parti pour regagner son bateau : elle ne lui avait même pas offert une tasse de thé.

Maisie posa la lettre de Tom Bradshaw sur le manteau de la cheminée, à côté de sa photo préférée de Harry en train de chanter dans le chœur de son école.

Au travail, le lendemain, ses collègues furent gentils et attentionnés, et M. Hurst, le directeur de l'hôtel, lui suggéra de prendre quelques jours de congé. Elle répondit que ce serait la dernière chose à faire. Au contraire, elle effectua le plus d'heures supplémentaires possible, dans l'espoir que cela atténuerait son chagrin.

Ce ne fut pas le cas.

*
* *

Un grand nombre des jeunes employés de l'hôtel le quittaient pour s'engager dans les forces armées et ils étaient remplacés par des femmes. Désormais, il n'était plus mal vu qu'une femme travaille et, au fur et à mesure que diminuait le nombre de ses collègues masculins, Maisie assuma davantage de responsabilités.

Le directeur du restaurant devait prendre sa retraite à soixante ans, mais Maisie se dit que M. Hurst lui demanderait de rester jusqu'à la fin de la guerre. Elle fut stupéfaite lorsqu'il la convoqua dans son bureau pour lui offrir le poste.

— Vous l'avez bien mérité, Maisie, dit-il, et la direction est d'accord avec moi.

— J'aimerais y réfléchir un jour ou deux, répondit-elle en quittant le bureau.

M. Hurst n'évoqua à nouveau le sujet qu'au bout d'une semaine. Elle suggéra alors qu'on la mette à l'essai pendant un mois. Il éclata de rire.

— D'habitude, lui rappela-t-il, c'est l'employeur et non l'employé qui exige un mois d'essai.

Une semaine plus tard, ils avaient tous les deux oublié la période d'essai car, même si elle travaillait de longues heures avec de grandes responsabilités, elle ne s'était jamais sentie aussi bien. Elle savait que, lorsque la guerre serait terminée et que les gars rentreraient du front, elle redeviendrait simple serveuse. Elle serait volontiers redevenue prostituée si cela avait permis à Harry d'être parmi ceux qui rentraient au pays.

*

* *

Le sujet étant sur toutes les lèvres, elle n'avait pas besoin de pouvoir lire le journal pour savoir que l'aviation japonaise avait détruit la flotte américaine à Pearl Harbor, que les citoyens américains s'étaient soulevés comme un seul homme contre l'ennemi commun et avaient rejoint les Alliés.

Elle ne tarda pas à rencontrer son premier Américain.

Durant les deux années suivantes, des milliers de Yankees arrivèrent dans la région de l'Ouest et un grand nombre d'entre eux étaient cantonnés dans un campement militaire aux abords de Bristol. Des officiers commencèrent à venir dîner au restaurant de l'hôtel, mais à peine étaient-ils devenus des habitués qu'ils disparaissaient à jamais. Leur présence rappelait douloureusement à Maisie que certains d'entre eux n'étaient pas plus vieux que Harry.

Tout changea lorsque l'un d'eux revint. Maisie ne le reconnut pas tout de suite quand il entra en fauteuil roulant dans la salle et demanda sa table habituelle. Elle avait toujours cru avoir la mémoire des noms et surtout celle des visages. C'est nécessaire quand on ne sait pas bien lire ni écrire. Mais, dès qu'elle entendit l'accent traînant du sud des États-Unis, elle recouvra la mémoire d'un seul coup.

— Lieutenant Mulholland, n'est-ce pas ? fit-elle.

— Non, madame Clifton. Commandant Mulholland, désormais. On m'a ramené ici pour récupérer avant d'être renvoyé chez moi en Caroline du Nord.

Elle sourit et le conduisit à sa table, bien qu'il ne lui ait pas permis de pousser son fauteuil roulant. Mike – comme il voulait à tout prix qu'elle l'appelle – devint un habitué, dînant au restaurant deux à trois fois par semaine.

Maisie rit quand M. Hurst lui chuchota :

— Vous savez qu'il a le béguin pour vous.

— Je crains que vous ne vous aperceviez que je n'ai plus l'âge d'être courtisée, répliqua-t-elle.

— Ne vous y trompez pas, vous êtes dans la fleur de l'âge, Maisie. Le commandant Mulholland n'est pas le premier homme à me demander si vous fréquentez quelqu'un.

— N'oubliez pas, monsieur Hurst, que je suis grand-mère.

— À votre place, je me garderais de le lui dire.

Pour la deuxième fois, Maisie ne reconnut pas le commandant lorqu'il arriva un soir, appuyé sur des béquilles, n'ayant clairement plus besoin du fauteuil roulant. Un mois plus tard, les béquilles furent remplacées par des cannes, lesquelles ne tardèrent pas à être des reliques du passé.

Un soir, le commandant téléphona pour réserver une table pour huit personnes. Il devait fêter quelque chose, annonça-t-il à Maisie. Elle supposa qu'il devait regagner la Caroline du Nord et, pour la première fois, elle se rendit compte à quel point il allait lui manquer.

Elle ne le trouvait pas beau, mais il avait un sourire très chaleureux et les manières d'un gentleman anglais, ou plutôt, comme il le souligna un jour, celles d'un gentleman du Sud. Il était devenu à la mode de vilipender les Américains depuis qu'ils s'étaient installés en Grande-Bretagne sur des bases militaires, et le quolibet qui les disait « sexuellement surexcités, surpayés et sur notre sol » était répété à l'envi par des Bristoliens qui n'avaient jamais rencontré un seul Américain. Notamment par Stan, le frère de Maisie, et, malgré tous les efforts de celle-ci, rien ne put le faire changer d'avis.

Lorsque le dîner de fête du commandant se termina, le restaurant était déjà à moitié vide. À 22 heures, l'un des officiers se leva pour porter un toast à la santé de Mike et le féliciter.

Comme le groupe s'apprêtait à partir et à regagner le camp avant le couvre-feu, Maisie lui dit, de la part de tous les membres du personnel, à quel point ils se rejouissaient tous qu'il se soit complètement remis et qu'il soit désormais en assez bonne forme pour rentrer au pays.

— Je ne rentre pas au pays, Maisie, répliqua-t-il en riant. Nous fêtions ma promotion. Je viens d'être nommé commandant adjoint de la base. Je crains que vous ne deviez me supporter jusqu'à la fin de la guerre.

Maisie fut ravie d'apprendre cette nouvelle et stupéfaite de l'entendre ajouter :

— Samedi prochain, c'est le bal du régiment. Me feriez-vous l'honneur d'être ma cavalière ?

Elle resta coite, incapable de se rappeler la dernière fois où on l'avait invitée à sortir. Elle ne savait pas combien de temps il attendit sa réponse, mais avant qu'elle la lui donne, il précisa :

— Voilà plusieurs années que je n'ai pas mis les pieds sur une piste de danse.

— C'est aussi mon cas, reconnut-elle.

26

Tous les vendredis après-midi, Maisie déposait son salaire et ses pourboires à la banque.

Elle ne rapportait jamais l'argent à la maison car elle ne voulait pas que Stan découvre qu'elle gagnait plus que lui. Ses deux comptes étaient toujours bénéficiaires et, dès que son compte courant présentait un crédit de dix livres, elle en mettait cinq sur son compte d'épargne, son petit pécule. C'était « une poire pour la soif », comme elle disait, au cas où les choses tourneraient mal. Après son revers de fortune dû à Hugo Barrington, elle ne pouvait s'empêcher de supposer que, tôt ou tard, les choses dégénéreraient.

Ce vendredi-là, elle vida sa bourse sur le comptoir et, comme chaque semaine, l'employé commença à disposer soigneusement les diverses pièces en une série de petites piles.

— Ça fait quatre shillings et neuf pence, madame Clifton, dit-il en inscrivant la somme sur son livret.

— Merci, fit-elle tandis qu'il lui rendait le livret.

Elle le rangeait dans son sac quand il ajouta :

— M. Prendergast aimerait vous dire un mot, si c'est possible.

Le cœur de Maisie défaillit. Elle considérait les directeurs de banque et les receveurs de loyer comme une espèce qui n'annonçait que de mauvaises nouvelles. Surtout en ce qui concernait M. Prendergast, puisque la dernière fois qu'il avait souhaité la voir, c'était pour lui indiquer qu'il n'y avait pas assez d'argent sur son compte pour régler les droits d'inscription du dernier trimestre de Harry au lycée de Bristol. Ce fut donc en traînant les pieds qu'elle se dirigea vers le bureau du directeur.

— Bonjour, madame Clifton, dit M. Prendergast en se levant de son fauteuil quand elle entra dans son bureau. Je voulais vous entretenir d'une affaire personnelle, ajouta-t-il en désignant un siège.

Elle éprouva un regain d'appréhension. Elle essaya de se rappeler si elle avait fait des chèques durant les deux dernières semaines qui auraient pu mettre son compte à découvert. Elle avait certes acheté une robe élégante pour aller au bal de la base américaine auquel Mike Mulholland l'avait invitée, mais c'était un vêtement de seconde main, tout à fait dans ses moyens.

— Un bon client de la banque, commença M. Prendergast, s'intéresse à votre terrain de Broad Street, sur lequel était situé le salon de thé Chez Tilly.

— Mais… je croyais avoir tout perdu lors du bombardement de la rue.

— Non. Pas tout. Le titre de propriété du terrain est toujours à votre nom.

— Mais quelle valeur peut-il avoir maintenant que les Allemands ont rasé la plus grande partie du quartier ? La dernière fois où j'ai descendu Chapel Street, ce n'était plus qu'un champ de ruines.

— Sans doute, mais mon client vous offre malgré tout deux cents livres pour l'acquérir.

— Deux cents livres ? répéta-t-elle comme si elle avait gagné le gros lot.

— C'est en effet ce qu'il accepte de payer.

— Combien le terrain vaut-il, à votre avis ? demanda-t-elle, prenant le directeur au dépourvu.

— Je n'en ai aucune idée, madame. Je suis banquier, pas spéculateur foncier.

Elle garda le silence quelques instants.

— Dites à votre client, je vous prie, que je souhaite m'accorder quelques jours de réflexion.

— Bien sûr. Mais sachez que mon client m'a signalé que son offre n'est valable qu'une semaine.

— Je vais donc devoir prendre ma décision avant vendredi, n'est-ce pas ? fit Maisie d'un ton de défi.

— À votre guise, madame, répondit Prendergast, alors que Maisie se levait pour partir. À vendredi, par conséquent.

Lorsqu'elle quitta la banque, elle ne put s'empêcher de penser que c'était la première fois que le directeur lui donnait du « madame ». Pendant le trajet du retour, passant devant des maisons aux rideaux noirs – elle ne prenait l'autobus que par temps de pluie –, elle réfléchit quelques instants à ce qu'elle pourrait faire avec deux cents livres, avant de se demander qui pourrait lui dire si l'offre était acceptable.

Le banquier avait donné l'impression que la somme était raisonnable, mais de quel côté était-il ? Peut-être devrait-elle en toucher deux mots à M. Hurst, mais, bien avant d'avoir atteint Still House Lane, elle avait jugé que ce ne serait pas professionnel d'impliquer son patron dans une affaire privée. Mike Mulholland paraissait vif et intelligent, mais comment pourrait-il connaître la valeur d'un terrain à Bristol ? Quant à son frère Stan, il serait tout à fait inutile de le solliciter, puisqu'elle était sûre qu'il répondrait : « Prends l'oseille et tire-toi, ma fille ! » Et d'ailleurs, s'il y avait quelqu'un à qui elle se garderait de parler de cette éventuelle aubaine, c'était bien Stan.

Au moment où elle s'engageait dans Merrywood Lane, la nuit tombait déjà et les résidants se préparaient au black-out. Elle n'était pas plus près de résoudre son problème. Tandis qu'elle passait devant le portail de l'ancienne école primaire de Harry, un flot de souvenirs heureux lui revint en mémoire et elle remercia intérieurement M. Holcombe pour tout ce qu'il avait fait pour son fils pendant son enfance et son adolescence. Elle s'arrêta brusquement. M. Holcombe était un homme intelligent. N'était-il pas diplômé de l'université de Bristol ? Sans doute pourrait-il la conseiller.

Elle fit demi-tour et se dirigea vers l'entrée de l'école, mais la cour de récréation était vide. Elle consulta sa montre : 17 heures passées. Tous les enfants avaient dû rentrer chez eux un peu plus tôt et M. Holcombe était certainement déjà parti.

Elle traversa la cour, ouvrit la porte d'entrée et s'engagea dans le couloir familier. Le temps semblait s'être arrêté : mêmes cloisons de brique, avec seulement quelques initiales supplémentaires gravées dessus ; mêmes peintures aux vives couleurs, mais exécutées par d'autres élèves ; mêmes coupes de football, mais gagnées par d'autres équipes. Des masques à gaz avaient, cependant, remplacé les casquettes d'écoliers sur les patères. Elle se remémora la première fois où elle était venue voir M. Holcombe pour se plaindre des marques rouges trouvées sur le dos de Harry. Il était resté calme alors qu'elle était sortie de ses gonds et, une heure plus tard, elle était repartie, sachant pertinemment qui avait commis une faute.

La lumière filtrait sous la porte de la classe de M. Holcombe. Elle hésita, prit une profonde inspiration et frappa un petit coup discret contre le verre dépoli.

— Entrez ! lança une voix joyeuse dont elle se souvenait parfaitement.

Elle ouvrit la porte. L'instituteur était assis derrière une haute pile de cahiers, son stylo crissant sur le papier. Elle était sur le point de lui rappeler qui elle était quand il se leva d'un bond et déclara :

— Quelle agréable surprise, madame Clifton ! Surtout si c'est moi que vous souhaitez voir.

— Oui, c'est vous, répondit-elle, un rien troublée. Désolée de vous déranger, monsieur Holcombe, mais j'ai besoin d'un conseil et je ne sais pas à qui m'adresser.

— Je suis flatté, dit-il, en lui offrant une chaise minuscule destinée à un enfant de huit ans. En quoi puis-je vous être utile ?

Elle lui parla de son entretien avec M. Prendergast et de l'offre de deux cents livres pour son terrain de Broad Street.

— Pensez-vous que c'est une offre raisonnable ? s'enquit-elle.

— Je n'en ai aucune idée, répondit-il en secouant la tête. Je n'ai pas la moindre expérience en ce domaine et j'aurais peur de vous donner un mauvais conseil. En fait, je pensais que vous étiez venue me consulter sur une autre question.

— Une autre question ?

— Oui. J'espérais que vous aviez vu l'avis fixé sur le panneau devant l'école et que vous vouliez vous inscrire.

— M'inscrire à quoi ?

— Il s'agit d'un nouveau projet du gouvernement visant à créer des cours du soir destinés à aider des gens comme vous qui sont, à l'évidence, intelligents mais qui n'ont pas eu la possibilité de poursuivre leur instruction.

Maisie ne voulait pas avouer que, même si elle avait vu l'avis, elle aurait eu du mal à le lire.

— Je suis surchargée de travail. Je ne peux pas envisager d'entreprendre quoi que ce soit pour le moment. Entre l'hôtel et… et…

— Je le regrette, parce que je pense que vous seriez la candidate idéale. Je vais dispenser la plupart des cours moi-même et j'aurais été particulièrement heureux d'avoir la mère de Harry Clifton pour élève.

— C'est seulement que…

— Cela ne vous prendrait qu'une heure deux fois par semaine, poursuivit-il, refusant d'abandonner la partie. Les cours ont lieu le soir, et rien ne vous empêche de laisser tomber si vous jugez que cela ne vous convient pas.

— C'est très aimable de votre part d'avoir songé à moi, monsieur Holcombe. Peut-être quand je serai moins débordée, ajouta-t-elle en se levant et en lui serrant la main.

— Désolé de ne pas avoir pu vous aider à résoudre votre problème, madame Clifton, dit-il en la raccompagnant jusqu'à la porte. Remarquez, il y a des problèmes plus désagréables.

— C'est gentil de m'avoir consacré un peu de votre temps, monsieur Holcombe, dit-elle avant de s'éloigner.

Elle longea à nouveau le couloir, traversa la cour et franchit la grille. Elle s'arrêta sur le trottoir et fixa le panneau d'affichage. Elle aurait tellement aimé savoir lire…

27

Elle n'avait pris un taxi que deux fois dans sa vie. Une fois pour aller au mariage de Harry à Oxford, et seulement depuis la gare, et une deuxième fois, tout récemment, pour assister à l'enterrement de son père. Aussi, quand une voiture officielle américaine s'arrêta devant le 27 Still House Lane, elle se sentit gênée et espéra que les rideaux des voisins étaient tirés.

Lorsqu'elle descendit l'escalier, vêtue de sa nouvelle robe de soie rouge à ceinture et à épaulettes – style très à la mode avant la guerre –, elle vit que sa mère et Stan regardaient par la fenêtre.

Le chauffeur sortit de la voiture et frappa à la porte, doutant de se trouver à la bonne adresse. Mais, dès que Maisie ouvrit, il comprit immédiatement pourquoi le commandant avait invité cette belle femme au bal du régiment. Il lui fit un salut impeccable, puis lui tint la portière arrière de la voiture.

— Je vous remercie, dit-elle, mais je préfère m'asseoir sur le siège de devant.

Une fois que le chauffeur eut retrouvé la rue principale, elle lui demanda depuis combien de temps il travaillait pour le commandant Mulholland.

— Toute ma vie, m'dame. Depuis tout gosse.

— Que voulez-vous dire ?

— On est tous les deux de Raleigh, en Caroline du Nord. Après la guerre je reprendrai mon ancien boulot dans l'usine du commandant.

— Je ne savais pas que le commandant possédait une usine.

— Il en a plusieurs, m'dame. À Raleigh, on l'appelle le roi de l'épi de maïs.

— C'est-à-dire ?

— Vous avez rien de pareil à Bristol, m'dame. Pour vraiment apprécier l'épi de maïs, faut le faire bouillir, le recouvrir de beurre fondu et le manger juste après l'avoir cueilli… Et, de préférence, en Caroline du Nord.

— Et qui dirige les usines pendant que le roi de l'épi de maïs est en train de combattre les Allemands, loin de son pays ?

— Le jeune Joey, son fils cadet, m'est avis. Un peu aidé par Sandy, sa frangine.

— Il a un fils et une fille en Amérique ?

— Il avait deux fils et une fille, m'dame. Mais, hélas, Mike junior a été abattu au-dessus des Philippines.

Elle avait envie d'interroger le caporal sur l'épouse de Mike senior, mais elle craignait que le jeune homme soit gêné par des questions à ce sujet. Aussi, abandonnant ce terrain périlleux, elle le questionna sur son État d'origine.

— C'est le plus beau des quarante-huit, répondit-il.

Il n'arrêta pas de parler de la Caroline du Nord jusqu'à ce qu'ils arrivent devant le portail du camp militaire.

Lorsque la sentinelle vit la voiture, elle leva immédiatement la barrière et fit un salut impeccable à Maisie au moment où le véhicule pénétrait dans la base.

— Le commandant m'a dit de vous conduire à ses appartements, m'dame, pour boire un verre avant d'aller à la salle de bal.

L'automobile se dirigea vers une petite maison en préfabriqué et elle aperçut Mike qui se tenait sur le seuil pour l'accueillir. Avant que le chauffeur n'ait le temps de venir lui ouvrir la portière, elle sortit de la voiture d'un bond et longea rapidement l'allée pour le rejoindre. Il se pencha vers elle, l'embrassa sur la joue et lui dit :

— Entrez donc, mon chou. Je voudrais vous présenter certains de mes collègues. (La débarrassant de son manteau, il ajouta :) Vous êtes superbe.

— Comme l'un de vos épis de maïs ?

— Plutôt comme l'une de nos pêches de Caroline du Nord, répliqua-t-il en la conduisant vers une pièce bruyante d'où s'échappaient des rires et le bruit d'une discussion animée. Bon, poursuivit-il, allons rendre tout le monde jaloux ! Parce qu'ils vont découvrir que mon invitée est la plus belle femme du bal.

Elle pénétra dans une pièce pleine d'officiers et de leurs compagnes. Elle n'aurait pu être mieux accueillie. Si elle avait été invitée par un commandant anglais de l'état-major du régiment du Wessex, à quelques kilomètres de là, les officiers l'auraient-ils traitée en égale ?

Il lui fit faire le tour de la pièce, la présentant à tous ses collègues, y compris au commandant de la base, qui, à l'évidence, approuva le choix de son adjoint. Tandis qu'elle passait d'un groupe à l'autre, elle remarqua plusieurs photographies posées un peu partout dans la pièce, sur les tables, les étagères et la cheminée. Il s'agissait sans doute de la femme et des enfants de Mike.

Un peu après 21 heures, les invités se dirigèrent vers le gymnase où devait avoir lieu le bal, mais pas avant que l'hôte empressé n'ait aidé toutes les dames à enfiler leurs manteaux, ce qui permit à Maisie de regarder de plus près l'une des photos qui représentait une belle jeune femme.

— C'est Abigail, mon épouse, expliqua Mike, lorsqu'il revint dans la pièce. C'était une grande beauté, comme vous. Elle me manque encore aujourd'hui. Elle est morte d'un cancer, il y a presque cinq ans. Voilà un fléau auquel nous devrions tous déclarer la guerre.

— Je suis affeusement désolée, dit Maisie. Je ne voulais pas…

— Ne vous excusez pas. Vous savez désormais que nous avons beaucoup en commun. Je comprends parfaitement votre douleur, puisque vous avez perdu un mari et un fils. Mais, bon Dieu, ce soir, on fait la fête et ce n'est pas le moment de s'apitoyer sur soi-même. Alors, venez, mon chou ! Maintenant que vous avez rendu jaloux tous les officiers, allons énerver les autres militaires !

Elle rit tout en lui prenant le bras. Quittant la maison, ils se joignirent à un flot de jeunes gens bruyants qui allaient tous dans la même dirction.

Sur la piste de danse, les Américains jeunes et exubérants lui donnèrent l'impression qu'elle les avait connus toute sa vie. Au cours de la soirée, plusieurs officiers l'invitèrent à danser, mais Mike la quittait rarement des yeux. Lorsque l'orchestre entama la dernière valse, elle n'en revint pas que la soirée ait passé si vite.

Une fois que les applaudissements eurent cessé, tout le monde resta sur la piste. L'orchestre joua un morceau qu'elle ne connaissait pas, mais qui rappela à tous les autres que leur pays était toujours en guerre. Un grand nombre des jeunes hommes qui se tenaient au garde-à-vous, la main sur le cœur, chantant avec ardeur *La Bannière étoilée*, ne fêteraient pas leur prochain anniversaire. Comme Harry. *Que de vies inutilement gâchées !* pensa-t-elle.

Au moment où ils quittaient la piste, Mike suggéra qu'ils retournent chez lui pour boire un verre de Southern Comfort avant que le caporal ne la ramène chez elle. C'était la première fois qu'elle buvait du bourbon et cela lui délia vite la langue.

— J'ai un problème, Mike, déclara-t-elle, tandis qu'elle s'installait sur le sofa après que son verre eut été rempli une seconde fois. Étant donné que je n'ai qu'une semaine pour le résoudre, j'aurais bien besoin d'une petite dose de votre bon sens du Sud.

— Je suis tout ouïe, mon chou. Mais je dois vous prévenir que, s'il s'agit d'Angliches, on n'est jamais sur la même longueur d'onde, eux et moi. En fait, vous êtes la première avec qui je me sente à l'aise. Vous êtes sûre de ne pas être américaine ?

Maisie éclata de rire.

— C'est très gentil de votre part, Mike.

Après une nouvelle gorgée de bourbon, elle se sentit disposée à faire beaucoup plus que lui exposer ses problèmes immédiats.

— Tout a commencé il y a de nombreuses années, quand j'étais propriétaire d'un salon de thé sur Broad Street, appelé Chez Tilly. À présent, depuis le bombardement, ce n'est plus qu'un terrain vague, mais on m'offre deux cents livres pour le terrain.

— Alors, où est le problème ?

— Je n'ai aucune idée de sa valeur réelle.

— Une chose est sûre, en tout cas… Tant qu'il y aura un risque que les Allemands reviennent pour poursuivre leurs raids aériens, personne ne va reconstruire sur ce terrain. Pas avant la fin de la guerre, du moins.

— M. Prendergast a décrit son client comme un spéculateur foncier.

— Ça m'a plutôt l'air d'un profiteur. Le genre à acheter bon marché des terrains vagues afin de réaliser d'énormes plus-values dès la fin des hostilités. Franchement, ces filous feront tout pour se remplir les poches sans se fouler, et on devrait leur tordre le cou.

— Mais n'est-il pas possible que deux cents livres soient le juste prix ?

— Est-ce que vous êtes un bon parti ?

Elle se redressa d'un coup. Avait-elle bien entendu ?

— Que voulez-vous dire ?

— Vous dites que Broad Street a été entièrement réduite en cendres et que pas un seul bâtiment n'a été épargné ?

— En effet. Mais pourquoi est-ce que ça accroîtrait la valeur de mon petit terrain ?

— Si ce prétendu spéculateur a déjà mis la main sur tous les autres terrains de la rue, vous êtes en bonne position pour négocier. En fait, vous devriez exiger une belle dot, parce qu'il se peut que votre terrain soit le seul qui, si vous le lui refusez, l'empêche de rebâtir tout le pâté de maisons. Mais il ne veut surtout pas que vous connaissiez ce détail.

— Alors, comment est-ce que je peux savoir si mon petit bout de terrain est un bon parti ?

— Dites à votre banquier que vous ne le céderez pas à moins de quatre cents livres et vous ne tarderez pas à l'apprendre.

— Merci, Mike. Voilà un excellent conseil.

Elle sourit, avala une nouvelle gorgée de Southern Comfort et s'évanouit dans ses bras.

28

Lorsqu'elle descendit prendre le petit déjeuner le lendemain matin, Maisie n'arrivait pas à se rappeler qui l'avait ramenée en voiture la veille, ni comment elle avait réussi à monter dans sa chambre.

— C'est moi qui t'ai mise au lit, lui dit sa mère en lui versant une tasse de thé. Un charmant jeune caporal t'a raccompagnée. Il m'a même aidée à te faire monter l'escalier.

Elle s'affala sur une chaise, puis raconta lentement la soirée à sa mère, sans chercher à dissimuler à quel point elle avait apprécié la compagnie de Mike.

— Et tu es sûre qu'il n'est pas marié ? fit sa mère.

— Ne t'emballe pas, maman ! C'était seulement notre premier rendez-vous.

— Est-ce qu'il avait l'air intéressé ?

— Il me semble qu'il m'a invitée au théâtre, la semaine prochaine, mais je ne sais pas exactement quel jour ni à quel théâtre, répondit-elle tandis que Stan entrait dans la pièce.

Il se laissa tomber lourdement sur une chaise au bout de la table et attendit qu'on place devant lui un bol de porridge dont il avala le contenu, tel un chien qui lape de l'eau par une chaude journée. Lorsqu'il eut terminé, il fit sauter la capsule d'une bouteille de bière, qu'il but d'un trait.

— Une autre, ordonna-t-il. Puisque c'est dimanche, ajouta-t-il en rotant bruyamment.

Maisie n'ouvrait jamais la bouche durant ce rituel matinal et, en général, elle s'éclipsait et partait travailler avant qu'il n'ait le temps de donner son opinion sur tout ce qui lui passait par la tête. Elle se leva et s'apprêtait à aller assister à l'office de Sainte-Marie, lorsqu'il hurla :

— Rassieds-toi, femme ! J'ai deux mots à te dire avant que tu ailles à l'église.

Maisie avait envie de sortir sans répondre, mais Stan était capable de la retenir de force, voire de lui faire un œil au beurre noir si ça le prenait.

— Alors, qu'est-ce que t'as décidé à propos des deux cents livres que tu peux palper ?

— Comment es-tu au courant ?

— Maman m'en a parlé hier soir pendant que tu te faisais sauter par ton jules américain.

Elle regarda sa mère d'un air de reproche. Celle-ci parut gênée mais garda le silence.

— Pour ton information, Stan, le commandant Mulholland est un galant homme, et ce ne sont pas tes affaires.

— Si c'est un Américain, petite connasse, je t'avertis que les Amerloques demandent pas la permission. Ils considèrent que tout leur appartient de droit.

— Tu parles d'expérience, comme toujours, sans doute, répliqua-t-elle en s'efforçant de rester calme.

— Les Yankees sont tous les mêmes. Ils veulent une seule chose. Et quand ils l'ont obtenue, ils se cassent, rentrent chez eux et nous laissent finir le boulot, comme pendant la dernière guerre.

Elle comprenait qu'il était inutile de continuer la discussion. Elle resta donc assise sans mot dire, dans l'espoir que l'orage se dissipe rapidement.

— Tu m'as toujours pas dit ce que tu vas faire des deux cents livres, reprit Stan.

— Je n'ai pas encore décidé. De toute façon, ce que je fais avec mon argent ne te regarde pas.

— Si, ça me regarde. Parce que la moitié m'appartient.

— De quel droit ?

— Pour la bonne raison que t'habites chez moi. Voilà de quel droit. Et fais bien gaffe, ma fille, au cas où tu chercherais à me rouler. Si je reçois pas ma part, je t'abîmerai tellement le portrait que même un Américain passera son chemin.

— Tu me rends malade, Stan.

— Tu seras encore plus malade si tu craches pas au bassinet. Parce qu'alors…

Elle se leva, sortit à grands pas de la cuisine, traversa l'entrée en courant, attrapa son manteau et franchit la porte avant que Stan n'ait le temps de finir sa tirade.

*
* *

Ce dimanche-là, lorsqu'elle consulta le registre des réservations, elle se rendit vite compte qu'elle devrait s'assurer que deux de ses clients soient placés le plus loin possible l'un de l'autre. Elle mit Mike Mulholland à sa table habituelle et Patrick Casey à l'autre bout de la salle, afin qu'ils ne risquent pas de se rencontrer.

Elle n'avait pas revu Patrick depuis près de trois ans. Avait-il changé ? Possédait-il toujours cette beauté irrésistible et ce charme irlandais qui l'avaient tellement séduite la première fois où ils s'étaient rencontrés ?

Elle eut la réponse à l'une de ces questions dès qu'il entra dans la salle.

— Quel plaisir de vous revoir après tout ce temps, monsieur Casey, lui dit-elle avant de le conduire à sa table, tandis que plusieurs femmes d'âge moyen regardaient avec intérêt le bel Irlandais. Allez-vous rester longtemps parmi nous, cette fois-ci, monsieur Casey ? ajouta-t-elle en lui tendant la carte.

— Cela dépend de toi, répondit-il en ouvrant le menu, mais sans la consulter.

Elle espéra que personne ne l'avait vue rougir. Se retournant, elle aperçut Mike Mulholland en train d'attendre à l'accueil. Il ne permettrait à personne d'autre de l'accompagner à sa table. Elle se précipita vers lui et chuchota :

— Bonjour, Mike. Je vous ai réservé votre table habituelle. Voulez-vous me suivre ?

— Oh, oui ! Avec plaisir.

Une fois que Mike eut consulté la carte – même s'il choisissait les deux mêmes plats tous les dimanches : soupe du jour et bœuf bouilli accompagné du Yorkshire pudding –, elle retraversa la salle pour prendre la commande de Patrick.

Durant les deux heures qui suivirent, elle surveilla de près les deux hommes, tout en s'efforçant de garder à l'œil une centaine d'autres clients. Quand l'horloge de la salle à manger sonna trois coups, il ne restait que deux personnes… John Wayne et Gary Cooper, songea-t-elle en se demandant qui allait dégainer le premier à O.K. Corral. Elle plia l'addition de Mike, la posa sur une soucoupe et la lui apporta. Il paya sans vérifier.

— Excellent repas. Une fois de plus, déclara-t-il avant d'ajouter en chuchotant : J'espère que c'est toujours d'accord pour le théâtre, mardi soir ?

— Pour sûr, mon chou, répondit-elle d'un ton taquin.

— Alors, 20 heures, à l'Old Vic, précisa-t-il, alors qu'une serveuse passait près de la table.

— Avec plaisir, monsieur. Et je n'oublierai pas de complimenter le chef de votre part.

Il étouffa un rire, puis quitta la table et sortit de la salle, avant de se retourner et de lui sourire.

Dès qu'il eut disparu, elle apporta l'addition à Patrick. Il vérifia chaque ligne et laissa un gros pourboire.

— Fais-tu quelque chose, demain soir ? s'enquit-il en la gratifiant du beau sourire dont elle se souvenait si bien.

— Oui. Je prends un cours du soir.

— Tu plaisantes ?

— Non. Et il ne faut pas que je sois en retard, parce que c'est le premier d'une série de douze, expliqua-t-elle, sans lui révéler qu'elle n'avait pas encore vraiment décidé de s'inscrire.

— Alors, on remet ça à mardi…

— Mardi, j'ai déjà un rendez-vous.

— C'est vrai ? Ou est-ce que tu dis ça uniquement pour te débarrasser de moi ?

— Non. Je vais au théâtre.

— Et mercredi ? Ou bien consacres-tu cette soirée aux équations algébriques ?

— Non. Rédaction et lecture à haute voix.

— Et jeudi ? fit Patrick, qui s'efforçait de maîtriser son agacement.

— D'accord, je suis libre jeudi, répondit-elle, tandis qu'une autre serveuse passait près d'eux.

— Quel soulagement ! Je commençais à croire que j'allais devoir rester une deuxième semaine à l'hôtel, rien que pour obtenir un rendez-vous.

Elle éclata de rire.

— Qu'as-tu prévu ?

— Eh bien, pour débuter, je pensais qu'on…

— Madame Clifton.

Se retournant, Maisie vit que M. Hurst, le directeur de l'hôtel, se tenait derrière elle.

— Quand vous en aurez terminé avec votre client, dit-il, auriez-vous l'amabilité de me rejoindre dans mon bureau ?

Alors qu'elle croyait avoir été discrète, elle craignait à présent d'être mise à la porte, car fraterniser avec les clients enfreignait le règlement. C'est pour ce motif qu'elle avait perdu son précédent emploi et Pat Casey était justement le client en question.

Elle fut soulagée que Patrick quitte le restaurant sans ajouter un mot de plus et, dès qu'elle eut fait les comptes, elle se rendit dans le bureau de M. Hurst.

— Asseyez-vous, madame Clifton. Je dois discuter avec vous d'une grave affaire.

Elle s'assit et agrippa les bras du fauteuil pour s'empêcher de trembler.

— J'ai vu que vous avez eu, à nouveau, beaucoup de travail aujourd'hui.

— Cent quarante-deux couverts. Presque un record.

— Je ne sais pas comment je vais réussir à vous remplacer, déclara-t-il. C'est le bureau central et non moi qui prend ce genre de décision, vous comprenez. On ne me demande pas mon avis.

— Mais j'aime beaucoup mon travail…

— Sans doute. Or, pour une fois, je vous avoue que je suis d'accord avec les gens de la direction.

Maisie s'appuya au dossier de son siège, prête à accepter son sort.

— Ils ont clairement indiqué, poursuivit-il, qu'ils ne voulaient plus que vous travailliez dans la salle à manger et m'ont prié de vous remplacer le plus tôt possible.

— Mais pour quelle raison ?

— Parce qu'ils veulent que vous rejoigniez la direction. Franchement, Maisie, si vous étiez un homme, vous seriez déjà à la tête d'un de nos hôtels. Mes félicitations !

— Merci, répondit-elle, tout en commençant déjà à évaluer ce que cela impliquait.

— Débarrassons-nous des formalités, voulez-vous ? reprit M. Hurst en ouvrant le tiroir de son bureau, dont il tira une lettre. Vous allez devoir étudier soigneusement ce document. Il s'agit de votre nouveau contrat de travail. Une fois que vous l'aurez lu, signez-le et renvoyez-le-moi. Je le transmettrai au bureau central.

C'est à ce moment-là qu'elle prit sa décision.

29

Elle avait peur de se couvrir de ridicule.

Quand elle arriva devant le portail de l'école, elle aurait rebroussé chemin si elle n'avait pas vu entrer dans le bâtiment une femme plus âgée qu'elle. Elle franchit le seuil à sa suite, longea le couloir et s'arrêta devant la porte de la classe. Elle jeta un coup d'œil à l'intérieur, espérant qu'il y aurait tant de monde qu'elle passerait inaperçue. Mais il n'y avait que sept personnes, deux hommes et cinq femmes.

Elle gagna discrètement le fond de la salle et s'assit derrière les deux hommes dans l'espoir qu'ils la cachent. Elle regretta immédiatement sa décision, car si elle avait choisi une place près de la porte, elle aurait pu s'échapper plus facilement.

Elle baissa la tête quand la porte s'ouvrit pour laisser entrer M. Holcombe, qui gagna prestement son bureau devant le tableau noir. Agrippant les revers de sa longue toge, il scruta son auditoire et sourit en apercevant Mme Clifton, assise presque au fond.

— Je vais commencer par écrire les vingt-six lettres de l'alphabet et je veux que vous les prononciez à haute voix au fur et à mesure que je les inscrirai au tableau.

Il prit un morceau de craie et tourna le dos à ses élèves. Il traça la lettre A et plusieurs voix se firent entendre à l'unisson. Au B ce fut un véritable chœur. Au C seule Maisie se taisait. Quand il atteignit le Z, ses lèvres bougèrent en silence.

— À présent, je vais désigner une lettre au hasard pour voir si vous pouvez toujours la reconnaître.

La deuxième fois, elle prononça à haute voix plus de la moitié des lettres et, la troisième fois, elle menait le chœur. À la fin de l'heure, seul M. Holcombe aurait pu deviner que c'était le premier cours qu'elle prenait depuis vingt ans, et elle n'était pas pressée de rentrer chez elle.

— Mercredi, quand nous nous reverrons, annonça M. Holcombe, vous devrez tous être capables d'écrire dans l'ordre les vingt-six lettres de l'alphabet.

Elle avait l'intention de maîtriser l'alphabet dès le mardi, pour éviter de faire la moindre faute.

— À tous ceux qui ne peuvent pas m'accompagner au pub pour boire un verre, je dis : À mercredi !

Pensant qu'il fallait être invité pour se joindre à M. Holcombe, elle se leva et se dirigea discrètement vers la porte, tandis que les autres entouraient le bureau du maître et lui posaient des tas de questions.

— Allez-vous nous accompagner au pub, madame Clifton ? demanda l'instituteur au moment où elle atteignait la porte.

— Avec plaisir, monsieur Holcombe, s'entendit-elle répondre.

Elle se joignit au groupe qui quittait la salle et prit le chemin du Ship Inn, situé sur le trottoir d'en face.

Un par un, les autres élèves s'éloignèrent. Finalement, seuls Maisie et M. Holcombe s'installèrent au comptoir.

— Vous savez que vous êtes très intelligente ? fit-il après lui avoir offert un deuxième jus d'orange.

— Mais j'ai quitté l'école à douze ans et je ne sais toujours ni lire ni écrire correctement.

— Vous avez peut-être quitté l'école trop tôt, mais vous n'avez jamais cessé d'apprendre. Et, vu que vous êtes la mère de Harry Clifton, c'est sans doute vous qui finirez par m'apprendre des choses.

— Harry vous a appris des choses ?

— Chaque jour. Inconsciemment. Il est vrai que j'ai très vite su qu'il était plus intelligent que moi. J'espérais seulement pouvoir le faire entrer au lycée de Bristol avant qu'il s'en rende compte.

— Et y avez-vous réussi ? demanda-t-elle en souriant.

— De justesse, reconnut-il.

— Dernières commandes ! cria le barman.

Elle jeta un coup d'œil à la pendule. Elle n'en croyait pas ses yeux… Il était déjà 21 h 30 et il fallait respecter le black-out.

Il paraissait tout à fait naturel que M. Holcombe la raccompagne chez elle puisqu'ils se connaissaient depuis si longtemps. Pendant qu'ils longeaient les rues sombres, il lui raconta de nombreuses histoires sur Harry, ce qui la rendit à la fois heureuse et triste. À l'évidence, il manquait aussi à M. Holcombe et elle eut honte de ne pas l'avoir remercié beaucoup plus tôt.

Quand ils arrivèrent devant sa porte, à Still House Lane, elle lui dit :

— Je ne connais pas votre prénom.
— Arnold, répondit-il timidement.
— Cela vous va bien. Puis-je vous appeler Arnold ?
— Oui. Bien sûr.
— Et appelez-moi Maisie. (Elle sortit sa clé et l'introduisit dans la serrure.) Bonsoir, Arnold. À mercredi.

*
* *

La soirée au théâtre lui rappela d'agréables souvenirs de la période où Patrick Casey l'emmenait à l'Old Vic, chaque fois qu'il séjournait à Bristol. Juste au moment où le souvenir de Patrick s'estompait et qu'elle avait commencé à sortir avec un autre homme auprès duquel elle croyait avoir un avenir, ce sacré leprechaun avait brusquement reparu dans sa vie. Il lui avait annoncé qu'il avait une raison de la voir et elle ne se faisait guère d'illusion sur la nature de cette raison. Elle n'avait aucune envie qu'il jette à nouveau le trouble dans sa vie. Elle repensa à Mike. C'était l'un des hommes les plus généreux et sincères qu'elle ait jamais connus, très naïf dans sa façon de chercher à cacher les sentiments qu'il éprouvait pour elle.

Patrick lui avait appris le principe qu'il ne fallait jamais être en retard au théâtre. Selon lui, il n'y avait rien de plus gênant que de marcher sur les pieds des spectateurs, après le lever du rideau, tandis qu'on avance dans le noir jusqu'à son fauteuil, situé immanquablement au milieu de la rangée.

Mike attendait dans le foyer, un programme à la main, lorsque Maisie entra dans le théâtre, dix minutes avant le début du spectacle. Elle sourit dès qu'elle le vit. Force lui était de reconnaître qu'il lui remontait toujours le moral. Il lui rendit son sourire et lui posa un gentil baiser sur la joue.

— Je ne sais pas grand-chose de Noël Coward, admit-il en lui tendant le programme, mais je viens de lire un résumé de l'intrigue et il s'agit d'un homme et d'une femme qui n'arrivent pas à décider du choix d'un conjoint.

Elle ne répondit rien et ils entrèrent dans la salle. Elle suivit les lettres de l'alphabet à l'envers jusqu'à la lettre H. Tout en avançant vers le milieu de la rangée des fauteuils d'orchestre, elle se demandait comment il était parvenu à obtenir ces excellentes places pour un spectacle qui remportait un tel succès.

Lorsque les lumières s'éteignirent et que le rideau se leva, il lui prit la main. Il ne la lâcha qu'au moment où Owen Nares fit son entrée en scène, salué par une salve d'applaudissements. Maisie se laissa prendre par l'histoire, même si elle ressemblait un peu trop à la sienne. Mais le charme fut rompu quand une bruyante sirène hurla, noyant les paroles de M. Nares. Un grognement sonore parcourut la salle tandis que les comédiens quittaient vivement la scène, cédant la place au directeur du théâtre, qui organisa une retraite stratégique avec une efficacité qui aurait réjoui le cœur d'un sergent-major. Les habitants de Bristol s'étaient depuis longtemps accoutumés aux visites aériennes d'Allemands qui n'avaient pas la moindre intention de payer leurs billets de spectacle.

Mike et Maisie sortirent du bâtiment et descendirent les marches, en direction d'un abri lugubre mais familier, devenu désormais une seconde maison pour les habitués du théâtre. Ils occupèrent toutes les places disponibles pour assister à cette séance gratuite. Comme l'avait dit Clement Attlee, dans un abri aérien les classes sociales sont abolies.

— Ce n'est pas ainsi que j'imagine un rendez-vous amoureux, déclara Mike en étalant sa veste sur le sol en pierre.

— Quand j'étais jeune, dit Maisie en s'asseyant sur la veste, pas mal de jeunes gars ont essayé de m'entraîner ici, mais vous êtes le seul à y avoir réussi.

Il rit pendant qu'elle griffonnait quelque chose sur la couverture du programme.

— Je suis flatté, répondit-il en posant un bras sur les épaules de la jeune femme.

Des bombes, qui paraissaient dangereusement proches, commencèrent à faire trembler le sol.

— Vous n'êtes jamais allée en Amérique, n'est-ce pas, Maisie ? s'enquit-il pour essayer de lui faire oublier le raid aérien.

— Je ne suis même jamais allée à Londres, avoua-t-elle. En fait, je ne suis jamais allée plus loin que Weston-super-Mare et Oxford, et ces deux excursions se sont avérées désastreuses. J'ai peut-être intérêt à rester chez moi.

Il éclata de rire.

— J'aimerais vous faire connaître l'Amérique. Surtout le Sud.

— Avant d'envisager ce voyage, je crois qu'il faudrait prier les Allemands de prendre quelques soirées de congé.

La sirène signalant la fin de l'alerte retentit. Quelques applaudissements crépitèrent et, après cet entracte imprévu, tout le monde émergea de l'abri et reprit le chemin du théâtre.

Une fois que les spectateurs eurent regagné leurs sièges, le directeur du théâtre remonta sur la scène.

— La représentation va se poursuivre sans entracte, annonça-t-il. Mais, si les Allemands décident de nous rendre à nouveau visite, nous serons contraints de l'annuler. Je regrette de devoir préciser que les billets ne seront pas remboursés. Règlement allemand, ajouta-t-il.

Il y eut quelques rires.

Quelques instants seulement après le lever du rideau, Maisie était replongée dans l'intrigue, et lorsque les comédiens vinrent saluer à la fin de la pièce, tout l'auditoire se leva pour non seulement applaudir leur jeu mais aussi fêter une nouvelle petite victoire sur la Luftwaffe, selon les termes de Mike.

— Chez Harvey ou au Pantry ? demanda Mike, en prenant le programme sur lequel chaque lettre du titre de la pièce avait été barrée et réécrite en dessous en les rangeant par ordre alphabétique : A E E I I L P R S T V V[1].

---

1. La pièce de Noël Coward est *Private Lives* – « Vies privées » – (1930). Elyot et Amanda ont divorcé, mais se retrouvent à Deauville où ils passent tous les deux leurs lunes de miel, chacun avec son nouveau conjoint. Toujours passionnément attirés l'un par l'autre, ils filent ensemble à Paris. Ils comprennent à nouveau pourquoi ils s'étaient séparés… Leurs conjoints les rattrapent juste avant que leur dispute ne dégénère, mais le lendemain ils fuguent à nouveau ensemble, tandis que leurs conjoints se disputent âprement. Peu importe le mal qu'Elyot et Amanda se font l'un à l'autre, ils préfèrent être ensemble. La pièce a été jouée en France sous le titre *Les Amants terribles*.

— Au Pantry, répondit Maisie.

Elle ne pouvait expliquer que, la seule fois où elle était allée chez Harvey avec Patrick, elle avait passé la soirée entière à regarder alentour, effrayée à l'idée qu'Élisabeth, la fille de lord Harvey, soit en train d'y dîner avec Hugo Barrington.

Mike étudia longuement le menu, ce qui la surprit, vu que le choix était très limité. En général, il racontait ce qui se passait au camp ou plutôt au fort, puisque c'est ainsi qu'il préférait l'appeler, mais pas ce soir. Il ne grommelait même pas à propos des Angliches qui n'y connaissaient rien au base-ball. Elle commença à craindre qu'il ne se sente pas bien.

— Quelque chose ne va pas, Mike ? s'enquit-elle.

Il leva les yeux.

— On me renvoie aux États-Unis, répondit-il, au moment où un serveur apparaissait à leurs côtés et demandait s'ils étaient prêts à commander.

Il tombe bien mal, se dit Maisie, mais, en tout cas, ça lui laissait le temps de réfléchir, et pas à ce qu'elle avait envie de manger. Une fois qu'ils eurent commandé et que le serveur se fut éloigné, Mike fit une seconde tentative.

— On m'a muté à Washington, à l'état-major.

Elle se pencha par-dessus la table et lui prit la main.

— J'ai insisté pour qu'on me laisse ici pendant six mois encore… Afin de rester avec toi, mais ma requête a été refusée.

— Je le regrette, mais…

— Je t'en prie, ne dis rien, Maisie. C'est déjà assez pénible comme ça pour moi. Même si Dieu seul sait que j'y ai déjà pas mal réfléchi. (Un long silence suivit.) Je suis bien conscient qu'on se connaît depuis peu de temps, mais mes sentiments n'ont pas changé depuis le premier jour où je t'ai vue. (Maisie sourit.) Et j'ai espéré, prié pour que tu acceptes de venir avec moi en Amérique… comme mon épouse.

Elle resta coite.

— Je suis extrêmement flattée, finit-elle par balbutier, incapable de trouver autre chose à ajouter.

— Je me rends bien compte que tu as besoin d'y réfléchir quelque temps. Je regrette que les ravages de la guerre ne permettent pas de jouir des délicatesses de longues fiançailles.

— Quand rentres-tu au pays ?

— À la fin du mois. Par conséquent, si tu acceptais, on pourrait se marier sur la base et prendre l'avion pour les États-Unis, en tant que mari et femme. (Il se pencha en avant et lui saisit la main.) De ma vie, je n'ai jamais été aussi sûr de moi, ajouta-t-il, au moment où le serveur réapparaissait près de leur table.

— Bon, pour qui est le foie haché ?

*
* *

Elle ne ferma pas l'œil de la nuit et, le lendemain matin, lorsqu'elle descendit prendre le petit déjeuner, elle annonça à sa mère que Mike l'avait demandée en mariage.

— Saute sur l'occasion, répondit immédiatement Mme Tancock. Tu n'auras jamais une meilleure chance de commencer une nouvelle vie. Et voyons les choses en face, ajouta-t-elle en regardant tristement la photo de Harry sur la cheminée, tu n'as plus aucune raison de rester ici.

Maisie était sur le point de donner son avis lorsque Stan entra en trombe. Elle se leva de table.

— J'ai intérêt à me bouger si je ne veux pas être en retard au travail, dit-elle.

— Ne crois pas que j'oublie les cent billets que tu me dois ! cria-t-il à sa sœur qui sortait de la pièce.

*
* *

Elle était assise sur le bord de sa chaise, au premier rang, quand M. Holcombe entra dans la classe à 19 heures ce soir-là.

Elle leva vivement la main plusieurs fois durant l'heure, telle une élève fatigante qui connaît toutes les réponses et qui veut se faire remarquer par le maître. Si ce fut le cas, il ne le montra pas.

— Pourriez-vous venir le mardi et le jeudi à l'avenir, Maisie ? s'enquit M. Holcombe tandis qu'ils se dirigeaient vers le pub, suivis par le reste de la classe.

— Pourquoi ? Est-ce que je suis pas au niveau ?

— Est-ce que je *ne* suis pas au niveau, corrigea-t-il automatiquement. Au contraire, j'ai décidé de vous faire monter en classe intermédiaire, avant que ceux-là, ajouta-t-il en désignant les autres élèves d'un grand geste, ne se sentent complètement dépassés.

— Est-ce que je ne vais pas perdre pied, Arnold ?

— Je l'espère bien. Mais vous aurez sans aucun doute rattrapé votre retard avant la fin du mois. Je devrais alors vous faire monter en classe supérieure.

Elle ne répondit pas, sachant qu'elle allait bientôt devoir annoncer à Arnold qu'elle avait fait d'autres projets pour la fin du mois.

Une fois de plus, ils se retrouvèrent en tête à tête au comptoir et, une fois de plus, il la raccompagna à Still House Lane. Cette fois-là, lorsqu'elle sortit la clé de son sac, elle eut l'impression qu'il essayait de prendre son courage à deux mains pour l'embrasser. Pourvu qu'elle se trompe ! N'avait-elle pas déjà assez de problèmes comme ça ?

— Je me demandais, déclara-t-il, quel serait le premier livre que vous devriez lire…

— Ce ne sera pas un livre, répliqua Maisie en insérant la clé dans la serrure. Ce sera une lettre.

30

Lundi, mardi et mercredi, Patrick Casey prit son petit déjeuner, son déjeuner et son dîner au restaurant de l'hôtel.

Maisie supposait qu'il l'inviterait à dîner au Plimsoll Line dans l'espoir que cela lui rappellerait de bons souvenirs. En fait, elle n'y était pas retournée depuis que Patrick était reparti en Irlande. Elle avait vu juste. Dans les deux cas.

Elle était décidée à ne pas se laisser à nouveau séduire par le charme et la beauté de Patrick. Elle avait d'ailleurs l'intention de lui parler de Mike et de leurs projets d'avenir. Mais plus la soirée avançait, plus elle avait du mal à aborder le sujet.

— Alors, qu'as-tu fait depuis mon dernier séjour à Bristol ? lui demanda-t-il tandis qu'ils prenaient l'apéritif au bar. Bien qu'il soit évident que tu gères le meilleur restaurant d'hôtel à Bristol, tout en réussissant à trouver le temps pour suivre des cours du soir.

— Oui, ça va me manquer quand… commença-t-elle d'un air songeur.

— Quand quoi ?

— Les cours ne durent que douze semaines, poursuivit-elle, cherchant à se ressaisir.

— Dans douze semaines, je parie que c'est toi qui donneras les cours.

— Et toi ? Qu'as-tu fait pendant tout ce temps ? s'enquit-elle, au moment où le maître d'hôtel s'approchait pour leur annoncer que leur table était prête.

Patrick attendit qu'ils soient assis dans un coin tranquille de la salle pour répondre.

— Tu te rappelles peut-être qu'il y a trois ans j'ai été promu directeur adjoint de la compagnie et que c'est pour cela que j'ai dû rentrer à Dublin.

— Je n'ai pas oublié pourquoi tu as dû retourner à Dublin, rétorqua Maisie d'un ton vif.

— J'ai essayé plusieurs fois de revenir à Bristol, mais après que la guerre a éclaté, ça s'est avéré quasiment impossible. De plus, je ne pouvais même pas t'écrire.

— Eh bien, ce problème a des chances d'être résolu sous peu.

— Tant mieux, tu pourras me faire la lecture au lit.

— Comment ton entreprise s'en est-elle sortie pendant ces temps difficiles ? fit-elle pour ramener la conversation sur un terrain moins périlleux.

— En réalité, beaucoup de firmes irlandaises tirent plutôt profit de la guerre. Grâce à la neutralité du pays, on peut traiter avec les deux camps.

— Vous acceptez de traiter avec les Allemands ? s'écria-t-elle, incrédule.

— Non. Notre compagnie a toujours clairement indiqué de quel côté elle se rangeait. Mais tu ne seras pas surprise d'apprendre qu'un bon nombre de mes compatriotes sont ravis de faire affaire avec les Allemands. À cause de ça, on a passé deux années difficiles. Mais, depuis que les Américains sont entrés en guerre, même les Irlandais commencent à croire que les Alliés ont des chances de gagner la guerre.

C'était l'occasion de lui parler d'un Américain en particulier, mais elle ne la saisit pas.

— Alors, qu'est-ce qui t'amène à Bristol cette fois-ci ?

— En un mot comme en cent : toi.

— Moi ?

Elle essaya de trouver le plus vite possible une façon naturelle de ramener la conversation sur un sujet moins personnel.

— Oui. Notre directeur va prendre sa retraite à la fin de l'année et le président m'a offert son poste.

— Félicitations ! lança-t-elle, soulagée de se retrouver en terrain plus neutre. Et tu souhaiterais que je devienne ton adjointe, ajouta-t-elle sur le ton de la plaisanterie.

— Non. Je souhaiterais que tu deviennes ma femme.

Le ton de Maisie changea :

— La pensée t'a-t-elle traversé l'esprit, Patrick, ne serait-ce qu'une fois, que, durant ces trois ans, quelqu'un a pu entrer dans ma vie ?

— Tous les jours. Voilà pourquoi je suis venu pour voir s'il y avait quelqu'un d'autre.

— Il y a quelqu'un, répondit-elle après une brève hésitation.

— Et t'a-t-il demandée en mariage ?

— Oui, murmura-t-elle.

— As-tu accepté ?

— Pas encore. Mais je lui ai promis de lui donner ma réponse avant qu'il reparte en Amérique. À la fin du mois, précisa-t-elle d'une voix plus ferme.

— Cela veut-il dire que j'ai encore une chance ?

— Franchement, Patrick, tu n'as guère d'atouts. Tu as disparu de la circulation pendant près de trois ans et tu réapparais tout à coup, comme si rien n'avait changé.

Il ne chercha pas à se défendre, tandis qu'un serveur leur apportait le plat principal.

— Ah ! si les choses pouvaient être aussi faciles…

— Patrick, ç'a toujours été facile. Si tu m'avais demandé de t'épouser il y a trois ans, j'aurais allègrement sauté à bord du premier bateau en partance pour l'Irlande.

— Je ne pouvais pas te le demander à cette époque.

Elle reposa sa fourchette et son couteau sans avoir goûté à son plat.

— Je me suis toujours demandé si tu étais marié.

— Pourquoi n'as-tu rien dit ?

— J'étais tellement amoureuse de toi en ce temps-là, Patrick, que j'étais même disposée à souffrir cet opprobre.

— Quand je pense que je suis rentré en Irlande uniquement parce que je ne pouvais pas te demander d'être ma femme…

— Et ça a changé ?

— Oui. Bryony m'a quitté il y a plus d'un an. Elle a rencontré quelqu'un qui s'intéressait davantage à elle que moi. Ce qui n'était pas difficile.

— Grand Dieu, pourquoi ma vie est-elle toujours si compliquée ?

Il sourit.

— Je suis désolé d'avoir à nouveau bouleversé ton existence, dit-il. Mais, cette fois-ci, je ne vais pas renoncer aussi facilement. En tout cas, pas tant que je croirai que j'ai encore une petite chance.

Se penchant par-dessus la table, il lui prit la main. Quelques instants plus tard, le serveur reparut à leurs côtés. Il eut l'air inquiet en découvrant qu'ils avaient laissé refroidir leurs plats, sans y toucher.

— Tout va bien ? s'enquit-il.

— Non, dit Maisie. Pas du tout.

*
* *

Couchée, les yeux ouverts, elle songeait aux deux hommes de sa vie. D'un côté, Mike, si sérieux, si calme, qui, elle le savait, lui serait fidèle jusqu'à la mort, et de l'autre, Patrick, si vif, si passionnant, avec qui elle ne s'ennuierait jamais. Elle changea d'avis plusieurs fois durant cette nuit blanche, les choses étant d'autant plus compliquées qu'elle avait si peu de temps pour se décider.

Au petit déjeuner, le lendemain matin, lorsque Maisie lui demanda qui elle choisirait si elle avait le choix, sa mère lui répondit sans hésiter :

— Mike. Tu pourras davantage lui faire confiance sur le long terme, et on se marie pour longtemps. De toute façon, ajouta-t-elle, je me suis toujours méfiée des Irlandais.

Elle réfléchit aux paroles de sa mère et elle allait lui poser une autre question quand Stan entra dans la pièce en trombe. Dès qu'il eut avalé son porridge, il interrompit ses pensées.

— Tu vois pas le directeur de la banque, aujourd'hui ?

Maisie resta coite.

— C'est ce que je pensais. N'oublie pas de rentrer directement à la maison avec mes cent livres. Sinon, ma fille, je viendrai te chercher.

*
* *

— Quel plaisir de vous revoir, madame, dit M. Prendergast en la faisant asseoir, un peu après 16 heures.

Il attendit que Maisie se soit installée pour lui demander :

— Avez-vous eu le temps de réfléchir à la généreuse proposition de mon client ?

Elle sourit. Un seul mot de la part du directeur avait suffi pour révéler de quel côté il se trouvait.

— Absolument, répondit Maisie, et je souhaiterais que vous répondiez à votre client que je n'accepterai que quatre cents livres, pas un penny de moins.

M. Prendergast resta bouche bée.

— Et, étant donné que je risque de quitter Bristol à la fin du mois, peut-être aurez-vous aussi l'amabilité d'informer votre client que ma généreuse proposition n'est valable qu'une semaine.

Il referma la bouche.

— Je vais essayer de repasser la semaine prochaine, à la même heure, et vous pourrez alors me faire part de la décision de votre client. (Elle se leva et, faisant un charmant sourire au directeur, elle ajouta :) Je vous souhaite un très agréable week-end, monsieur Prendergast.

*
* *

Maisie avait du mal à se concentrer sur ce que disait M. Holcombe et pas seulement parce que la classe intermédiaire était bien plus difficile que celle des débutants, à tel point qu'elle regrettait déjà de l'avoir quittée. Quand elle levait le doigt, c'était plus souvent pour demander une explication que pour répondre à une question du maître.

L'enthousiasme d'Arnold était contagieux. Il avait le don de donner aux élèves le sentiment qu'ils étaient tous égaux et que la moindre contribution était significative.

Après vingt minutes passées à réviser ce qu'il appelait les « éléments de base », il invita la classe à se reporter à la page 72 des *Quatre Filles du Dr March*. Les chiffres ne posant aucun problème à Maisie, elle ouvrit rapidement le livre à la bonne page. M. Holcombe pria alors une femme assise au troisième rang de se lever et de lire le premier paragraphe, tandis que les autres élèves suivaient chaque phrase, mot par mot. Maisie plaça un doigt en haut de la page et tenta désespérément de suivre le récit, mais elle ne tarda pas à perdre le fil.

Lorsque l'instituteur demanda à un homme âgé, assis au premier rang, de relire le même passage, Maisie réussit à reconnaître certains mots, mais elle suppliait le ciel pour que ce ne soit pas ensuite son tour. Elle poussa un soupir de soulagement lorsque Arnold fit appel à quelqu'un d'autre. Quand le troisième lecteur se rassit, Maisie baissa la tête, mais elle n'échappa pas au supplice.

— Et, finalement, je vais prier Mme Clifton de se lever et de lire ce paragraphe.

Elle se leva sans entrain et s'efforça de se concentrer. Elle récita le texte presque mot pour mot, sans regarder une seule fois la page. C'était grâce à toutes ces années passées à se rappeler les longues commandes très compliquées.

Quand elle se rassit, M. Holcombe lui fit un grand sourire.

— Vous avez une excellente mémoire, madame Clifton.

Personne d'autre ne sembla comprendre ce à quoi il faisait allusion.

— J'aimerais maintenant discuter du sens de certains mots. À la deuxième ligne, par exemple, vous trouverez le terme « accordailles », mot obsolète. Quelqu'un peut-il me proposer un équivalent moderne ?

Plusieurs doigts se levèrent et celui de Maisie aurait été parmi eux si elle n'avait pas reconnu un lourd pas familier qui se dirigeait vers la porte de la salle de classe.

— Mademoiselle Wilson ? dit l'instituteur.

— « Mariage », répondit l'élève, au moment où la porte s'ouvrait brusquement.

Le frère de Maisie entra en trombe. Il s'arrêta devant le tableau, ses yeux passant vivement d'une personne à l'autre.

— Puis-je vous aider ? s'enquit poliment M. Holcombe.

— Non. Suis v'nu réclamer mon dû. Mêlez-vous d'vos oignons et fermez-la, m'sieur l'instit, si vous voulez pas d'ennuis.

Son regard se posa sur Maisie.

Elle avait décidé de lui apprendre au petit déjeuner qu'il fallait attendre une semaine pour savoir si le précieux client de M. Prendergast avait accepté sa contre-proposition. Mais comme Stan se dirigeait d'un pas ferme vers elle, elle savait qu'elle ne parviendrait pas à le convaincre qu'elle n'avait pas l'argent sur elle.

— Où est mon fric ? lança-t-il, bien avant d'arriver à son pupitre.

— Je ne l'ai pas encore, répondit-elle. Tu vas devoir attendre une semaine encore.

— Tu t'fous d'ma poire ? rétorqua-t-il en l'attrapant par les cheveux avant de la forcer, en hurlant, à quitter son pupitre.

Tandis qu'il l'entraînait vers la porte, les autres élèves restaient figés à leur place, comme hypnotisés. Une seule personne lui barra le chemin.

— Laissez-moi passer, m'sieur l'instit.

— Lâchez votre sœur, monsieur Tancock, si vous ne voulez pas avoir davantage d'ennuis.

— De ta part ? Où est ta bande ? s'esclaffa Stan. Si tu m'fous pas la paix, mon gars, j'vais te mettre la gueule en bouillie, et crois-moi, ça s'ra pas joli à voir.

Stan ne vit pas venir le premier coup de poing qui enfonça son plexus solaire et le fit se plier en deux. Avant qu'il n'ait le temps de se ressaisir, le deuxième coup lui démonta la mâchoire. Au troisième, il s'affala sur le sol, comme un chêne abattu.

Il resta allongé, les quatre fers en l'air et se tenant le ventre, s'attendant à recevoir un coup de pied en prime. L'instituteur se dressait au-dessus de lui, attendant qu'il reprenne ses esprits. Finalement, Stan se releva en chancelant et, avançant lentement de biais vers la porte, il ne quitta pas des yeux M. Holcombe. Parvenu à une distance prudente, il se tourna vers Maisie, toujours recroquevillée par terre et sanglotant en silence.

— Tant que t'as pas mon fric, t'as pas intérêt à rentrer à la maison, si tu veux pas avoir des emmerdes.

Sur ce, sans un mot de plus, il ressortit dans le couloir.

Même après avoir entendu la porte claquer, elle avait trop peur pour faire le moindre mouvement. Les autres élèves ramassèrent leurs affaires et s'éclipsèrent discrètement. Personne n'irait au pub, ce soir-là.

M. Holcombe traversa la pièce à grands pas, s'agenouilla près de son élève et prit dans ses bras son corps tremblant.

— Il vaut mieux que vous rentriez avec moi, ce soir, Maisie, lui dit-il après un certain temps. Je vais vous préparer un lit dans la chambre d'amis. Vous pourrez rester chez moi aussi longtemps que vous le souhaitez.

Emma Barrington

1941-1942

31

— 6e Rue et Park Avenue, lança Emma en sautant dans un taxi devant le bâtiment où se trouvait le bureau de Sefton Jelks, à Wall Street.

Elle s'installa sur le siège arrière et essaya de réfléchir à ce qu'elle dirait à sa grand-tante Phyllis quand elle parviendrait (si elle y parvenait) à franchir le seuil de sa porte, mais la radio du taxi était si forte qu'elle n'arrivait pas à se concentrer. Elle pensa demander au chauffeur de baisser le son, mais elle avait appris que, s'ils ne sont jamais muets, les chauffeurs de taxi new-yorkais sont sourds quand ça les arrange.

Tandis que le commentateur décrivait d'un ton surexcité ce qui s'était passé dans un lieu appelé Pearl Harbor, elle devina que la première question de sa grand-tante serait sans doute : « Qu'est-ce qui t'amène à New York, ma petite ? » Suivie de : « Depuis combien de temps es-tu là ? » Et ensuite : « Pourquoi viens-tu me voir seulement aujourd'hui ? » Elle n'avait aucune réponse plausible à lui fournir, à moins de se résoudre à tout lui raconter, ce qu'elle préférait éviter puisque, même à sa mère, elle n'avait pas tout dit.

D'ailleurs, peut-être Phyllis ne savait-elle même pas qu'elle avait une petite-nièce. Et s'il existait une vieille querelle familiale dont Emma n'était pas au courant ? Et si sa grand-tante était recluse, divorcée, remariée ou folle ?

L'unique souvenir qu'elle avait d'elle était une carte de Noël signée Phyllis, Gordon et Alistair. L'un des deux hommes était-il un mari et l'autre un fils ? Le pire était qu'Emma n'avait aucune preuve indiquant qu'elle était vraiment sa petite-nièce.

Elle était encore moins sûre d'elle lorsque le taxi s'arrêta devant la porte d'entrée et qu'elle eut donné une autre pièce de vingt-cinq cents.

Elle descendit de voiture, leva les yeux vers l'imposante maison de ville de quatre étages sans parvenir à savoir si elle devait ou non frapper à la porte. Finalement, elle décida de faire le tour du pâté de maisons, dans l'espoir qu'elle aurait repris confiance quand elle reviendrait. Comme elle longeait la 60e Rue, elle constata que les New-Yorkais se précipitaient dans les deux sens, à une vitesse incroyable, une expression d'effroi ou d'angoisse gravée sur le visage. Certains levaient les yeux vers le ciel. Ils ne croyaient quand même pas que la prochaine attaque aérienne japonaise frapperait Manhattan ?

Un petit vendeur de journaux, posté au coin de Park Avenue, criait constamment le même gros titre : « L'Amérique déclare la guerre ! Lisez les dernières nouvelles ! »

Avant même d'atteindre la porte de la maison, elle avait compris qu'elle n'aurait pu choisir un plus mauvais moment pour rendre visite à sa grand-tante. Peut-être serait-il sage de rentrer à l'hôtel et de revenir le lendemain ? Mais en quoi la situation serait-elle différente ? Elle n'avait presque plus d'argent, et si l'Amérique était à présent en guerre, comment regagnerait-elle l'Angleterre ? Il lui tardait surtout de retrouver Sebastian, dont elle n'avait jamais eu l'intention d'être séparée plus d'une quinzaine de jours.

Ayant fini par monter inconsciemment les cinq marches, elle se tenait en face d'une porte noire brillante pourvue d'un marteau de cuivre étincelant. Peut-être grand-tante Phyllis était-elle sortie ? Peut-être avait-elle déménagé ? Elle s'apprêtait à frapper lorsqu'elle remarqua une sonnette, fixée au mur au-dessus de l'inscription « Livreurs ». Elle appuya sur le bouton, fit un pas en arrière, préférant de beaucoup faire face à la personne qui recevait les livreurs.

Quelques instants plus tard, un homme élégant, de haute taille, portant veste noire, pantalon rayé, chemise blanche et cravate grise ouvrit la porte.

— Que puis-je faire pour vous, madame ? s'enquit-il, ayant à l'évidence compris qu'elle n'était pas un livreur.

— Je m'appelle Emma Barrington, répondit-elle. Ma grand-tante Phyllis est-elle chez elle ?

— En effet, mademoiselle Barrington, puisque le lundi est son jour de bridge. Ayez la bonté d'entrer et je vais prévenir Mme Stuart de votre venue.

— Je peux toujours revenir demain, si je dérange, balbutia-t-elle.

Mais il avait refermé la porte derrière elle et déjà parcouru la moitié du couloir.

Dès l'entrée, on ne pouvait pas ne pas comprendre de quel pays étaient originaires les Stuart. Un portrait de « Bonnie Prince Charlie » – Charles Édouard Stuart, le « jeune Prétendant », dernier sérieux prétendant écossais au trône d'Angleterre – était accroché au mur, à l'autre bout du vestibule, au-dessus d'épées croisées et d'un bouclier du clan des Stuart. Emma allait et venait lentement, admirant des tableaux de Peploe, Fergusson, McTaggart et Raeburn. Elle se rappela que lord Harvey, son grand-père, possédait un Lawrence suspendu dans le salon du château de Mulgelrie. Elle n'avait aucune idée du métier de son grand-oncle, mais il était clair qu'il y prospérait.

Le majordome revint quelques instants plus tard, l'air aussi impassible qu'auparavant. Peut-être ne savait-il pas ce qui s'était passé à Pearl Harbor.

— Madame va vous recevoir dans le salon, annonça-t-il.

Il ressemblait beaucoup à Jenkins. Pas un mot superflu, inaltérable sérénité, toujours respectueux sans être jamais obséquieux. Emma aurait aimé lui demander de quelle région d'Angleterre il était originaire, mais sachant qu'il jugerait indiscrète une telle question, elle le suivit dans le couloir en silence.

Elle s'apprêtait à gravir l'escalier lorsqu'il s'arrêta, ouvrit la grille d'un ascenseur et s'écarta pour la laisser passer. Un ascenseur dans une maison particulière ? Sa grand-tante était-elle handicapée ? La cabine vibra en atteignant le troisième étage et Emma entra dans un salon merveilleusement meublé. Sans les bruits de la circulation, les coups de klaxon et les sirènes des voitures de police qui montaient de la rue, on aurait pu se croire à Édimbourg.

— Attendez ici, je vous prie, mademoiselle.

Elle resta près de la porte pendant que le majordome traversait la pièce en direction de quatre dames âgées assises autour d'un feu de bûches et dégustant leur thé et leurs *crumpets*, tout en écoutant attentivement une radio qui n'avait jamais hurlé.

Lorsqu'il annonça : « Mademoiselle Emma Barrington », elles se retournèrent toutes ensemble pour regarder dans sa direction. Bien avant qu'elle se lève pour venir l'accueillir, Emma avait deviné laquelle des quatre était la sœur de lord Harvey… Flamboyants cheveux roux, sourire espiègle et allure d'une personne qui n'était manifestement pas née dans le pays.

— Ce ne peut quand même pas être la petite Emma ! déclara la vieille dame avec un soupçon d'accent chantant des Highlands, en quittant ses amies pour rejoindre sa petite-nièce. La dernière fois où je t'ai vue, chère enfant, tu portais une tunique de sport, des socquettes blanches, des chaussures de sport et une crosse de hockey. Je me faisais beaucoup de souci pour les garçonnets qui jouaient dans l'équipe adverse. (Emma sourit, reconnaissant le sens de l'humour de son grand-père.) Et maintenant, regardez-moi ça. Tu es devenue une véritable beauté, continua Phyllis, ce qui fit rougir Emma. Eh bien, quel bon vent t'amène à New York, ma chère petite ?

— Je suis désolée de vous déranger ainsi, grand-tante, commença Emma en regardant nerveusement les trois autres dames.

— Ne t'en fais pas pour elles, chuchota Mme Stuart. Après la déclaration du président, elles ont largement de quoi s'occuper. Bon. Où sont tes bagages ?

— Ma valise est restée à l'hôtel Mayflower.

— Parker, dit Mme Stuart au majordome. Envoyez quelqu'un chercher les affaires de Mlle Emma au Mayflower et ensuite faites préparer la chambre d'amis principale, étant donné que j'ai le sentiment que ma petite-nièce va rester chez nous un bon bout de temps, après ce qu'on a appris aujourd'hui.

Le majordome s'éclipsa sans bruit.

— Mais, grand-tante...

— Il n'y a pas de « mais » qui tienne, répondit-elle en levant la main. Et j'insiste pour que tu cesses de m'appeler grand-tante, ça me donne l'impression d'être une vieille baderne. Il est certes tout à fait possible que je sois une vieille baderne, mais je n'ai pas envie qu'on me le rappelle constamment. Par conséquent, appelle-moi Phyllis.

— Merci, grand-tante Phyllis.

— Ah, j'adore les Anglais ! s'esclaffa Phyllis. Bien. À présent, viens saluer mes amies. Rencontrer une jeune femme aussi indépendante, aussi diablement moderne, va les subjuguer !

*

* *

« Un bout de temps » signifia en fait plus d'un an, et plus les jours passaient, plus Sebastian manquait à Emma. Elle ne pouvait malheureusement suivre l'évolution de son fils que par les lettres de sa mère et, de temps en temps, de Grace. Elle pleura en apprenant la mort de son grand-père, ayant cru qu'il vivrait éternellement. Elle évita de se demander qui allait reprendre l'entreprise, supposant que son père n'aurait pas le front de reparaître à Bristol.

Si elle avait été sa mère, Phyllis n'aurait pu en faire davantage pour que sa petite-nièce se sente comme chez elle. Emma se rendit vite compte que sa grand-tante était une vraie Harvey, excessivement généreuse, et la page où figuraient les mots « impossible », « improbable » et « impraticable » avait dû être arrachée de son dictionnaire lorsqu'elle était encore enfant. La chambre d'amis principale, comme l'appelait Phyllis, était une suite donnant sur Central Park, une agréable surprise pour Emma après sa chambre exiguë du Mayflower.

Elle fut à nouveau surprise lorsqu'elle descendit dîner le premier soir et trouva sa grand-tante, vêtue d'une robe écarlate, en train de boire un verre de whisky et de fumer à l'aide d'un long fume-cigarette. Elle sourit en pensant que Phyllis l'avait décrite comme une femme moderne.

— Alistair, mon fils, va dîner avec nous, annonça-t-elle avant que Parker n'ait eu le temps de servir à Emma un verre de « Crème de Bristol » Harvey. Il est avocat et célibataire, ajouta-t-elle, deux handicaps qu'il n'a guère de chances de pouvoir surmonter. Mais il est parfois amusant, quoique un rien pince-sans-rire.

Le cousin Alistair arriva peu après, en smoking pour un simple dîner avec sa mère, représentant ainsi la tradition britannique à l'étranger.

Elle devina qu'il devait avoir la cinquantaine, et un bon tailleur avait réussi à dissimuler un surpoids de quelques kilos. S'il était bien un rien pince-sans-rire, il était en tout cas incontestablement intelligent, drôle et très bien informé, même s'il s'étendait un peu trop sur le dossier dont il s'occupait à ce moment-là. Emma ne fut pas étonnée lorsque Phyllis lui apprit fièrement pendant le dîner que, depuis la mort de son mari, Alistair était le plus jeune associé du cabinet juridique où il travaillait. Emma supposa que Phyllis connaissait la raison pour laquelle il n'était pas marié.

Elle ne savait pas si c'était grâce aux mets délicats, à l'excellent vin ou simplement à l'hospitalité américaine qu'elle se détendit au point de leur raconter tout ce qui lui était arrivé depuis le jour où grand-tante Phyllis l'avait vue sur un terrain de hockey à Red Maids, le collège de filles de Bristol.

Lorsqu'elle leur expliqua finalement pourquoi, malgré le danger, elle avait traversé l'Atlantique, ils la regardèrent tous les deux comme si c'était une extraterrestre.

Une fois qu'Alistair eut dévoré le dernier morceau de sa tarte aux fruits et commencé à siroter son grand verre de brandy, il consacra la demi-heure suivante à faire subir un interrogatoire à leur invitée surprise, comme s'il était l'avocat de la partie adverse et elle un témoin à charge.

— Eh bien, mère, déclara-t-il en repliant sa serviette, ce dossier a l'air bien plus prometteur que Amalgamated Wire contre New York Electric, et il me tarde de croiser le fer avec Sefton Jelks.

— À quoi cela sert-il de perdre notre temps avec Jelks, dit Emma, alors qu'il est bien plus important de retrouver Harry et de laver sa réputation ?

— Je suis absolument d'accord avec vous. Mais j'ai le sentiment que les deux choses sont liées.

Il prit l'exemplaire d'Emma du *Journal d'un prisonnier* mais ne l'ouvrit pas, se contentant d'en étudier le dos.

— Qui est l'éditeur ? s'enquit Phyllis.

— Viking Press, dit Alistair, en ôtant ses lunettes.

— Harold Guinzburg. Rien que ça…

— Tu penses que Max Lloyd et lui sont de mèche dans cette escroquerie ? demanda Alistair à sa mère.

— Sûrement pas. Ton père m'a un jour raconté qu'il avait affronté Guinzburg au tribunal. Il m'a affirmé que, si c'était un redoutable adversaire, il n'était pas homme à contourner la loi et encore moins à l'enfreindre.

— Dans ce cas, le sort nous est favorable, car alors il ne sera guère ravi de découvrir ce qu'on a fait en son nom. De toute façon, je vais devoir lire le livre avant de prendre rendez-vous avec l'éditeur. (Il sourit à Emma, assise de l'autre côté de la table.) Il me tarde de savoir ce que M. Guinzburg pense de vous, ma jeune dame.

— Quant à moi, intervint Phyllis, il me tarde tout autant de savoir ce qu'Emma pense de Harold Guinzburg.

— Touché, mère, concéda-t-il.

Une fois que Parker eut servi à Alistair un second verre de brandy et rallumé son cigare, Emma osa lui demander si, à son avis, elle avait quelque chance de pouvoir rendre visite à Harry à Lavenham.

— Dès demain, je soumettrai une demande de votre part, lui promit-il entre deux bouffées de fumée. On verra si je peux faire un peu mieux que votre serviable inspecteur.

— Mon serviable inspecteur ?

— Inhabituellement serviable. Je suis stupéfait que, lorsqu'il a appris que Jelks était impliqué dans le dossier, l'inspecteur Kolowski ait consenti à vous recevoir.

— Moi, je ne suis pas du tout surprise qu'il ait été serviable, dit Phyllis en faisant un clin d'œil à Emma.

32

— Et vous affirmez que c'est votre mari qui a écrit ce livre ?

— Non, monsieur Guinzburg, répondit Emma. Harry Clifton et moi ne sommes pas mariés, même si je suis la mère de son enfant. Mais, oui, c'est vraiment Harry qui a écrit *Le Journal d'un prisonnier* durant son incarcération à Lavenham.

Harold Guinzburg enleva ses petites lunettes et regarda de plus près la jeune femme assise de l'autre côté de son bureau.

— J'ai du mal à croire vos affirmations, dit-il, et je dois attirer votre attention sur le fait que le journal a été entièrement écrit de la main de M. Lloyd.

— Il a recopié le manuscrit de Harry mot pour mot.

— Pour que ce soit possible, M. Lloyd doit avoir partagé la cellule de Tom Bradshaw, ce qui n'est pas difficile à vérifier.

— À moins qu'ils aient travaillé tous les deux à la bibliothèque, suggéra Alistair.

— Si vous êtes capable d'en apporter la preuve, cela placerait ma maison d'édition, c'est-à-dire moi-même, dans une position inconfortable et, par conséquent, j'aurais intérêt à consulter un avocat.

— Nous souhaitons préciser tout de suite, intervint Alistair, qui était assis à la droite d'Emma, que nous sommes venus vous voir de bonne foi car nous avons pensé que vous aimeriez connaître la version de ma cousine.

— C'est la seule raison pour laquelle j'ai accepté de vous recevoir, dit Guinzburg, car j'étais un grand admirateur de feu votre père.

— Je ne savais pas que vous le connaissiez, s'étonna Alistair.

— Non, je ne le connaissais pas. Il a défendu la partie adverse dans un procès où était impliquée ma société, et j'ai quitté le tribunal en regrettant qu'il n'ait pas été notre avocat. Quoi qu'il en soit, si je dois me fier à la version de votre cousine, j'espère que cela ne vous gênera pas que je lui pose une ou deux questions.

— Je serais ravie de répondre à toutes vos questions, monsieur Guinzburg, répondit Emma. Puis-je vous demander, cependant, si vous avez lu le livre de Harry ?

— J'ai pour principe de lire tous les livres que nous publions, mademoiselle Barrington. Je ne prétendrai pas qu'ils me plaisent tous ni même que je les finis tous, mais en ce qui concerne *Le Journal d'un prisonnier*, dès la fin du premier chapitre, j'ai su que ce serait un best-seller. J'ai également inscrit quelque chose dans la marge de la page 211. (Il prit le livre et le feuilleta rapidement, avant de commencer à lire à haute voix.) « J'ai toujours voulu être écrivain et je travaille en ce moment à l'ébauche du premier volume d'une série de romans policiers se passant à Bristol. »

— Bristol, l'interrompit Emma. Comment Max Lloyd pourrait-il seulement connaître Bristol ?

— Il y a un Bristol dans l'Illinois, État dont il est originaire, mademoiselle Barrington, comme Max me l'a fait remarquer quand je lui ai indiqué que cela m'intéresserait de lire le premier volume.

— Vous n'en aurez jamais l'occasion, le prévint-elle.

— Il m'a déjà présenté les premiers chapitres d'*Erreur d'identité*, et je dois reconnaître que ce n'est pas mal du tout.

— Ces chapitres sont-ils écrits dans le même style que le journal ?

— Oui. Et avant que vous me posiez la question, mademoiselle Barrington, c'est également la même écriture. Suggérez-vous qu'ils ont été recopiés, eux aussi ?

— Puisqu'il a réussi son coup une première fois, pourquoi ne recommencerait-il pas ?

— Mais avez-vous une preuve incontestable que M. Lloyd n'a pas écrit *Le Journal d'un prisonnier* ? demanda M. Guinzburg, désormais un rien agacé.

— Oui, monsieur. Je suis l'Emma du récit.

— Si c'est le cas, mademoiselle Barrington, je suis d'accord avec l'auteur lorsqu'il dit que vous êtes très belle. Et vous avez déjà prouvé que vous avez l'esprit vif et combatif, pour le citer.

Elle sourit.

— Et vous êtes un vieux flatteur, monsieur Guinzburg.

— Tout à fait comme il l'a dit : douée d'un esprit vif et combatif, répéta-t-il en replaçant ses bésicles sur son nez. Je doute, néanmoins, que votre cause soit défendable devant un tribunal. Sefton Jelks pourrait faire témoigner une dizaine d'Emma qui jureraient leurs grands dieux qu'elles connaissent Lloyd depuis toujours. J'ai besoin de quelque chose de plus solide.

— Ne trouvez-vous pas, monsieur Guinzburg, que c'est une extraordinaire coïncidence que le journal commence justement le jour de l'arrivée de Thomas Bradshaw à Lavenham ?

— M. Lloyd a expliqué qu'il n'a commencé à rédiger son journal qu'après être devenu le bibliothécaire de la prison, car il avait alors davantage de temps libre.

— Comment expliquez-vous qu'il ne fait aucune allusion à sa dernière nuit passée en prison ni au matin de sa libération ? Il prend seulement son petit déjeuner au réfectoire et se rend à la bibliothèque pour commencer une nouvelle journée de travail.

— Et quelles conclusions en tirez-vous ? demanda l'éditeur en la regardant fixement par-dessus ses lunettes.

— La personne qui a rédigé ce journal, qui qu'elle soit, se trouve toujours à Lavenham et est sans doute en train d'écrire la suite.

— Vous ne devriez avoir aucun mal à le vérifier, dit-il en arquant un sourcil.

— Tout à fait d'accord, intervint Alistair. J'ai déposé une demande de visite pour raisons familiales et j'attends que le directeur de Lavenham autorise Mlle Barrington à aller voir Bradshaw.

— Mademoiselle Barrington, me permettez-vous de vous poser un certain nombre d'autres questions afin de dissiper tous les doutes ? s'enquit Guinzburg.

— Oui. Bien sûr.

Le vieil homme sourit, tira sur son gilet, releva ses lunettes et étudia une liste de questions sur un bloc-notes.

— Qui est le capitaine Jack Tarrant, appelé parfois « le vieux Jack » ?

— Le plus vieil ami de mon grand-père. Ils ont combattu côte à côte pendant la guerre des Boers.

— Lequel de vos grands-pères ?

— Sir Walter Barrington.

L'éditeur opina de la tête.

— À vos yeux, M. Tarrant était-il un homme honorable ?

— Comme la femme de César, il était au-dessus de tout reproche. C'est certainement la personne qui a eu la plus grande influence sur la vie de Harry.

— Mais n'est-ce pas à cause de lui que vous et Harry n'êtes pas mariés ?

— Cette question n'est-elle pas hors sujet ? intervint Alistair.

— On va vite le savoir, à mon avis, répliqua Guinzburg, sans quitter Emma des yeux.

— Jack a cru faire son devoir en prévenant le pasteur qu'il se pouvait que mon père, Hugo Barrington, soit aussi le père de Harry, expliqua-t-elle d'une voix brisée.

— Était-ce nécessaire de poser cette question, monsieur Guinzburg ? s'écria Alistair d'un ton sec.

— Oh, oui ! rétorqua l'éditeur en prenant sur son bureau l'exemplaire du *Journal d'un prisonnier*. Je suis à présent convaincu que l'auteur de ce livre est Harry Clifton et non pas Max Lloyd.

Emma sourit.

— Merci, dit-elle. Même si je ne sais pas ce que je peux faire à ce sujet.

— Moi, je sais exactement ce que je vais faire, affirma Guinzburg. Je vais commencer par publier une édition révisée, aussi vite que les presses peuvent l'imprimer, avec deux importantes modifications. Le nom de Harry Clifton va remplacer celui de Max Lloyd sur la couverture et sa photo figurera au dos du livre, si vous en avez une.

— J'en ai plusieurs, répondit-elle. Y compris celle qui a été prise à bord du *Kansas Star*, au moment où le paquebot entrait dans le port de New York.

— Et cela expliquerait également… commença Guinzburg.

— Mais dans ce cas, l'interrompit Alistair, cela va déclencher un terrible scandale. Jelks va déposer plainte pour diffamation de la part de son client et réclamer des dommages et intérêts.

— Espérons-le ! répliqua l'éditeur. Car alors le livre redeviendra numéro un sur la liste des meilleures ventes et gardera cette place pendant plusieurs mois. Au contraire, s'il ne fait rien, comme je le suppose, cela montrera qu'il croit être la seule personne à avoir lu le cahier manquant où Harry explique comment il s'est retrouvé à Lavenham.

— Je savais bien qu'il y en avait un autre, dit Emma.

— C'est certain. Et c'est votre allusion au *Kansas Star* qui m'a fait comprendre que le manuscrit que M. Lloyd m'a présenté comme les premiers chapitres d'*Erreur d'identité* n'est rien d'autre que le récit de ce qui est arrivé à Harry Clifton avant d'être déclaré coupable d'un crime qu'il n'a pas commis.

— Pourrais-je le lire ? demanda Emma.

*

* *

Dès qu'Emma entra dans le bureau d'Alistair, elle comprit que quelque chose avait mal tourné. L'accueil chaleureux habituel et le charmant sourire avaient été remplacés par un air soucieux.

— On ne m'autorise pas à voir Harry, dit-elle.

— En effet. Ta demande a été rejetée.

— Mais pourquoi ? Tu m'avais dit que j'en avais tout à fait le droit.

— J'ai téléphoné au directeur de la prison tout à l'heure et je lui ai posé la même question.

— Et quelle raison t'a-t-il donnée ?

— Tu peux l'entendre toi-même, parce que j'ai enregistré la conversation. Ouvre bien tes oreilles, car sa réponse nous fournit trois indices importants.

Sur ce, il se pencha en avant et appuya sur le bouton de son magnétophone. Deux bobines commencèrent à tourner.

« — Maison d'arrêt de Lavenham.

— J'aimerais parler au directeur.

— De la part de qui ?

— Alistair Stuart. Je suis avocat au barreau de New York. »

Il y eut un silence, puis une autre sonnerie. Un silence plus long suivit avant que le standardiste ne reprenne :

« — Je vous passe le directeur, maître. »

Emma était assise au bord de son siège lorsque la voix du directeur se fit entendre.

« — Bonjour, maître Stuart. Le directeur Swanson, à l'appareil. En quoi puis-je vous être utile ?

— Bonjour, monsieur Swanson. Il y a dix jours, j'ai déposé une demande de la part de ma cliente, Mlle Emma Barrington, qui, pour raisons familiales, souhaite rendre visite le plus tôt possible à un détenu, Thomas Bradshaw. Or je viens de recevoir une lettre émanant de vos bureaux qui m'informe que la demande a été rejetée. Je ne vois pas de motif juridique pour…

— Maître Stuart, on a traité votre demande comme il se doit, mais je n'ai pu accepter votre requête pour la simple raison que M. Bradshaw n'est plus détenu dans mon établissement. »

Suivit un autre long silence, bien qu'Emma ait constaté que la bande magnétique tournait toujours. Puis elle entendit Alistair demander :

« — À quelle maison d'arrêt a-t-il été transféré ?

— Je n'ai pas le droit de le révéler, maître.

— Mais ma cliente a légalement le droit de…

— Le détenu a signé un document dans lequel il renonce à ses droits. Et je serais ravi de vous en envoyer un exemplaire.

— Mais quel intérêt aurait-il à faire ça ? lança Alistair, à tout hasard.

— Je n'ai pas le droit de le révéler, répéta le directeur, sans mordre à l'hameçon.

— Avez-vous le droit de révéler quelque chose sur Thomas Bradshaw ? » s'enquit Alistair en s'efforçant de ne pas montrer son agacement.

Il y eut encore un long silence et, bien que le ruban ait continué à défiler, Emma se demanda si le directeur avait raccroché. Alistair porta son doigt à ses lèvres et soudain la voix de M. Swanson se fit à nouveau entendre.

« — Harry Clifton a été libéré, même s'il continue à purger sa peine. Et j'ai perdu le meilleur bibliothécaire que la prison ait jamais eu. »

La liaison fut interrompue.

Alistair appuya sur le bouton d'arrêt avant de déclarer :

— Le directeur a fait tout ce qui était en son pouvoir pour nous aider.

— En désignant Harry par son nom ?

— Oui. Et en nous faisant savoir qu'il a travaillé encore tout récemment dans la bibliothèque de la prison. Cela explique comment Lloyd a mis la main sur le journal intime.

Emma opina de la tête.

— Tu as dit qu'il y avait trois indices importants. Quel est donc le troisième ?

— Que Harry a été libéré mais qu'il continue à purger sa peine.

— Par conséquent, il doit être détenu dans une autre prison.

— Je ne le crois pas. Maintenant que nous sommes entrés en guerre, je parie que Tom Bradshaw va effectuer le reste de sa peine dans la marine.

— Qu'est-ce qui te fait croire ça ?

— Tout est dans son journal. (Il prit le livre sur son bureau, l'ouvrit à la page marquée par un signet et lut.) « Dès que je rentrerai à Bristol, je m'engagerai dans la marine pour combattre les Allemands. »

— Mais on ne l'a sûrement pas autorisé à rentrer en Angleterre avant qu'il ait purgé sa peine.

— Je n'ai pas dit qu'il s'est engagé dans la marine anglaise.

— Grand Dieu ! s'exclama-t-elle, commençant à comprendre le sens des paroles d'Alistair.

— En tout cas, on sait que Harry est toujours vivant ! s'écria ce dernier d'un ton joyeux.

— Je préférerais qu'il soit toujours en prison.

Hugo Barrington

1942-1943

33

Les funérailles de sir Walter eurent lieu à Sainte-Marie-Redcliffe et l'ancien président de l'entreprise de transport maritime Barrington aurait sans doute été fier de voir l'immense foule qui s'était rassemblée pour écouter l'éloquent panégyrique prononcé par l'évêque de Bristol.

Après l'office, les fidèles firent la queue afin de présenter leurs condoléances à sir Hugo, qui se tenait à côté de sa mère, près du portail nord de l'église. Il put expliquer à ceux qui lui demandaient des nouvelles d'Emma que sa fille était bloquée à New York, bien qu'il n'ait pu leur dire pourquoi elle s'y était rendue, et que son fils Giles, dont il était extrêmement fier, se trouvait dans un camp de prisonniers de guerre à Weinsberg, renseignement que lui avait fourni sa mère la veille.

Pendant l'office, lord et lady Harvey, Élisabeth, l'ex-épouse de Hugo, et leur fille Grace avaient été placés au premier rang, de l'autre côté de l'allée centrale par rapport à Hugo. Tous avaient présenté leurs respects à la veuve éplorée, avant de s'éloigner sans prêter attention à Hugo.

Maisie Clifton s'était assise au fond de l'église, gardant la tête baissée durant tout l'office, et était repartie juste après la dernière bénédiction de l'évêque.

Lorsque Bill Lockwood, le directeur général de l'entreprise Barrington, s'avança pour serrer la main du nouveau président et lui présenter ses condoléances, Hugo se contenta de dire :

— Je vous attendrai dans mon bureau, demain matin, à 9 heures.

M. Lockwood inclina légèrement le buste.

Après l'enterrement, une réception se tint au château Barrington. Hugo se mêla aux invités dont certains n'allaient pas tarder à découvrir qu'ils ne faisaient plus partie du personnel de l'entreprise Barrington. Une fois le dernier invité parti, Hugo monta dans sa chambre et s'habilla pour le dîner.

Il entra dans la salle à manger, sa mère à son bras. Lorsqu'elle se fut assise, il alla s'installer à la place de son père, au haut bout de la table. Pendant le repas, au moment où aucun serviteur n'était présent, il informa sa mère que, malgré les doutes de son père, il s'était amendé. Il lui assura ensuite que la société était entre de bonnes mains et qu'il avait de passionnants projets pour son avenir.

*
* *

À 9 h 23, le lendemain matin, pour la première fois depuis plus de deux ans, Hugo franchit les grilles du chantier naval Barrington au volant de sa Bugatti. Il gara sa voiture à l'emplacement réservé au président de la compagnie, puis gagna l'ancien bureau de son père.

En sortant de l'ascenseur, au quatrième étage, il vit Bill Lockwood faire les cent pas devant son bureau, une chemise rouge sous le bras. Il est vrai qu'Hugo avait bien eu l'intention de le faire attendre.

— Bonjour, Hugo, dit Lockwood en s'approchant.

Hugo passa devant lui sans répondre.

— Bonjour, mademoiselle Potts, dit-il à sa vieille secrétaire comme s'il ne s'était jamais absenté. Lorsque je serai prêt à recevoir M. Lockwood, je vous le ferai savoir, ajouta-t-il avant de se diriger vers son nouveau bureau.

Il s'installa à la table de travail de son père. C'est ainsi qu'il l'appelait toujours intérieurement. Pour combien de temps encore ? Il commença à lire le *Times*. Maintenant que les Américains étaient entrés en guerre, ceux qui croyaient à la victoire des Alliés devenaient de plus en plus nombreux. Il reposa le journal.

— Faites entrer M. Lockwood, mademoiselle Potts.

Le directeur général entra dans le bureau du président, un sourire aux lèvres.

— Ravi de vous revoir, Hugo.

Hugo le regarda fixement.

— « Président », le corrigea-t-il.

— Veuillez m'excuser, président, dit l'homme qui faisait déjà partie du conseil d'administration lorsque Hugo portait encore des culottes courtes.

— J'aimerais que vous me mettiez au courant de l'état des finances de l'entreprise.

— Bien sûr, président.

Il ouvrit la chemise rouge qu'il portait sous le bras. Le président ne l'ayant pas invité à s'asseoir, il resta debout.

— Votre père, commença-t-il, a réussi à guider l'entreprise avec une grande prudence en ces temps troublés. Et, en dépit de plusieurs revers, dus notamment aux constants bombardements nocturnes des docks par les avions allemands au début de la guerre, nous avons réussi à surmonter la tempête grâce aux contrats de l'État. Aussi devrions-nous être en bonne forme à la fin de cette horrible guerre.

— Trêve de bla-bla et venez-en au fait !

— L'année dernière, poursuivit le directeur général en tournant la page, la compagnie a réalisé un bénéfice de trente-sept mille quatre cents livres et dix shillings.

— Chaque shilling compte, pas vrai ?

— C'était la devise de votre père, répondit Lockwood, sans saisir l'ironie.

— Et cette année ?

— Les chiffres du premier semestre suggèrent que nous sommes bien placés pour obtenir les mêmes résultats que l'an passé et peut-être même faire mieux.

Il tourna une autre page.

— En ce moment, combien de sièges sont disponibles au conseil d'administration ? s'enquit Hugo.

Le changement de sujet ayant pris Lockwood de court, il dut tourner plusieurs pages avant de pouvoir répondre.

— Trois. Puisque, malheureusement, lord Harvey, sir Derek Sinclair et le capitaine Havens ont tous démissionné à la mort de votre père.

— Tant mieux ! Cela m'évitera l'ennui d'avoir à les virer.

— Je suppose, président, que vous ne souhaitez pas que je fasse mention de vos sentiments dans le compte rendu de notre réunion.

— À votre guise ! Je m'en fiche comme de l'an quarante.

Le directeur inclina la tête.

— Quand devez-vous prendre votre retraite ? demanda alors Hugo.

— J'aurai soixante ans dans deux mois. Mais, président, si vous pensiez que, vu les circonstances…

— Quelles circonstances ?

— Étant donné que vous venez à peine de mettre les pieds sous la table, pour ainsi dire, je pourrais me laisser convaincre de rester deux ans de plus.

— C'est fort aimable de votre part. (Le directeur général sourit pour la deuxième fois, ce matin-là.) Mais, je vous en prie, ne dérangez pas vos projets pour moi. Deux mois me conviendront parfaitement… Bon. Quel est le plus grand défi que nous devons relever en ce moment ?

— Nous avons répondu à un appel d'offres du gouvernement. Il s'agit d'un gros contrat pour louer notre flotte marchande à la marine royale, expliqua Lockwood une fois qu'il eut repris ses esprits. Nous ne sommes pas les favoris, mais il me semble que votre père a fait bonne impression lorsque les inspecteurs sont venus visiter l'entreprise cette année. Aussi devrions-nous être pris très au sérieux.

— Quand serons-nous fixés ?

— Je crains que nous devions patienter. Les fonctionnaires ne sont guère des bolides, répondit-il en riant de sa propre plaisanterie. J'ai également préparé plusieurs rapports afin que vous connaissiez bien les dossiers avant d'assumer la présidence de la première séance du conseil d'administration.

— À l'avenir, je n'ai pas l'intention de convoquer très souvent le conseil. Je pense qu'il faut agir en chef, prendre des décisions et s'y tenir. Mais vous pouvez confier vos dossiers à ma secrétaire et j'y jetterai un œil quand j'aurai le temps.

— À vos ordres, président.

Quelques instants après le départ de Lockwood, Hugo se leva lui aussi.

— Je vais à la banque, dit-il en passant devant le bureau de Mlle Potts.

— Voulez-vous que j'appelle M. Prendergast pour lui annoncer votre visite ? demanda-t-elle en se précipitant derrière lui dans le couloir.

— Sûrement pas ! Je veux le prendre par surprise.

— Sir Hugo, y a-t-il quelque chose que vous voudriez que je fasse avant votre retour ? s'enquit-elle tandis qu'il entrait dans l'ascenseur.

— Oui. Faites changer le nom sur ma porte avant mon retour.

Elle se retourna et lut sur la porte du bureau, inscrit en lettres d'or : *Sir Walter Barrington, président.*

La porte de l'ascenseur se referma.

Tout en roulant vers le centre de Bristol, Hugo se dit que ses premières heures en tant que président de l'entreprise n'auraient pu mieux se passer. Finalement, tout allait bien dans le meilleur des mondes. Il gara sa Bugatti devant la National Provincial Bank, sur Corn Street, se pencha et ramassa le paquet qu'il avait laissé sous le siège du passager.

Il entra dans la banque, passa devant le comptoir de la réception et gagna directement le bureau du directeur. Il donna un petit coup sur la porte avant d'entrer, sans attendre la réponse. Stupéfait, M. Prendergast se mit sur pied d'un bond tandis que Hugo posait une boîte à chaussures sur la table de travail et s'affalait dans le fauteuil du visiteur.

— J'espère que je n'interromps rien d'important, dit Hugo.

— Bien sûr que non, sir Hugo, assura Prendergast en fixant la boîte à chaussures. Pour vous, je suis toujours disponible.

— Content de l'apprendre, Prendergast. Et si vous commenciez par me donner des nouvelles de Broad Street ?

Le directeur traversa vivement la pièce, ouvrit le tiroir d'un secrétaire et en tira un épais dossier, qu'il plaça sur le bureau. Il chercha parmi les divers documents, puis finit par déclarer :

— Ah, oui ! Voici ce que je cherchais.

Hugo tapotait le bras de son fauteuil d'un geste impatient.

— Sur les vingt-deux affaires qui ont cessé leur activité depuis le début des bombardements, reprit le directeur, dix-sept ont déjà accepté votre offre de deux cents livres ou moins pour l'achat de leur propriété foncière à perpétuité. Il s'agit de Roland, le fleuriste, Bates, le boucher, Makepeace…

— Et Mme Clifton ? A-t-elle accepté ma proposition ?

— Je crains que non, sir Hugo. Mme Clifton a indiqué qu'elle ne vendrait pas à moins de quatre cents livres et elle vous a seulement donné jusqu'à vendredi pour accepter son offre.

— Vraiment ? Eh bien, qu'elle aille se faire voir ! Dites-lui que c'est à prendre ou à laisser. Comme cette bonne femme n'a jamais eu un sou vaillant, je suis certain qu'elle ne va pas tarder à se raviser.

Prendergast fit entendre une petite toux, dont Hugo se souvenait parfaitement.

— Si vous parvenez à acheter tous les terrains de Broad Street, sauf celui de Mme Clifton, quatre cents livres peuvent être un prix tout à fait raisonnable.

— C'est du bluff. Il nous suffit de patienter.

— Si vous le dites…

— Je le dis. De toute façon, je connais l'homme capable de persuader Clifton qu'elle aurait intérêt à accepter les deux cents livres.

Le directeur n'avait pas l'air convaincu, mais il se contenta de demander :

— Puis-je faire quelque chose d'autre pour vous ?

— En effet, répondit Hugo en soulevant le couvercle de la boîte à chaussures. Vous pouvez déposer cet argent sur mon compte personnel et me délivrer un nouveau carnet de chèques.

— Bien sûr, sir Hugo, répondit Prendergast en plongeant son regard dans la boîte. Je vais compter la somme et vous remettre un reçu, ainsi qu'un carnet de chèques.

— Je vais devoir faire un retrait immédiat car j'ai une Lagonda V12 en ligne de mire.

— La gagnante des vingt-quatre heures du Mans, commenta le directeur. Il est vrai que vous avez toujours été pionnier en ce domaine.

Hugo sourit et se leva.

— Appelez-moi dès que Mme Clifton aura compris qu'elle recevra deux cents livres et pas un penny de plus.

*
* *

— Employons-nous toujours Stan Tancock, mademoiselle Potts ? demanda Hugo en rentrant dans son bureau à grands pas.

— Oui, sir Hugo, répondit la secrétaire en le suivant. Il travaille à l'entrepôt comme chargeur.

— Je veux le voir sur-le-champ ! lança-t-il en s'affalant dans son fauteuil.

Mlle Potts ressortit vivement de la pièce.

Il fixa les dossiers posés sur son bureau, qu'il était censé avoir lus avant la prochaine réunion du conseil d'administration. Il ouvrit la couverture du premier de la pile. Il s'agissait de la liste des exigences des syndicats, suite à la dernière réunion avec la direction. Il en était à la quatrième, à savoir deux semaines de congé payé annuel, quand on frappa un petit coup à la porte.

— Tancock est là, président.

— Merci, mademoiselle Potts. Faites-le entrer.

Tancock entra, ôta sa casquette en toile et se tint devant le bureau.

— Vous voulez me voir, chef ? demanda-t-il l'air un peu inquiet.

Hugo leva les yeux vers le débardeur trapu, mal rasé et dont la bedaine ne laissait guère de doute sur la façon dont il dépensait la plus grande partie de sa paye, le vendredi soir.

— J'ai un boulot pour toi, Tancock.

— Oui, chef, dit-il, en se déridant.

— Il s'agit de ta sœur, Maisie Clifton, et du terrain qu'elle possède à Broad Street, à l'endroit où se trouvait jadis le salon de thé Chez Tilly. Sais-tu ce qu'il en est, au juste ?

— Pour sûr, chef. Un coco lui en a proposé deux cents livres.

— C'est vrai ? fit Hugo en tirant son portefeuille d'une poche intérieure.

Il en sortit un billet de cinq livres tout neuf et le posa sur le bureau. Il se rappela le même mouvement de la langue sur les lèvres et les mêmes petits yeux porcins, la dernière fois où il avait soudoyé cet homme.

— Je veux que tu fasses en sorte, Tancock, reprit-il, que ta sœur accepte cette proposition, sans lui dire que je suis impliqué dans l'affaire.

Il poussa le billet de cinq livres sur le bureau.

— Pas de problème, répondit Stan, qui ne regardait plus le président mais seulement le billet.

— Tu en recevras un autre, promit Hugo en tapotant son portefeuille, le jour où elle signera le contrat de vente.

— C'est comme si c'était fait, chef.

— J'ai été désolé d'apprendre ce qui est arrivé à ton neveu.

— Ça me fait ni chaud ni froid. L'avait trop pris la grosse tête, m'est avis.

— Mort en haute mer, il paraît.

— Ouais. Y a plus de deux ans.

— Comment l'avez-vous appris ?

— Le toubib du bord est venu rendre visite à ma frangine, voilà comment.

— A-t-il pu confirmer que le jeune Clifton a disparu en haute mer ?

— Pour sûr. L'a même apporté une lettre d'un copain qu'était sur le bateau à la mort d'Harry.

— Une lettre ? fit Hugo, en se penchant en avant. Et que disait-elle, cette lettre ?

— Aucune idée, chef. Maisie l'a jamais ouverte.

— Et qu'a-t-elle fait de cette lettre ?

— L'est toujours sur la cheminée.

Hugo sortit un deuxième billet de cinq livres.

— J'aimerais voir cette lettre.

34

Au volant de sa nouvelle Lagonda, il freina brusquement quand il entendit un petit vendeur de journaux, posté au coin d'une rue, hurler son nom. « Le fils de sir Hugo Barrington, décoré pour bravoure à Tobrouk. Pour tout savoir, lisez l'article ! »

Hugo sortit d'un bond du véhicule, donna un demi-penny au petit vendeur et regarda la photo de son fils, prise lorsqu'il était élève major au lycée de Bristol, qui figurait en bonne place en première page. Il remonta en voiture, coupa le contact et lut l'article :

> « Le sous-lieutenant Giles Barrington, du 1er bataillon du Wessex, a reçu la croix de guerre après une action d'éclat à Tobrouk. Le lieutenant Barrington a mené un peloton sur quatre-vingts mètres non protégés dans le désert, tuant un officier et cinq autres soldats allemands, avant de s'emparer d'un abri ennemi et de capturer soixante-trois fantassins allemands de l'Afrikakorps, le corps d'élite de Rommel. Le lieutenant-colonel Robertson du Wessex a indiqué que, par cette action, vu le déséquilibre des forces en présence, le lieutenant

Barrington a fait preuve d'abné-gation et d'un remarquable esprit de commandement.

Le capitaine Alex Fisher, le chef du peloton du lieutenant Barrington, ancien élève de Saint-Bède lui aussi, a également été cité à l'ordre du jour, tout comme le caporal Terry Bates, boucher de Broad Street. Le lieutenant Giles Barrington, croix de guerre, a ensuite été capturé par les Allemands lorsque Rommel a mis à sac Tobrouk. Ni Barrington ni Bates ne savent qu'ils ont été récompensés pour leur bravoure, étant donné qu'ils sont tous les deux prisonniers de guerre en Allemagne. Le capitaine Fisher a été porté disparu au cours des combats. Lire la suite pages 6 et 7. »

Hugo regagna le château à vive allure pour rapporter la nouvelle à sa mère.

— Walter aurait été fier ! dit-elle après avoir lu l'article. Il faut que j'appelle tout de suite Élisabeth, au cas où elle ne serait pas au courant.

Voilà longtemps qu'on n'avait pas prononcé le nom de son ancienne épouse devant lui.

*

* *

— Cela vous intéressera sans doute de savoir que Mme Clifton porte une bague de fiançailles, lui dit Mitchell.

— Qui voudrait épouser cette garce ?

— Un certain M. Arnold Holcombe, semble-t-il.

— Qui est-ce ?

— Un instituteur. Il enseigne l'anglais à l'école primaire Merrywood. En fait, Harry Clifton était son élève avant d'aller à Saint-Bède.

— Mais il y a des années de ça ! Comment se fait-il que vous n'ayez jamais mentionné son nom ?

— Ils viennent de se retrouver. Lorsque Mme Clifton a commencé à suivre des cours du soir.

— Des cours du soir ?

— C'est ça. Elle apprend à lire et écrire. Telle mère, tel fils.

— Que voulez-vous dire ?

— Elle est sortie première à l'examen final de sa classe.

— Pas possible ! Peut-être devrais-je rendre visite à M. Holcombe pour le mettre au courant des agissements de sa fiancée durant les années où ils ne se sont pas vus.

— Peut-être devrais-je vous prévenir que M. Holcombe faisait partie de l'équipe de boxe de l'université de Bristol, comme Stan Tancock l'a appris à ses dépens.

— Je sais me défendre. Entre-temps, je veux que vous gardiez à l'œil une autre femme qui risque d'être tout aussi dangereuse pour mon avenir que Maisie Clifton.

Mitchell prit un carnet de notes et un crayon minuscules dans une poche intérieure.

— Elle s'appelle Olga Piotrovska, poursuivit Hugo, et habite Londres, au 42 Lowndes Square. Je dois savoir avec qui elle entre en contact, notamment au cas où elle serait interrogée par certains de vos anciens collègues. N'omettez aucun détail, même s'ils vous paraissent totalement insignifiants ou déplaisants.

Le carnet et le crayon disparurent dès que Hugo eut fini de parler. Celui-ci remit une enveloppe au détective, signe que l'entretien était terminé. Mitchell glissa ses émoluments dans la poche de sa veste, se leva et s'en alla en boitillant.

*
* *

Hugo fut étonné de se lasser aussi vite de son travail de président de l'entreprise Barrington. Il fallait assister à des quantités de réunions, examiner d'innombrables documents, faire circuler des comptes rendus, étudier des rapports et lire des piles de lettres auxquelles il aurait fallu répondre par retour du courrier. En outre, chaque soir avant son départ, Mlle Potts lui remettait une sacoche bourrée de papiers supplémentaires dont il devait prendre connaissance avant de se rasseoir à son bureau dès 8 heures, le lendemain matin.

Il invita trois de ses amis à faire partie du conseil d'administration, notamment Archie Fenwick et Toby Dunstable, dans l'espoir qu'ils allégeraient sa tâche. Or, s'ils ne venaient guère aux réunions, ils s'attendaient toujours à recevoir leurs jetons de présence.

Au fil des semaines, il arriva de plus en plus tard au bureau et, après que Bill Lockwood lui eut rappelé qu'il allait fêter son soixantième anniversaire quelques jours plus tard et qu'il était donc sur le point de prendre sa retraite, Hugo capitula et l'informa qu'il avait décidé qu'il pouvait rester deux ans de plus.

— C'est très aimable à vous de reconsidérer ma situation, président, répliqua Lockwood. Mais, ayant servi la compagnie durant presque quarante ans, je pense qu'il est temps que je cède la place à un homme plus jeune.

Hugo annula son pot de départ à la retraite.

L'homme plus jeune était Ray Compton, l'adjoint de Lockwood, qui, n'étant employé de l'entreprise que depuis quelques mois, n'était pas encore tout à fait opérationnel. Lorsque Hugo présenta les résultats annuels au conseil, il reconnut que la société rentrait tout juste dans ses frais et fut d'accord avec Compton que l'heure était venue de remercier certains des ouvriers avant de se trouver dans l'impossibilité de payer leurs salaires.

Tandis que l'entreprise Barrington périclitait, l'avenir du pays paraissait s'éclaircir.

Lorsque l'armée allemande se retira de Stalingrad, les Anglais commencèrent à croire, pour la première fois, que les Alliés pouvaient gagner la guerre. Peu à peu, le moral de la nation remonta et la confiance en l'avenir revint tandis que, dans tout le pays, théâtres, restaurants et night-clubs rouvraient leurs portes.

Hugo avait envie de regagner la capitale pour retrouver sa vie mondaine, mais d'après les rapports de Mitchell, il était clair que Londres était une ville qu'il avait toujours intérêt à soigneusement éviter.

*
* *

L'année 1943 ne commença pas sous les meilleurs auspices pour l'entreprise Barrington.

Certains contrats furent annulés par des clients qui ne supportaient plus que le président de la compagnie ne se soucie pas de répondre à leurs lettres. Plusieurs créanciers finirent par exiger d'être payés et deux ou trois d'entre eux menacèrent de l'assigner en justice. Puis, un matin, il y eut enfin un rayon de soleil qui annonçait, se dit Hugo, la solution à tous ses problèmes actuels de liquidités.

Ce fut un appel de Prendergast qui lui redonna espoir.

Le directeur de la banque avait été contacté par la United Dominion Real Estate Company, qui paraissait s'intéresser à l'achat des terrains de Broad Street.

— Sir Hugo, je pense qu'il serait sage de ne pas citer le chiffre au téléphone, psalmodia-t-il d'un ton un rien pompeux.

Quarante minutes plus tard, Hugo était assis dans le bureau de Prendergast, et même lui eut le souffle coupé en entendant la somme qu'on était disposé à lui offrir.

— Vingt-quatre mille livres ? répéta-t-il.

— C'est cela. Je suis certain que c'est leur première offre et que je peux les pousser à monter jusqu'à près de trente mille. Étant donné que votre mise initiale a été de moins de trois mille livres, je pense qu'on peut la considérer comme un investissement avisé. Mais il y a un ver dans le fruit.

— Un ver ? répéta Hugo, d'un ton anxieux.

— Alias Mme Clifton. L'offre ne sera valable que si vous êtes propriétaire de tout le site, son terrain y compris.

— Offrez-lui donc huit cents livres ! aboya Hugo.

La petite toux habituelle suivit, même si le directeur ne rappela pas à son client que, si celui-ci avait suivi ses conseils, ils auraient pu conclure le marché avec Mme Clifton pour quatre cents livres plusieurs mois plus tôt. Si jamais elle découvrait la proposition de la United Dominion…

— Dès que j'aurai de ses nouvelles, je vous le ferai savoir, se contenta de répondre Prendergast.

— D'accord. Et tant qu'on y est, j'ai besoin de retirer un peu d'argent de mon compte personnel.

— Désolé, sir Hugo, mais ce compte est, pour le moment, à découvert.

*
* *

Hugo était assis sur le siège avant de sa splendide Lagonda bleu roi lorsque Holcombe poussa la porte de l'école et traversa la cour de récréation. L'instituteur s'arrêta pour parler à un ouvrier qui était en train d'appliquer sur le portail une nouvelle couche de peinture lilas et vert, les couleurs de l'école Merrywood.

— Beau travail, Alf !

— Merci, monsieur Holcombe ! répondit l'homme.

— Mais je compte quand même sur vous pour vous concentrer davantage sur vos verbes… Et tâchez de ne pas être en retard mercredi.

L'ouvrier porta la main à sa casquette.

Holcombe avança sur le trottoir et feignit de ne pas voir Hugo, assis au volant de son auto. Hugo s'autorisa un rictus. Tout le monde regardait avec admiration sa Lagonda V12. Trois gamins qui traînaient sur le trottoir d'en face ne la quittaient pas des yeux depuis une demi-heure.

Hugo descendit de sa voiture et se tint au milieu du trottoir, mais cette fois-ci encore Holcombe l'ignora. À peine avait-il fait un pas de plus que Hugo déclara :

— Pourrais-je vous dire un mot, monsieur Holcombe ? Je m'appelle…

— Je sais très bien qui vous êtes, répliqua l'instituteur en le contournant.

Hugo courut derrière lui.

— Je pensais seulement que vous devriez savoir…

— Savoir quoi ? s'écria Holcombe, s'arrêtant net et se retournant vers lui.

— Comment votre fiancée gagnait sa vie, il n'y a pas si longtemps.

— Elle a été contrainte de se prostituer parce que vous refusiez de payer les droits d'inscription de son… (Il regarda Hugo droit dans les yeux.)… de votre fils, durant ses deux dernières années d'étude au lycée de Bristol.

— Rien ne prouve que Harry Clifton était mon fils, rétorqua Hugo d'un ton de défi.

— C'est suffisamment plausible pour qu'un pasteur s'oppose au mariage de Harry et de votre fille.

— Comment le savez-vous ? Vous n'étiez pas là.

— Et vous, comment le savez-vous ? Vous vous êtes enfui.

— Eh bien, permettez-moi de vous dire une chose que vous ignorez, sans aucun doute. Ce parangon de vertu avec qui vous projetez de passer le reste de votre vie m'a volé un terrain de Broad Street qui m'appartenait.

— Eh bien, permettez-moi de vous dire quelque chose que vous n'ignorez pas. Maisie a remboursé, avec les intérêts, chaque penny de votre emprunt, et vous ne lui avez alors laissé que dix livres, en tout et pour tout.

— Ce terrain vaut à présent quatre cents livres, dit Hugo, qui regretta immédiatement ses paroles, et il m'appartient.

— S'il vous appartenait, vous n'essaieriez pas de l'acheter pour le double.

Hugo était furieux de s'être laissé aller à révéler à quel point le terrain l'intéressait, mais il n'en resta pas là.

— Quand vous faites l'amour avec Maisie Clifton, êtes-vous forcé de payer, monsieur l'instit ? Parce que moi, je l'ai eue à l'œil.

Holcombe leva le poing.

— Allez-y ! Frappez-moi ! le défia Hugo. Contrairement à Stan Tancock, je vous ferai un procès et vous prendrai jusqu'à votre dernier sou.

L'instituteur abaissa son poing et s'éloigna à grands pas, mécontent d'avoir permis à Barrington de le faire sortir de ses gonds.

Hugo sourit, sûr d'avoir donné le coup de grâce au maître d'école.

Faisant demi-tour, il aperçut les gamins ricaner sur le trottoir d'en face. Il est vrai qu'ils n'avaient jamais vu de Lagonda vert et lilas auparavant.

35

La première fois qu'un de ses chèques fut refusé pour non-provision, Hugo se contenta d'attendre quelques jours avant de le représenter. Quand le chèque revint une deuxième fois avec la mention « Retour à l'envoyeur », il accepta l'inévitable.

Les semaines suivantes, il eut recours à divers moyens pour parer à ses problèmes de liquidités.

Il commença par s'emparer des cent livres qui se trouvaient dans le coffre du bureau. Son père pensait qu'il fallait toujours garder une poire pour la soif, mais, en l'occurrence, Hugo traversait une période de grande sécheresse et sir Walter n'avait sûrement jamais dû puiser dans sa réserve pour payer le salaire de sa secrétaire. Une fois que cette source fut elle aussi tarie, il se défit à contrecœur de la Lagonda. Le marchand lui signala poliment que, cette année-là, vert et lilas n'étaient pas les couleurs à la mode et, comme sir Hugo avait besoin d'argent, il ne pouvait lui offrir que la moitié du montant du prix original, la carrosserie allant devoir être décapée et repeinte.

Il tint un mois de plus.

N'ayant plus rien à vendre, il commença à voler sa mère. D'abord, n'importe quelle menue monnaie traînant dans le château, ensuite des pièces dans sa bourse et enfin des billets dans son sac à main.

Peu après, il subtilisa un petit faisan en argent qui, depuis des années, ornait le centre de la table de la salle à manger, puis ce fut le tour de ses parents de s'envoler pour le rejoindre chez le prêteur sur gages le plus proche.

Il passa ensuite aux bijoux de sa mère. Il commença par prendre certains de ceux dont elle ne remarquerait pas tout de suite la disparition. Une broche victorienne et une épingle à chapeau, bientôt suivies d'un collier d'ambre qu'elle portait rarement, ainsi qu'une tiare de diamants qui était dans la famille depuis plus d'un siècle et qui ne servait qu'aux mariages ou pour les grandes occasions. Il ne pensait pas qu'il y aurait beaucoup de cérémonies de ce genre dans un avenir proche.

Finalement, il se tourna vers la collection de tableaux de son père, décrochant tout d'abord un portrait de son grand-père, œuvre de jeunesse de John Singer Sargent, mais pas avant que la gouvernante et la cuisinière, qui n'avaient pas reçu leurs gages depuis trois mois, n'aient rendu leurs tabliers.

Le Constable de son grand-père (*Le Moulin à Dunning Lock*) fut suivi du Turner de son arrière-grand-père (*Cygnes sur l'Avon*), deux tableaux qui étaient la propriété de la famille depuis plus de cent ans.

Il réussit à se convaincre qu'il ne s'agissait pas de vol. Après tout, le testament de son père stipulait : « et la totalité des biens y afférents ».

Ces fonds obtenus de manière irrégulière permirent à l'entreprise de survivre et de n'afficher qu'une petite perte au premier trimestre. En tout cas, sans prendre en compte la démission de trois directeurs de plus et de plusieurs autres cadres supérieurs qui n'avaient pas touché leurs salaires à la fin du mois. Quand on l'interrogeait à ce sujet, il affirmait que la guerre était responsable de ces difficultés passagères. « Votre père n'a jamais eu besoin de se servir de ce prétexte. » Telles furent les paroles d'adieu d'un vieux directeur.

Bientôt, le nombre d'objets d'art à vendre diminua.

Il savait que, s'il mettait en vente le château Barrington et son parc de trente-six hectares, cela annoncerait au monde que l'entreprise qui avait réalisé des bénéfices pendant plus d'un siècle se trouvait au bord de la faillite.

Sa mère continuait à croire Hugo quand il affirmait que les difficultés étaient seulement passagères et que, tôt ou tard, tous les problèmes finiraient par se résoudre. Il en arriva même à s'en convaincre lui-même. Lorsqu'il émit à nouveau des chèques en bois, M. Prendergast lui rappela au téléphone qu'une offre de trois mille cinq cents livres pour ses terrains de Broad Street était toujours d'actualité, ce qui, souligna-t-il, lui laisserait un bénéfice de six cents livres.

— Qu'en est-il des trente mille qu'on m'a promis ? hurla-t-il dans l'appareil.

— Cette proposition est toujours valable, sir Hugo, mais cela reste lié à votre achat du terrain de Mme Clifton.

— Offrez-lui mille livres ! aboya-t-il.

— À votre guise, sir Hugo.

Il raccrocha violemment. Qu'allait-il lui arriver encore ? La sonnerie du téléphone retentit à nouveau.

*

* *

Tapi dans un recoin du Railway Arms, hôtel où il n'était jamais venu auparavant et où il ne reviendrait jamais, Hugo attendait Mitchell, lançant constamment des coups d'œil nerveux à sa montre.

Le détective privé le rejoignit à 11 h 34, quelques minutes seulement après l'arrivée à Temple Meads de l'express en provenance de la gare de Paddington. Mitchell se glissa dans le fauteuil en face de son seul client, bien qu'il n'ait pas reçu la moindre rémunération depuis plusieurs mois.

— Qu'y avait-il de si urgent qui ne pouvait pas attendre ? demanda Hugo, une fois qu'on eut placé un demi de bière devant son interlocuteur.

— Je suis désolé d'avoir à vous informer, monsieur, commença Mitchell après avoir avalé une petite gorgée de sa bière, que la police a arrêté votre ami Toby Dunstable. (Un frisson parcourut le corps de Hugo.) Il a été inculpé du vol des diamants Piotrovska et de plusieurs peintures, y compris un Picasso et un Monet, qu'il a essayé de fourguer à Agnew, le marchand de tableaux de Mayfair.

— Toby saura tenir sa langue.

— Je crains que non, monsieur. Je sais de source sûre qu'il a décidé de collaborer avec la police en échange d'un allègement de peine. Il semble que

Scotland Yard souhaite surtout arrêter le commanditaire du cambriolage.

La mousse disparaissait de la bière de Hugo, tandis qu'il évaluait ce que ces propos signifiaient. Après un long silence, le détective reprit :

— J'ai pensé que vous aimeriez savoir que Mlle Piotrovska a engagé sir Francis Mayhew, avocat de la Couronne, pour la représenter.

— Pourquoi ne laisse-t-elle pas la police s'occuper de l'affaire ?

— Ce n'est pas à propos du vol qu'elle a consulté sir Francis mais sur deux autres sujets.

— Deux autres sujets ?

— C'est ça. On s'apprête à vous assigner en justice pour « violation de promesse de mariage », et Mlle Piotrovska intente également une action pour recherche de paternité en vous désignant comme le père de sa fille.

— Elle ne parviendra jamais à le prouver.

— Parmi les éléments de preuve qui seront présentés au tribunal, il y a le reçu de l'achat d'une bague de fiançailles chez un bijoutier de Burlington Arcade, et sa gouvernante et sa femme de chambre ont signé un document confirmant que vous avez résidé pendant plus d'un an au 42 Lowndes Square.

Pour la première fois en dix ans, Hugo demanda conseil au détective.

— À votre avis, que devrais-je faire ? chuchota-t-il presque.

— À votre place, je quitterais le pays le plus vite possible.

— Combien de temps me reste-t-il, selon vous ?

— Une semaine. Dix jours, tout au plus.

Un serveur apparut à leurs côtés.

— Cela fera un shilling et neuf pence, monsieur.

Comme Hugo ne bougeait pas, Mitchell lui tendit une pièce de deux shillings en lui disant de garder la monnaie.

Une fois que Mitchell fut parti reprendre son train pour Londres, Hugo resta assis quelque temps pour réfléchir aux diverses options possibles. Le serveur vint lui demander s'il voulait un second verre, mais Hugo ne fit même pas l'effort de lui répondre. Il finit par se lever pour sortir.

Il prit le chemin du centre-ville, marchant de plus en plus lentement, jusqu'à ce qu'il ait élaboré un plan d'action. Quelques minutes plus tard, il pénétrait dans la banque d'un pas martial.

— Puis-je vous aider, monsieur ? s'enquit le jeune homme à l'accueil.

Mais Hugo avait déjà parcouru la moitié du couloir avant que l'employé n'ait eu le temps de prévenir le directeur que sir Hugo Barrington se dirigeait vers son bureau.

Si Prendergast n'était plus étonné que sir Hugo trouve parfaitement normal qu'il soit disponible à tout moment, il fut choqué de voir que le président de l'entreprise Barrington n'avait pas pris la peine de se raser ce matin-là.

— J'ai un problème à régler de toute urgence, annonça Hugo en s'affalant dans le fauteuil en face du directeur.

— Bien sûr, sir Hugo. En quoi puis-je vous être utile ?

— Quel prix maximum pourriez-vous obtenir de mes terrains de Broad Street ?

— Pas plus tard que la semaine dernière, ne vous ai-je pas envoyé un mot pour vous faire savoir que Mme Clifton avait rejeté votre dernière proposition ?

— J'en suis parfaitement conscient. Je veux dire : sans le sien.

— Il y a une offre de trois mille cinq cents livres, mais j'ai toutes les raisons de croire que, si vous lui proposiez une somme un peu plus élevée, elle vous laisserait son terrain et l'offre de trente mille livres serait toujours valable.

— Je suis pressé par le temps, répondit Hugo sans autre explication.

— Dans ce cas, j'ai bon espoir d'obtenir de mon client qu'il monte jusqu'à quatre mille, ce qui vous laisserait encore un superbe bénéfice.

— Si j'acceptais cette proposition, il faudrait que vous m'assuriez au moins d'une chose, dit Hugo tandis que M. Prendergast arquait un sourcil. Que votre client n'a rien à voir, n'a jamais eu rien à voir avec Mme Clifton.

— Je peux vous l'assurer, sir Hugo.

— Si votre client me donnait quatre mille livres, combien me resterait-il sur mon compte courant ?

Le directeur ouvrit le dossier de sir Hugo et annonça :

— Huit cent vingt-deux livres et dix shillings, dit-il.

Cette fois-ci, Hugo ne plaisanta pas sur les dix shillings.

— Alors je retire tout de suite huit cents livres en espèces et je vous indiquerai plus tard où envoyer les fonds provenant de la vente.

— Les fonds provenant de la vente ? s'étonna Prendergast.

— C'est exact. J'ai décidé de mettre en vente le château Barrington.

36

Personne ne vit Hugo quitter le château, une valise à la main.

Il était vêtu d'un costume en tweed chaud, d'un épais pardessus, chaussé de solides chaussures marron plus toutes neuves et coiffé d'un chapeau de feutre marron. À première vue, il avait l'air d'un commis voyageur.

Il se dirigea vers l'arrêt d'autobus le plus proche, situé à un peu plus d'un kilomètre et demi, la plus grande partie du trajet s'effectuant sur son propre domaine. Quarante minutes plus tard, il monta dans un car vert, moyen de transport qu'il n'avait jamais encore utilisé. Il voyagea sur la banquette arrière sans quitter des yeux sa valise. Il tendit au poinçonneur un billet de dix shillings alors qu'on ne lui avait demandé que trois pence. Une première erreur s'il souhaitait passer inaperçu.

Ils continuèrent leur route jusqu'à Bristol. Normalement le trajet ne lui aurait pris qu'une douzaine de minutes, mais ce jour-là ils atteignirent la gare routière une heure plus tard. Il ne fut ni le premier ni le dernier passager à descendre du car. Il consulta sa montre : 14 h 38. Il s'était laissé une marge.

Il gravit la côte menant à la gare de Temple Meads. Il n'avait jamais remarqué que la rue était en pente, mais il est vrai qu'il n'avait jamais eu à porter lui-même sa valise. Une fois arrivé à destination, il se joignit à une longue file d'attente et acheta un aller simple en troisième classe jusqu'à Fishguard. Il demanda le numéro du quai d'où partirait son train et, lorsqu'il l'eut trouvé, il alla attendre tout au bout, sous un bec de gaz éteint.

Quand le train entra enfin en gare, il grimpa dedans et choisit un siège au milieu d'un compartiment de troisième classe, qui se remplit rapidement. Il plaça sa valise dans le filet en face de lui et ne la quitta presque jamais du regard. Une femme ouvrit la portière de la voiture et parcourut des yeux le compartiment bondé, mais il ne lui offrit pas sa place.

Lorsque le train quitta la gare, il poussa un soupir de soulagement, enchanté de voir Bristol disparaître au loin. Il se cala sur son siège et réfléchit à la décision qu'il avait prise. À cette heure-là, le lendemain, il serait à Cork. Il ne se sentirait en sécurité qu'au moment où il foulerait le sol irlandais. Mais le train devait arriver à Swansea à l'heure s'il voulait attraper la correspondance pour Fishguard.

Quand le train entra en gare de Swansea, il avait une heure de battement. Le temps de prendre une tasse de thé et un petit pain aux raisins au buffet de la gare. Si ce n'était ni de l'Earl Grey ni du Carwardine, il était trop fatigué pour que ça ait la moindre importance. Dès qu'il eut terminé, il sortit du buffet pour aller attendre sur un autre quai mal éclairé l'arrivée du train pour Fishguard.

Le train avait du retard, mais il était sûr que le ferry n'appareillerait pas avant que tous les passagers soient montés à bord. Après une nuit passée à Cork, il achèterait un billet de bateau, n'importe lequel, en partance pour l'Amérique, où il commencerait une nouvelle vie grâce à l'argent qu'il obtiendrait de la vente du château Barrington.

La vision du domaine ancestral passant sous le marteau du commissaire-priseur lui fit penser à sa mère pour la première fois. Où vivrait-elle quand le château serait vendu ? Elle pourrait toujours habiter au manoir, avec Élisabeth. Après tout, ce n'était pas l'espace qui manquait. Autrement, elle n'aurait qu'à emménager chez les Harvey, qui possédaient trois maisons, sans compter les nombreux pavillons sur leurs domaines.

Il pensa ensuite à l'entreprise de transport maritime Barrington, qui avait été bâtie par deux générations de la famille, tandis que la troisième avait réussi à la mettre à genoux en deux temps trois mouvements.

L'espace d'un instant, il se félicita de ne plus avoir à revoir Olga Piotrovska. Il accorda même une fugace pensée à Toby Dunstable, la cause de tous ses ennuis.

Une vision d'Emma et de Grace s'imposa à lui, mais brièvement. Il n'avait jamais compris à quoi servaient les filles. Puis il songea à Giles, qui l'avait évité à son retour à Bristol, après s'être échappé du camp de prisonniers de guerre de Weinsberg. On lui demandait constamment des nouvelles de son héros de fils et, chaque fois, il devait inventer une nouvelle histoire. Ce ne serait plus nécessaire, parce qu'une fois qu'il serait en Amérique le cordon ombilical serait enfin coupé, quoique, tôt ou tard (et Hugo était bien décidé à ce que ce soit plutôt tard que tôt), Giles dût hériter du titre familial, même si la formule « et la totalité des biens y afférents » n'avait même plus à présent la valeur du papier sur lequel elle était écrite.

Mais, la plupart du temps, il réfléchissait à son propre sort. Ses pensées égoïstes ne s'interrompirent qu'avec l'arrivée du train à Fishguard. Il attendit que tous les voyageurs aient quitté la voiture avant de descendre sa valise du filet et de mettre pied à terre.

Il suivit les instructions du mégaphone : « Autobus à destination du port ! Autobus à destination du port ! » Il y en avait quatre. Il choisit le troisième. Cette fois-ci le trajet fut très court et, malgré le black-out, on ne pouvait rater l'embarcadère. Nouvelle longue file d'attente pour les passagers de troisième classe désirant prendre le ferry en partance pour Cork.

Après avoir acheté un aller simple, il gravit la passerelle, monta sur le pont et trouva un recoin où ne se serait lové aucun chat ayant quelque fierté. Il ne se sentit en sécurité que lorsqu'il entendit les deux coups de la corne de brume et comprit que le bateau, balancé par la petite houle, s'éloignait du quai.

Lorsque le ferry eut quitté le port, il se détendit

pour la première fois. Totalement épuisé, il posa sa tête sur sa valise et plongea dans un profond sommeil.

Il ne savait pas combien de temps il avait dormi quand il sentit qu'on lui donnait un petit coup sur l'épaule. Levant les yeux, il aperçut deux hommes qui le dominaient de toute leur hauteur.

— Sir Hugo Barrington ? s'enquit l'un des deux.

Cela ne servirait pas à grand-chose de nier. Ils le tirèrent par les épaules et lui annoncèrent qu'il était en état d'arrestation. Ils prirent tout leur temps pour lui lire une longue liste de chefs d'accusation.

— Mais je suis en route pour Cork, protesta-t-il. Nous devons, sans aucun doute, avoir franchi la limite des vingt kilomètres.

— Non, monsieur, dit le deuxième inspecteur, vous êtes sur la route du retour à Fishguard.

Plusieurs passagers se penchaient par-dessus le bastingage pour voir de plus près l'homme menotté à qui on faisait redescendre la passerelle et à cause de qui ils avaient été retardés.

On le poussa à l'arrière d'une Wolseley noire et il entama le long voyage en sens inverse pour regagner Bristol.

*

* *

La porte de la cellule s'ouvrit et un homme en uniforme lui apporta un petit déjeuner sur un plateau. Ce n'était pas le genre de petit déjeuner ni le genre de plateau et sûrement pas le genre d'homme en uniforme que sir Hugo avait l'habitude de voir en premier, le matin. Un seul coup d'œil au pain frit et aux tomates nageant dans l'huile suffit à lui faire écarter le plateau. Pendant combien de temps cela ferait-il partie de son régime quotidien ? Le policier revint quelques minutes plus tard, emporta le plateau et claqua la porte.

Lorsque la porte se rouvrit, ce fut pour laisser passer deux inspecteurs qui lui firent monter les marches de pierre en direction du bureau du poste de police. Ben Winshaw, l'avocat de la compagnie de transport maritime Barrington, l'attendait.

— Je suis absolument désolé, président, dit-il.

Hugo secoua la tête, l'air résigné.

— Et maintenant, que va-t-il se passer ? demanda-t-il.

— D'après le commissaire, vous allez être inculpé dans quelques minutes. Vous allez ensuite être emmené au tribunal où vous serez présenté à un magistrat. Il vous suffira de plaider non coupable. Le commissaire a clairement indiqué qu'il s'opposerait à toute demande de mise en liberté sous caution. Il fera remarquer au magistrat que vous avez été arrêté alors que vous tentiez de quitter le pays en possession d'une valise contenant huit cents livres sterling. Je crains que la presse ne s'en donne à cœur joie.

Hugo et son avocat restèrent seuls dans le bureau et attendirent l'arrivée du commissaire. L'avocat prévint Hugo qu'il devait se préparer à passer plusieurs semaines en prison, avant l'ouverture du procès. Il suggéra les noms de quatre avocats de la Couronne qu'on pourrait retenir pour assurer sa défense. Ils venaient de se mettre d'accord pour engager sir Gilbert Gray lorsque la porte s'ouvrit. Un sergent entra dans la pièce.

— Vous êtes libre, monsieur, dit-il, comme si Hugo n'avait commis qu'une petite infraction au code de la route.

Winshaw mit quelque temps à reprendre suffisamment ses esprits pour demander :

— Mon client va-t-il devoir revenir plus tard dans la journée ?

— Pas à ma connaissance, maître.

Hugo ressortit libre du commissariat.

*
* *

Le fait divers n'occupa qu'un petit paragraphe à la page 9 du *Bristol Evening News* :

« L'honorable Toby Dunstable, fils cadet du onzième comte de Dunstable, a succombé à une crise cardiaque, alors qu'il était en garde à vue au commissariat de Wimbledon. »

Ce fut Derek Mitchell qui lui donna de plus amples détails sur l'affaire.

Selon lui, le comte avait rendu visite à son fils dans sa cellule, seulement une heure avant que Toby mette fin à ses jours. Le policier de garde avait entendu des éclats de voix et des propos amers entre le père et le fils ; dans la bouche du comte revenaient constamment les termes « réputation », « honneur de la famille » et « conduite à tenir ». Lors de l'enquête effectuée, deux semaines plus tard, au tribunal d'instance de Wimbledon, le magistrat demanda au policier en question s'il avait vu le comte remettre des cachets à son fils durant sa visite.

— Non, monsieur, répondit-il. Je n'ai rien vu de tel.

« Mort naturelle. » Tel fut le verdict du tribunal royal de Wimbledon, un peu plus tard dans l'après-midi.

37

— Président, M. Prendergast a téléphoné plusieurs fois, ce matin, dit Mlle Potts en suivant sir Hugo dans son bureau, et la dernière fois il a ajouté que c'était très urgent.

Si la secrétaire fut surprise de voir son patron avec une barbe de deux jours et vêtu d'un costume de tweed dans lequel il paraissait avoir dormi, elle ne fit aucune remarque.

La première pensée qui traversa l'esprit de Hugo en apprenant que Prendergast souhaitait lui parler de toute urgence fut que la proposition concernant Broad Street était tombée à l'eau et que la banque allait lui demander de rendre les huit cents livres sur-le-champ. Si c'était le cas, Prendergast se mettait le doigt dans l'œil.

— Et Tancock, poursuivit Mlle Potts en consultant son carnet, affirme avoir des nouvelles qui vous intéresseront.

Hugo garda le silence.

— Mais le plus important, reprit-elle, c'est la lettre que j'ai posée sur votre bureau. J'ai le sentiment que vous voudrez la lire immédiatement.

Il commença à la lire avant même de s'asseoir. Puis il la relut, incapable de croire ce qu'elle disait. Il leva les yeux vers sa secrétaire.

— Mes sincères félicitations, monsieur.

— Appelez Prendergast, aboya-t-il. Ensuite je veux voir le directeur général, suivi de Tancock. Dans cet ordre.

— Oui, président, répondit-elle, avant de quitter vivement le bureau.

Tandis qu'il attendait qu'on lui passe Prendergast au téléphone, il lut pour la troisième fois la lettre du ministre des Transports maritimes.

Cher sir Hugo,

Je suis ravi de vous informer que la compagnie de transport maritime Barrington a obtenu le contrat pour…

Le téléphone sonna.

— M. Prendergast est en ligne, annonça Mlle Potts.

— Bonjour, sir Hugo, dit le directeur de la banque, d'un ton respectueux à nouveau. J'ai pensé que vous aimeriez savoir que Mme Clifton a finalement accepté de vendre son terrain de Broad Street pour la somme de mille livres.

— Mais j'ai déjà signé le contrat de vente de mes autres terrains de la rue pour la somme de quatre mille livres à la United Dominion.

— Et ce contrat est toujours sur mon bureau. Malheureusement pour eux, et heureusement pour vous, ils ne pouvaient pas venir me voir avant 10 heures ce matin.

— Vous avez modifié le contrat ?

— Oui, sir Hugo. Absolument. Bien sûr.

Hugo faillit défaillir.

— La somme est de quarante mille livres.

— Je ne comprends pas.

— Lorsque j'ai pu assurer à la United Dominion que vous étiez devenu propriétaire du lot de Mme Clifton et que vous déteniez les titres de propriété de tous les autres terrains de la rue, ils m'ont rédigé un chèque pour la somme totale.

— Bien joué, Prendergast. Je savais que je pouvais compter sur vous.

— Merci, monsieur. Dès que vous aurez contresigné l'accord de Mme Clifton, je déposerai le chèque de la United Dominion.

Hugo jeta un coup d'œil à sa montre.

— Comme il est déjà 16 heures passées, je viendrai à la banque demain matin, à la première heure.

La petite toux de Prendergast se fit entendre.

— La première heure, sir Hugo, c'est 9 heures. Et puis-je vous demander si vous avez toujours les huit cents livres que je vous ai avancées en espèces hier ?

— En effet. Mais en quoi cela peut-il encore avoir de l'importance ?

— Il me semble prudent, sir Hugo, de donner ses mille livres à Mme Clifton avant de déposer le chèque de quarante mille livres de la United Dominion. Il ne faudrait pas que nous ayons à répondre plus tard à des questions gênantes de la part de la direction centrale.

— Tout à fait, acquiesça Hugo en regardant sa valise, content de ne pas avoir dépensé un seul penny des huit cents livres.

— Je n'ai rien à ajouter, dit Prendergast, si ce n'est mes félicitations pour avoir conclu un excellent contrat.

— Comment êtes-vous au courant du contrat ?

— Je vous demande pardon, sir Hugo ? fit Prendergast, d'un ton un rien perplexe.

— Ah, je croyais que vous faisiez allusion à autre chose. Cela n'a aucune importance, Prendergast. Oubliez ça, ajouta-t-il en raccrochant l'appareil.

Mlle Potts entra dans le bureau.

— Le directeur général est là, président.

— Faites-le entrer immédiatement.

Lorsque Compton entra dans la pièce, Hugo lui demanda :

— Vous connaissez la bonne nouvelle, Ray ?

— En effet, président. Et cela n'aurait pu arriver à un meilleur moment.

— Que voulez-vous dire ?

— Vous devez présenter le bilan annuel à la prochaine séance du conseil d'administration, et, quoiqu'on doive déclarer de lourdes pertes cette année, ce nouveau contrat va nous assurer des bénéfices pour l'année à venir.

— Et pendant cinq années de plus, lui rappela Hugo en agitant triomphalement la lettre du ministre. Préparez donc l'ordre du jour du conseil d'administration, mais ne mentionnez pas la nouvelle du contrat gouvernemental. Je préfère l'annoncer moi-même.

— Comme vous voulez, président. Je vais m'assurer que tous les documents nécessaires se trouvent sur votre bureau avant demain midi, ajouta-t-il avant de ressortir.

Hugo relut pour la quatrième fois la lettre du ministre. « Trente mille livres par an », dit-il à haute voix, au moment où le téléphone sonnait à nouveau.

— Un certain M. Foster, de l'agence immobilière Savills, est en ligne, dit Mlle Potts.

— Passez-le-moi.

— Bonjour, sir Hugo. Je m'appelle Foster et je suis le premier associé de Savills. Il me semble que nous devrions peut-être nous rencontrer pour discuter de vos instructions concernant la vente du château Barrington. Que diriez-vous d'un rapide déjeuner à mon club ?

— Ne prenez pas cette peine, Foster. J'ai changé d'avis. Le château n'est plus à vendre, expliqua-t-il avant de raccrocher.

Il passa le reste de l'après-midi à signer une pile de lettres et de chèques que sa secrétaire avait placés devant lui, et il était un peu plus de 18 heures lorsqu'il revissa enfin le capuchon de son stylo.

Quand Mlle Potts vint ramasser toute la correspondance, Hugo lui dit :

— Je vais recevoir Tancock, à présent.

— Bien, monsieur, dit la secrétaire, d'un ton un rien désapprobateur.

En attendant l'arrivée du docker, il s'agenouilla pour ouvrir sa valise. Il fixa les huit cents livres qui lui auraient permis de vivre en Amérique dans l'attente du produit de la vente du château. À présent, il se servirait de cette même somme pour tirer une fortune de la vente de Broad Street.

Quand on frappa à la porte, il claqua le couvercle de la valise et s'empressa de regagner son bureau.

— Tancock est là, annonça Mlle Potts, avant de refermer la porte derrière elle.

L'air sûr de lui, le docker approcha du bureau du président.

— Alors, quelle est cette nouvelle qui ne peut attendre ? demanda Hugo.

— Je suis venu chercher les cinq autres livres que vous me devez, répliqua-t-il, un éclair de triomphe dans les yeux.

— Je ne te dois rien.

— Mais j'ai convaincu ma frangine de vous vendre le terrain que vous vouliez, pas vrai ?

— Nous étions tombés d'accord sur deux cents livres, et j'ai dû finalement débourser cinq fois plus. Alors, je le répète, je ne te dois rien. Sors de mon bureau et retourne au travail.

Stan resta sur place.

— Et j'ai la lettre que vous m'avez demandée.

— Quelle lettre ?

— La lettre que le toubib du bateau américain a apportée à Maisie.

Il avait complètement oublié la lettre de condoléances du collègue marin de Harry Clifton et il ne voyait pas en quoi elle pourrait avoir la moindre importance à présent que Maisie avait accepté la vente de son lot.

— Je vais t'en donner une livre.

— Vous m'en aviez promis cinq.

— Tu as intérêt à sortir de mon bureau tant que tu as encore ton boulot, Tancock.

— D'accord, d'accord, acquiesça Stan, en faisant machine arrière. Vous pouvez l'avoir pour une livre. Qu'est-ce que ça peut bien me faire ?

Sur ce, il tira une enveloppe froissée de sa poche arrière. Hugo sortit un billet de dix shillings de son portefeuille et le posa sur le bureau devant lui.

Stan ne bougea pas tandis que Hugo rangeait son portefeuille dans une poche intérieure et fixait le docker d'un air de défi.

— Il te faut choisir entre les dix shillings et la lettre. À toi de décider.

Stan s'empara des dix shillings et quitta la pièce en grommelant dans sa barbe.

Hugo plaça l'enveloppe sur le côté, s'appuya au dossier de son fauteuil et réfléchit à la façon dont il allait dépenser une partie des bénéfices tirés de l'affaire de Broad Street. Une fois qu'il serait passé à la banque et qu'il aurait signé tous les documents, il traverserait la rue pour se rendre au garage du marchand de voitures. Il avait repéré une quatre places, deux litres, Aston Martin 1937. Puis, au volant de sa nouvelle automobile, il irait chez son tailleur – il préférait ne pas se rappeler depuis combien de temps il ne s'était pas fait confectionner un costume. Ensuite, après la prise des mesures, déjeuner à son club, au bar duquel il réglerait son ardoise. L'après-midi, il s'occuperait à regarnir le cellier du château Barrington et peut-être irait-il jusqu'à envisager de racheter au prêteur sur gages certains des bijoux qui semblaient énormément manquer à sa mère. Le soir, un petit coup fut frappé à la porte.

— Je m'en vais, annonça Mlle Potts. Je veux aller à la poste avant 19 heures, avant la dernière levée. Avez-vous besoin d'autre chose, monsieur ?

— Non, mademoiselle Potts. Mais il se peut que

j'arrive un peu plus tard demain matin, car j'ai rendez-vous avec M. Prendergast à 9 heures.

— Très bien, président.

Tandis qu'elle refermait la porte derrière elle, les yeux de Hugo se posèrent sur l'enveloppe chiffonnée. Il prit un coupe-papier en argent, décacheta l'enveloppe et en tira un unique feuillet. Ses yeux parcoururent impatiemment la page, à la recherche de passages significatifs.

New York, le 8 septembre 1939

Très chère maman,

… je ne suis pas mort lorsque le Devonian *a été coulé… j'ai été repêché… l'espoir vain que je serai capable de prouver un jour que mon père était bien Arthur Clifton, et non pas Hugo Barrington… je te supplie de garder mon secret aussi jalousement que tu as gardé le tien durant toutes ces années.*

Affectueusement.

Ton fils,

Harry

Le sang de Hugo se glaça. Tous les succès de la journée furent anéantis en un instant. Voilà une lettre qu'il n'avait pas envie de relire et, surtout, qui ne devait pas tomber entre les mains de quelqu'un d'autre.

Il ouvrit le premier tiroir de son bureau et prit une boîte d'allumettes Swan Vestas. Il en craqua une, tint la lettre au-dessus de la corbeille à papier et ne la lâcha pas avant que les fines cendres noires soient réduites en poussière. Il n'avait jamais dépensé aussi judicieusement dix shillings.

Il était sûr d'être le seul à savoir que Clifton était toujours en vie et il avait l'intention de tout faire pour que cela ne change pas. Après tout, si Clifton tenait parole et continuait à se faire passer pour Tom Bradshaw, comment quelqu'un d'autre pourrait-il découvrir la vérité ?

Il faillit soudain défaillir en se rappelant qu'Emma était toujours en Amérique. Avait-elle, d'une façon ou d'une autre, découvert que Clifton était toujours vivant ? Mais comment serait-ce possible si elle n'avait pas lu la lettre ? Il fallait qu'il sache pourquoi elle était partie là-bas.

Il décrocha le téléphone et il était en train de composer le numéro de Mitchell lorsqu'il crut entendre un bruit de pas dans le couloir. Il raccrocha, pensant que c'était le veilleur de nuit qui voulait vérifier pourquoi la lumière du bureau était toujours allumée.

La porte s'ouvrit et ses yeux se posèrent sur une femme qu'il n'avait jamais pensé revoir.

— Comment se fait-il que le vigile à la grille t'ait laissée passer ?

— Je lui ai dit que nous avions rendez-vous avec le président. Entrevue qui n'a que trop tardé.

— « Nous » ?

— Oui. Je t'ai apporté un petit cadeau. Bien qu'on ne puisse donner à quelqu'un quelque chose qui lui appartient déjà. (Elle plaça un panier d'osier sur le bureau, puis, enlevant une fine mousseline, révéla un bébé endormi.) J'ai jugé qu'il était grand temps que tu connaisses ta fille, déclara Olga, en s'écartant pour que Hugo puisse l'admirer.

— Qu'est-ce qui t'a fait penser que je porterais le moindre intérêt à ta bâtarde ?

— Parce qu'elle est aussi la tienne, répliqua-t-elle calmement. Aussi je suppose que tu vas vouloir lui assurer le même départ dans la vie qu'à Emma et Grace.

— Pourquoi cette stupide idée me traverserait-elle l'esprit ?

— Parce que tu m'as saignée à blanc, Hugo, et que c'est à présent ton tour de faire face à tes responsabilités. Tu ne peux pas toujours les fuir impunément.

— La seule chose que j'ai jamais fuie, c'est toi, ricana-t-il. Tu peux foutre le camp et emporter ce panier, parce que je n'ai pas l'intention de lever le petit doigt pour t'aider.

— Alors, peut-être vais-je être contrainte de m'adresser à quelqu'un qui veuille bien lever le petit doigt pour le faire.

— C'est-à-dire ? lança Hugo d'un ton sec.

— Peut-être serait-ce une bonne idée de commencer par ta mère, quoiqu'elle soit sans doute la seule personne qui croie encore un traître mot de ce que tu dis.

Il se leva d'un bond, mais elle resta de marbre.

— Et si je ne parviens pas à la convaincre, reprit-elle, l'étape suivante sera le manoir, où je prendrai le thé avec ton ancienne épouse, et nous parlerons de votre divorce qui a été prononcé longtemps avant qu'on se rencontre, toi et moi.

Il sortit de derrière son bureau. Cela n'empêcha pas la jeune femme de poursuivre :

— Et si Élisabeth n'est pas chez elle, je pourrai toujours me rendre au château de Mulgelrie et présenter à lord et lady Harvey l'un de tes nouveaux rejetons.

— Qu'est-ce qui te fait penser qu'ils te croiront ?

— Qu'est-ce qui te fait penser qu'ils ne me croiront pas ?

Il avança vers elle, ne s'arrêtant que lorsqu'ils furent à quelques centimètres l'un de l'autre. Mais Olga n'avait pas terminé sa déclaration.

— Et, finalement, je me devrai d'aller voir Maisie Clifton, femme que j'admire énormément, parce que si tout ce qu'on m'a dit sur elle…

Il la saisit par les épaules et se mit à la secouer, surpris qu'elle ne fasse aucun effort pour se défendre.

— Écoute-moi bien, sale youpine ! hurla-t-il. Si tu t'avises de seulement suggérer à quiconque que je suis le père de cette enfant, je te rendrai la vie si dure que tu regretteras de ne pas avoir été embarquée par la Gestapo avec tes parents.

— Tu ne m'effraies plus, Hugo, dit-elle, l'air résigné. Je n'ai plus qu'un but dans la vie : m'assurer que tu ne t'en tires pas une deuxième fois.

— Une deuxième fois ?

— Tu crois que je ne suis pas au courant de l'existence de Harry Clifton et qu'il peut prétendre au titre d'héritier de la famille ?

Il la lâcha, recula d'un pas, visiblement secoué.

— Clifton est mort. Disparu en haute mer. Tout le monde le sait.

— Tu sais parfaitement qu'il est toujours vivant, Hugo. Même si tu tiens à ce que personne d'autre ne le sache.

— Mais comment peux-tu donc savoir…

— Parce que j'ai appris à penser comme toi, à me comporter comme toi et, surtout, à agir comme toi. Voilà pourquoi j'ai décidé d'engager mon propre détective privé.

— Mais cela t'aurait pris des années…

— Pas si tu rencontres quelqu'un qui se retrouve au chômage, dont le seul client s'est enfui une deuxième fois et qui n'a pas été payé depuis six mois.

Elle sourit en le voyant serrer les poings, preuve qu'elle avait mis dans le mille. Même quand il leva le bras, elle resta impavide et ne recula pas.

Lorsque le premier coup lui défonça le visage, elle tomba à la renverse, tint son nez cassé, juste au moment où un deuxième coup de poing lui heurtait violemment le ventre, la pliant en deux.

Hugo se redressa en riant tandis qu'elle vacillait d'un côté à l'autre, s'efforçant de rester debout. Il s'apprêtait à la frapper une troisième fois quand, ses jambes ployant sous elle, elle s'effondra par terre, telle une marionnette dont on a coupé les ficelles.

— Tu sais maintenant ce qui t'attend si tu fais la bêtise de me chercher des noises à nouveau, cria Hugo en la dominant de toute sa hauteur. Et si tu ne veux pas renouveler l'expérience, tu as intérêt à ficher le camp d'ici tant que tu en as la possibilité. Et n'oublie pas de ramener cette bâtarde à Londres avec toi.

Elle se redressa péniblement sur les genoux, le sang coulant de son nez. Elle essaya de se remettre debout, mais elle était si faible qu'elle tituba et n'évita de tomber en avant qu'en s'accrochant au bord du bureau. Elle s'immobilisa quelques instants, prit plusieurs profondes inspirations pour tenter de se ressaisir. Lorsqu'elle finit par relever la tête, son attention fut attirée par un objet d'argent effilé qui luisait dans le rond de lumière projetée par la lampe de bureau.

— Tu n'as pas entendu ce que j'ai dit ? beugla Hugo en avançant d'un pas pour l'attraper par les cheveux et lui tirer la tête en arrière.

Rassemblant toutes ses forces, elle lança sa jambe et lui planta le talon de sa chaussure dans l'entrecuisse.

— Salope ! hurla-t-il en lui lâchant les cheveux et en retombant en arrière, ce qui permit à Olga de subtiliser en un clin d'œil le coupe-papier qu'elle dissimula dans la manche de sa robe.

Elle se tourna pour faire face à son bourreau. Dès que Hugo eut repris son souffle, il se dirigea à nouveau vers elle et, tandis qu'il passait à côté d'un guéridon, il s'empara d'un lourd cendrier de verre qu'il souleva très haut au-dessus de sa tête, décidé à lui flanquer un coup dont elle aurait, cette fois-ci, plus de mal à se remettre.

Quand il ne fut qu'à un pas d'elle, elle retroussa sa manche, saisit le coupe-papier à deux mains et dirigea la lame vers le cœur de Hugo. Au moment précis où il allait abattre le cendrier sur le crâne de la jeune femme, il aperçut soudain la lame, essaya de s'en écarter, trébucha, perdit l'équilibre et s'affala lourdement sur elle.

Un court silence s'ensuivit, puis il tomba lentement sur ses genoux en poussant un cri à réveiller les morts. Elle le regarda agripper le manche du coupe-papier, médusée, comme si elle voyait la séquence d'un film passer au ralenti. Cela ne dura sans doute que quelques instants, mais elle eut le sentiment que Hugo mettait une éternité à s'écrouler et à s'affaler par terre, à ses pieds.

Elle fixa la lame du coupe-papier. La pointe ressortait par la nuque et du sang jaillissait en tous sens, telle une bouche d'incendie qui fuit et gicle à tout-va.

— Aide-moi, gémit-il en tentant de lever une main.

Elle s'agenouilla à côté de lui et prit la main de l'homme qu'elle avait jadis aimé.

— Je ne peux rien faire pour toi, mon chéri, lui dit-elle. De toute façon, ç'a toujours été le cas.

Le souffle de Hugo devenait de plus en plus irrégulier, même s'il continuait à lui serrer fortement la main. Elle se pencha près de lui pour être certaine qu'il entendrait chaque mot :

— Il ne te reste que peu de temps à vivre, chuchota-t-elle, et je ne voudrais pas que tu meures avant de connaître les détails du dernier compte rendu de Mitchell.

Il fit un dernier effort pour parler. Ses lèvres bougèrent mais aucune parole n'en sortit.

— Emma a retrouvé Harry, dit-elle, et je sais que tu seras ravi d'apprendre qu'il est vivant et en bonne santé.

Il ne la quitta pas des yeux un seul instant tandis qu'elle se penchait de plus en plus près de lui, jusqu'au moment où ses lèvres touchaient presque l'oreille de Hugo.

— Et il est sur le chemin du retour en Angleterre afin de réclamer son dû.

Ce ne fut que lorsque la main de Hugo devint flasque qu'elle ajouta :

— Ah, j'ai oublié de te dire que j'ai aussi appris à mentir comme toi…

*
* *

Le lendemain, le *Bristol Evening Post* et le *Bristol Evening News* ne choisirent pas les mêmes gros titres pour leur édition.

SIR HUGO BARRINGTON POIGNARDÉ
À MORT

Tel fut celui du *Post* sur cinq colonnes à la une, tandis que le *News* préféra celui-ci :

UNE INCONNUE SE JETTE SOUS LES ROUES
DE L'EXPRESS DE LONDRES

Seul le commissaire Blakemore, chef de la branche locale de la PJ, sut faire le lien entre les deux événements.

Emma Barrington

1942

38

— Bonjour, monsieur Guinzburg, dit Sefton Jelks en se levant. C'est vraiment un honneur de rencontrer l'homme qui publie Dorothy Parker et Graham Greene.

Guinzburg inclina légèrement le buste avant de lui serrer la main.

— Et, mademoiselle Barrington, reprit Jelks en se tournant vers Emma, quel plaisir de vous revoir. Étant donné quc M. Lloyd n'est plus mon client, j'espère que nous pourrons être amis.

Emma fronça les sourcils et s'assit sans serrer la main tendue de Jelks.

— Peut-être puis-je commencer cette réunion, poursuivit Jelks, une fois qu'ils furent installés, en disant que j'ai pensé que nous aurions tous les trois intérêt à nous réunir pour avoir une discussion franche et ouverte afin de voir s'il est possible de trouver une solution à notre problème.

— À votre problème, corrigea Emma.

M. Guinzburg plissa les lèvres mais garda le silence.

— Je suis certain, continua Jelks en s'adressant à

Guinzburg, que vous souhaitez agir dans l'intérêt de toutes les parties concernées.

— Y compris Harry Clifton, cette fois-ci ? demanda Emma.

Guinzburg se tourna vers Emma et lui fit une grimace de désapprobation.

— Bien sûr, mademoiselle Barrington. Tout accord auquel nous parviendrions prendrait évidemment en considération les intérêts de M. Clifton.

— Comme la dernière fois, maître Jelks, lorsque vous l'avez laissé tomber au moment où il avait le plus besoin de vous ?

— Emma, intervint Guinzburg d'un ton de reproche.

— Je dois vous faire remarquer, mademoiselle Barrington, que je ne faisais que suivre les instructions de mon client. M. et Mme Bradshaw m'avaient tous les deux assuré que la personne que je représentais était leur fils, et je n'avais aucune raison de ne pas les croire. J'ai, en outre, évité à Tom un procès pour…

— Et ensuite vous avez laissé Harry se débrouiller tout seul.

— À ma décharge, mademoiselle Barrington, lorsque j'ai finalement appris que Tom Bradshaw était en fait Harry Clifton, il m'a supplié de ne rien dire, parce qu'il ne voulait surtout pas que vous découvriez qu'il était toujours en vie.

— Ce n'est pas la version de Harry, rétorqua Emma, qui sembla vouloir immédiatement ravaler ses paroles.

Guinzburg ne chercha pas à cacher son mécontentement. Il avait l'air de celui qui se rend compte qu'il a joué ses atouts trop tôt.

— Je vois, déclara l'avocat. Je crois comprendre, d'après ce petit éclat, que vous avez tous les deux lu le premier cahier, n'est-ce pas ?

— De bout en bout, répondit Emma. Aussi pouvez-vous cesser d'affirmer que vous avez agi dans l'intérêt de Harry.

— Emma, dit Guinzburg d'un ton ferme, vous devez apprendre à ne pas considérer les choses d'un point de vue aussi personnel et à essayer de les voir dans leur ensemble, dans un cadre plus général.

— Celui où un grand avocat new-yorkais se retrouve en prison pour falsification de preuves et entrave à la justice ? fit Emma sans quitter l'avocat des yeux un seul instant.

— Veuillez l'excuser, maître. Ma jeune amie a tendance à s'emballer lorsqu'il s'agit de…

— Absolument ! lança Emma, hurlant presque, parce que je peux vous dire ce qu'aurait fait cet homme, poursuivit-elle en désignant Jelks, si Harry avait été envoyé à la chaise électrique… Il aurait abaissé lui-même la manette, s'il avait cru que ça lui permettrait de sauver sa peau !

— C'est un scandale ! s'écria Jelks en bondissant hors de son siège. J'avais déjà préparé une demande d'appel qui aurait clairement prouvé au jury que la police avait arrêté un innocent.

— Par conséquent, vous avez toujours su qu'il s'agissait de Harry, déclara-t-elle en se rappuyant au dossier de son fauteuil.

L'avocat fut temporairement réduit à quia par l'invective d'Emma.

— Laissez-moi vous dire ce qui va se passer, maître, reprit-elle, profitant de son silence. Lorsque

Viking publiera, au printemps, le premier cahier de Harry, non seulement votre réputation sera détruite et votre carrière brisée, mais, comme Harry, vous allez découvrir personnellement à quoi ressemble la vie à Lavenham.

Exaspéré, Jelks se tourna vers Guinzburg.

— J'ai pensé qu'il serait dans notre intérêt à tous les deux de conclure un accord à l'amiable, avant que cette affaire ne nous échappe.

— Que proposez-vous, maître ? fit l'éditeur, d'un ton qui se voulait apaisant.

— Vous n'allez quand même pas donner à cet escroc une chance de s'en tirer, si ? s'exclama la jeune femme.

Guinzburg leva la main.

— Laissez au moins monsieur s'exprimer.

— Comme il a laissé Harry s'exprimer ?

Jelks se tourna vers Guinzburg.

— Si vous pouviez renoncer à publier le premier cahier, je peux vous assurer que je vous dédommagerais largement.

— Je n'arrive pas à croire que vous preniez cette proposition au sérieux, intervint Emma.

Jelks continua à s'adresser à Guinzburg comme si Emma n'était pas là.

— Bien sûr, je me rends compte que vous allez perdre énormément d'argent si vous décidez de ne pas procéder à la publication.

— À en juger par les ventes du *Journal d'un prisonnier*, plus de cent mille dollars.

Le chiffre dut surprendre l'avocat car il resta bouche bée.

— Il y a aussi l'avance de vingt mille dollars qui a été faite à Lloyd et que l'on devra rendre à M. Clifton.

— Si Harry était présent, il serait le premier à vous dire que ce n'est pas l'argent qui l'intéresse, mais qu'il voudrait être certain que cet homme se retrouve derrière les barreaux, intervint Emma.

L'éditeur parut offusqué.

— Ma compagnie n'a pas bâti sa réputation sur le scandale, Emma. Aussi, avant que je prenne une décision sur l'éventuelle publication du cahier, je dois réfléchir à la façon dont nos grands auteurs réagiraient à la parution de ce genre de texte.

— Vous avez tout à fait raison, monsieur Guinzburg, renchérit Jelks, ce qui compte avant tout, c'est la réputation.

— Qu'est-ce que vous en savez ? lança la jeune femme.

— Puisqu'on parle de grands auteurs, reprit Jelks d'un ton un rien pompeux, sans faire cas de l'intervention d'Emma, vous savez peut-être que mon cabinet a le privilège de représenter la succession de F. Scott Fitzgerald. (Il se cala dans son fauteuil.) Je me rappelle que Scotty m'avait dit que, s'il devait changer d'éditeur, il passerait chez Viking.

— Vous n'allez quand même pas mordre à l'hameçon, n'est-ce pas ? fit Emma.

— Emma, ma chère, il est parfois sage d'envisager le long terme, répondit Guinzburg.

— À combien d'années pensez-vous ? Six ?

— J'œuvre seulement pour l'intérêt de tous, Emma.

— Personnellement, j'ai l'impression que ce qui vous importe, c'est ce qui servira finalement vos propres intérêts. En réalité, dès qu'il s'agit d'argent, vous n'êtes pas meilleur que lui, déclara-t-elle en pointant l'avocat du doigt.

Guinzburg sembla blessé par cette accusation, mais, reprenant vite ses esprits, il demanda à l'avocat :

— Maître, quelle somme aviez-vous à l'esprit ?

— Si vous acceptez de ne pas publier le premier cahier, sous aucune forme, je serai ravi de vous payer des dédommagements correspondant à ce que vous a rapporté *Le Journal d'un prisonnier* et, en outre, je rembourserai l'avance de vingt mille dollars faite à M. Lloyd.

— Embrassez-moi donc sur la joue, monsieur Guinzburg, dit Emma, et il saura alors à qui il doit donner les trente deniers.

— Et Fitzgerald ? s'enquit Guinzburg, sans s'occuper de la provocation d'Emma.

— Je vous accorde les droits d'auteur de F. Scott Fitzgerald pour les cinquante ans à venir avec le même contrat que celui dont jouit son éditeur actuel.

Guinzburg eut un grand sourire.

— Rédigez un contrat, maître Jelks, et je serai ravi de le signer.

— Et quel pseudonyme allez-vous utiliser pour le signer ? demanda Emma. Judas ?

L'éditeur haussa les épaules.

— Les affaires sont les affaires, ma chère. Et ni vous ni Harry ne perdrez au change.

— Je suis content que vous en parliez, monsieur Guinzburg, dit Jelks, parce qu'il y a un certain temps que je garde un chèque de dix mille dollars au nom de la mère de Harry Clifton, mais à cause de la guerre, je n'avais aucun moyen de le lui faire parvenir…

Peut-être, mademoiselle Barrington, aurez-vous la gentillesse de le remettre à Mme Clifton quand vous rentrerez en Angleterre.

Il fit glisser le chèque sur la table dans sa direction mais Emma n'y prêta aucune attention.

— Vous n'auriez jamais parlé de ce chèque si je n'avais pas lu le passage dans le premier cahier où vous aviez promis à Harry d'envoyer dix mille dollars à Mme Clifton s'il acceptait de prendre la place de Tom Bradshaw. (Elle se leva, puis ajouta :) Vous me répugnez tous les deux, et tout ce que j'espère, c'est de ne jamais vous revoir, ni l'un ni l'autre.

Sur ce, elle sortit précipitamment, sans prendre le chèque.

— Quelle tête de mule ! Mais je suis certain de finir par arriver à la convaincre que nous avons pris la bonne décision.

— Je suis sûr, Harold, que vous allez régler cet incident mineur avec toute l'adresse et la diplomatie qui sont devenues l'apanage de votre distinguée maison.

— C'est très aimable à vous, Sefton, répondit l'éditeur en se levant pour ramasser le chèque. Et je vais m'assurer que cela parvienne à Mme Clifton, ajouta-t-il en le rangeant dans son portefeuille.

— Je savais que je pouvais compter sur vous, Harold.

— Et à juste titre, Sefton. Il me tarde de vous revoir, dès que vous aurez rédigé le contrat.

— Il sera prêt pour la fin de la semaine, dit Jelks alors qu'ils sortaient du bureau et longeaient le couloir. N'est-il pas étrange que nous n'ayons jamais fait affaire ensemble ?

— Tout à fait d'accord. Mais j'ai le sentiment que c'est le début d'une longue et fructueuse relation.

— Espérons-le ! fit l'avocat au moment où ils arrivaient devant l'ascenseur. Je reprendrai contact avec vous dès que le contrat sera prêt, ajouta-t-il en appuyant sur le bouton.

— Je m'en réjouis d'avance, Sefton, répondit Guinzburg en serrant chaleureusement la main de Jelks, avant d'entrer dans la cabine.

Lorsque l'ascenseur atteignit le rez-de-chaussée, la première chose que vit Guinzburg en sortant fut Emma qui marchait droit vers lui.

— Vous avez été brillante, ma chère, dit-il. J'avoue que, l'espace d'un instant, j'ai craint que vous ayez été un peu trop loin lorsque vous avez évoqué la chaise électrique. Mais non, vous aviez bien jugé l'homme, ajouta-t-il, tandis qu'ils quittaient le bâtiment, bras dessus, bras dessous.

*

* *

Emma passa la plus grande partie de l'après-midi seule dans sa chambre à relire le premier cahier, dans lequel Harry décrivait la période précédant son incarcération à Lavenham.

Page après page, redécouvrant ce qu'il avait accepté de subir afin de la libérer de ce qu'elle pouvait croire lui devoir, elle décida que, si elle retrouvait ce petit imbécile, elle ne le quitterait plus jamais des yeux.

Avec l'accord de M. Guinzburg, Emma s'impliqua dans tous les aspects de la publication de l'édition révisée du *Journal d'un prisonnier*, c'est-à-dire de la « première édition », comme elle l'appelait toujours. Elle participa à des réunions du comité éditorial, discuta de la graphie du titre avec le chef de la section artistique, choisit la photo qui figurerait sur la quatrième de couverture, rédigea la notice concernant Harry sur le rabat intérieur et prit même la parole à une réunion des représentants commerciaux.

Six semaines plus tard, des caisses de livres furent transportées par train, camion et avion de l'imprimerie aux divers entrepôts répartis dans toute l'Amérique.

Le jour de la sortie du livre, Emma se tenait sur le trottoir devant Doubleday, dans l'attente de l'ouverture des portes de la librairie. Ce soir-là, elle put annoncer à grand-tante Phyllis et au cousin Alistair que les exemplaires du livre s'étaient vendus comme des petits pains. Cela fut confirmé par la liste des meilleures ventes du *New York Times*, lorsque l'édition révisée du *Journal d'un prisonnier* se plaça parmi les dix premières, une semaine seulement après sa parution.

Les journalistes et les critiques des revues cherchaient désespérément à interviewer Harry Clifton et Max Lloyd. Or Harry ne se trouvait dans aucun des établissements pénitentiaires d'Amérique, tandis que Max Lloyd, pour citer le *Times*, se refusait à tout commentaire. La manchette du *New York News* fut moins neutre, qui annonça en gros titre : « LLOYD S'EST FAIT LA BELLE ».

Le jour de la sortie du livre, le cabinet de Sefton Jelks publia un communiqué officiel indiquant qu'il ne représentait plus Max Lloyd. Quoique *Le Journal d'un prisonnier* ait été classé numéro un pendant cinq semaines sur la liste des meilleures ventes du *New York Times*, Guinzburg respecta l'accord passé avec Jelks et ne publia aucun extrait du cahier précédent.

Jelks signa un contrat accordant à Viking le droit exclusif de publier toutes les œuvres de F. Scott Fitzgerald pour une durée de cinquante ans. Jelks considéra qu'il avait honoré sa promesse, et qu'avec le temps la presse se lasserait de cette affaire et passerait à autre chose. Il aurait peut-être eu raison si le magazine *Time* n'avait consacré toute une page à l'interview de l'inspecteur en retraite Karl Kolowski, de la police new-yorkaise.

« Je peux vous affirmer, disait le policier, que jusqu'à présent ils n'ont publié que les passages ennuyeux. Attendez de lire ce qui est arrivé à Harry Clifton avant d'arriver à Lavenham. »

La nouvelle se répandit vers 18 heures et, avant qu'il n'entre dans son bureau le lendemain matin, M. Guinzburg avait déjà reçu plus de cent coups de téléphone.

Jelks lut l'interview dans la voiture qui le conduisait à Wall Street. Lorsqu'il sortit de l'ascenseur au vingt-deuxième étage, il trouva trois de ses associés qui l'attendaient devant son bureau.

39

— Que veux-tu en premier ? demanda Phyllis en brandissant deux lettres. La bonne ou la mauvaise nouvelle ?

— La bonne, répondit Emma sans hésiter, en beurrant une autre tartine.

La vieille dame reposa une des deux lettres sur la table, ajusta son pince-nez et commença à lire l'autre.

Chère madame Stuart,

Je viens de finir de lire Le Journal d'un prisonnier *de Harry Clifton. Il y a eu une excellente critique dans le Washington Post d'aujourd'hui qui, vers la fin, pose la question de savoir ce qu'il est advenu de M. Clifton après son départ de l'institution pénitentiaire de Lavenham, il y a sept mois, après avoir purgé seulement un tiers de sa peine.*

Pour des raisons de sécurité nationale, que vous comprendrez aisément sans doute, je ne peux pas entrer dans les détails.

Si Mlle Barrington, qui, semble-t-il, réside chez vous, souhaite avoir d'autres renseignements concernant le lieutenant Clifton, elle peut, si elle le désire, contacter mes bureaux afin de prendre rendez-vous, et je serais heureux de la recevoir.

Étant donné que cela n'enfreint pas la loi concernant le secret d'État, j'ajouterai que j'ai beaucoup aimé le journal du lieutenant Clifton. Si les rumeurs dont fait mention le New York Post *sont fondées, il me tarde de découvrir ce qui lui est arrivé avant qu'il ne soit embarqué pour Lavenham.*

Bien à vous,

Colonel John Cleverdon

Grand-tante Phyllis regarda Emma sauter sur place, de l'autre côté de la table, comme une adolescente à un concert de Frank Sinatra. Parker servit à Mme Stuart une seconde tasse de café, comme si rien d'insolite ne se passait à quelques pas de lui.

Emma se calma soudain.

— Et quelle est la mauvaise nouvelle ? demanda-t-elle en se rasseyant.

Phyllis prit la deuxième lettre.

— Celle-ci émane de Rupert Harvey, dit-elle. Un cousin au deuxième degré.

Emma étouffa un rire. Phyllis la regarda d'un air de reproche par-dessus ses binocles.

— Ne te moque pas, mon enfant. Faire partie d'une famille nombreuse peut avoir ses avantages, comme tu vas t'en apercevoir.

Elle reporta à nouveau son attention sur sa lettre.

Chère cousine Phyllis,

Quel plaisir d'avoir de tes nouvelles après toutes ces années ! Merci d'avoir attiré mon attention sur Le

Journal d'un prisonnier *de Harry Clifton, livre qui m'a beaucoup plu. Quelle redoutable jeune femme doit être la cousine Emma !*

Phyllis leva les yeux.

— Au troisième degré, par rapport à toi, précisa-t-elle, avant de reprendre sa lecture.

Je serais ravi d'aider Emma à résoudre son dilemme actuel en lui signalant que l'avion de l'ambassade s'envolera pour Londres jeudi prochain. L'ambassadeur accepte que Mlle Barrington se joigne à lui et à son personnel à bord de l'appareil.

Si Emma voulait bien passer à mon bureau, jeudi matin, je m'assu-rerais que tous les documents nécessaires soient prêts. Rappelle-lui qu'elle doit apporter son passeport.

Affectueusement.

Rupert

P.-S. : Cousine Emma est-elle aussi belle que le suggère M. Clifton dans son livre ?

Phyllis replia la lettre et la glissa dans l'enveloppe.

— Alors, quelle est la mauvaise nouvelle ? demanda la jeune femme.

Phyllis, qui n'approuvait pas les démonstrations d'affection, baissa la tête et répondit à voix basse.

— Tu ne peux pas imaginer à quel point tu vas me manquer, mon enfant. Tu es la fille que je n'ai jamais eue.

*
* *

— J'ai signé le contrat ce matin, dit Guinzburg en levant son verre.

— Félicitations ! lança Alistair tandis que tous les commensaux levaient le leur.

— Veuillez m'excuser, dit Phyllis, d'être la seule, semble-t-il, à ne pas bien comprendre de quoi il s'agit. Si vous avez signé un contrat qui empêche votre maison de publier la précédente œuvre de Harry, que célébrons-nous au juste ?

— Le fait que j'ai déposé ce matin, sur le compte de ma société, cent mille dollars appartenant à Sefton Jelks, expliqua Guinzburg.

— Quant à moi, ajouta Emma, j'ai reçu un chèque de vingt mille dollars provenant de la même source. L'avance qui avait été faite à Lloyd pour le livre de Harry.

— Ainsi que le chèque de dix mille dollars à l'ordre de Mme Clifton que vous aviez omis de ramasser et que j'ai récupéré, dit Guinzburg. Franchement, nous avons tous tiré grand profit de cette affaire et, maintenant que le contrat a été signé, les cinquante années à venir seront encore plus fructueuses.

— C'est possible, dit Phyllis, en prenant de la hauteur. Mais je suis plus qu'agacée que vous ayez permis à Jelks d'échapper au couperet.

— Vous constaterez bientôt qu'il est toujours dans le couloir de la mort, madame Stuart, déclara Guinzburg, même s'il est vrai qu'on lui a accordé un sursis de trois mois.

— Je comprends encore moins bien, se lamenta Phyllis.

— Alors, permettez-moi de vous expliquer de quoi il retourne. Ce matin, voyez-vous, je n'ai pas signé un contrat avec Jelks, mais avec Pocket Books, une maison d'édition qui a acheté les droits de tous les journaux intimes de Harry pour les publier en livre de poche.

— Puis-je demander ce qu'est un « livre de poche » ?

— Mère, intervint Alistair, les livres de poche existent depuis des lustres.

— Tout comme les billets de dix mille dollars, mais je n'en ai jamais vu un seul.

— Votre mère n'a pas tort, dit Guinzburg. En fait, cela pourrait expliquer pourquoi Jelks s'est fait avoir. Mme Stuart appartient à une génération qui ne s'habituera jamais aux livres de poche et qui n'accepte de lire que des ouvrages cartonnés.

— Qu'est-ce qui vous a fait comprendre que Jelks n'est pas au courant du concept du livre de poche ? s'enquit Phyllis.

— C'est Scott Fitzgerald qui nous a mis la puce à l'oreille, intervint Alistair.

— À table, fais-moi le plaisir de ne pas utiliser des expressions argotiques, le reprit Phyllis.

— C'est Alistair qui nous a prévenus, expliqua Emma, que si Jelks avait accepté de tenir une réunion dans son bureau hors de la présence de son conseiller juridique, c'était sans doute parce qu'il n'avait pas révélé à ses associés l'existence d'un cahier manquant, et que s'il était publié ce serait encore plus dommageable à la réputation du cabinet que *Le Journal d'un prisonnier.*

— Alors, pourquoi Alistair n'a-t-il pas assisté à cette réunion pour noter tout ce qu'il a dit ? demanda la vieille dame. Après tout, Jelks est l'un des avocats les plus véreux de New York.

— C'est justement la raison pour laquelle je n'y ai pas assisté, mère. Nous ne voulions pas qu'il y ait une quelconque trace de la réunion et j'étais persuadé que Jelks aurait l'arrogance de penser qu'il n'aurait à affronter qu'une petite Anglaise et un éditeur qu'il était sûr de pouvoir corrompre. Ce qui signifiait que nous le tenions par la peau des fesses.

— Alistair…

— Cependant, poursuivit Alistair que rien ne pouvait désormais arrêter dans son élan, c'est juste après le départ en trombe d'Emma que M. Guinzburg a eu une véritable idée de génie. Il a dit à Jelks : « Il me tarde de vous revoir, dès que vous aurez rédigé le contrat. »

— Et c'est exactement ce qu'a fait Jelks, renchérit Guinzburg, parce qu'en lisant son contrat je me suis rendu compte qu'il était copié sur celui qui avait été rédigé pour F. Scott Fitzgerald, auteur dont les œuvres n'avaient été publiées qu'en édition cartonnée. Rien dans ce contrat ne nous empêchait de les publier en livres de poche. C'est pourquoi celui que j'ai signé ce matin permettra à Pocket Books de publier le précédent journal de Harry sans violer mon accord avec Jelks.

Guinzburg laissa Parker lui reverser du champagne.

— Combien avez-vous gagné ? demanda Emma.

— Vous allez parfois un peu trop loin, ma jeune dame.

— Combien avez-vous gagné ? s'enquit Phyllis.

— Deux cent mille dollars, avoua Guinzburg.

— Et vous aurez besoin de toute cette somme, jusqu'au dernier penny, avertit la vieille dame. Parce que, dès que le livre sera mis en vente, vous et Alistair allez passer les deux prochaines années dans les tribunaux pour répondre à une dizaine d'assignations en justice pour diffamation.

— Je n'en crois rien, répondit Alistair, une fois que Parker lui eut servi un brandy. En fait, mère, je suis prêt à parier ce billet de dix mille dollars que vous n'avez jamais vu que Sefton Jelks va passer ses trois derniers mois en tant qu'associé principal du cabinet Jelks, Myers & Abernathy.

— Qu'est-ce qui te rend si sûr de toi ?

— Comme j'ai le sentiment qu'il n'a pas parlé à ses associés du premier cahier, lorsque Pockct Books le publiera, il sera contraint de présenter sa démission.

— Et sinon ?

— Ils le flanqueront à la porte, répondit Alistair. Un cabinet aussi impitoyable avec ses clients ne va pas soudain se comporter humainement avec ses associés. Et n'oublie pas qu'il y a toujours quelqu'un qui meurt d'envie de devenir associé principal... Force m'est de reconnaître, Emma, que tu es bien plus intéressante qu'Amalgamated Wire...

— Contre New York Electric, complétèrent les autres en chœur tout en levant leur verre à la santé d'Emma.

— Si vous changez d'avis et décidez de rester à New York, ma jeune dame, dit l'éditeur, il y aura toujours une place pour vous chez Viking.

— Merci, monsieur Guinzburg. Mais mon seul but en venant en Amérique était de retrouver Harry. Or je découvre à présent qu'il est en Europe tandis que je suis bloquée à New York. Par conséquent, après mon rendez-vous avec le colonel Cleverdon, je m'envolerai pour mon pays afin de retrouver notre fils.

— Harry Clifton a une sacrée veine de t'avoir à ses côtés, déclara Alistair, songeur.

— Si tu rencontres mon fils ou son père, Alistair, tu te rendras compte que c'est moi qui ai de la chance.

40

Le lendemain matin, Emma se réveilla tôt et expliqua joyeusement à Phyllis au petit déjeuner à quel point il lui tardait de retrouver Sebastian et sa famille. Phyllis hochait la tête mais ne parlait guère.

Parker alla chercher ses valises dans sa chambre et les descendit par l'ascenseur dans le vestibule. Elle en avait deux de plus qu'à son arrivée à New York. *Y a-t-il des gens qui ont moins de bagages au retour qu'à l'aller ?* se demanda-t-elle.

— Je ne vais pas descendre, dit sa grand-tante après avoir essayé plusieurs fois de lui dire au revoir. Sinon je vais me ridiculiser. Il vaut mieux que tu te rappelles seulement une vieille grincheuse qui n'aimait pas être dérangée pendant ses parties de bridge. À ta prochaine visite, viens avec Harry et Sebastian. J'ai envie de rencontrer l'homme qui a su gagner ton cœur.

Un taxi klaxonna bruyamment dans la rue.

— C'est l'heure du départ, annonça Phyllis. Vas-y vite.

Emma la prit une dernière fois dans ses bras, puis s'éloigna sans se retourner.

Quand elle sortit de l'ascenseur, Parker l'attendait près de la porte d'entrée. Les bagages avaient déjà été placés dans le coffre du taxi. Dès qu'il la vit, le majordome sortit sur le trottoir et lui ouvrit la portière arrière.

— Au revoir, Parker. Et merci pour tout.

— C'était avec plaisir, madame. (Juste au moment où elle s'apprêtait à monter en voiture, il ajouta :) Sauf votre respect, pourrais-je faire une remarque ?

Elle se redressa, s'efforçant de cacher sa surprise.

— Allez-y, je vous en prie.

— J'ai tellement aimé le journal de M. Clifton, dit-il, que j'espère que vous allez bientôt revenir à New York avec votre mari.

*
* *

Peu de temps après, laissant New York derrière lui, le train traversait la campagne à grande vitesse et se dirigeait vers la capitale. Elle constata qu'elle ne pouvait lire ou dormir plus de quelques minutes d'affilée. Grand-tante Phyllis, M. Guinzburg, le cousin Alistair, Me Jelks, l'inspecteur Kolowski et Parker entraient en scène puis disparaissaient tour à tour.

Elle réfléchit à ce qu'elle devait faire une fois arrivée à Washington. Tout d'abord, il lui fallait se rendre à l'ambassade de Grande-Bretagne pour signer quelques documents, afin de prendre place dans l'avion de l'ambassadeur, selon le plan de Rupert Harvey, le cousin au troisième degré. « Ne te moque pas, mon enfant », entendait-elle dire sa grand-tante d'un ton de reproche, avant de s'endormir. Souriant,

riant, en uniforme cette fois-ci, Harry pénétra dans ses rêves. Elle se réveilla en sursaut, s'attendant vraiment à le trouver assis à ses côtés dans le compartiment.

Cinq heures plus tard, le train entrait dans la gare Union Station. Emma avait beaucoup de mal à descendre ses bagages sur le quai, et un porteur, un ancien combattant manchot, se porta à son secours. Il lui trouva un taxi, la remercia pour le pourboire et lui fit un salut militaire avec le bras gauche. Voilà encore quelqu'un dont la vie avait été bouleversée par une guerre qu'il n'avait pas déclarée.

— À l'ambassade de Grande-Bretagne, lança-t-elle en montant dans le taxi.

On la déposa sur Massachusetts Avenue, devant une double grille en fer forgé où flottait l'étendard royal. Deux jeunes soldats se précipitèrent pour l'aider à porter ses bagages.

— Qui venez-vous visiter, madame ?

Accent anglais, expression américaine.

— M. Rupert Harvey.

— Le lieutenant-colonel Harvey. Bien sûr, dit le caporal, qui ramassa les valises puis la conduisit vers un bureau à l'arrière du bâtiment.

Elle pénétra dans une grande pièce où les membres du personnel, presque tous en uniforme, couraient en tous sens. Aucun ne marchait normalement. Un homme se détacha de la mêlée et l'accueillit avec un grand sourire.

— Je suis Rupert Harvey, dit-il. Excusez le chaos apparent, mais c'est toujours ainsi lorsque l'ambassadeur rentre en Angleterre. C'est encore pire cette fois-ci car, depuis une semaine, nous recevons un ministre. Tous les documents sont prêts, ajouta-t-il, je n'ai plus besoin que de votre passeport.

Une fois qu'il eut feuilleté les diverses pages, il la pria de signer à plusieurs endroits.

— Un petit car partira de l'ambassade à 18 heures ce soir pour gagner l'aéroport. Tâchez d'être à l'heure, je vous prie, car tout le monde doit être installé dans l'avion avant l'arrivée de l'ambassadeur.

— Je serai à l'heure, assura Emma. Pourrais-je laisser mes bagages ici pendant que je visite la ville ?

— Ça ne pose aucun problème. Je chargerai quelqu'un de les mettre dans le car pour vous.

— Merci.

Elle s'apprêtait à repartir lorsqu'il ajouta :

— Au fait, j'ai adoré le livre. Et je dois vous prévenir que le ministre espère vous parler en privé dans l'avion. Il me semble qu'il était éditeur avant d'entrer en politique.

— Comment s'appelle-t-il ?

— Harold Macmillan.

Emma se rappela le sage conseil de M. Guinzburg. « Tout le monde va vouloir ce livre, lui avait-il dit. Tous les éditeurs vont vous faire des avances. Ne succombez pas facilement aux flatteries. Essayez de voir Billy Collins et Allen Lane chez Penguin. » Il n'avait cité personne du nom de Harold Macmillan.

— Eh bien, je vous verrai dans le car, vers 18 heures, lui dit son cousin au troisième degré avant de disparaître à nouveau au sein de la mêlée.

Elle sortit dans Massachusetts Avenue et consulta sa montre. Il ne restait que deux heures avant son rendez-vous avec le colonel Cleverdon. Elle héla un taxi.

— Vous allez où, mademoiselle ?

— Je veux voir tout ce que la ville a de mieux à offrir.

— Vous avez combien de temps ? Deux ans ?

— Non. Deux heures. Alors, pas de temps à perdre.

Le taxi démarra en trombe. Premier arrêt : la Maison Blanche, quinze minutes. Puis le Capitole, vingt minutes. Le tour des mémoriaux de Washington, Jefferson et Lincoln, vingt-cinq minutes. Un petit saut à la National Gallery, vingt-cinq minutes à nouveau. Et finalement le Smithsonian. Comme il ne lui restait que trente minutes avant son rendez-vous, elle ne put visiter que le rez-de-chaussée.

Lorsqu'elle remonta dans le taxi en toute hâte, le chauffeur lui demanda :

— Et maintenant, mam'selle, où on va ?

Elle vérifia l'adresse sur la lettre du colonel Cleverdon.

— 3022 Adams Street, et je ne suis pas en avance.

Lorsque la voiture s'arrêta devant un grand immeuble en marbre qui occupait tout le pâté de maisons, elle donna au chauffeur son dernier billet de cinq dollars. Après l'entretien, elle serait obligée de regagner l'ambassade à pied.

— Vous l'avez bien mérité, lui dit-elle.

Il porta la main à sa casquette.

— Je pensais qu'il n'y avait que les Américains pour faire ce genre de chose, déclara-t-il en souriant.

Elle gravit les marches, passa devant deux gardes au regard scrutateur et entra dans le bâtiment. Presque toutes les personnes présentes étaient vêtues d'uniformes de diverses nuances de kaki, même si rares étaient ceux qui portaient des décorations. À l'accueil, une jeune femme debout derrière un comptoir lui indiqua le bureau 9197. Emma se joignit à une masse d'uniformes kaki qui se dirigeaient vers les ascenseurs. Lorsqu'elle sortit au neuvième étage, elle trouva la secrétaire du colonel qui l'attendait.

— Je crains que le colonel soit encore en réunion, mais il devrait vous recevoir dans quelques instants, expliqua-t-elle tandis que les deux femmes longeaient le couloir.

On la fit entrer dans le bureau du colonel. Une fois assise, elle fixa un épais dossier posé au centre de la table de travail. Comme la lettre sur la cheminée de Maisie et les cahiers sur le bureau de Jelks, elle se demanda combien de temps il lui faudrait attendre avant que le contenu lui en soit révélé.

Elle eut à patienter vingt minutes. Quand la porte s'ouvrit enfin brusquement, un homme de haute taille, d'allure sportive, ayant à peu près l'âge de son père, entra précipitamment dans la pièce, un cigare montant et descendant entre ses lèvres.

— Je suis sincèrement désolé de vous avoir fait attendre, dit-il en lui serrant la main, mais les journées sont vraiment trop courtes. (Il s'installa derrière son bureau et lui sourit.) John Cleverdon… Moi, je vous aurais reconnue n'importe où.

Emma parut surprise, jusqu'à ce qu'il lui fournisse une explication :

— Le portrait que Harry dresse de vous dans le livre est tout à fait fidèle. Une tasse de café ?

— Non, merci, répondit-elle, s'efforçant de ne pas regarder d'un air trop impatient le dossier posé sur le bureau du colonel.

— Je n'ai même pas besoin de l'ouvrir, dit-il en le tapotant. En ayant écrit la plus grande partie moi-même, je peux vous raconter ce qu'a fait Harry depuis son départ de Lavenham. À présent, grâce à ses journaux intimes, nous savons tous qu'il n'aurait pas dû s'y trouver. Il me tarde de lire le tome suivant pour découvrir ce qui lui est arrivé avant qu'il soit envoyé à Lavenham.

— Et à moi, il me tarde de découvrir ce qui lui est arrivé après son départ de Lavenham, répliqua-t-elle en espérant que son ton n'était pas trop insistant.

— Eh bien, allons-y ! fit le colonel en tournant la première page pour se remettre les faits en mémoire. Harry s'est porté volontaire pour s'engager dans une unité de services spéciaux, que j'ai le privilège de commander, en échange d'une commutation de sa peine de prison. Ayant débuté dans l'armée américaine comme simple soldat, il a récemment été promu officier sur le champ de bataille et est en ce moment lieutenant. Il est en territoire ennemi depuis plusieurs mois, poursuivit-il. Il œuvre avec des groupes de résistants dans des pays occupés et aide à la préparation de notre futur débarquement en Europe.

Ces nouvelles ne plaisaient guère à Emma.

— Que signifie exactement « en territoire ennemi » ?

— Je ne puis vous le dire précisément, parce qu'il n'est pas toujours facile de le suivre quand il est en mission. Il coupe souvent tout contact avec le monde extérieur pendant de nombreux jours, mais ce que je peux vous révéler, c'est que lui et le caporal Pat Quinn, son chauffeur, un autre diplômé de Lavenham, se sont révélés deux des plus efficaces agents secrets de mon groupe. On dirait deux écoliers, auxquels on a donné tout un attirail d'instruments de chimie avec pour mission d'effectuer des expériences sur le réseau de communication de l'ennemi. Ils passent la majeure partie de leur temps à faire sauter des ponts, à démanteler des lignes de chemin de fer et à abattre des pylônes de lignes électriques. La spécialité de Harry, c'est de contrecarrer les mouvements des troupes allemandes, et, une ou deux fois, les Boches ont bien failli l'attraper. Mais jusque-là il a toujours réussi à avoir un peu d'avance sur eux. En fait, il est devenu leur bête noire, à tel point qu'ils ont mis sa tête à prix. Et la somme semble augmenter chaque fois. C'était monté à trente mille francs la dernière fois où j'ai vérifié.

Il remarqua qu'Emma était blanche comme un linge.

— Désolé, dit-il. Je n'avais pas l'intention de vous inquiéter, mais quand je suis assis à ce bureau, j'oublie parfois les grands dangers que courent mes gars tous les jours.

— Quand sera-t-il libéré ? demanda Emma d'un ton calme.

— Je crains qu'il doive purger sa peine, répondit le colonel en consultant ses notes.

— Mais maintenant que vous savez qu'il est innocent, ne pouvez-vous pas au moins le renvoyer en Angleterre ?

— Je ne crois pas que cela changerait grand-chose, mademoiselle Barrington, car, connaissant Harry, je suis persuadé que, dès qu'il remettrait le pied dans son pays natal, il changerait seulement d'uniforme.

— Pas si j'ai mon mot à dire.

Le colonel sourit.

— Je vais voir ce que je peux faire pour vous aider, promit-il en se levant de son siège.

Il ouvrit la porte et la salua.

— Bon retour en Angleterre, mademoiselle Barrington. J'espère que vous ne tarderez pas à vous retrouver tous les deux au même endroit et au même moment.

Harry Clifton

1945

41

— Je vous rappellerai dès que je l'aurai localisée, mon colonel, dit Harry, avant de raccrocher le téléphone de campagne.

— Localisé quoi ? demanda Quinn.

— L'armée de Kertel. Le colonel Benson semble croire qu'elle se trouve dans la vallée, de l'autre côté de cette crête, répondit-il en désignant le sommet de la colline.

— Il n'y a qu'une façon d'en être sûr, dit Quinn, en passant à grand bruit la première vitesse de la Jeep.

— Doucement, fit Harry. Si les Boches sont là, mieux vaut ne pas les alerter.

Quinn resta en première tandis qu'ils gravissaient lentement la côte.

— Inutile d'aller plus loin, reprit Harry lorsqu'ils furent à moins de cinquante mètres du faîte.

Quinn mit le frein à main et coupa le contact. Ils sortirent du véhicule d'un bond et montèrent la pente en courant. Parvenus à quelques mètres du sommet, ils tombèrent à plat ventre, puis, tels deux crabes regagnant la mer, ils parcoururent les derniers mètres en rampant, avant de s'arrêter juste en dessous de la cime.

Harry jeta un coup d'œil par-dessus l'arête et retint son souffle. Il n'avait pas besoin de jumelles pour voir ce qu'ils devaient affronter. Il était clair que, dans la vallée s'étendant sous ses yeux, le légendaire 19e corps blindé du maréchal Kertel s'apprêtait à livrer bataille. Des tanks s'alignaient à perte de vue et les troupes de soutien auraient pu remplir un stade de football. Harry estima que la deuxième division des Texas Rangers se battrait à au moins un contre trois.

— Si on fout l'camp d'ici à toute berzingue, chuchota Quinn, on aura peut-être le temps d'éviter de livrer l'avant-dernière bataille de Custer.

— Ne t'emballe pas ! Il se peut qu'on puisse mettre à profit cette infériorité numérique.

— Tu crois pas qu'on a déjà assez tiré sur la corde cette année ?

— Qui ne risque rien n'a rien. Je suis prêt à jouer à qui perd gagne.

Il commença à redescendre la côte en rampant avant que Quinn puisse donner son avis.

— Tu as un mouchoir ? demanda-t-il tandis que Quinn s'installait au volant.

— Oui, mon lieutenant, répondit-il en en sortant un de sa poche pour le donner à Harry, qui l'attacha à l'antenne de la radio de la Jeep.

— Tu vas pas…

— Me rendre ? Si. C'est notre unique chance. Allez, caporal, roulez lentement jusqu'au sommet de la colline, puis descendez dans la vallée.

Harry appelait Quinn par son grade seulement quand il voulait abréger la discussion.

— Dans la vallée de la mort.

— Mauvaise comparaison. Ils étaient six cents dans la brigade légère, et nous ne sommes que deux. C'est pourquoi j'ai davantage l'impression d'être Horatius Coclès, le héros romain qui a défendu tout seul un pont contre les armées étrusques, que lord Cardigan.

— Et moi, j'ai surtout l'impression d'être une cible facile.

— C'est parce que tu es irlandais, répliqua Harry tandis qu'ils franchissaient la crête et entamaient la longue descente sur l'autre flanc. Ne fais pas d'excès de vitesse, poursuivit-il, pour alléger l'atmosphère.

Il s'attendait à ce que leur impudente intrusion soit saluée par une grêle de balles, mais, à l'évidence, chez les Allemands la curiosité l'emporta.

— Surtout, Pat, ferme-la, dit Harry d'un ton ferme. Et tente de donner l'impression que tout a été planifié à l'avance.

Si Quinn avait un avis, il ne l'exprima pas, ce qui ne lui ressemblait guère. Il roulait à une allure régulière et ne freina que lorsqu'ils atteignirent la première rangée des tanks.

Incrédules, les hommes de Kertel fixèrent les occupants de la Jeep, mais personne ne bougea jusqu'à ce qu'un commandant se fraye un chemin entre les soldats et avance droit sur les deux intrus. Harry sauta hors de la Jeep, se mit au garde-à-vous et salua, espérant que son allemand serait à la hauteur.

— À quoi jouez-vous, Dieu du ciel ? demanda le commandant.

Harry se dit que là était bien la question. Il resta impassible.

— Je suis porteur d'un message pour le maréchal Kertel, répondit-il, de la part du général Eisenhower, commandant en chef des forces alliées en Europe.

Harry savait que, lorsque le commandant entendrait prononcer le nom d'Eisenhower, il ne pourrait pas prendre le risque de ne pas en référer à ses supérieurs.

Sans un mot de plus, l'officier sauta à l'arrière de la Jeep, tapota l'épaule de Quinn avec son bâton de commandement et désigna une grande tente bien camouflée qui se dressait à l'écart du rassemblement des troupes.

Dès qu'ils atteignirent la tente, le commandant descendit du véhicule.

— Attendez là, ordonna-t-il avant d'entrer dans la tente.

Quinn et Harry restèrent assis dans la Jeep, sous le regard méfiant de milliers d'yeux.

— Si les regards pouvaient tuer… chuchota Quinn.

Harry resta coi.

Plusieurs minutes s'écoulèrent avant le retour du commandant.

— Quel est le verdict, mon lieutenant ? marmonna Quinn. Le peloton d'exécution ou un verre de schnaps avec lui ?

— Le maréchal accepte de vous recevoir, annonça le commandant, sans chercher à cacher son étonnement.

— Merci, mon commandant, dit Harry en descendant de la Jeep avant de le suivre dans la tente.

Le maréchal Kertel se leva de derrière une longue table, sur laquelle était étalée une carte que Harry reconnut tout de suite. Celle-ci était parsemée de modèles réduits de tanks et de soldats qui se dirigeaient tous vers lui. Le maréchal était entouré par une douzaine d'officiers supérieurs, ayant tous au moins le grade de colonel.

Harry exécuta un garde-à-vous impeccable et salua.

— Nom et grade ? demanda le maréchal après lui avoir rendu son salut.

— Clifton, monsieur le maréchal. Lieutenant Clifton. Je suis l'aide de camp du général Eisenhower.

Il remarqua une bible posée sur une petite table pliante près du lit du maréchal. Un drapeau allemand était étendu sur un côté de la toile de tente. Il manquait quelque chose.

— Pourquoi le général Eisenhower m'enverrait-il son aide de camp ?

Harry l'observa soigneusement avant de répondre. Contrairement à ceux de Goebbels ou de Göring, le visage couturé de Kertel confirmait qu'il avait de nombreuses fois combattu sur le front. Pour toute médaille, il arborait la croix de fer avec barrette, gagnée à la bataille de la Marne en 1918, lorsqu'il était lieutenant.

— Le général Eisenhower tient à vous informer que, de l'autre côté de la crête Clemenceau, il possède trois bataillons complets comprenant trente mille hommes ainsi que vingt-deux mille tanks. Sur son flanc droit se trouve la 2e division des Texas Rangers, au centre le 3e bataillon des Green Jackets et sur le flanc gauche, un bataillon de l'infanterie légère australienne.

Le maréchal aurait fait un excellent joueur de poker, parce qu'il resta de marbre. Il devait savoir que ces chiffres étaient exacts, dans la mesure où ces régiments étaient vraiment en place.

— Par conséquent, lieutenant, ça devrait être une bataille passionnante. Mais si votre but était de m'effrayer, vous avez perdu votre temps.

— Cela ne fait aucunement partie de ma mission, maréchal, répondit Harry en jetant un coup d'œil à la carte. Je devine, en effet, que je ne vous ai rien dit que vous ne sachiez déjà, y compris le fait que les Alliés viennent de prendre le contrôle du terrain d'aviation de Wilhelmsberg. (Fait qui était confirmé par un petit drapeau américain planté sur l'aéroport de la carte.) Mais ce que vous ignorez peut-être, maréchal, c'est que sur la piste se trouve une escadrille de bombardiers Lancaster qui attend l'ordre du général Eisenhower de détruire vos tanks, tandis que ses bataillons avanceront en formation d'attaque.

Ce que Harry savait, c'est qu'il n'y avait sur le terrain d'aviation que deux avions de reconnaissance échoués sur la piste parce qu'ils n'avaient plus de carburant.

— Allez droit au but, lieutenant. Pourquoi le général Eisenhower vous a-t-il envoyé me voir ?

— Je vais tenter de me rappeler les paroles exactes du général, maréchal. (Il essaya d'avoir l'air de réciter un message.) « Il ne fait aucun doute que cet atroce conflit approche rapidement de sa fin et seul un homme victime d'illusions et qui ne possède qu'une expérience limitée de la guerre peut encore croire en la victoire. »

L'allusion à Hitler ne passa pas inaperçue auprès des officiers qui entouraient le maréchal. C'est à ce moment-là que Harry comprit ce qui manquait. Il n'y avait ni drapeau nazi ni portrait du Führer dans la tente du maréchal.

— Le général Eisenhower vous tient, vous et le 19e corps, en la plus haute estime, poursuivit Harry. Il sait pertinemment que vos hommes sont prêts à risquer leur vie, même si les chances de victoire sont maigres. Mais, au nom du ciel, dans quel intérêt ? Vos troupes seront décimées et nul doute que nous perdrons un nombre considérable d'hommes dans cette bataille. Il est évident, aux yeux de tous, que nous ne sommes qu'à quelques semaines de la fin de la guerre. Par conséquent, à qui profiterait un tel carnage ? Quand il était à West Point, maréchal, le général Eisenhower a lu votre livre, *Le Soldat de métier*, et une phrase en particulier est demeurée gravée dans sa mémoire pendant toute sa carrière militaire.

Ayant lu les mémoires de Kertel quinze jours plus tôt, quand il avait compris qu'ils risquaient de se mesurer à lui, Harry fut capable de réciter la phrase pratiquement mot pour mot.

— « Envoyer inutilement des jeunes hommes à la mort, ce n'est pas agir en chef mais par pure gloriole, et c'est une attitude indigne d'un soldat de métier. » Voilà un point de vue que vous partagez avec le général Eisenhower, et c'est pourquoi, si vous déposez les armes, il vous promet que vos hommes seront traités avec le plus grand respect et la plus grande dignité, comme le stipule la troisième Convention de Genève.

Il s'attendait à ce que la réponse du maréchal soit : « Vous avez fait de votre mieux, jeune homme. Mais vous pouvez dire à la personne qui commande votre misérable brigade de l'autre côté de la colline que je vais la balayer de la surface de la terre. » En fait, voici ce que répondit Kertel :

— Je vais discuter de la proposition du général avec mes officiers. Auriez-vous la courtoisie d'attendre dehors ?

— Bien sûr, maréchal.

Il salua, sortit de la tente et regagna la Jeep. Quinn ne dit rien lorsque Harry s'installa sur le siège avant, à côté de lui.

Les officiers de Kertel n'étaient manifestement pas tous du même avis car on entendait des éclats de voix à l'intérieur de la tente. Harry pouvait imaginer qu'on y lançait les mots « honneur », « bon sens », « devoir », « réalisme », « humiliation » et « sacrifice ». Mais les deux qu'il craignait le plus étaient : « Il bluffe. »

Le commandant rappela Harry dans la tente près d'une heure plus tard. Kertel se tenait à l'écart de ses conseillers les plus fiables, une expression de lassitude sur le visage. Il avait pris sa décision, et, même si certains de ses officiers n'étaient pas d'accord, une fois qu'il avait donné un ordre, ceux-ci ne le discutaient jamais. Il n'avait guère besoin de dire à Harry quelle était cette décision.

— Ai-je votre permission, maréchal, d'informer le général Eisenhower de votre décision ?

Le maréchal hocha brièvement la tête et ses officiers sortirent rapidement de la tente pour faire exécuter ses ordres.

Accompagné par le commandant, Harry retourna à la Jeep et regarda vingt-trois mille hommes déposer leurs armes, dégringoler de leurs tanks et s'aligner en colonnes par trois, avant la reddition. Sa seule crainte, c'est qu'après avoir trompé le maréchal, il soit incapable de réussir le même coup auprès du commandant de son propre camp. Il décrocha le téléphone de campagne et le colonel Benson ne tarda pas à répondre. Il espérait que le commandant allemand n'avait pas remarqué la goutte de sueur qui coulait le long de l'arête de son nez.

— Avez-vous découvert combien d'hommes nous allons devoir affronter, Clifton ? furent les premières paroles du colonel.

— Pouvez-vous me passer le général Eisenhower, mon colonel ? Le lieutenant Clifton, son aide de camp, à l'appareil.

— Vous avez perdu la tête, Clifton ?

— D'accord, j'attends pendant que vous allez le chercher.

Son cœur n'aurait pas pu battre plus vite s'il avait couru un cent mètres. Combien de temps le colonel mettrait-il à comprendre ce qu'il manigançait ? Il fit un signe de tête au commandant, qui ne réagit pas. Restait-il là dans l'espoir de trouver un défaut dans sa cuirasse ? Harry regardait des milliers de combattants, certains l'air perplexe, d'autres apparemment soulagés, rejoindre les rangs de ceux qui avaient déjà abandonné leurs tanks et déposé leurs armes.

— Ici, le général Eisenhower. Est-ce vous, Clifton ? demanda le colonel Benson quand il revint à l'appareil.

— Oui, mon général. Je suis avec le maréchal Kertel et il a accepté votre proposition selon laquelle les soldats du 19e corps doivent déposer les armes et se rendre sous l'égide de la Convention de Genève, afin d'éviter un massacre inutile, pour reprendre votre formule, mon général, si j'ai bonne mémoire. Si vous faites avancer l'un de nos cinq bataillons, ils devraient être capables de mener à bien l'opération, de manière ordonnée. J'ai l'intention de franchir la crête Clemenceau, accompagné du 19e corps… (Il consulta sa montre.)… à environ 17 heures.

— Nous vous attendrons, lieutenant.

— Merci, mon général.

Cinquante minutes plus tard, pour la deuxième fois ce jour-là, Harry traversa la crête Clemenceau tel le joueur de flûte de Hamelin, suivi du bataillon allemand, puis passa sur l'autre flanc de la colline pour tomber dans les bras des Texas Rangers. Au moment où les sept cents hommes et les deux cent quatorze tanks entourèrent le 19e corps, Kertel se rendit compte qu'il avait été berné par un Anglais et un Irlandais, armés seulement d'une Jeep et d'un mouchoir.

Lorsque le maréchal sortit un pistolet de sa tunique, Harry crut qu'il allait lui tirer dessus, mais Kertel se mit au garde-à-vous, fit le salut militaire, appuya l'arme contre sa tempe et appuya sur la détente.

Sa mort ne procura aucun plaisir à Harry.

Une fois que les Allemands furent regroupés, le colonel Benson invita Harry à conduire en triomphe le 19e corps désarmé jusqu'au camp. Tandis qu'ils roulaient en tête de la colonne, même Pat Quinn avait le sourire aux lèvres.

Ils devaient se trouver à environ un kilomètre et demi du camp lorsque la Jeep passa sur une mine.

Au moment où le véhicule faisait un vol plané et s'embrasait, Harry entendit une violente explosion et les paroles prophétiques de Pat lui revinrent en mémoire : « Tu crois pas qu'on a déjà assez tiré sur la corde cette année ? »

Et puis plus rien.

42

Comment sait-on qu'on est mort ?

Cela se passe-t-il en une seconde, et puis soudain on n'est plus là ?

Tout ce dont Harry était sûr, c'est que les images qui se présentaient à lui ressemblaient à celles d'acteurs dans une pièce de Shakespeare effectuant à tour de rôle leur entrée et leur sortie. Mais il ne savait pas au juste s'il s'agissait d'une comédie, d'une tragédie ou d'une pièce historique.

Le rôle principal était tenu par une femme qui jouait admirablement bien et les autres comédiens semblaient apparaître et disparaître à son commandement. Puis ses yeux s'ouvrirent et Emma se tenait près de lui.

Lorsqu'il sourit, le visage d'Emma s'illumina. Elle se pencha et lui donna un délicat baiser sur les lèvres.

— Bienvenue à la maison ! dit-elle.

C'est alors qu'il comprit à quel point il l'aimait et que rien ne pourrait plus jamais les séparer. Il lui prit doucement la main.

— Il va falloir que tu m'aides, commença-t-il. Où suis-je ? Et depuis combien de temps suis-je ici ?

— Au centre hospitalier de Bristol, et depuis un peu plus d'un mois. Tu es resté entre la vie et la mort pendant un certain temps, mais je ne n'avais pas l'intention de te perdre une seconde fois.

Il lui saisit fermement la main et sourit. Il était épuisé et sombra à nouveau dans un profond sommeil.

*

* *

Quand il se réveilla, il faisait nuit et il sentit qu'il était seul. Il essaya d'imaginer ce qui avait pu advenir de tous ces personnages durant les cinq dernières années, puisque, comme dans *La Nuit des rois*, ils avaient dû tous croire qu'il avait péri en mer.

Sa mère avait-elle lu la lettre qu'il lui avait écrite ? Giles avait-il argué de son daltonisme pour ne pas être appelé sous les drapeaux ? Hugo était-il revenu à Bristol dès qu'il s'était rendu compte que Harry ne constituait plus une menace ? Sir Walter Barrington et lord Harvey étaient-ils toujours en vie ? Une autre pensée lui revenait constamment à l'esprit : Emma attendait-elle le moment opportun pour lui avouer qu'il y avait quelqu'un d'autre dans sa vie ?

Soudain, la porte de la chambre s'ouvrit brusquement et un garçonnet entra en courant tout en criant « Papa, papa ! » avant de sauter sur son lit et de se jeter dans ses bras.

Emma apparut quelques instants plus tard et contempla la première rencontre des deux hommes de sa vie.

L'enfant ressemblait à celui de la photo le représentant, lui, petit, que sa mère gardait sur le manteau de la cheminée à Still House Lane. Il était inutile de lui dire que c'était son fils, et il ressentit une joie qu'il n'aurait jamais pu imaginer auparavant. Il étudia le garçonnet de plus près… Les cheveux blonds, les yeux bleus, la mâchoire carrée étaient ceux du père de Harry.

— Grand Dieu ! fit-il en sombrant à nouveau dans un profond sommeil.

*

* *

Quand il rouvrit les yeux, Emma était assise sur le lit, à côté de lui. Il sourit et lui prit la main.

— Maintenant que j'ai rencontré mon fils, y a-t-il d'autres surprises ? s'enquit-il.

Elle hésita, avant d'ajouter avec un sourire penaud :

— Je ne sais pas par où commencer.

— Par le début, peut-être, comme dans toute bonne histoire. Rappelle-toi seulement que la dernière fois que je t'ai vue, c'était le jour de notre mariage.

Elle commença son récit par son voyage en Écosse et la naissance de Sebastian. Elle venait d'appuyer sur la sonnette de l'appartement de Kristin à Manhattan lorsque Harry se rendormit.

*

* *

Quand il se réveilla, elle était toujours à ses côtés.

Il aima l'hitoire de la grand-tante Phyllis et du cousin Alistair, et, s'il se rappelait à peine l'inspecteur

Kolowski, il n'oublierait jamais Sefton Jelks. À la fin de son histoire, Emma était assise à côté de M. Harold Macmillan, à bord d'un avion volant vers l'Angleterre.

Elle donna à Harry un exemplaire du *Journal d'un prisonnier*.

— Il faut que je sache ce qui est arrivé à Pat Quinn, dit-il seulement.

Emma eut du mal à trouver les mots justes.

— Il a été tué par la mine ? demanda-t-il à voix basse.

Elle baissa la tête. Harry ne prononça plus un mot ce soir-là.

*
* *

Chaque jour apportait son lot de surprises, puisque, inévitablement, la vie avait continué pour tous durant les cinq années où Harry ne les avait pas vus.

Lorsque sa mère vint lui rendre visite le lendemain, elle était seule. S'il fut extrêmement fier qu'elle sache désormais lire et écrire à la perfection et qu'elle soit devenue directrice adjointe de l'hôtel, il fut triste d'apprendre qu'elle n'avait pas ouvert la lettre que lui avait apportée le Dr Wallace, avant que celle-ci disparaisse.

— J'ai cru qu'elle avait été écrite par un certain Tom Bradshaw, expliqua-t-elle.

— Je vois que tu portes une bague de fiançailles et une alliance, fit remarquer Harry pour changer de sujet.

Elle rougit.

— Je voulais te voir seule avant de te présenter ton beau-père.

— Mon beau-père ? Je le connais ?

— Oh, oui ! fit-elle.

Elle lui aurait appris le nom de son nouveau mari s'il n'était pas retombé dans les bras de Morphée.

*
* *

Lorsqu'il rouvrit les yeux, on était en pleine nuit. Il alluma la lampe de chevet et commença à lire *Le Journal d'un prisonnier*. Il sourit plusieurs fois avant d'atteindre la dernière page.

Rien de ce qu'Emma lui apprit sur Max Lloyd ne l'étonna, surtout après la réapparition de Sefton Jelks. Il fut, cependant, surpris que le livre soit immédiatement devenu un best-seller et que la suite se vende encore mieux.

— La suite ? fit-il.

— Le premier journal que tu as tenu racontant ce qui t'est arrivé avant que tu sois envoyé à Lavenham vient d'être publié en Angleterre. Il est en tête des ventes ici, comme il l'a été dès sa sortie en Amérique... Au fait, M. Guinzburg n'arrête pas de me demander quand tu as l'intention d'écrire ton premier roman, celui auquel tu fais allusion dans *Le Journal d'un prisonnier*.

— J'ai assez d'idées pour en écrire une demi-douzaine.

— Alors, qu'attends-tu pour commencer le premier ?

*
* *

Lorsque Harry se réveilla cet après-midi-là, sa mère et M. Holcombe se tenaient près de son lit, main dans la main, comme si c'était leur deuxième rendez-vous amoureux. Sa mère n'avait jamais eu l'air aussi heureuse.

— Vous ne pouvez pas être mon beau-père ! protesta Harry tandis que les deux hommes se serraient la main.

— Mais si ! rétorqua l'instituteur. En vérité, j'aurais dû demander la main de ta mère il y a vingt ans, mais je ne me croyais tout simplement pas assez bien pour elle.

— Et c'est toujours le cas, monsieur, répondit Harry avec un grand sourire. Mais il est vrai que ni vous ni moi ne serons jamais à sa hauteur.

— À dire vrai, j'ai épousé ta mère pour son argent.

— Quel argent ?

— Les dix mille dollars que nous a envoyés maître Jelks, ce qui nous a permis d'acheter une petite maison à la campagne.

— Et nous t'en serons à jamais reconnaissants, intervint Maisie.

— Ce n'est pas moi qu'il faut remercier, mais Emma.

S'il avait été stupéfait de découvrir que sa mère avait épousé M. Holcombe, il le fut beaucoup plus en voyant Giles entrer dans la chambre, vêtu de l'uniforme du régiment du Wessex et la poitrine couverte de médailles militaires, y compris la croix de guerre.

Mais, lorsque Harry le pria de lui raconter comment il l'avait gagnée, il changea de sujet.

— J'ai l'intention de briguer un siège de député aux prochaines élections, annonça-t-il.

— À quelle circonscription as-tu décidé de faire cet honneur ?

— À celle des docks de Bristol.

— Mais elle a toujours été acquise aux travaillistes !

— Je me présenterai comme candidat du parti travailliste.

Harry ne chercha pas à cacher sa surprise.

— Qu'est-ce qui t'a fait trouver ton chemin de Damas ? s'enquit-il.

— Un caporal aux côtés duquel j'ai combattu au front. Il s'appelait Bates…

— Tu ne parles pas de Terry Bates ?

— Si. Tu le connaissais ?

— En effet. C'était le gamin le plus intelligent de ma classe quand j'étais à l'école primaire Merrywood, en plus d'être le meilleur sportif. Il a quitté l'école à douze ans pour travailler avec son père : « Bates et fils. Bouchers ».

— Voilà pourquoi je serai un candidat du parti travailliste. Terry avait autant le droit d'aller à Oxford que toi ou moi.

*
* *

Le lendemain, Emma et Sebastian revinrent à l'hôpital, munis de blocs-notes, stylos, crayons et gomme. Emma lui dit qu'il était temps de cesser de penser et de commencer à écrire.

Durant les longues heures où il ne pouvait pas fermer l'œil ou lorsqu'il se retrouvait seul, il réfléchissait au roman qu'il avait songé à écrire s'il n'avait pas été libéré de Lavenham.

Il esquissa les traits des personnages capables de passionner les lecteurs. Son détective devrait être unique, un original, qui, espérait-il, réussirait à faire partie de leur vie quotidienne, comme Poirot, Holmes ou Maigret.

Il finit par choisir le nom de William Warwick. L'honorable William serait le fils cadet du comte de Warwick. Il refuserait d'aller étudier à Oxford, au grand dam de son père, parce qu'il voulait devenir policier. Le personnage s'inspirerait vaguement de Giles. Après trois années passées à arpenter les rues de Bristol, en tant que simple policier, Bill – comme ses collègues l'appelaient – deviendrait inspecteur, adjoint du commissaire Blakemore, l'homme qui était intervenu quand son oncle Stan avait été arrêté et faussement accusé d'avoir volé de l'argent dans le coffre-fort de Hugo Barrington.

Lady Warwick, la mère de Bill, aurait pour modèle Élisabeth Barrington. La petite amie de Bill se prénommerait Emma et ses grands-pères, lord Harvey et sir Walter Barrington, n'entreraient en scène que de temps en temps et seulement pour dispenser de sages conseils.

Tous les soirs, il lisait les pages qu'il avait écrites dans la journée, et tous les matins il fallait vider sa corbeille à papier.

*
* *

Il attendait toujours avec impatience les visites de Sebastian. Son jeune fils était plein d'énergie, curieux de tout et si beau. Tout le monde disait qu'il tenait de sa mère pour taquiner Harry.

L'enfant n'arrêtait pas de poser des questions que personne n'aurait osé poser. « Qu'est-ce que ça fait d'être en prison ? Combien d'Allemands tu as tués ? Pourquoi toi et maman vous êtes pas mariés ? » Si Harry trouvait presque toujours la parade, il savait que Sebastian était trop intelligent pour ne pas deviner le jeu de son père et il craignait qu'il ne tarde pas à le prendre au piège.

*
* *

Chaque fois qu'il se retrouvait seul, il continuait à travailler sur les grandes lignes de l'intrigue de son roman.

Il avait lu plus de cent romans policiers à l'époque où il était bibliothécaire adjoint à Lavenham et il pensait que certains des personnages qu'il avait rencontrés en prison et dans l'armée pourraient lui fournir assez de matériau pour une dizaine de romans. Max Lloyd, Sefton Jelks, le directeur Swanson, le surveillant Hessler, le colonel Cleverdon, le capitaine Havens, Tom Bradshaw et Pat Quinn. Surtout Pat Quinn.

Pendant les semaines qui suivirent, il s'enferma dans son monde, tout en reconnaissant que ce qu'avaient vécu certains de ses visiteurs durant les cinq années passées dépassait la fiction.

*
* *

Lorsque Grace, la sœur d'Emma, lui rendit visite, Harry ne lui dit pas qu'elle avait l'air bien plus âgée que la dernière fois qu'ils s'étaient vus. Il est vrai qu'elle n'était alors qu'une collégienne, alors qu'elle terminait maintenant ses études à Cambridge et s'apprêtait à passer ses examens. Elle lui annonça avec fierté qu'elle avait travaillé deux ans dans une ferme et qu'elle n'était retournée à Cambridge que lorsqu'elle avait été certaine qu'on avait gagné la guerre.

Ce fut avec tristesse qu'il apprit de la bouche de lady Barrington que sir Walter, son mari, s'était éteint. Après le vieux Jack, c'était l'homme qu'il avait le plus admiré.

L'oncle Stan ne vint jamais le voir.

Après quelque temps, il pensa aborder le sujet du père d'Emma. Mais il devina qu'il était même interdit de prononcer son nom.

Puis, un soir, après que le médecin lui eut indiqué qu'il ne tarderait pas à sortir de l'hôpital, Emma s'allongea sur le lit, près de lui, et lui annonça la mort de son père.

Lorsqu'elle eut terminé son récit, Harry lui dit :

— Tu n'as jamais bien su dissimuler tes sentiments, ma chérie. Le moment est venu de me révéler la raison pour laquelle toute la famille est tendue à ce point.

43

Au réveil, le lendemain matin, il trouva sa mère et toute la famille Barrington assises autour de son lit.

Les seuls absents étaient Sebastian et son oncle Stan, étant donné que ni l'un ni l'autre, avait-on pensé, n'auraient pu fournir une contribution digne d'intérêt.

— Le médecin a dit que tu pouvais rentrer à la maison, annonça Emma.

— Merveilleuse nouvelle ! s'écria-t-il. Mais où est ma maison ? Si ça signifie revenir à Still House Lane et habiter avec l'oncle Stan, je préfère rester à l'hôpital, voire retourner en prison.

Personne ne rit.

— À présent, j'habite au château Barrington. Pourquoi ne viendrais-tu pas vivre avec moi ? proposa Giles. Dieu sait qu'il y a assez de pièces !

— Y compris une bibliothèque, précisa Emma. Aussi n'auras-tu aucune excuse pour ne pas travailler à ton roman.

— Et vous pourrez venir rendre visite à Emma et Sebastian chaque fois que vous en aurez envie, ajouta Élisabeth Barrington.

Il ne répondit pas tout de suite.

— Vous êtes tous très gentils, finit-il par dire. Et, je vous en prie, ne pensez pas que je suis ingrat, mais je n'arrive pas à croire qu'il fallait une réunion de famille pour décider de l'endroit où je vais vivre.

— Ce n'est pas la seule raison pour laquelle nous souhaitions vous parler, intervint lord Harvey, et la famille m'a prié de lui servir de porte-parole.

Harry se redressa brusquement, prêt à accorder toute son attention au grand-père d'Emma.

— Une question grave se pose concernant l'avenir de la succession Barrington, commença lord Harvey. Les dispositions testamentaires de Joshua Barrington débouchent finalement sur un vrai cauchemar juridique, qui n'a pour rival que l'affaire Jarndyce contre Jarndyce, dans *La Maison d'Âpre-Vent* de Dickens, et cela risque de finir par un aussi grand désastre financier.

— Mais je ne suis intéressé ni par le titre ni par l'héritage. Mon seul désir est de prouver que Hugo Barrington n'était pas mon père afin que je puisse épouser Emma.

— Dieu vous entende ! Cependant, des complications sont survenues dont je dois vous parler.

— Faites, je vous en prie, monsieur, parce que je ne vois pas où est le problème.

— Je vais essayer de vous expliquer la situation. Après la mort prématurée de Hugo, j'ai indiqué à lady Barrington que, étant donné qu'elle venait de subir de lourds frais de succession concernant deux décès et que j'ai plus de soixante-dix ans, il serait peut-être sage que les sociétés Barrington et Harvey joignent leurs forces. Cette décision date de l'époque où l'on croyait encore que vous étiez décédé. Par conséquent, il semblait que, la question de savoir qui devait hériter du titre et des biens ayant été, même dans des circonstances malheureuses, résolue, Giles pouvait devenir le chef de la famille.

— Et c'est toujours le cas, en ce qui me concerne.

— Le problème, c'est que d'autres personnes concernées sont entrées dans la danse et que les implications dépassent de beaucoup les présents. Quand Hugo a été tué, je suis devenu président de la compagnie résultant de la fusion des deux autres et j'ai demandé à Bill Lockwood de revenir en tant que directeur général. Sans me vanter, malgré Hitler, la Barrington Harvey a distribué, ces deux dernières années, de beaux dividendes à ses actionnaires. Dès que nous avons appris que vous étiez toujours en vie, nous avons pris conseil auprès de sir Danvers Barker, avocat de la Couronne, pour nous assurer que nous ne violions pas les dispositions du testament de Joshua Barrington.

— Si seulement j'avais ouvert cette lettre, dit Maisie, presque à part soi.

— Sir Danvers nous a affirmé, reprit lord Harvey, que, du moment que vous renonciez au titre et à la succession, nous pouvions continuer à gérer la compagnie comme nous l'avions fait ces deux dernières années. Et il a, en effet, rédigé un document en ce sens.

— Que quelqu'un me passe un stylo, dit Harry, et je le signerai avec joie.

— J'aimerais que ce soit aussi facile. Et ç'aurait pu l'être si le *Daily Express* n'avait pas parlé de cette affaire.

— Je crains d'être responsable de ce problème, intervint Emma, car depuis le succès de ton livre des deux côtés de l'Atlantique, la presse est obsédée par le besoin de savoir qui va hériter du titre Barrington… Y aura-t-il un sir Harry ou un sir Giles ?

— Il y a un dessin humoristique dans le *News Chronicle* de ce matin, intervint Giles, nous représentant tous les deux à cheval en train de jouter. Emma, assise dans les tribunes, t'offre son mouchoir tandis que les hommes poussent des huées et les femmes des hourras.

— À quoi font-ils allusion ? questionna Harry.

— Le pays est divisé en deux, expliqua lord Harvey. Les hommes ne semblent s'intéresser qu'à la question de savoir qui obtiendra le titre et les biens, tandis que les femmes veulent seulement voir Emma conduite à l'autel une seconde fois. En fait, à vous deux, vous avez chassé Cary Grant et Ingrid Bergman des premières pages des journaux.

— Mais une fois que j'aurai signé le document indiquant que je renonce au titre et à la succession, le public cessera de s'occuper de l'affaire et s'intéressera à un autre sujet, non ?

— Cela aurait sans doute été le cas si le chef des trois rois d'armes d'Angleterre n'était pas entré en lice.

— Qui est donc ce personnage ?

— Le représentant du roi quand il s'agit de décider de l'ordre de succession de n'importe quel titre nobiliaire. Dans quatre-vingt-dix-neuf pour cent des cas, il se contente d'envoyer une lettre patente au parent le plus proche. Les rares fois où il y a un désaccord entre deux personnes, il recommande que l'affaire soit réglée par un juge des référés.

— Ne me dites pas qu'on en est arrivé là.

— J'ai bien peur que si, hélas. Le juge Shawcross de la cour d'appel a donné raison à Giles, mais seulement à la condition que, lorsque vous seriez complètement rétabli, vous renonciez par écrit à vos droits au titre et à la succession, afin que l'héritage puisse passer de père en fils.

— Eh bien, maintenant que je suis complètement guéri, prenons rendez-vous avec le juge pour régler cette affaire une fois pour toutes.

— Ce serait avec le plus grand plaisir, mais je crains que le dossier lui ait été retiré.

— Par qui, cette fois ?

— Par lord Preston, un pair du parti travailliste, intervint Giles. Ayant appris cette affaire par la presse, il a présenté une question écrite au ministre de l'Intérieur pour lui demander de décider qui de nous deux est l'héritier légitime du titre de baronnet. Il a ensuite tenu une conférence de presse au cours de laquelle il a affirmé que je n'avais aucun droit au titre, puisque l'héritier légitime gisait inconscient dans un hôpital de Bristol et se trouvait dans l'incapacité de faire valoir ses droits.

— Mais, nom d'une pipe, en quoi cela peut-il intéresser un pair travailliste de savoir qui, de Giles ou moi, hérite du titre ?

— Lorsque la presse lui a posé la question, expliqua lord Harvey, il a déclaré que si Giles héritait du titre, il s'agirait là d'un exemple typique de préjugé de classe et qu'il était légitime qu'un fils de docker puisse réclamer ses droits.

— Mais c'est tout à fait illogique, répliqua Harry. Si je suis fils de docker, alors Giles hérite naturellement du titre.

— Précisément, et plusieurs personnes ont écrit au Times pour avancer cette raison, intervint lord

Harvey. Cependant, comme nous sommes tout près des élections législatives, le ministre de l'Intérieur a esquivé le problème en répondant à son noble ami qu'il transférerait le dossier au ministère de la Justice. Le lord chancelier l'a confié aux juges siégeant à la Chambre des lords, et sept sages ont pris la peine de délibérer avant de parvenir à une décision par quatre voix sur trois. En votre faveur, Harry.

— Mais c'est de la pure folie ! Comment se fait-il que je n'aie pas été consulté ?

— Vous étiez inconscient, lui rappela lord Harvey. Et de toute façon, ils discutaient d'une question juridique, pas de votre opinion. Leur verdict est donc définitif, sauf s'il est cassé par la Chambre des lords.

Harry resta sans voix.

— Par conséquent, pour le moment, vous êtes bien sir Harry et le principal actionnaire de l'entreprise Barrington Harvey, ainsi que le détenteur de la succession Barrington et, pour citer le testament original, de « la totalité des biens y afférents ».

— Eh bien, je vais faire appel de la décision des lords, en stipulant que je souhaite renoncer au titre, déclara Harry d'un ton ferme.

— Ironie du sort, dit Giles, tu ne le peux pas. Je suis le seul à pouvoir faire appel du verdict, mais je ne le ferai qu'avec ta bénédiction.

— Évidemment que tu l'as ! s'écria Harry. À moins qu'il existe une solution bien plus simple.

Ils le regardèrent tous.

— Et si je me suicidais ?

— Ce ne serait pas une bonne idée, dit Emma en s'asseyant sur le lit à côté de lui. Tu as déjà essayé deux fois et regarde où ça t'a mené.

44

Emma entra en trombe dans la bibliothèque, serrant une lettre dans sa main. Étant donné qu'elle évitait de l'interrompre quand il écrivait, Harry devina qu'il s'agissait d'une affaire importante. Il posa son stylo.

— Désolée, mon chéri, dit-elle en approchant un siège, mais je viens de recevoir une nouvelle si importante que je me suis sentie obligée de venir la partager avec toi.

Harry sourit à son adorée. Pour elle, le terme « important » pouvait aussi bien vouloir dire que Seb avait versé de l'eau sur le chat ou : « J'ai les services du lord chancelier au bout du fil et ils veulent te parler de toute urgence. » Il s'appuya au dossier de son fauteuil et attendit de voir à quelle catégorie appartenait cette nouvelle.

— Je viens de recevoir une lettre de grand-tante Phyllis, annonça-t-elle.

— Qui nous impressionne tous tellement, la taquina-t-il.

— Ne te moque pas, mon petit. Elle a un argument qui peut nous aider à prouver que mon père n'était pas ton géniteur.

Harry se tut.

— On sait que ton groupe sanguin et celui de ta mère est rhésus négatif, continua-t-elle. Si celui de mon père est rhésus positif, il ne peut pas être ton père.

— On a maintes fois discuté de ça, lui rappela-t-il.

— Mais si on pouvait apporter une preuve indiscutable que mon père n'avait pas le même groupe sanguin que le tien, on pourrait se marier. Dans le cas, bien sûr, où tu veux toujours m'épouser, n'est-ce pas ?

— Pas ce matin, ma chérie, répondit-il, feignant l'ennui. Vois-tu, je suis en train de commettre un meurtre, précisa-t-il en souriant. De toute façon, nous n'avons aucune idée du groupe sanguin de ton père, parce que, malgré l'énorme pression exercée par ta mère et par sir Walter, il avait toujours refusé qu'on lui fasse une prise de sang à cet effet. Par conséquent, peut-être devrais-tu répondre à ta grand-tante pour lui expliquer que le mystère ne sera jamais élucidé.

— Pas nécessairement, rétorqua Emma, qui refusait de baisser les bras. Grand-tante Phyllis, qui suit l'affaire de près, pense avoir trouvé une solution à laquelle ni toi ni moi n'avions pensé.

— Elle achète, tous les matins, un exemplaire du *Bristol Evening News* dans un kiosque à journaux, au coin de la 64e Rue, c'est ça ?

— Non. Mais elle lit le *Times*, répliqua Emma qui refusait toujours de capituler, même s'il date d'une semaine.

— Et… ? fit Harry qui voulait continuer à s'occuper de son crime.

— Elle affirme que les scientifiques peuvent aujourd'hui déterminer le groupe sanguin d'un individu longtemps après sa mort.

— Pour exhumer le corps, tu penses faire appel à Burke et Hare, les deux hommes qui, au XIXe siècle, tuaient pour vendre les cadavres de leurs victimes à la science… C'est ça, ma chérie ?

— Pas du tout. Mais elle fait aussi remarquer que, lorsque mon père a été tué, une artère a été tranchée et que, par conséquent, une grande quantité de sang a dû se répandre sur le tapis et sur les vêtements qu'il portait alors.

Soudain Harry se leva, traversa la pièce et décrocha le téléphone.

— Qui appelles-tu ?

— Le commissaire Blakemore, qui avait été chargé du dossier. Les chances sont peut-être infimes, mais je jure de ne plus jamais me moquer de toi ou de ta grand-tante Phyllis.

*
* *

— La fumée vous dérange, sir Harry ?

— Pas du tout, commissaire.

Blakemore alluma une cigarette et aspira profondément la fumée.

— C'est une atroce habitude. C'est la faute de sir Walter.

— Sir Walter ? s'étonna Harry.

— Raleigh… Pas Barrington, bien sûr.

Harry éclata de rire et s'assit dans le fauteuil en face du commissaire.

— Bien. Que puis-je faire pour vous, sir Harry ?

— Je préfère M. Clifton.

— À votre guise, monsieur.

— J'espérais que vous pourriez me fournir quelques renseignements sur la mort de Hugo Barrington.

— Je crains que cela ne dépende de la personne à qui je m'adresse. Je peux parler de ce sujet avec sir Harry Barrington, mais pas avec M. Harry Clifton.

— Pourquoi pas avec M. Harry Clifton ?

— Parce que je ne peux discuter des détails d'un tel dossier qu'avec un membre de la famille.

— Eh bien, pour cette occasion, je vais redevenir sir Harry.

— Alors, que puis-je faire pour vous, sir Harry ?

— Quand Barrington a été assassiné…

— Il n'a pas été assassiné.

— Pourtant, les articles des journaux m'avaient conduit à penser…

— C'est ce dont les journalistes n'ont pas parlé qui est important. Je dirai, à leur décharge, qu'ils n'ont pas pu se rendre sur le lieu du crime. Autrement, poursuivit Blakemore avant que Harry puisse poser une question, ils auraient noté l'angle selon lequel le coupe-papier est entré dans la gorge de sir Hugo et lui a tranché l'artère.

— En quoi est-ce important ?

— Lorsque j'ai examiné le corps, j'ai remarqué que la lame du coupe-papier pointait vers le haut, et non pas vers le bas. Si je voulais tuer quelqu'un, poursuivit le commissaire en se mettant sur pied et en saisissant une règle, et que j'étais plus grand et plus lourd que ma victime, je lèverais le bras et enfoncerais la lame dans son cou de haut en bas, comme ceci.

Mais si j'étais plus petit et plus léger que lui et, surtout, si j'étais en train de me défendre… (Il s'agenouilla devant Harry et pointa la règle sur son cou.)… cela expliquerait l'angle selon lequel la lame a pénétré dans la gorge de sir Hugo. D'après l'angle, il est même possible qu'il soit tombé sur la lame. Ce qui m'a mené à la conclusion qu'il est bien plus probable qu'il n'a pas été assassiné, mais qu'il a été tué par quelqu'un en état de légitime défense.

Harry réfléchit aux propos du commissaire avant de dire :

— Commissaire, vous avez dit « plus petit et plus léger » et « en train de me défendre ». Suggérez-vous qu'il est possible que l'auteur de la mort de Barrington soit une femme ?

— Vous auriez été un excellent détective.

— Et savez-vous qui est cette femme ?

— J'ai des soupçons, reconnut le commissaire.

— Dans ce cas, pourquoi ne l'avez-vous pas arrêtée ?

— Parce qu'il est très difficile d'arrêter quelqu'un qui s'est ensuite jeté sous les roues de l'express de Londres.

— Oh, mon Dieu ! Je n'avais pas fait le rapprochement.

— Pourquoi l'auriez-vous fait ? À l'époque, vous n'étiez même pas en Angleterre.

— C'est vrai. Mais, dès que j'ai quitté l'hôpital, j'ai parcouru tous les journaux qui faisaient la moindre allusion à la mort de sir Hugo. A-t-on découvert l'identité de la dame ?

— Non. Le corps était trop abîmé pour être identifié. Cependant, un collègue de Scotland Yard qui, à ce moment-là, enquêtait sur une autre affaire, m'a informé que sir Hugo avait vécu avec une femme à Londres pendant plus d'un an et qu'elle avait donné naissance à une petite fille, peu de temps après le retour de Barrington à Bristol.

— S'agit-il de l'enfant qu'on a trouvée dans le bureau de Barrington ?

— En effet.

— Et où se trouve cette enfant à présent ?

— Aucune idée.

— Pouvez-vous au moins me dire le nom de la femme avec qui il a vécu ?

— Non. Je n'en ai pas le droit, répondit Blakemore en écrasant sa cigarette dans un cendrier débordant de mégots. Cependant, ce n'est guère un secret que sir Hugo employait un détective privé qui est en ce moment au chômage et accepterait sans doute de parler en échange d'une petite rémunération.

— Le boiteux…

— Derek Mitchell, un super flic, avant qu'il ait dû quitter la police pour invalidité.

— Il y a malgré tout une question à laquelle Mitchell ne pourra pas répondre, contrairement à vous, me semble-t-il. Vous avez dit que le coupe-papier a tranché une artère. Par conséquent, il a dû y avoir un abondant épanchement de sang, non ?

— En effet, monsieur. Quand je suis arrivé sur place, sir Hugo baignait dans une mare de sang.

— Savez-vous, par hasard, ce qu'il est advenu du costume porté par sir Hugo ce jour-là ? Et même du tapis ?

— Non, monsieur. Une fois l'enquête sur un meurtre terminée, tous les effets personnels de la victime sont envoyés au parent le plus proche. Quant au tapis, il se trouvait toujours dans le bureau lorsque j'ai terminé mon enquête.

— Votre aide m'a été très précieuse, monsieur le commissaire. Je vous en suis infiniment reconnaissant.

— Ç'a été un plaisir, sir Harry. (Il se leva et le raccompagna à la porte.) Permettez-moi de vous dire à quel point j'ai aimé *Le Journal d'un prisonnier* et, quoique en général je ne m'intéresse guère aux rumeurs, j'ai lu que vous seriez en train d'écrire un roman policier. Après notre petite conversation d'aujourd'hui, j'attendrai sa parution avec impatience.

— Accepteriez-vous de jeter un coup d'œil à une première version et de me donner votre avis de professionnel ?

— Par le passé, sir Harry, votre famille n'a guère fait cas de mon avis de professionnel.

— Permettez-moi de vous assurer, monsieur le commissaire, qu'il compte beaucoup pour M. Clifton.

*

* *

Après sa visite au commissariat, Harry remonta en voiture et prit le chemin du manoir pour faire part des nouvelles à Emma, qui l'écouta attentivement jusqu'au bout. Toutefois, la première question qu'elle lui posa le surprit.

— Le commissaire t'a-t-il informé de ce qu'il est advenu de la petite fille ?

— Non. Cela ne semblait pas l'intéresser. C'est normal, d'ailleurs.

— Pourtant il se peut que se soit une Barrington et, par conséquent, ma demi-sœur !

— Je manque vraiment de tact ! dit Harry en la prenant dans ses bras. Cette idée ne m'avait pas traversé l'esprit.

— Je comprends. Tu as déjà assez de soucis comme ça. Appelle donc mon grand-père pour lui demander s'il sait où est passé le tapis ; quant à moi, je m'occupe de l'enfant.

— J'ai beaucoup de chance, tu sais, dit-il en la lâchant à contrecœur.

— Allez, au travail !

Lorsque Harry téléphona à lord Harvey au sujet du tapis, il fut à nouveau surpris par la réponse.

— Je l'ai remplacé quelques jours après l'enquête policière.

— Et qu'est-il advenu de l'ancien tapis ?

— Je l'ai jeté moi-même dans l'un des fourneaux du chantier naval et je l'ai regardé brûler jusqu'à ce qu'il soit réduit en cendres, expliqua lord Harvey avec beaucoup d'intensité dans la voix.

Harry faillit jurer mais parvint à se retenir.

Quand il rejoignit Emma pour déjeuner, il demanda à Mme Barrington si elle savait ce qu'il était advenu des vêtements de sir Hugo. Élisabeth lui répondit qu'elle avait dit à la police d'en faire ce que bon lui semblait.

Après le repas, il rentra au château Barrington et appela le commissariat local. Il demanda au sergent de service à l'accueil s'il se rappelait ce qu'on avait fait des vêtements de sir Hugo Barrington après la fin de l'enquête.

— Tout a dû être consigné dans le registre à l'époque, sir Harry. Accordez-moi un bref instant pour vérifier.

En fait, ce fut au bout d'un long moment que le sergent reprit l'appareil.

— Comme le temps passe vite ! dit-il. J'avais oublié que cette affaire avait eu lieu il y a longtemps. Mais j'ai réussi à retrouver les renseignements que vous désirez. (Harry retint son souffle.) Nous avons jeté la chemise, les sous-vêtements et les socquettes, mais nous avons donné un pardessus gris, un chapeau de feutre marron, un complet en tweed bleu-vert, ainsi qu'une paire de richelieus en cuir marron à Mlle Penhaligon, qui distribue tous les articles non réclamés au nom de l'Armée du Salut. Ce n'est pas une femme très commode, ajouta-t-il sans autre explication.

*
* *

La plaque sur le comptoir annonçait « Mlle Penhaligon ».

— Ceci est extrêmement irrégulier, sir Harry, déclara la femme qui se tenait debout derrière le nom. Fort irrégulier.

Il fut content de s'être fait accompagner par Emma.

— Mais cela pourrait s'avérer extraordinairement important pour nous deux, dit-il en saisissant la main d'Emma.

— Je n'en doute pas, sir Harry. Mais il n'empêche que c'est extrêmement irrégulier. Je ne sais pas ce que va dire mon chef.

Il avait du mal à concevoir que Mlle Penhaligon puisse avoir un chef. Elle leur tourna le dos et se mit à étudier une rangée impeccable de casiers où la poussière n'avait pas le temps de se poser. Elle finit par en sortir un sur lequel était inscrit « 1943 » et le posa sur le comptoir. Elle l'ouvrit et dut passer plusieurs fiches avant de trouver ce qu'elle cherchait.

— Personne n'a semblé vouloir le chapeau marron, annonça-t-elle. En fait, ma fiche indique que nous l'avons toujours en réserve. Le pardessus a été donné à un certain M. Stephenson, le complet à un dénommé vieux Joey et les souliers marron à un M. Watson.

— Sauriez-vous où nous pouvons trouver ces messieurs ? s'enquit Emma.

— Ils ne se quittent guère. L'été, ils ne s'éloignent jamais du jardin public, tandis que l'hiver nous les logeons dans nos centres d'hébergement. Je suis sûr qu'en ce moment vous les trouverez dans le jardin.

— Merci, mademoiselle Penhaligon, dit Harry en lui décochant un chaleureux sourire. Vous n'auriez pu être plus coopérative.

— C'était avec joie, sir Harry ! s'écria-t-elle, rayonnante de plaisir.

— Je risque de m'habituer à ce qu'on me donne du « sir Harry », dit-il à Emma tandis qu'ils sortaient du bâtiment.

— Pas si tu espères toujours m'épouser. Parce que je n'ai aucune envie d'être lady Barrington.

*

* *

Harry le découvrit allongé sur un banc du jardin public, le dos tourné vers eux et enveloppé dans un pardessus gris.

— Désolé de vous déranger, monsieur Stephenson, commença Harry, en lui touchant légèrement l'épaule, mais nous avons besoin de votre aide.

Une main crasseuse se tendit brusquement sans que l'homme se retourne. Harry y plaça une demi-couronne. M. Stephenson mordit la pièce avant de se tordre le cou pour mieux voir Harry.

— Qu'est-ce que vous voulez ? questionna-t-il.

— On cherche le vieux Joey, expliqua Emma d'une voix douce.

— Le caporal a le banc numéro 1, vu son âge et son ancienneté. Ça, c'est le banc numéro 2, et je récupérerai le numéro 1 quand le vieux Joey passera l'arme à gauche, ce qui ne saurait tarder. M. Watson a le banc numéro 3 et il aura le numéro 2 quand j'hériterai du numéro 1. Mais je l'ai déjà prévenu qu'il devra attendre longtemps avant de s'emparer du numéro 1.

— Sauriez-vous, par hasard, si le vieux Joey possède toujours un costume en tweed vert ? s'enquit Harry.

— L'enlève jamais, répondit M. Stephenson. S'y est attaché, comme qui dirait, précisa-t-il avec un petit gloussement. L'a eu le complet, moi, le manteau et M. Watson les grolles. Il dit qu'elles le serrent un peu, mais il se plaint pas. Aucun de nous a voulu le chapeau.

— Où peut-on trouver le banc numéro 1 ? demanda Emma.

— Là où l'a toujours été. Dans le kiosque à musique. Joey dit que c'est son château. Mais il a pas toute sa tête, vu que c'est un commotionné de guerre.

Sur ce, ayant jugé avoir gagné sa demi-couronne, M. Stephenson leur retourna le dos.

Harry et Emma n'eurent guère de mal à trouver le kiosque à musique et le vieux Joey qui en était le seul occupant. Il était assis tout droit au milieu du banc numéro 1, comme sur un trône. Même sans les taches de sang pâlies, Emma aurait reconnu l'ancien costume en tweed de son père. Mais comment faire pour que le nouveau propriétaire accepte de s'en séparer ?

— Qu'est-ce que vous voulez ? lança le vieux Joey d'un ton méfiant tandis qu'ils gravissaient les marches pour pénétrer dans son royaume. Si c'est mon banc, laissez tomber, parce que le droit de propriété constitue les neuf dixièmes de la loi, comme j'arrête pas de le rappeler à M. Stephenson.

— Non, répondit Emma avec douceur, nous ne voulons pas votre banc, mais on se demandait si vous vouliez un nouveau costume.

— Non, merci, mademoiselle. Celui-ci me suffit largement. Il me tient chaud. C'est tout ce que je lui demande.

— Mais on vous en donnerait un neuf qui serait tout aussi chaud, dit Harry.

— Le vieux Joey n'a rien fait de mal, déclara l'homme, en se tournant vers lui.

Harry fixa la rangée de médailles qui barrait sa poitrine : l'étoile de Mons, la médaille des vétérans et celle de la victoire, ainsi qu'un unique galon cousu sur la manche.

— Caporal, j'ai besoin de votre aide, dit-il.

Le vieux Joey se leva d'un bond, se mit au garde-à-vous, salua et lança :

— Baïonnette au canon, chef ! Donnez l'ordre et les gars sont prêts à passer à l'action.

Harry eut honte.

Le lendemain, Emma et Harry lui apportèrent un pardessus en tissu à chevrons, un costume en tweed et une paire de chaussures. M. Stephenson se promena fièrement dans le jardin, vêtu de son blazer et de son pantalon de flanelle grise tout neufs, tandis que M. Watson, du banc numéro 3, fut enchanté de son veston sport croisé et de son pantalon en serge mais, comme il n'avait pas besoin de nouvelles chaussures, il dit à Emma de les donner à M. Stephenson. Elle remit à une demoiselle Penhaligon reconnaissante le reste de la garde-robe de sir Hugo.

Harry quitta le jardin public chargé du costume en tweed bleu-vert taché du sang de sir Hugo Barrington.

*
* *

Le professeur Inchcape étudia longuement les taches de sang au microscope avant de se prononcer.

— Je vais devoir procéder à plusieurs autres tests avant d'émettre un avis définitif mais, de prime abord, je suis à peu près certain de pouvoir déterminer le groupe sanguin.

— C'est un soulagement, dit Harry. Et dans combien de temps connaîtrez-vous les résultats ?

— Deux jours, dirais-je. Trois, tout au plus. Je vous appellerai dès que j'aurai la réponse, sir Harry.

— Espérons que vous devrez appeler M. Clifton.

*
* *

— J'ai téléphoné aux bureaux du lord chancelier, annonça lord Harvey, pour les informer que nous étions en train d'effectuer des tests sanguins sur les vêtements de Hugo. Si le groupe est rhésus positif, je suis persuadé qu'au vu des nouvelles preuves il demandera aux lords légistes de reconsidérer leur décision.

— Mais si nous n'avons pas les résultats espérés, demanda Harry, que va-t-il se passer ?

— Le lord chancelier fixera une date sur le calendrier parlementaire pour organiser un débat peu après les élections législatives. Espérons que les résultats obtenus par le professeur Inchcape éviteront cette procédure. Au fait, Giles sait-il ce que vous manigancez ?

— Non, monsieur. Mais comme je dois passer l'après-midi avec lui, je vais pouvoir le mettre au courant.

— Ne me dites pas qu'il est parvenu à vous enrôler pour l'aider dans sa campagne ?

— Je crains que si. Bien qu'il sache parfaitement que je vais voter pour le parti conservateur. Néanmoins, je l'ai assuré que ma mère et oncle Stan voteront pour lui.

— Faites en sorte que les journaux ne découvrent pas que vous n'allez pas voter pour lui, parce qu'ils vont guetter l'occasion de semer la zizanie entre vous deux. Les amis intimes ne les intéressent pas.

— C'est pourquoi il faut espérer que le professeur obtiendra les résultats escomptés et mettra ainsi fin à nos tourments.

— Dieu vous entende ! conclut lord Harvey.

*
* *

William Warwick était sur le point de résoudre le crime quand le téléphone sonna. Harry tenait toujours l'arme dans sa main lorsqu'il traversa la bibliothèque et décrocha l'appareil.

— Ici, le professeur Inchcape. Pourrais-je parler à sir Harry ?

L'espace d'un douloureux instant, la fiction céda la place à la réalité. Il n'avait pas besoin qu'on lui dévoile les résultats des tests sanguins.

— Lui-même, répondit-il.

— Je crains que les résultats ne soient pas ceux que vous espériez. Le groupe sanguin de sir Hugo était rhésus négatif. C'est pourquoi on ne peut éliminer la possibilité qu'il soit votre père.

Harry téléphona au château Ashcombe.

— Harvey à l'appareil, dit la voix qu'il connaissait si bien.

— Ici, Harry, monsieur. J'ai bien peur que vous ne deviez appeler le lord chancelier pour lui annoncer que le débat aura lieu.

45

Giles était si obsédé par son élection à la Chambre des communes en tant que député de la circonscription des docks de Bristol et Harry était si impliqué dans la publication de *William Warwick et l'Affaire du témoin aveugle* que lorsqu'ils reçurent une invitation de lord Harvey pour un déjeuner dominical dans sa résidence de campagne, ils supposèrent tous les deux qu'il s'agissait d'une réunion familiale. Or, quand ils arrivèrent au château Ashcombe, ils découvrirent qu'il n'y avait aucun autre membre de la famille.

Lawson ne les conduisit ni au salon ni même à la salle à manger mais au cabinet de travail de Sa Seigneurie, où ils trouvèrent lord Harvey assis derrière son bureau. Deux fauteuils en cuir étaient placés en face de lui. Il alla droit au but.

— Les services du lord chancelier m'ont informé que le mardi 6 septembre a été choisi sur le calendrier parlementaire pour le débat qui va déterminer qui de vous deux héritera du titre nobiliaire. Nous avons deux mois pour nous préparer. J'ouvrirai le débat depuis le premier rang et je pense que c'est lord Preston qui apportera la contradiction.

— Quel but poursuit-il ? fit Harry.

— Il veut saper le système héréditaire, et il faut lui accorder qu'il ne s'en cache pas.

— Peut-être que si je pouvais obtenir un rendez-vous avec lui et si je lui exposais mon point de vue…

— Il ne s'intéresse pas à vous ni à votre point de vue. Il se sert seulement du débat pour diffuser ses idées sur le système héréditaire.

— Mais si je lui écrivais, sans doute…

— Je l'ai déjà fait, intervint Giles et, quoique nous appartenions au même parti, il n'a pas pris la peine de me répondre.

— À son avis, le principe est bien plus important en soi que tout cas personnel, expliqua lord Harvey.

— Une attitude aussi intransigeante ne sera-t-elle pas mal vue par les lords ? s'enquit Harry.

— Pas nécessairement, dit lord Harvey. Reg Preston était un syndicaliste exalté jusqu'à ce que Ramsay MacDonald lui offre un siège à la Chambre des lords. Il a toujours été un redoutable orateur et, depuis qu'il nous a rejoints sur les bancs de velours rouge, c'est devenu quelqu'un qu'on ne doit pas sous-estimer.

— Pouvez-vous évaluer les forces en présence à la Chambre ? demanda Giles.

— Les chefs de file me disent que le résultat sera très serré. Les pairs travaillistes se rangeront derrière Reg parce qu'ils ne peuvent pas se permettre de soutenir le système héréditaire.

— Et les conservateurs ? demanda Harry.

— La plupart d'entre eux me soutiendront, parce qu'ils n'ont surtout pas envie qu'un coup donné au principe héréditaire les touche d'aussi près, même s'il y a deux ou trois indécis que je dois encore m'efforcer de persuader.

— Et les libéraux ? questionna Giles.

— Dieu seul le sait. Même s'ils ont annoncé qu'ils auront liberté de vote.

— C'est-à-dire ? fit Harry.

— Il n'y aura aucune consigne de vote de la part des chefs de file, expliqua Giles. Chaque membre peut en faire une question de principe et choisir le couloir qu'il emprunte.

— Et, finalement, il y a les non-inscrits, qui vont écouter les arguments des deux parties, avant de se décider en leur âme et conscience. Par conséquent, on ne découvrira leur décision qu'au moment de passer au vote.

— Alors, comment peut-on apporter notre aide ? demanda Harry.

— Vous, Harry, en tant qu'auteur, et toi, Giles, en tant qu'homme politique, pouvez d'abord m'aider à rédiger mon exposé. Toute aide de votre part sera la bienvenue. Commençons par en esquisser le plan pendant le déjeuner.

Les trois hommes se dirigeaient vers la salle à manger, et ni Giles ni Harry ne jugèrent bon d'évoquer des sujets aussi peu sérieux que des élections législatives imminentes ou la date de la publication d'un roman.

*

* *

— Quand ton livre va-t-il sortir ? demanda Giles tandis qu'ils s'éloignaient en voiture du château Ashcombe, un peu plus tard dans l'après-midi.

— Le 20 juillet. Ce sera donc après les élections. Mon éditeur veut que j'effectue une tournée de promotion dans tout le pays, que je fasse quelques séances de signature et que j'accorde des interviews aux journalistes.

— Prends garde, l'avertit Giles, les journalistes ne t'interrogeront par sur le livre mais voudront uniquement connaître ton avis sur la question de l'héritage du titre nobiliaire.

— Combien de fois devrai-je leur répéter que tout ce qui m'intéresse, c'est Emma, et que je sacrifierais tout pour passer le restant de ma vie avec elle ? s'écria Harry en tâchant de maîtriser son agacement. Tu peux avoir le titre, tu peux avoir toute la succession « et la totalité des biens y afférents », du moment que je peux avoir Emma.

*
* *

William Warwick et l'Affaire du témoin aveugle fut bien reçu par la critique, mais Giles avait eu raison. La presse sembla moins s'intéresser au jeune détective ambitieux de Bristol qu'à Giles Barrington, l'alter ego du romancier, et à ses chances d'hériter du titre de sa famille. Lorsque Harry affirmait aux journalistes qu'il ne s'en souciait pas, cela les confortait dans leur conviction qu'il pensait le contraire.

Dans l'affaire que la presse considérait comme une lutte pour s'emparer de la succession Barrington, tous les journaux, à l'exception du *Daily Telegraph*, soutenaient l'ancien élève de l'école publique, beau, courageux, intelligent, aimé de tous, qui s'était construit tout seul et qui, comme ils ne cessaient de le rappeler à leurs lecteurs, avait grandi dans les quartiers miséreux de Bristol.

Harry saisissait la moindre occasion pour répéter à tous ces journalistes que Giles n'avait pas été élève d'une école privée, qu'il avait été son condisciple au lycée de Bristol, qu'il était désormais député travailliste représentant la circonscription des docks, qu'il avait obtenu la médaille militaire à Tobrouk, qu'il avait fait partie de l'équipe de cricket durant sa première année à Oxford et qu'il n'avait sûrement pas choisi le berceau de sa naissance. Le soutien loyal apporté à son ami ne le rendit que plus populaire auprès de la presse et du public.

Bien que Giles ait été élu à la Chambre des communes avec trois mille voix de plus que son concurrent et qu'il ait déjà pris sa place sur les bancs verts, il était conscient que c'était le débat qui devait avoir lieu sur les bancs rouges, à l'autre bout du corridor, dans un peu plus d'un mois, qui allait décider de son avenir et de celui de Harry.

46

Harry avait l'habitude d'être réveillé par les oiseaux qui gazouillaient joyeusement dans les arbres du château Barrington. Il était accoutumé à la brusque irruption de Sebastian dans la bibliothèque, ainsi qu'au bruit des pas d'Emma arrivant pour prendre le petit déjeuner après son galop matinal.

Mais ce jour-là, c'était différent.

Il fut réveillé par les lumières de la rue, par le bruit de la circulation et par Big Ben qui sonnait, impitoyablement, toutes les quinze minutes, pour lui rappeler le nombre d'heures restantes avant que lord Harvey ne se lève pour ouvrir le débat à la suite duquel des hommes qu'il n'avait jamais rencontrés décideraient de son avenir et de celui de Giles.

Il se prélassa dans son bain, car il était trop tôt pour descendre prendre le petit déjeuner. Une fois habillé, il téléphona au château Barrington, mais le majordome lui répondit que Mlle Barrington était déjà partie pour la gare. Cette nouvelle le déconcerta. Pourquoi attraper le premier train alors qu'ils n'avaient pas prévu de se retrouver avant le déjeuner ?

Lorsqu'il entra dans le salon, juste après 7 heures, il ne fut pas surpris de trouver Giles déjà levé et occupé à lire les journaux du matin.

— Ton grand-père est-il déjà debout ? demanda Harry.

— Je devine qu'il s'est levé bien avant nous. Quand je suis descendu juste après 6 heures, il y avait de la lumière dans son cabinet de travail. Une fois que cette affreuse affaire sera derrière nous, quel que soit le résultat, il faut qu'on l'oblige à passer quelques jours de repos bien mérité au château de Mulgelrie.

— Excellente idée ! fit Harry en s'affalant dans le fauteuil le plus proche, avant de se relever d'un bond, quelques instants plus tard, au moment où lord Harvey entrait dans la pièce.

— Il est temps de prendre le petit déjeuner, les gars. Ce ne serait pas raisonnable d'aller au gibet le ventre vide.

Malgré le conseil de lord Harvey, la perspective d'une dure journée leur gâcha un peu l'appétit. Lord Harvey répéta plusieurs phrases clés de son exposé, tandis que Harry et Giles firent quelques suggestions de dernière minute concernant des ajouts ou des suppressions.

— J'aimerais pouvoir indiquer à Leurs Seigneuries l'importance de votre collaboration, dit le vieil homme, après avoir ajouté deux phrases à sa péroraison. Bon, les gars. Baïonnette au canon et à l'assaut !

*

* *

Ils étaient tous les deux mal à l'aise.

— J'espérais que vous pourriez m'aider, dit Emma, incapable de le regarder dans les yeux.

— Je ferai tout mon possible, mademoiselle.

Emma regarda l'homme qui, quoique rasé de près et chaussé de souliers qui avaient dû être cirés ce matin-là, portait une chemise au col élimé et un costume usagé dont le pantalon était déformé.

— Quand mon père est mort (elle n'arrivait pas à dire « a été tué »), la police a trouvé un bébé dans son bureau. Savez-vous ce qui lui est arrivé ?

— Non. Mais puisque la police n'a pas pu retrouver son parent le plus proche, elle a dû être placée dans une mission religieuse en attendant d'être adoptée.

— Savez-vous dans quel orphelinat elle s'est retrouvée ?

— Non. Mais je pourrais toujours faire des recherches, si…

— Combien mon père vous devait-il ?

— Trente-sept livres et onze shillings, répondit le détective privé, qui sortit une liasse de factures d'une poche intérieure.

Elle l'écarta de la main, ouvrit son porte-monnaie et en retira deux billets de cinq livres tout neufs.

— Je vous remettrai le reste lorsqu'on se reverra.

— Merci, mademoiselle Barrington, dit Mitchell avant de se lever, supposant que l'entretien était terminé. Je reprendrai contact avec vous dès que j'en saurai davantage.

— Une question encore… Connaissez-vous le nom de la petite fille ?

— Jessica Smith.

— Pourquoi Smith ?

— C'est le patronyme qu'on donne toujours à un enfant dont personne ne veut.

*

* *

Lord Harvey s'enferma dans son cabinet de travail, situé dans la tour de la Reine. Il y demeura toute la matinée, ne le quittant même pas pour rejoindre Harry, Giles et Emma au déjeuner, préférant manger un sandwich et boire un whisky sec tout en relisant son exposé.

*

* *

Giles et Harry s'assirent sur les bancs verts du corridor central de la Chambre des communes et bavardèrent amicalement en attendant l'arrivée d'Emma. Harry espérait que tous ceux qui les voyaient, pairs, députés et journalistes, seraient convaincus qu'ils étaient les meilleurs amis du monde.

Harry jetait de fréquents coups d'œil à sa montre, car il savait qu'ils devaient être assis dans la galerie des visiteurs avant que le lord chancelier ne s'installe, à 14 heures, sur le *Woolsack* – le Sac de laine –, siège du ministre de la Justice à la Chambre des lords.

Il se permit un sourire quand il vit Emma arriver d'un pas pressé dans le corridor central, juste avant 13 heures. Giles fit un signe à sa sœur et les deux jeunes hommes se levèrent pour l'accueillir.

— Qu'est-ce que tu as fait ? lui demanda Harry, avant même de se pencher pour l'embrasser.

— Je te le dirai pendant le déjeuner, promit Emma en donnant le bras aux deux hommes. Mais, d'abord, je veux que vous me mettiez au courant de la situation.

— Tout le monde pense que le résultat sera trop serré pour qu'on puisse faire un pronostic, expliqua Giles pendant qu'il conduisait ses invités à la salle à manger des visiteurs. Mais nous n'allons pas tarder à connaître notre sort, ajouta-t-il d'un ton morose.

*
* *

La Chambre des lords était pleine avant que Big Ben sonne deux fois et, lorsque le lord chancelier de Grande-Bretagne entra dans la salle, il ne restait plus la moindre place sur les bancs. En fait, plusieurs lords durent demeurer debout à la barre de la Chambre. Jetant un regard sur les travées d'en face, lord Harvey aperçut Reg Preston qui lui souriait, l'air d'un lion qui vient de repérer sa proie.

Leurs Seigneuries se levèrent comme un seul homme au moment où le lord chancelier se plaça devant le *Woolsack*. Il inclina le buste à l'adresse des membres de l'assemblée, qui lui retournèrent le compliment avant de se rasseoir.

Il ouvrit la chemise en cuir rouge ornée de glands dorés.

— Messeigneurs, nous sommes réunis en ce lieu pour déterminer qui de M. Giles Barrington ou de M. Harry Clifton a le droit d'hériter le titre, les biens meubles et immeubles de feu sir Hugo Barrington, baronnet, défenseur de la paix.

Levant la tête, lord Harvey vit Harry, Emma et Giles assis au premier rang de la galerie des visiteurs. Sa petite-fille lui décocha un chaleureux sourire et il pouvait lire sur ses lèvres les mots : « Bonne chance, grand-père ! »

— Je demande à lord Harvey d'ouvrir les débats, déclara le lord grand chancelier, avant de s'installer sur le *Woolsack*.

Lord Harvey se leva de sa place au premier rang, saisit les bords de la tribune pour maîtriser ses nerfs, tandis que, derrière lui, ses collègues encourageaient leur noble et valeureux ami en criant : « Oyez ! Oyez ! » Il parcourut l'assemblée du regard, conscient qu'il allait prononcer le discours le plus important de sa vie.

— Vos Seigneuries, commença-t-il, je me tiens devant vous aujourd'hui pour représenter mon parent, M. Giles Barrington, membre de l'autre assemblée, lequel fait valoir son droit légitime au titre Barrington et à la totalité des biens y afférents. Permettez-moi, messeigneurs, de vous indiquer les raisons pour lesquelles ce dossier vous est aujourd'hui soumis. En 1877, Joshua Barrington a été fait baronnet par la reine Victoria pour services rendus à l'industrie des transports maritimes dont faisait partie la compagnie Barrington, laquelle comprenait une flotte de navires de haute mer qui partent aujourd'hui encore du port de Bristol.

» Joshua était le cinquième d'une famille de neuf enfants. Il a quitté l'école à l'âge de sept ans, sans savoir lire ni écrire, avant de commencer sa vie active comme apprenti à la compagnie de transport maritime

Coldwater. Là, son entourage s'est vite aperçu qu'il ne s'agissait pas d'un enfant ordinaire.

» À l'âge de trente ans, il est passé maître et à quarante-deux ans il a été invité à faire partie du conseil d'administration de la Coldwater, qui traversait une période difficile. Les dix années suivantes, pratiquement tout seul, il a remis à flot l'entreprise qu'il a dirigée durant vingt-deux ans.

» Vos Seigneuries, il faut que vous en sachiez un peu plus sur l'homme sir Joshua pour comprendre pourquoi nous sommes réunis aujourd'hui en ce lieu, car cela n'aurait sûrement pas été son désir. Sir Joshua était avant tout un homme pieux qui ne violait jamais sa promesse. Une poignée de main signifiait à ses yeux qu'un contrat avait été signé. Où est passée cette sorte d'homme aujourd'hui, messeigneurs ?

Des « Oyez ! Oyez ! » parcoururent l'assistance.

— Pourtant, Vos Seigneuries, comme beaucoup d'hommes qui ont bien réussi, sir Joshua a mis un peu plus de temps que le commun des mortels à accepter sa mortalité. (Quelques gloussements accueillirent cette déclaration.) Aussi, lorsqu'il s'est décidé à rédiger son premier et unique testament, il avait déjà accompli soixante-dix années de la durée de son contrat avec le Créateur. Cela ne l'a pas empêché d'entreprendre cette tâche avec sa vigueur et sa clarté d'esprit habituelles. À cette fin, il a prié sir Isaiah Waldegrave, l'avocat de la Couronne le plus éminent, de le représenter. C'était un avocat qui, comme Votre Seigneurie, ajouta-t-il en se tournant vers le *Woolsack*, a fini sa carrière judiciaire comme lord chancelier. Je signale cela, Vos Seigneuries, pour souligner le fait que le testament de sir Joshua possède un poids et une autorité juridiques qui l'empêchent d'être contesté par ses héritiers.

» Ce testament, poursuivit lord Harvey, stipulait qu'il laissait tous ses biens à son premier-né et plus proche parent, Walter Barrington, mon plus ancien et plus cher ami. L'héritage comprenait la compagnie de transport maritime, les propriétés, ainsi que le titre, et, je cite les termes exacts du testament, “la totalité des biens y afférents”. Le débat, Vos Seigneuries, ne porte pas sur la validité du testament et des dernières volontés de sir Joshua, mais seulement sur la personne qui peut légitimement se considérer comme son héritier. Vos Seigneuries, je souhaiterais, à présent, que vous preniez en compte un élément auquel n'aurait jamais songé sir Joshua, cet homme pieux. À savoir la possibilité qu'un de ses héritiers engendre un fils illégitime.

» Hugo Barrington est devenu héritier lorsque Nicholas, son frère aîné, a été tué au champ d'honneur en 1918 à Ypres. Hugo a hérité du titre en 1942, à la mort de sir Walter, son père. Vos Seigneuries, lorsque la Chambre va passer au vote, vous devrez choisir entre, d'une part, mon petit-fils, M. Giles Barrington, fils légitime de l'union entre feu sir Hugo Barrington et Élisabeth Harvey, ma fille unique et, d'autre part, M. Harry Clifton, qui, selon moi est le fils légitime de Mme Maisie Clifton et de feu Arthur Clifton.

» Vos Seigneuries, puis-je maintenant vous prier d'avoir l'indulgence de me permettre de dire quelques mots sur Giles Barrington, mon petit-fils ? Il a fait ses études secondaires au lycée de Bristol, puis a obtenu une place au collège Brasenose, à l'université d'Oxford. Cependant, au lieu d'y poursuivre ses études, il a préféré s'engager dans le régiment du Wessex juste après la déclaration de guerre. Alors qu'il était posté à Tobrouk, en tant que jeune lieutenant, il a obtenu la croix de guerre pour avoir défendu la ville contre l'Afrikakorps de Rommel. Plus tard, il a été capturé et emmené au camp de prisonniers de guerre de Weinsberg, en Allemagne, d'où il s'est évadé avant de rejoindre son régiment en Angleterre et d'y rester jusqu'à la fin des hostilités. Aux dernières élections législatives, il a brigué un siège de député et est désormais l'honorable représentant de la circonscription des docks à la Chambre des communes.

De sonores « Oyez ! Oyez ! » parcoururent les travées d'en face.

— À la mort de son père, reprit lord Harvey, il a, sans conteste, hérité du titre, étant donné qu'il était de notoriété publique que Harry Clifton avait péri en mer peu de temps après la déclaration de guerre. Ironie du sort, Vos Seigneuries, c'est Emma, ma petite-fille, qui, grâce à sa détermination et à sa persévérance, a découvert que Harry était toujours vivant et qui a, involontairement, mis en branle le processus ayant abouti à la présence de Vos Seigneuries en ce lieu, aujourd'hui.

Il regarda la galerie des visiteurs et fit un chaleureux sourire à Emma.

— Vos Seigneuries, personne ne met en doute le fait que Harry Clifton est né avant Giles Barrington. Il n'y a cependant, dirai-je, aucune preuve irréfutable, irréfragable, que Harry Clifton soit le fruit d'une liaison entre sir Hugo Barrington et Mlle Maisie Tancock, devenue ensuite Mme Arthur Clifton.

» Mme Clifton ne nie pas avoir eu, en 1919, des relations sexuelles avec Hugo Barrington, une fois seulement. Quelques semaines plus tard, néanmoins, elle a épousé M. Arthur Clifton et un enfant est né qui a été déclaré au service de l'état civil comme Harry Arthur Clifton.

» Par conséquent, Vos Seigneuries, vous avez d'un côté Giles Barrington, l'enfant légitime de sir Hugo Barrington, et de l'autre Harry Clifton, qui pourrait peut-être avoir été engendré par sir Hugo, alors que Giles Barrington l'a incontestablement été. Vos Seigneuries, est-ce un risque que vous êtes prêts à prendre ? Si c'est le cas, permettez-moi d'ajouter un seul élément de plus, qui pourra sans doute aider Vos Seigneuries à choisir, à l'issue de ces débats, entre le couloir des “oui” et celui des “non”. Harry Clifton, qui se trouve dans la galerie des visiteurs cet après-midi, a indiqué clairement et à maintes reprises son point de vue. Il n'a aucune envie d'avoir, je le cite, “à supporter la charge du titre” et il préférerait beaucoup que ce soit Giles Barrington, son ami intime, qui en hérite.

Plusieurs pairs levèrent les yeux vers la galerie et virent Giles et Emma Barrington assis de chaque côté de Harry Clifton, qui hochait la tête. Lord Harvey attendit pour continuer d'avoir regagné l'attention de toute l'assemblée.

— Par conséquent, Vos Seigneuries, lorsque vous voterez ce soir, je vous demande de prendre en compte les désirs de Harry Clifton et les intentions de sir Joshua Barrington, et aussi d'accorder le bénéfice du doute à mon petit-fils, Giles Barrington. Je remercie la Chambre de m'avoir écouté patiemment.

Il se rassit sur son banc sous les hourras des pairs qui agitaient leurs copies de l'ordre du jour. Harry avait la certitude qu'il avait gagné la partie.

Une fois que la Chambre eut retrouvé son calme, le lord chancelier se leva de son siège et déclara :

— Je donne la parole à lord Preston.

Harry aperçut un homme qu'il n'avait jamais vu se lever dans les travées de l'opposition. Il ne devait mesurer guère plus d'un mètre cinquante et son corps trapu et musclé, son visage rouge et marbré révélaient clairement qu'il avait travaillé toute sa vie comme ouvrier, tandis que son air pugnace indiquait qu'il n'avait peur de personne.

Reg Preston parcourut des yeux les bancs d'en face, tel un soldat jetant un regard par-dessus le parapet pour jauger l'ennemi.

— Vos Seigneuries, je voudrais commencer par féliciter lord Harvey pour sa brillante et émouvante allocution. Je dirai, cependant, que son brio constitue sa faiblesse, tel le ver dans le fruit. Certes, le plaidoyer a été touchant, mais plus le noble pair progressait dans sa plaidoirie, plus il ressemblait à l'avocat qui se rend bien compte qu'il défend un dossier peu solide.

Preston avait imposé dans l'assistance un silence plus profond que celui suscité par lord Harvey.

— Étudions, Vos Seigneuries, certains faits que le noble et valeureux lord Harvey a fort prestement escamotés. Personne ne conteste que le jeune Hugo Barrington a eu des relations sexuelles avec Maisie Tancock environ six semaines avant qu'elle n'épouse Arthur Clifton. Ni que neuf mois plus tard, presque jour pour jour, elle a donné naissance à un fils qui a été commodément déclaré à l'état civil sous le nom de Harry Arthur Clifton. Eh bien, Vos Seigneuries, cela ne résout-il pas le petit problème ? Sauf que, malheureusement, si Mme Clifton a conçu l'enfant durant sa nuit de noces, il est né sept mois et douze jours plus tard.

» Je serais le premier à accepter cette possibilité, Vos Seigneuries, mais si j'avais le choix entre neuf et sept mois et douze jours, je sais où je placerais ma mise en tant que parieur ; et je ne pense pas que les bookmakers me donneraient une forte cote.

De petits rires parcoururent les bancs travaillistes.

— J'ajouterai, Vos Seigneuries, qu'à la naissance le bébé pesait quatre kilos et deux cents grammes. Personnellement, je n'ai pas l'impression que c'est le poids d'un enfant prématuré.

Les rires s'intensifièrent.

— Réfléchissons à présent à quelque chose qui a dû échapper à l'esprit agile de lord Harvey. Hugo Barrington, comme son père et son grand-père avant lui, souffrait d'un défaut héréditaire connu sous le nom de daltonisme. C'est également le cas de son fils Giles. Et c'est aussi celui de Harry Clifton. La cote baisse, Vos Seigneuries.

Il y eut de nouveaux rires et des discussions à voix basse éclatèrent des deux côtés de la Chambre. L'air renfrogné, lord Harvey attendait le coup de poing suivant.

— Réduisons encore plus la cote, Vos Seigneuries. C'est le grand Dr Milne, de l'hôpital Saint-Thomas, qui a découvert que si les deux parents appartenaient au même groupe sanguin rhésus négatif, leurs enfants seraient également rhésus négatif. Sir Hugo Barrington appartenait au groupe rhésus négatif, Mme Clifton est rhésus négatif. Et, surprise, surprise ! Harry Clifton est rhésus négatif, groupe sanguin auquel n'appartiennent que douze pour cent de la population de Grande-Bretagne. Je crois que les bookmakers déboursent, Vos Seigneuries, parce que le seul autre cheval en lice n'a pas pris le départ.

De nouveaux rires parcoururent les travées et lord Harvey s'affala un peu plus sur son banc, furieux de ne pas avoir indiqué qu'Arthur Clifton était également rhésus négatif.

— Maintenant, Vos Seigneuries, permettez-moi de signaler un point sur lequel je suis entièrement d'accord avec lord Harvey. Personne n'a le droit de mettre en doute le testament de sir Joshua Barrington, vu son impeccable pedigree juridique. Par conséquent, nous n'avons qu'une seule chose à faire : déterminer le sens précis des expressions « premier-né » et « plus proche parent ».

» La plupart d'entre vous dans cette Chambre connaissent sans doute mon opinion bien ancrée sur le principe du système héréditaire. Je le considère comme dénué de tout principe.

Cette fois-ci, les rires n'éclatèrent sur les bancs que d'un seul côté de la Chambre, tandis que les pairs d'en face observaient un silence farouche.

— Vos Seigneuries, si vous décidez de faire fi des précédents juridiques et de jouer avec les traditions historiques, uniquement pour votre convenance personnelle, vous allez discréditer le système héréditaire et, avec le temps, tout l'édifice s'effondrera et s'abattra sur vos têtes, lança-t-il en désignant les bancs d'en face.

» Par conséquent, intéressons-nous aux deux jeunes hommes impliqués dans cette triste querelle qu'ils n'ont pas provoquée, dois-je souligner. Harry Cliton, nous dit-on, préférerait que Giles Barrington, son ami, hérite du titre. Comme c'est généreux de sa part ! Il est vrai que Harry Clifton est, sans conteste, un homme de bien. Cependant, Vos Seigneuries, si nous lui emboîtons le pas, à l'avenir, tout pair héréditaire du royaume pourra choisir celui de ses enfants qui lui succédera, et cela risque de mener à une impasse.

Un silence absolu régnait dans la Chambre et lord Preston put continuer son plaidoyer en chuchotant presque.

— Harry Clifton, cet honorable jeune homme, avait-il une arrière-pensée quand il a annoncé haut et fort qu'il voulait que Giles Barrington, son ami, soit reconnu comme le premier-né ?

Toute l'assemblée fixait l'orateur.

— Voyez-vous, Vos Seigneuries, l'Église d'Angleterre a empêché Harry Clifton d'épouser la femme qu'il aime, Emma Barrington, la sœur de Giles Barrington, parce qu'il ne faisait guère de doute pour l'Église qu'ils avaient le même père.

Harry n'avait jamais autant détesté quelqu'un.

— Je constate, Vos Seigneuries, qu'aujourd'hui les bancs des évêques sont pleins, poursuivit Preston en se tournant vers les ecclésiastiques. Je serais extrêmement intéressé de connaître le point de vue du clergé sur cette affaire, parce qu'il ne peut pas jouer sur les deux tableaux.

Deux ou trois évêques semblèrent mal à l'aise.

— Et, puisque je m'occupe du lignage de Harry Clifton, puis-je suggérer que, comme candidat, il est tout aussi digne d'entrer en lice que Giles Barrington ? Élevé dans les quartiers miséreux de la ville, il a réussi malgré tout au concours d'entrée du lycée de Bristol et, cinq ans plus tard, il a été admis à l'université d'Oxford, au collège Brasenose. Et le jeune Harry n'a pas attendu la déclaration de guerre pour quitter l'université avec l'intention de s'engager. Il n'en a été empêché que parce que son bateau a été torpillé par un sous-marin allemand, ce qui a conduit lord Harvey et les membres de la famille Barrington à croire qu'il avait péri en mer.

» Quiconque a lu les propos émouvants de M. Clifton dans son livre *Le Journal d'un prisonnier* sait comment il a fini par servir dans la marine américaine et être décoré de l'Étoile d'argent, avant d'être grièvement blessé par une mine, quelques semaines seulement avant la signature de la paix. Mais les Allemands, Vos Seigneuries, n'ont pas pu tuer Harry Clifton aussi facilement. Et ce n'est pas à nous de le faire.

Une ovation générale s'éleva des bancs travaillistes. Lord Preston attendit que le silence se fasse à nouveau pour poursuivre.

— Enfin, Vos Seigneuries, nous devons nous demander pourquoi nous sommes là aujourd'hui. Eh bien, je vais vous le dire. C'est parce que Giles Barrington a fait appel d'un jugement prononcé par les sept plus importants juristes du pays, encore un élément que lord Harvey a omis de signaler dans son plaidoyer passionné. Or je vous rappelle que, dans leur sagesse, les lords légistes ont proposé que ce soit

Harry Clifton qui hérite du titre de baronnet. Vos Seigneuries, si vous songez à revenir sur cette décision, vous devez au préalable considérer qu'ils ont commis une grave erreur.

» Par conséquent, Vos Seigneuries, déclara Preston en s'acheminant vers sa péroraison, quand vous voterez pour décider qui des deux hommes doit hériter du titre de la famille Barrington, ne vous laissez pas guider par vos intérêts personnels, mais demandez-vous ce qui vous semble vraiment le plus probable. Vous accorderez alors le bénéfice du doute, pour citer lord Harvey, non pas à Giles Barrington, mais à Harry Clifton, car, lorsqu'on évalue les probabilités, la balance, sinon le lignage, penche en sa faveur. Je me permettrais de conclure, Vos Seigneuries, continua-t-il, un regard de défi fixé sur les bancs d'en face, en suggérant que lorsque vous choisirez votre couloir pour voter, vous emportiez vos consciences avec vous mais laissiez vos opinions politiques dans la salle.

Lord Preston se rassit sous les acclamations sonores des lords de son camp, tandis que plusieurs pairs du camp d'en face opinaient du chef.

Lord Harvey écrivit un mot à son adversaire pour le féliciter de son puissant discours, dont l'évidente sincérité le rendait d'autant plus convaincant. Selon la tradition de la Chambre des lords, les deux premiers orateurs restèrent à leurs places pour écouter l'opinion des collègues qui leur succédèrent.

On entendit plusieurs déclarations inattendues prononcées par les deux camps qui laissèrent lord Harvey encore moins sûr du résultat du vote. L'allocution de l'évêque de Bristol, notamment, fut écoutée dans le plus grand silence et fut sans conteste approuvée par ses nobles confrères religieux assis à côté de lui.

— Vos Seigneuries, dit l'évêque, si, dans votre sagesse, vous votez ce soir en faveur de M. Giles Barrington comme héritier du titre, mes nobles amis et moi-même serons contraints de lever l'interdiction de l'Église et d'autoriser l'union légale de M. Harry Clifton et de Mlle Emma Barrington, étant donné que si vous décidez que Harry n'est pas le fils de Hugo Barrington, il n'existe plus d'objection à ce mariage.

— Mais comment vont-ils voter ? chuchota lord Harvey à son voisin du premier rang.

— Mes collègues et moi-même, reprit l'évêque, n'emprunterons aucun des deux couloirs lorsqu'on appellera au vote, car nous ne nous considérons pas compétents pour juger cette affaire d'un point de vue politique ou juridique.

— Et d'un point de vue moral ? demanda lord Preston, assez fort pour être entendu par les évêques.

Lord Harvey s'était enfin trouvé un point commun avec lui.

Un autre discours qui surprit la Chambre fut celui de lord Hughes, un lord non inscrit, ancien président de l'ordre des médecins.

— Vos Seigneuries, je dois vous informer que de récentes recherches effectuées à l'hôpital Moorsfields ont montré que ce sont uniquement les femmes qui transmettent le daltonisme.

Le lord chancelier ouvrit la chemise rouge et ajouta une correction à ses notes.

— Par conséquent, l'affirmation de lord Preston selon laquelle sir Hugo Barrington ayant été daltonien, il est probable que Harry Clifton soit son fils, ne tient pas. Il ne s'agit là que d'une simple coïncidence.

Lorsque Big Ben égrena dix coups, plusieurs lords voulaient encore attirer le regard du lord chancelier. Dans sa sagesse, il décida de laisser le débat suivre son cours et le dernier orateur se rassit à 3 heures du matin passées.

Lorsque la sonnerie annonça qu'était venu le moment de voter, des files de lords dépenaillés et épuisés quittèrent la salle et s'engagèrent dans le couloir choisi. Du haut de la galerie, Harry remarqua que lord Harvey était profondément endormi. Personne n'émit la moindre remarque. Après tout, cela faisait treize heures qu'il n'avait pas quitté sa place.

— Espérons qu'il se réveillera à temps pour voter, dit Giles en poussant un petit gloussement, qu'il étouffa en voyant son grand-père s'affaler encore plus sur son siège.

Un huissier sortit en toute hâte pour appeler une ambulance, tandis que deux appariteurs se précipitaient dans la salle et déposaient avec précaution le noble lord sur un brancard.

Harry, Giles et Emma quittèrent rapidement la galerie des visiteurs et atteignirent le foyer des pairs juste au moment où les brancardiers sortaient de la Chambre. Ils accompagnèrent tous trois lord Harvey jusqu'à une ambulance qui attendait dehors.

Une fois que les pairs eurent voté en empruntant le couloir de leur choix, ils revinrent lentement dans la salle. Personne ne voulait partir avant de connaître le décompte des voix. Des deux côtés de la Chambre, on s'étonna de ne pas voir lord Harvey assis au premier rang.

Des rumeurs commencèrent à circuler dans toute l'assemblée, et quand lord Preston apprit la nouvelle, il devint livide.

Plusieurs minutes s'écoulèrent avant que les quatre assesseurs de service reviennent pour informer la Chambre des résultats. Anciens membres de la garde royale, ils avancèrent tous les quatre dans l'allée centrale au pas et s'immobilisèrent devant le lord chancelier.

Le silence se fit dans la salle.

Le premier assesseur leva le bordereau des résultats et déclara d'une voix de stentor :

— Pour, couloir de droite : deux cent soixante-treize voix. Contre, couloir de gauche : deux cent soixante-treize voix.

Un brouhaha éclata dans les travées et dans la galerie au-dessus, les membres de la Chambre et les visiteurs se demandant les uns aux autres ce qui allait se passer à présent. Les vieux routards savaient que le lord chancelier départagerait les votes. Assis sur le *Woolsack*, impassible, impénétrable, au milieu des clameurs qui s'élevaient autour de lui, il attendit patiemment que le calme revienne dans la Chambre.

Une fois qu'il n'y eut plus le moindre chuchotement, il se leva lentement, rajusta sa perruque carrée et agrippa les revers de sa robe noire galonnée d'or, avant de s'adresser à l'assemblée. Tous les regards étaient fixés sur lui. Dans la galerie bondée surplombant la salle, ceux qui avaient eu la chance d'obtenir un billet se penchaient par-dessus la balustrade, impatients d'entendre l'orateur. Il y avait trois places vides dans la galerie des visiteurs, celles précédemment occupées par les trois personnes dont le lord chancelier tenait le sort entre ses mains.

— Vos Seigneuries, commença-t-il, j'ai écouté avec beaucoup d'intérêt toutes les allocutions que vous avez prononcées durant ce long et passionnant débat. Ayant pesé les arguments présentés avec ferveur et éloquence par les intervenants de tous les bords, je me vois confronté à un dilemme et j'aimerais vous faire part de mes préoccupations.

» Normalement, devant un vote à égalité, je n'hésiterais pas à soutenir la décision des lords légistes qui, par quatre voix contre trois, ont choisi Harry Clifton comme héritier du titre de la famille Barrington. En fait, agir différemment eût été irresponsable de ma part. Cependant, il se peut que Vos Seigneuries ne sachent pas que, juste après que l'on a appelé au vote, lord Harvey, l'instigateur de la motion, a eu un malaise et qu'il n'a pu, par conséquent, prendre part au vote. Aucun d'entre nous ne peut douter du choix qu'il aurait fait, ce qui lui aurait permis de remporter la victoire, même par une infime majorité. Giles Barrington, son petit-fils, aurait donc hérité du titre.

» Vos Seigneuries, je suis certain que la Chambre conviendra que, vu les circonstances, mon jugement final doit s'inspirer de la sagesse de Salomon.

Des « Oyez ! Oyez ! » étouffés furent entendus dans toutes les travées.

— Cependant, je dois dire à la Chambre, poursuivit-il, que je n'ai pas encore décidé quel fils je dois fendre en deux et auquel je dois rendre son droit d'aînesse.

Des petits rires suivirent ces propos, ce qui contribua à détendre un peu l'atmosphère.

— Par conséquent, reprit-il, une fois qu'il eut capté à nouveau l'attention de toute l'assemblée, j'annoncerai ma décision en ce qui concerne le dossier Barrington contre Clifton à 10 heures, ce matin.

Sur ce, sans un mot de plus, il se rassit sur le *Woolsack*. Le premier huissier frappa trois fois le sol de sa tige, mais il eut du mal à se faire entendre par-dessus la clameur.

— La Chambre siégera à nouveau à 10 heures ce matin, hurla-t-il, pour entendre le lord chancelier annoncer sa décision à propos de l'affaire Barrington contre Clifton. La séance est levée.

Le lord chancelier se leva, salua l'assemblée d'une inclination du buste et Leurs Seigneuries lui rendirent le compliment.

À nouveau, le premier huissier frappa trois fois le sol de sa tige.

— La séance est close, déclara-t-il.

REMERCIEMENTS

Je remercie les personnes suivantes pour leurs recherches et leurs inestimables conseils :

Simon Bainbridge, Eleanor Dryden, le Dr Robert Lyman, membre de la Royal Historical Society, Alison Prince, Mari Roberts et Susan Watt.

Table

Jeffrey Archer
dans Le Livre de Poche

Chronique des Clifton

1. *Seul l'avenir le dira* n° 32955

Harry Clifton, fils d'un docker et d'une serveuse de Bristol, né en 1920, est persuadé que son père, Arthur, est mort en héros à la guerre. Son intelligence lui ouvre les portes d'un collège réservé aux enfants de la haute société anglaise où il fait la connaissance de Giles Barrington, propriétaire d'une grande compagnie maritime.

Kane et Abel n° 32529

Ils sont nés le même jour et pourtant tout les sépare : William Kane et Abel Rosnovski, le fils de banquier de Boston et l'orphelin polonais recueilli par un paysan. À leur naissance, le 18 avril 1906, l'un paraît promis à la réussite et à la puissance dans le Nouveau Monde, l'autre condamné à la misère et aux désastres qui ravagent le Vieux Continent.

Le Sentier de la gloire n° 32977

8 juin 1924. George Leigh Mallory, alpiniste de renommée mondiale, et son compagnon de cordée, Andrew Irvine, sont aperçus vivants pour la dernière fois. 1er mai 1999. Une expédition américaine découvre, sur la face nord de l'Everest, le corps exceptionnellement conservé de Mallory.

Seul contre tous n° 31761

Si Danny Cartwright avait demandé Beth Wilson en mariage un jour plus tôt, ou un jour plus tard, il n'aurait jamais pu être accusé du meurtre de son meilleur ami. Mais quand les témoins de l'accusation sont un avocat, un acteur, un aristocrate et l'associé d'une prestigieuse agence immobilière, qui pourrait croire à la version des faits d'un garagiste de l'East End ?

Du même auteur :

Des secrets bien gardés, Les Escales, 2014

Seul l'avenir le dira, Les Escales, 2012 ; Le Livre de Poche, 2013

Et là, il y a une histoire, Éditions First, 2011

Le Sentier de la gloire, Éditions First, 2010 ; Le Livre de Poche, 2011, Prix Relay du roman d'évasion

Kane et Abel, Éditions First, 2010 ; Le Livre de Poche, 2012

Seul contre tous, Éditions First, 2009 ; Le Livre de Poche, 2010, Prix Polar international du Festival de Cognac

Site de l'auteur : www.jeffreyarcher.com

Composition réalisée par [illegible]

[illegible] par
[illegible] BRODARD ET TAUPIN
La Flèche [illegible]
N° d'impression : [illegible]
Dépôt légal 1re publication : [illegible] 2014
Édition 02 – [illegible]
LIBRAIRIE GÉNÉRALE FRANÇAISE
[illegible] de Fleurus – [illegible] Paris Cedex [illegible]

Le Livre de Poche s'engage pour l'environnement en réduisant l'empreinte carbone de ses livres. Celle de cet exemplaire est de :
500 g éq. CO_2
Rendez-vous sur www.livredepoche-durable.fr

Composition réalisée par PCA

Achevé d'imprimer en octobre 2014 en France par
CPI BRODARD ET TAUPIN
La Flèche (Sarthe)
N° d'impression : 3007244
Dépôt légal 1re publication : mai 2014
Édition 02 – octobre 2014
LIBRAIRIE GÉNÉRALE FRANÇAISE
31, rue de Fleurus – 75278 Paris Cedex 06